中国古代散文选析

方铭 阮显忠 编著

时代出版传媒股份有限公司
安徽教育出版社

图书在版编目（CIP）数据

中国古代散文选析/方铭,阮显忠编著.—合肥:安徽教育出版社,2018.9

ISBN 978-7-5336-7453-3

Ⅰ.①中… Ⅱ.①方…②阮… Ⅲ.①古典散文—散文集—中国 Ⅳ.①I262

中国版本图书馆 CIP 数据核字(2018)第 199364 号

中国古代散文选析
ZHONGGUO GUDAI SANWEN XUANXI

出 版 人:郑　可
质量总监:姚　莉
责任编辑:夏　慧
装帧设计:陈熙颖
责任印制:王　琳

出版发行:时代出版传媒股份有限公司　安徽教育出版社
地　　址:合肥市经开区繁华大道西路398号　邮编:230601
网　　址:http://www.ahep.com.cn
营销电话:(0551)63683012,63683013
排　　版:安徽时代华印出版服务有限责任公司
印　　刷:安徽新华印刷股份有限公司

开　　本:720×960　1/16
印　　张:25.5
字　　数:350 千字
版　　次:2018 年 9 月第 1 版　2018 年 9 月第 1 次印刷
定　　价:78.00 元

(如发现印装质量问题,影响阅读,请与本社营销部联系调换)

古代散文选析

茅盾先生为本书初版题签

目 录

初版序 ·································· 方　铭 /1

曹刿论战 ····························· 《左　传》 /1
召公谏厉王止谤 ······················· 《国　语》 /6
邹忌讽齐王纳谏 ······················· 《战国策》 /11
侍坐 ································· 《论　语》 /16
寡人之于国也 ························· 《孟　子》 /23
秋水 ································· 《庄　子》 /29
劝学 ································· 《荀　子》 /34
五蠹 ································· 《韩非子》 /40
谏逐客书 ····························· 李　斯 /47
过秦论 ······························· 贾　谊 /57
陈涉世家 ····························· 司马迁 /65
让县自明本志令 ······················· 曹　操 /81
出师表 ······························· 诸葛亮 /90
陈情表 ······························· 李　密 /97
兰亭集序 ····························· 王羲之 /103
桃花源记 ····························· 陶渊明 /108
与宋元思书 ··························· 吴　钧 /114
三峡 ································· 郦道元 /118
《世说新语》二则 ····················· 刘义庆 /123
谏太宗十思疏 ························· 魏　征 /128
秋日登洪府滕王阁饯别序 ··············· 王　勃 /133
春夜宴桃李园序 ······················· 李　白 /145

吊古战场文	李 华	/148
师说	韩 愈	/155
小石潭记	柳宗元	/161
陋室铭	刘禹锡	/166
阿房宫赋	杜 牧	/169
书褒城驿壁	孙 樵	/178
黄冈竹楼记	王禹偁	/183
岳阳楼记	范仲淹	/188
醉翁亭记	欧阳修	/194
赤壁之战	司马光	/200
六国论	苏 洵	/214
爱莲说	周敦颐	/221
墨池记	曾 巩	/224
读孟尝君传	王安石	/228
前赤壁赋	苏 轼	/232
上枢密韩太尉书	苏 辙	/239
五岳祠盟记	岳 飞	/244
游小孤山记	陆 游	/248
《指南录》后序	文天祥	/254
大龙湫记	李孝光	/264
送东阳马生序	宋 濂	/269
卖柑者言	刘 基	/275
指喻	方孝孺	/280
中山狼传	马中锡	/285
项脊轩志	归有光	/300
报刘一丈书	宗 臣	/306
题孔子像于芝佛院	李 贽	/312
晚游六桥待月记	袁宏道	/316

游黄山记 ················· 徐宏祖 /320

湖心亭看雪 ··············· 张　岱 /327

原君 ···················· 黄宗羲 /331

复庵记 ·················· 顾炎武 /339

阎典史传 ················· 邵长蘅 /344

狱中杂记 ················· 方　苞 /356

游万柳堂记 ··············· 刘大櫆 /368

祭妹文 ·················· 袁　枚 /373

登泰山记 ················· 姚　鼐 /381

病梅馆记 ················· 龚自珍 /388

新版后记 ··············· 393

初版序

方　铭

中国文学源远流长,像浩荡的大河奔腾前进。其中的散文,如同诗歌一样,经过时代的推动和作家的努力,在中国文学史上取得了灿烂辉煌的成就。论数量,历代《艺文志》和《经籍志》里所列举的散文,令人有恒河沙数之叹。仅以唐代为例,单是《全唐文》所收,唐五代的作家,已达三千余人,作品有一万八千四百余篇。要想统观全部散文,这不是一般读者所能做到的。论质量,我国古代散文,在析理、抒情、叙述、描写、语言表现等方面,臻至辞意双美境界的,不可胜数,真教人"如行山阴道上,应接不暇"。

我国最早提到散文,是和骈体文(骈俪文)相对立相区别的。魏晋南北朝时,人们通称骈体文为"文",称非骈体文为"笔"。这两种又总称为"文章"。到了唐、宋时代,以韩愈、欧阳修为首,从八世纪至十一世纪,相继开展了反对当时骈文的古文运动。所谓"古文",就是提倡先秦、两汉时代用散体单行形式写的文章,其实质就是提倡"散文"。至于"散文"这个名词,今天所见最早是在宋罗大经《鹤林玉露》里引周益公的话:"四六特拘对耳,其立意措词,贵浑融有味,与散文同。"经过唐宋,散文和散文之学就得到长足的发展了。"五四"运动以后,接受西方文学分类的方法,散文和小说、诗歌、戏剧相区分,这样就把骈体文也包括在散文之内了。现在通行的古代散文的概念,既指疏散之体,也不排斥骈俪之作,这一概念,大概是被公认的了。

散文并不限于纯文学的欣赏,它原是一种反映生活、表达思想、交流感情的工具。从我国古代散文的发展来看,它与史传、经籍、论说等文体的密切联系,就说明了它宽泛的作用。广义的散文,几乎每个人都不能与之分离。因而凡是要用语言和文字表达思想的,都得学习散文。

生活在现代的读者,当然以学习现代作品为主。但是现代散文是从古代散文发展而来的,经过千百年时间考验的古代优秀散文,今天仍然值得我们学习和借鉴。毛泽东同志说:"有这个借鉴和没有这个借鉴是不同的,这里有文野之分,粗细之分,高低之分,快慢之分。所以我们决不可拒绝继承和借鉴古人和外国人,哪怕是封建阶级和资产阶级的东西。"(《毛泽东选集》第3卷,860页,人民出版社1991年第1版)

具体的学习借鉴,必须从阅读范文入手。鲁迅先生在《且介亭杂文二集·不应该那么写》一文中曾经引用一个外国作家的话说:"应该这么写,必须从大作家们的完成了的作品去领会。"我国古今大作家们写过不少精金美玉式的作品,而散文写作的成绩最为突出。为此我们决定从这方面去做"领会"的工作:试将现代和古代的散文选析若干篇。

我们编著的《现代散文选析》出版后,读者希望继续介绍和选析古代散文,这种热情鼓励恰合我们原先的打算,也促进我们认真做好古代散文的编选、分析和研究工作。

选注和赏析古代散文,历代有很多选本,例如《昭明文选》、《六朝文絜》、《唐文粹》、《宋文鉴》、《辽文汇》、《金文最》、《元文类》、《明文在》、《清文汇》、《古文辞类纂》、《古文观止》等。现代学界前辈郭沫若、茅盾、朱自清、叶圣陶、郭绍虞、朱东润、游国恩、余冠英等做了大量的工作。我们谨步后尘,也是想在落实党中央关于整理我国古籍的指示的一个方面,做点微末的事罢了。

呈献给读者的这本《古代散文选析》,重点放在分析部分。又考虑到古籍今译特别重要,对入选的古文全部作了今译。在注译和评析中,吸取了一些文学史和有关著作的有益意见和研究成果,出版社编辑同志帮助做了细致的校改,谨在此深致谢意。特别要感谢的是茅盾同志关怀本书的出版,在重病中为本书题签。深深遗憾的是此书的出版,茅盾同志已不能亲见。这里我们谨以一瓣心香,感念我国现代文学大师对后学的关怀和期望!

  本书如有不当之处,请同志们批评指正。

1982年于安徽大学

曹刿论战①

《左 传》

十年春,齐师伐我。公②将战。曹刿请见。其乡人曰:"肉食者③谋之,又何间④焉?"刿曰:"肉食者鄙⑤,未能远谋。"乃入见。问:"何以战?"公曰:"衣食所安,弗敢专也,必以分人⑥。"对曰:"小惠未遍,民弗从也。"公曰:"牺牲玉帛,弗敢加也,必以信。"对曰:"小信未孚⑦,神弗福⑧也。"公曰:"小大之狱,虽不能察,必以情。"对曰:"忠之属也,可以一战。战则请从。"

公与之乘,战于长勺⑨。公将鼓之,刿曰:"未可。"齐人三鼓。刿曰:"可矣。"齐师败绩。公将驰之,刿曰:"未可。"下视其辙,登轼而望之,曰:"可矣。"遂逐齐师。

既克,公问其故。对曰:"夫战,勇气也。一鼓作气,再而衰,三而竭。彼竭我盈,故克之。夫大国难测也,惧有伏焉。吾视其辙乱,望其旗靡,故逐之。"

【注释】

①曹刿(贵 guì):春秋时鲁国人。鲁庄公十三年,齐国与鲁国会盟,曹刿身怀利刃,劫持齐桓公,要求归还鲁国失地。结盟后,才释放齐桓公。

②公:指鲁庄公,姓姬名同。

③肉食者:享有俸禄的官员。

④间(见 jiàn):参与。

⑤鄙:鄙陋。指目光短浅。

⑥人:别人。

⑦孚:为人所信服。

⑧福:用作动词,赐福,保佑。
⑨长勺:地名,在鲁国境内(今山东莱芜东北)。

【译文】

　　鲁庄公十年的春天,齐国军队来攻打我们鲁国。鲁庄公准备迎战。曹刿请求拜见庄公。他的同乡对他说:"当权的人自会想办法,你又何必参与呢?"曹刿说:"当权的人眼光短浅,不能深谋远虑。"便去求见庄公。他问庄公:"你靠什么去打仗?"庄公说:"衣服和食物这类养生的东西,不敢独自享受,一定拿来分给别人。"曹刿对答说:"小恩小惠不遍及众人,老百姓是不会跟着你去作战的。"庄公说:"祭神用的猪牛羊和玉器、丝帛,祷告时不敢虚报,一定说老实话。"曹刿对答说:"小小的信用不会取得神的信任,神不会来保佑你的。"庄公说:"大大小小的诉讼案件,虽说还不能一一查清,可一定按照真实情况处理。"曹刿对答说:"这是尽心替老百姓办事,可以凭这点去打一仗。如果作战请让我跟了去。"

　　庄公和他同坐一辆战车,在长勺地方作战。庄公正要擂鼓进军,曹刿说:"不可。"齐国军队已经三次擂鼓进攻了,曹刿这才说:"我们可以擂鼓进攻了。"齐国的军队大败。庄公正要追击敌人,曹刿说:"不可。"他从车上下来察看齐国兵车的轮迹,又登上车,靠着车前扶手横木瞭望齐国军队,说:"可以追击了。"于是追击齐国的军队。

　　打了胜仗后,庄公问他打胜的缘故。曹刿对答说:"谈到打仗,就要靠一股勇气。头通鼓鼓足了士气,二通鼓士气开始衰落,三通鼓就泄气了。敌人已经泄气了,我军正鼓足气,所以能够打败他们。但大国是难以测度的,怕它有伏兵。我观察到他们兵车的轮迹混乱,望见他们军队的旗帜倒下了,所以去追击他们。"

【分析】

　　《左传》是《春秋左氏传》的简称,相传为左丘明所作,是一部记载春秋时期历史的编年史,其中的不少文章都是我国最早的史论散文的典范之作。

《左传》共三十卷,约有十八万字。显而易见,作者是参考了春秋时期鲁、晋、齐、宋、楚、郑等国的史书文献和民间传说编写成书的。全书以鲁史为纲,用鲁国的年代做条贯,从鲁隐公元年(前722年)写到鲁哀公二十七年(前468年),叙述了长达255年春秋时期各国内政、外交和军事活动的一些重要史事。作者把头绪纷繁、关系复杂的事件写得有条不紊、主次分明,使人一目了然。尤其是在人物形象刻画方面,作者善于从人物的言行和细节描写中塑造形象,突出性格,使之栩栩如生。所以,读《左传》会有如临其境、如见其人、如闻其语的感受。唐人刘知几在《史通·杂说(上)》中高度赞美了《左传》作者的高超的艺术才能,称之为"工侔造化,思涉鬼神",是"古今卓绝"。

《左传》按年代顺序编写,没有标题。《曹刿论战》这个题目,最初是清朝康熙年间吴楚材、吴调侯编选《古文观止》时加上去的。也有选本从战事着眼来命题,叫《齐鲁长勺之战》。

长勺之战,是弱小的鲁国打败了强大的齐国,成为中国战争史上一个著名的以弱胜强的战例。毛泽东同志在《中国革命战争的战略问题》一文中全文引述了这篇文章,用这个战例具体地论述了战略防御原则。

长勺之战的历史背景是这样的:

鲁国和齐国都在当今的山东省境内。鲁国是小国,齐国是大国。这两个邻国,经常发生摩擦,战事不断。鲁庄公八年,齐国内乱,公孙无知杀了齐襄公,自立为君。齐襄公的弟弟公子小白逃往莒国(今山东省莒县),公子纠南逃鲁国。第二年,齐国又内乱,公孙无知被杀,流亡在外的小白和纠都抢着回国去做国君,鲁庄公还派了军队护送公子纠去接班。可是,小白抢先了一步,已经当上了国君,这就是历史上有名的齐桓公。齐桓公带兵迎击鲁军,打败了鲁军,并迫使庄公杀了公子纠。他对鲁国欲拥立纠为齐君这件事,一直耿耿于怀,总想寻机进击鲁国。庄公十年，即公元前684年，齐国发兵侵犯鲁国。鲁庄公亲自率兵迎战，采用曹刿的战略战术，在长勺一战，击败了强大的齐国军队，取得了胜利。

全文总共只有二百二十二字，却完整地记录了这一战事的全过程，而且把曹刿这个人物写得形象鲜明，生动感人。

曹刿和其乡人的简短对话，写出了他求见庄公的缘由。强兵压境，鲁庄公未经周密的考虑就要仓促应战，这就是曹刿说的"肉食者鄙，未能远谋"。战祸临头，百姓遭殃，统治者又是如此无能。曹刿出于爱国的责任心，没有听从乡人的劝阻，入见庄公，共议御敌大计。所以，曹刿一出场，他的形象就是高大的。

曹刿和庄公的对话，主要是议论迎战的政治条件。从他们的对答中，可以看到肉食者的昏庸和曹刿的智谋。曹刿毫不留情地批驳了庄公自以为得意的"衣食所安，弗敢专也"和"牺牲玉帛，弗敢加也"，指出这种"小惠"和"小信"都与人民群众无关，想要抗击齐军，没有广大人民的支持就不可能取得胜利。于是，庄公想起了还有"小大之狱，虽不能察，必以情"。对于一个贵族统治者来说，能够做到这一点，算是可贵的了，正如曹刿说的，"忠之属也，可以一战"。

因为"肉食者鄙"，所以曹刿还要求同庄公一起去作战。果然，庄公采用曹刿的谋略一举击败了齐军。曹刿沉着、机智，根据具体条件正确运用"战略防御"原则，又正确把握时机，采取"战略进攻"原则。正如毛泽东同志在《中国革命战争的战略问题》中所说的："春秋时候，鲁与齐战，鲁庄公起初不待齐军疲惫就要出战，后来被曹刿阻止了，采取了'敌疲我打'的方针，打胜了齐军，造成了中国战史中弱军战胜强军的有名的战例。……叙述了利于转入反攻的阵地——长勺，叙述了利于开始反攻的时机——彼竭我盈之时，叙述了追击开始的时机——辙乱旗靡之时。虽然是一个不大的战役，却同时是说的战略防御的原则。"(《毛泽东选集》第2版第1卷，第203～204页，人民出版社1991年第1版)

曹刿还是一位精细谨慎的人,他唯恐敌人有诈,下车登轼,实地考察,证明齐军确是被打败溃逃,才允许庄公趁着敌人惊慌失措的时候猛烈追击,把敌人逐出国境。

打了胜仗,鲁庄公还不知道取胜的真正原因,还弄不清为什么要这么个打法。曹刿分别从克敌和追击两个方面作了分析说明。这精辟的议论,进一步表明曹刿的有"谋"和庄公的无"谋"。因而使一位来自民间的足智多谋、沉着善战的军事家的形象显得更为丰满了。

这篇文章的结构非常严谨,层次非常清楚。它是按照历史事件发生的过程来写的。"论战"这个主题,如纲系目,贯串全文,从曹刿对战前准备工作的议论直到对长勺之战取胜原因的分析,逐步演进,环环相扣,层次分明。在人物形象描写方面,则是通过人物的行动和对话来塑造人物。作者巧妙地运用庄公的"鄙"来衬托曹刿的"谋",这一对比手法,把曹刿这个人物的神态、性格和才能都写出来了。至于文章的语言,可谓极其简洁,如"一鼓作气,再而衰,三而竭"句,连省两个"鼓"字和两个"气"字,使句子凝炼有力。全文整句和散句错综使用,在整齐中又有变化,读来抑扬铿锵。

召公谏厉王止谤

《国语》

厉王①虐,国人谤王。召公②告曰:"民不堪命③矣。"王怒,得卫巫④,使监谤者。以告,则杀之。国人莫敢言,道路以目⑤。

王喜,告召公曰:"吾能弭⑥谤矣,乃不敢言!"

召公曰:"是障⑦之也。防民之口,甚于防川。川壅而溃,伤人必多;民亦如之。是故为川者⑧决之使导,为民者宣之使言。故天子听政,使公卿至于列士⑨献诗,瞽⑩献曲,史献书⑪,师箴⑫,瞍赋⑬,矇诵⑭,百工⑮谏,庶人⑯传语,近臣尽规⑰,亲戚⑱补察,瞽、史教诲,耆、艾修之⑲,而后王斟酌焉。是以事行而不悖⑳。民之有口,犹土之有山川也,财用于是乎出;犹其原隰之有衍沃㉑也,衣食于是乎生。口之宣言也,善败于是乎兴。行善而备败,其所以阜财用衣食者也。夫民虑之于心而宣之于口,成而行之,胡可壅也?若壅其口,其与能几何?"

王弗听。于是国人莫敢出言。三年乃流王于彘㉒。

【注释】

①厉王:周厉王,即姬胡(? —前828年),夷王之子。公元前878年即位,在位三十七年。厉王贪狠好利,横征暴敛,钳制"国人"言论,大臣屡谏不听。公元前842年,"国人"暴动,终被放逐于彘(今山西霍县)。共和十四年死。

②召(绍 shào)公:即召穆公,名虎,周王朝辅佐大臣。周宣王即位,受到重用。

③命:指厉王暴虐的政令。

④卫巫:卫国的巫者,以降神事鬼为职业。

⑤道路以目：人相遇于道路，不敢相互言谈，只能用目光表示自己的怨恨。意即敢怒而不敢言。

⑥弭（米 mǐ）：停止，消除。

⑦障：防水的堤坝，这里作动词用，堵塞。

⑧为川者：治水的人。

⑨士：指商、周时代最低级的贵族阶层。周代有上士、中士、下士之分。

⑩瞽（鼓 gǔ）：眼睛瞎曰"瞽"，这里指乐师。古代乐官由盲人充任，所奏乐曲，多来自民间，在一定程度上能反映出人民的意见。

⑪史：史官。书：史籍。

⑫师：乐师。箴：寓有劝戒意义的文辞。

⑬瞍（叟 sōu）：盲人，无眸子曰"瞍"。赋：有一定节奏的诵读。

⑭矇：也是盲人。有眸子而无所见曰"矇"。诵：指普通没有什么音乐节奏的诵读。

⑮百工：百官。一说"工"，指乐工。

⑯庶人：即平民。

⑰近臣：王之左右。尽规：尽规谏之责。一说进规谏之辞，尽作"进"讲。

⑱亲戚：指与王同宗的大臣。

⑲耆、艾修之："耆"、"艾"本义都是指上了年纪的人，这里指前朝元老。修，戒饬、警告的意思。

⑳悖（贝 bèi）：违背。不悖：不违背。

㉑原隰之有衍沃：宽阔平坦的土地叫"原"，低下潮湿的土地叫"隰"，低下而平坦的土地叫"衍"，有河流可资灌溉的土地叫"沃"。这里泛指田地山川。

㉒彘（滞 zhì）：晋地，在今山西霍县境内。

【译文】

　　周厉王暴虐无道,国都里的人都在指责他。召公告诉厉王说:"人民不能忍受你的政令了。"厉王听了大为震怒,找来了一个卫国的巫师,派他去监视指责厉王的人。只要巫师来告发,厉王就把被告发的人杀掉。人们都不敢说话,在路上见了面只能用目光表达内心的怨恨。

　　厉王很高兴,告诉召公说:"我能止住国人说我坏话了,他们再也不敢讲我了。"

　　召公说:"这是堵塞了他们的嘴!堵住人民的嘴巴,比堵塞江河里的水还要危险。如果江河的水被阻塞,江水泛滥成灾,被伤害的人一定很多。压制人民讲话也是这样。所以说,善于治水的人要疏浚河道,使河水畅通;善于治理国家的人,要开导人民,使之敢于讲话。因此天子处理政务,让公卿大夫直到列士献讽谏的诗,盲艺人献乐曲,史官献古文献,少卿进规劝之言,盲人赋诗、吟诵,各种工匠分别谏诤,人民的意见也会反映上来,左右近臣尽到规谏的责任,宗室姻亲补过纠偏,乐官、史官施行教诲,元老旧臣不断地对天子劝谏,然后由君王斟酌处理。只有这样,君王理事才不会违背情理。百姓敢于说真话,就像土地有山川一样,财富、器物由此产生出来;又像大地上有高原、洼地、平川、沃田一样,人民生活需要的衣食财物才能生产出来。人民用嘴发表意见,国家的兴衰成败才能从这里反映出来;对人民有好处的就做,对人民有害处的就提防,这才是让人民丰衣足食的好办法。人民心里怎么想,口头就怎么说,他们考虑成熟以后就自然表达出来,怎么可以乱堵他们的嘴呢?如果把他们的嘴堵住,那赞同你的人能有几个呢?"

　　厉王不听,从此国都里的人再也不敢公开发表言论指责他。过了三年,人们就把厉王放逐到彘地去了。

【分析】

　　《国语》是我国今存最早的一部国别史。旧说以为是左丘明所作。其实它是一部经过整理加工的史料集。它记载了上自西周穆王下至鲁悼公的五百年间周王朝及诸侯各国的大事。全书按周及鲁、齐、晋、郑、楚、吴、越诸国分卷记事,史料价值甚高。后来司马迁所作《史记》中《十二诸侯年表》和不少世家的材料,都直接取诸《国语》。"史通六家,《国语》居一。"可见《国语》的重要价值。

　　全书以言为主,因而称"语"。《楚语》中有一段记申叔时论述教导太子之法:"教之《语》,使明其德而知先王之务用明德于民也。"可见书中所记之"语",大都包含有教育意义和鉴戒作用。本篇选自《周语》,题目是后加的,它主要记述了召公对周厉王的谏词。谏词的中心是:"为川者决之使导,为民者宣之使言。""口之宣言也,善败于是乎兴。"要"宣之使言"。

　　周厉王暴虐无道,不听召公的劝谏,终于激起人民的愤怒,公元前842年,"国人"举行起义,把这个历史上有名的暴君的统治摧垮了,并把他流放到彘地。周厉王的被放逐,是我国历史上的一件大事,有力地显示了人民的力量。

　　全文只有三百字左右,把事情的发生、经过、结果交代得清清楚楚,说理也非常充分。

　　第一段写事情的前因和发展,点出"流王"的根源。极力写出周厉王种种不仁:闻谤而怒,监而杀之,其暴可知;人莫敢言,弭谤而喜,其愚何及。

　　第二段主要是召公的谏词。从"宣之使言"的道理讲到具体的措施,再谈到"宣言"和"壅民"的利弊,阐明了文章的主旨。

　　第三段只用三句话,说明了事情的结果。

　　本文主干是召公的一段话。分为三个层次。第一层,首先一针见血地指出厉王止谤"是障之也"。这里用了"防民之口,甚于防川"的比喻。"川壅而溃,伤人必多",是说明弭谤没有好处。中心论点是强调"宣之使言"的必要性。第二层指出"宣之使言"的具体措施。"使公卿至于列士献诗"一直到"瞽、史教诲,耆、艾修之,而后王斟酌焉",说的是不管什么人,不管用什么方法,要广开言路,让人们充分表达意见,这样做可以"事行而不悖"。第三层进一步说明"宣之使言"的好处,并使用了比喻。"前说民谤不可防,则比之以川,后说民谤必宜敬听,则比之以山川原隰"(金圣叹语);文章还连用三个"于是",突出"出""生"与"兴"的重要意义。召公反复从善败、利弊的正反对比中,指出宣言关乎国之存亡的重要性,不可谓不是危言警策。

因为《国语》是以记言为主,于言则详,于事则略,但虽略而不漏。此文开头和结尾属于记事的没有几句话,但把周厉王从暴虐到被放逐的全过程交代得非常清楚,可算是高度概括。由于作者能抓住王虐、王怒、王喜、王弗听这一性格主线,才能将厉王暴虐昏庸的形象凸现出来。结尾以"流王于彘"作结,冷峻简劲,发人深省。

有理有喻,增强了说服力;语言生动形象,提高了文学价值。像"防民之口,甚于防川"、"道路以目"等,已作为典故流传下来。

邹忌讽齐王纳谏①

《战国策》

邹忌修②八尺有余,而形貌昳丽③。朝服④衣冠,窥镜,谓其妻曰:"我孰与⑤城北徐公美?"其妻曰:"君美甚,徐公何能及君也!"城北徐公,齐国之美丽者也。忌不自信,而复问其妾曰:"吾孰与徐公美?"妾曰:"徐公何能及君也!"旦日⑥,客从外来,与坐谈,问之客曰:"吾与徐公孰美?"客曰:"徐公不若君之美也!"明日,徐公来,孰⑦视之,自以为不如。窥镜而自视,又弗如远甚。暮寝而思之,曰:"吾妻之美我⑧者,私⑨我也;妾之美我者,畏我也;客之美我者,欲有求于我也。"

于是入朝见威王,曰:"臣诚知不如徐公美,臣之妻私臣,臣之妾畏臣,臣之客欲有求于臣,皆以美于⑩徐公。今齐地方千里,百二十城,宫妇左右莫不私王,朝廷之臣莫不畏王,四境之内莫不有求于王。由此观之,王之蔽甚矣!"

王曰:"善。"乃下令:"群臣吏民能面刺⑪寡人之过者,受上赏;上书谏寡人者,受中赏;能谤讥⑫于市朝,闻寡人之耳者,受下赏。"令初下,群臣进谏,门庭若市;数月之后,时时而间⑬进;期⑭年之后,虽欲言,无可进者。

燕、赵、韩、魏闻之,皆朝于齐。此所谓战胜于朝廷。

【注释】

①邹忌:齐国人。以善鼓琴自荐事齐威王,威王用忌为相,封成侯。

②修:长。这里指身高。

③昳(逸 yì)丽:指容光焕发,气度不凡。昳,同"逸"。

④朝(zhāo)服:朝,早上。服,名词活用作动词,穿戴。

⑤孰与:孰,疑问代词,谁,哪个。在古汉语中,"孰"、"与"往往连

用,表选择。

⑥旦日:明日。

⑦孰:同"熟",仔细。

⑧美:这里的"美"字用作动词。"美我",说我美。意动用法。

⑨私:偏爱。

⑩于:比,介词。

⑪面刺:当面指责。

⑫谤讥:原意是说坏话毁谤和讥讽他人,这里用作指摘错误或缺点的意思。

⑬间(见 jiàn):间或,偶尔。

⑭期(鸡 jī)年:一周年。

【译文】

邹忌身高八尺有余,容貌漂亮,风采不凡。早晨起来,穿好衣服,戴上帽子,照着镜子,对他的妻子说:"我同城北徐公相比,哪个漂亮?"他的妻子说:"你漂亮极了,徐公怎么能比得上你呢!"城北徐公是齐国出名的漂亮人物。邹忌不相信自己会比徐公美,于是又问他的妾说:"我同徐公谁漂亮啊?"妾说:"徐公哪里比得上你呢!"第二天,有个客人从外边来,邹忌同客人坐下谈话,问客人说:"我同徐公谁漂亮啊?"客人说:"徐公不及你漂亮啊!"又过了一天,徐公来了,邹忌仔细地看了他,觉得自己没有徐公漂亮;对着镜子看看自己,更觉得比徐公差得远了。晚上睡觉时,思考着这件事,说:"我的妻子说我漂亮,是因为偏爱我;我的妾说我漂亮,是因为怕我;客人说我漂亮,是有求于我啊!"

于是他就上朝拜见齐威王,说:"我确实知道自己没有徐公漂亮,我的妻偏爱我,我的妾怕我,我的客人有求于我,所以他们都说我比徐公漂亮。现在齐国有纵横千里的土地,一百二十座城邑,宫里的妇女和左右侍奉的人没有不偏爱君王的,朝中的臣子没有不怕君王的,国内的人没有不想有求于君王的。这样看来,君王所受的蒙蔽就太深了。"

齐威王说:"对。"于是便发布命令:"群臣官吏百姓,凡是能当面指责我的过错的,受上等的奖赏;上奏书劝戒我的,受中等的奖赏;能在公共场所议论我的过错,传到我的耳里的,受下等的奖赏。"命令刚下的时候,臣子们都来进谏,门口和庭院里挤得像集市一样;几个月以后,有时候偶然有来进谏的;一年以后,即便想进言,也没有什么可说的了。

燕、赵、韩、魏各国知道了这件事,都来齐国朝见齐威王。这就叫做身在朝廷之上就能战胜别的国家。

【分析】

《战国策》分十二策,共三十三篇。它是一部有关战国时代各国谋臣策士奔走游说、献计献策的史料的汇集,也是继《左传》之后的一部有价值的历史散文著作,为西汉末年著名学者刘向(约前77年—前6年)所编辑。刘向本名更生,字子政,沛(今江苏省沛县)人。他还著有《九叹》《说苑》《洪范五行传》《列女传》等。

战国时期,战争频仍,游说之士纵横捭阖,成为政治舞台上的风云人物。他们的策谋和言论受到人们重视,汇编成册后流行一时,计有《国策》《国事》《事语》《短长》《长书》《修书》等。刘向在这些本子的基础上加以整理修订、校正编次,汇编成《战国策》。《战国策》分国记事,记载了从战国初期到秦灭六国(前452年—前216年)二百四十年间周、秦、齐、楚、赵、魏、韩、燕、宋、卫、中山等国政治、军事、外交等方面的一些动态。着重记录了谋臣策士们的雄辩的言辞、机智的运筹。《战国策》文笔犀利明快,恣肆生动;在人物形象的描写方面栩栩如生,比《左传》更为细腻真切,对后世的散文有很大的影响。1972年从湖南长沙马王堆三号汉墓出土的西汉帛书,记述战国时事,定名为《战国纵横家书》,与《战国策》内容相似,属于同一类的著作。

本文选自《战国策》的《齐策》一。《齐策》共有六篇,都没有标题。

《邹忌讽齐王纳谏》这个题目是后人选文时根据文章的内容加上去的。全文写齐相邹忌劝告齐威王要广泛听取全国臣民的意见,改进政治。作者选用日常生活中的一个故事来说明纳谏的重要性,很富有形象性和说服力,在《战国策》中是一篇独具风格的文章。

文中邹忌与徐公比美,是情节的核心。邹忌身高八尺左右,容貌俊丽,神采奕奕,加上"衣冠"的装饰,称得上是一位英俊洒脱的美男子。正因为邹忌有这个比美的条件,所以能够提出与城北徐公比一比谁漂亮,妻、妾、客才有凭借来赞美邹忌。可见,作者对邹忌外貌美的描写,是邹忌与他的妻、妾、客之间三问三答的基础。在一片赞扬声中,波澜骤起,徐公造访,戳穿了虚假的赞颂。头脑冷静、善于探究的邹忌,终于悟出妻、妾、客之所以"美我"的原因。

邹忌很有点自知之明,不因他人的吹捧奉承而沾沾自喜,能从自身的经历悟出国君纳谏的重要性。于是,作为宰相的邹忌,就要现身说法,向齐王陈述政见,启发齐威王广开言路,虚心接纳臣民的意见。邹忌进谏,用的是类比推理法,用妻、妾、客对自己的态度推及宫妇、朝臣和国人对君主的态度,由小到大,由浅入深,从家庭日常琐事扩展到国家大事,最后落到"由此观之,王之蔽甚矣!"道出了他进谏的主旨。话虽婉转,但是很有说服力。

齐国在威王当政时期,确是一个强国,在列国当中举足轻重。这与齐威王明智而有作为的治理是分不开的。齐威王听了邹忌的进谏,能够从谏如流,果断地采取了相应的措施,由此获得了良好的政治效果。

《战国策》以写事记言为主,但普遍采用夸张铺饰的手法。本文也多夸饰之词,如齐王纳谏令下达后,进谏的人居然门庭若市,一年之后臣民们竟连一点意见都提不出来了,十全十美到了如此地步,这不仅与事实不符,也是不可思议的。但是,为了表明广开言路、修明政治的重要性,给予必要的强调,也是合情合理的。然而,这篇文章修辞上的最大特色,还在于比喻的运用。在君主专政的社会里,君主独裁一切,无真正的法治可言,"圣口"就是法律,臣吏们的生死荣辱往往因君主的喜怒而突变。所以,古人虽有敢于犯颜直谏的,但常常闪烁其辞,尽量把话说得委婉曲折一些,打个比方,说个故事,拐弯抹角地提点意见。邹忌用的也是这个方法。他用打比方的办法,使齐王受到启发,明白其中的道理,主动接受意见。这种委曲婉转的劝说方法,就是所谓"讽",是战国时期策士们游说的一种常用的方法。不过,作者在这篇文章里运用这个手法,却是新鲜有趣,不落俗套。他拿邹忌与徐公比美作为文章的开头,详加描写,还一贯到底,作为全文情节的核心。这样写,使这则幽默甚至带有几分滑稽意味的故事充满了严肃的内容,引人入胜,发人深思。

本文在人物形象的刻画方面,无论是写人物的动作,或是写人物的心理活动,都能抓住重点,刻画入微。如写邹忌,他"朝服衣冠,窥镜",然后问妻,然后又问妾、问客,他见到徐公,是"孰视之",又"窥镜而自视",最后是"暮寝而思"。所有这些,都围绕着"比美"这个核心来写,把邹忌所想、所为、所言都写得惟妙惟肖。文中的齐王,在听了邹忌的一番陈说之后,只说了一个字:"善。"然后下达纳谏命令。虽然没有详细的描述,却写出了齐王的性格特征,一位明智、果断、有作为的国君形象清晰可见。

文笔简炼是本文的又一特色。如文章开头的一句,"邹忌修八尺有余,而形貌昳丽",只十个字就把邹忌的身材、容貌、风度勾画了出来。写徐公的美,不用正面直接描绘的办法,只用"齐国之美丽者也"一句从侧面烘托出他比邹忌更美。写齐王下令纳谏之后的情况是"群臣进谏,门庭若市;数月之后,时时而间进;期年之后,虽欲言,无可进者"。清楚地交待了三个阶段的巨大变化。又如写纳谏的效果,只说"燕、赵、韩、魏闻之,皆朝于齐",至于国内政治清明诸情况,当然可想而知的了。文章最后一句表明作者对政见的评论,只用八个字就概括了无数的事实和深远的道理,精炼含蓄,意味深长。

此外,文章用语富有变化,不呆板,不重复。如邹忌的三问和妻、妾、客的对答,这三问三答尽管内容相同,而文字却有变化,显得文词丰茂,生动有趣。

侍　　坐

《论　语》

　　子路、曾皙、冉有、公西华侍坐①。
　　子②曰:"以吾一日长乎尔③,毋④吾以也。居⑤则曰:'不吾知也!'如或知尔⑥,则何以⑦哉?"
　　子路率尔而对曰:"千乘之国⑧,摄乎⑨大国之间,加之以师旅⑩,因⑪之以饥馑;由也为之⑫,比及⑬三年,可使有勇,且知方⑭也。"
　　夫子哂之⑮。
　　"求!尔何如?"
　　对曰:"方六七十,如五六十,求也为之,比及三年,可使足民。如其礼乐,以俟君子。"
　　"赤!尔何如?"
　　对曰:"非曰能之,愿学焉。宗庙之事⑯,如会同⑰,端章甫⑱,愿为小相⑲焉。"
　　"点!尔何如?"
　　鼓瑟希⑳,铿尔㉑,舍瑟而作㉒,对曰:"异乎三子者之撰㉓。"
　　子曰:"何伤乎?亦各言其志也!"
　　曰:"莫春㉔者,春服既成,冠者㉕五六人,童子六七人,浴乎沂㉖,风乎舞雩㉗,咏而归。"
　　夫子喟然叹曰:"吾与㉘点也!"
　　三子者出,曾皙后。曾皙曰:"夫三子者之言何如?"
　　子曰:"亦各言其志也已矣!"
　　曰:"夫子何哂由也?"
　　曰:"为国以礼,其言不让㉙,是故哂之。"
　　"唯求则非邦也与㉚?"

"安见方六七十如五六十而非邦也者?"

"唯赤则非邦也与?"

"宗庙会同,非诸侯而何?赤也为之小,孰能为之大?"

【注释】

①子路、曾晳、冉有、公西华侍坐:子路,姓仲名由,字子路。曾晳(析 xī),名点,字晳,是孔子弟子曾参的父亲。冉有,名求。公西华,复姓公西,名赤,字子华。这四人都是孔子的弟子。侍坐,陪侍孔子坐谈。

②子:古时男子的通称,这里指孔子。

③以:因为。乎:于。尔:你,你们。一日长乎尔:比你们年长一些。一日,不是指具体的时间,这里是指岁数要大一些。

④毋:不要。

⑤居:平时,平日。

⑥如:假如,如果。或:有人。

⑦何以:以何,用什么。一说,如何。

⑧千乘之国:拥有千辆战车的国家。一车四马叫乘(胜 shèng)。古代以战车的多少来衡量国家的大小强弱。

⑨摄乎:夹于。一说,迫近于。

⑩加之以师旅:意思是受到大国的侵略。师旅:古代军队编制,二千五百人为一师,五百人为一旅。师旅在这里指战争。

⑪因:仍,继续。

⑫为之:治理它。为:治理。之:代指所治理的国家。

⑬比及:等到。

⑭知方:指懂得做人的礼仪。

⑮哂(审 shěn)之:微笑。之,代指子路。

⑯宗庙之事:指诸侯在宗庙里举行祭祀祖先的典礼。

⑰如会同:或者诸侯举行会盟。

⑱端章甫:是"衣玄端,冠章甫"的省略。端,玄端,即黑色礼服;章甫,殷时礼冠。意思是穿礼服,戴礼帽。端:名词用如动词。

⑲小相:相,诸侯祭祀或会盟时,主持赞礼的司仪官。相分卿、大夫、士三个不同等级,小相是指相中最低等级的士,这是一种司仪官。此处是公西华自谦的说法。

⑳鼓瑟希:鼓,弹奏。希,同"稀",稀疏。弹奏放慢,因而瑟音渐稀。

㉑铿(kēng)尔:即"铿然"。象声词,这里指曲终收拨划动瑟弦的声音。一说放下瑟发出的声音。

㉒舍瑟而作:停止弹瑟,挺身跪着。舍,放下。作,起来。古人席地而坐,将臀部压在脚后跟上。挺身跪着,臀部离开脚后跟,是一种表示尊敬的姿式。

㉓撰:叙述,陈述。一说撰指具,才能。即指为政的才能。

㉔莫春:即暮春,指农历三月。

㉕冠者:指成年人。古代男子二十岁行冠礼,束发加冠,表示成人。

㉖浴乎沂(yí):在沂水里沐浴。沂,水名,在今山东省曲阜县南。

㉗风乎舞雩(yú):在舞雩坛上乘凉。风,乘凉,吹风。舞雩,求雨的祭坛。古代求雨祭祀,叫"雩祭"。雩是求雨的一种仪式,因有巫在坛上歌舞,所以称为"舞雩"。舞雩坛故址,在今曲阜县东南。

㉘与:赞许,同意。这里指孔子同意曾皙的话。

㉙让:谦让。

㉚唯:句首语气词。邦:国。与:同"欤"。

【译文】

子路、曾皙、冉有、公西华四人陪孔子坐着。

孔子说:"不要因为我比你们年岁大些,你们就不敢跟我多说话了。平时你们常说:'别人不了解我呀!'假若有人知道你们,那你们怎么办呢?"

子路不假思索急忙地回答说:"一个拥有千辆战车的国家,被夹在几个大国中间,受到别国的侵略,战后国内又遭到了饥荒。让我去治理这个国家,等到三年,可使人民有勇气,而且懂得礼仪。"

孔子听了微微一笑。

又问:"冉求!你怎么样?"

答道:"国土纵横六七十里,或者五六十里的小国家,我来治理它,等到三年光景,可以使人人富足。至于修明礼乐,那只有等待贤人君子了。"

又问:"公西赤!你怎么样?"

答道:"不能说我已有本领做到,但我愿意学习。像诸侯祭祀,或者同外国盟会,我愿意穿着礼服戴着礼帽,做一个小司仪官。"

又问:"曾点,你怎么样?"

这时,曾点正在鼓瑟,听到孔子问话,瑟音逐渐稀疏,铿然一声放下瑟,挺起腰身,答道:"我的志向与他们三位所讲的不同。"

孔子说:"那有什么妨碍呢?正是要各人说出自己的志向罢了。"

曾点便道:"暮春三月,春天的衣服已经穿定了,我陪同五六位成年人,六七个孩童,到沂水里洗澡,到舞雩坛上乘凉,一路唱着歌走回来。"

孔子感叹地说:"我同意曾点的主张呀!"

子路、冉有、公西华三人都出来了,曾晳后走。曾晳问道:"他们三位说的话怎么样?"

孔子说:"也不过各人说说自己的志向罢了。"

曾晳又问:"您为什么笑子路呢?"

孔子答道:"治理国家应该讲求礼让,可是他的话一点都不谦虚,所以我笑他。"

曾晳(误解了孔子的意思)又问:"难道冉求所说的不是治理邦国

的事吗？"

孔子说："怎么见得纵横六七十里或五六十里的土地就不够是一个国家呢？"

曾晳又问："难道公西赤所说的不是治理邦国的事吗？"

孔子答道："有自己的宗庙，又同外国盟会，不是国家是什么？（我笑仲由关键不在是不是国家，而是笑他不够谦虚。如公西赤，他是个十分懂得礼仪的人，但他只愿意学做一个小司仪官）如果他只做一个小司仪官，那么，又有谁来做大司仪官呢！"

【分析】

《侍坐》一文选自《论语·先进》。《论语》是孔子弟子和再传弟子所记录的孔子及其门人言行的一部语录体散文。全书二十篇，四百九十二章。其内容包括哲学、政治、道德、教育、文学等方面，是儒家最重要的著作。

孔子（前551—前479），名丘，字仲尼，春秋时鲁国陬邑（今山东曲阜）人。他是我国古代著名的思想家和教育家，也是儒家学派的创始人。《论语》这部著作，虽以说理为主，但也记录了孔子的一些生活片断，反映了孔子和一些人的关系。这些文字，不只是简单的对话，有时也掺杂带有一定情趣的小故事，写得形象生动，可看作古代记叙散文的萌芽。

《侍坐》记叙了孔子和四个弟子在一起谈论各人志向的情景。全篇可分三个部分。

第一部分从开头到"则何以哉"。这部分主要叙述孔子启发弟子各人抒发自己的抱负与志向。

文章开端，点明人物和环境气氛。子路、曾晳、冉有、公西华四个弟子陪伴孔子闲坐，曾晳在一旁鼓瑟。在闲谈中，孔子启发他们谈谈抱负与志向。孔子首先用温和的口气要他们消除在长者面前的顾虑。同时针对学生平时的想法，用假设询问的方式启发他们。孔子说："平时你们常说'别人不了解我呀',可是现在有人了解了你们,你们怎么说呢?"孔子首先创造了良好的环境气氛,促使弟子能畅所欲言。

第二部分,从"子路率尔而对"到"夫子喟然叹曰:'吾与点也'",主要记叙子路、冉有、公西华、曾皙分别谈自己的志愿。

从"三子者出"到文章结尾,是第三部分。这部分主要写孔子对四个弟子所言之志的评论,并表达了儒家以礼乐治国的主张。

《侍坐》一章在《论语》里是一篇颇为精彩的记叙文,在艺术上也有它的特色。

首先,作者很善于形象地描绘,他不是枯燥地抄录孔子和学生的抽象言论,而是具体地选取了他们随意聊天的生动场景,一个真实的生活横断面;同时运用对话和人物动作来刻画性格。开始,孔子作诱导性的启发,诚恳地希望学生谈谈自己的志向。子路"率尔而对",表现了他坦率而又自负的性格。"夫子哂之",委婉而含蓄地流露了孔子对子路不够谦让的不满。冉有和公西华言志时态度谨慎,措辞谦逊。一个侧重政治经济,一个着眼于外交礼仪。最有意思的是曾皙的回答。"鼓瑟希,铿尔,舍瑟而作",在瑟声稀疏的余音中,从容地放下瑟,恭敬地回答老师的提问。这些近乎小说中的细节描写,将曾皙安闲的神态,刻画得格外传神。至于孔子的性格,在循循善诱中,呈现的是一个胸怀开阔、态度谦和又倾向鲜明的师长形象。

其次,《侍坐》一文不是普通的记言体,而是富有文学性的对话录。这得力于它的语言表现力。不管是孔子与弟子之间的对话,还是叙述事情经过所用的语言,都能将人物的心情、神态或环境气氛惟妙惟肖地表现出来。文辞的口语化,表情语气词的使用,都使文章生色不少。曾皙用水墨画般的场景描绘他的理想:"莫春者,春服既成,冠者五六人,童子六七人,浴乎沂,风乎舞雩,咏而归。"轻轻几笔,就勾勒出一幅色调明丽的春游图。这种记言传神的境界,比起殷周时代那些佶屈聱牙的文章来,实是散文发展的进步。

最后,《侍坐》的结构章法,也是精于组织剪裁的范例。本文情节虽然简单,但在写法上却做到曲折错综,波澜起伏。文章之始,孔子要弟子们言志。当子路讲完后,"夫子哂之",但没有说"哂之"的原因;接着冉有、公西华在各自谈论志向时,尽管他们态度谨慎,言辞谦恭,可是孔子也没有表态。只是听了曾皙言志之后,才鲜明地表示赞赏,并且在他回答曾皙提出的疑问时,才补充说明对子路言论发笑的原因以及对冉有和公西华言志的评论。"文似看山不喜平",这样先说结果,后叙原因,使文章造成悬念,更能引人入胜。而且几个人的谈话用孔子一人贯穿,前半段留下几处伏笔,后半段又由孔子以评论补充照应。"子路节与下曾点节正好对看,'率尔'与'铿尔舍瑟'相对,'哂之'与'喟然'相对"(俞廷镳:《四书评本》),"四段事,三样书法,变化之中,又极整齐,真妙文也"(方存之:《论文章本原》)。

寡人之于国也

《孟　子》

　　梁惠王①曰:"寡人之于国也,尽心焉耳矣。河内②凶,则移其民于河东③,移其粟于河内;河东凶亦然。察邻国之政,无如寡人之用心者。邻国之民不加少④,寡人之民不加多,何也?"

　　孟子对曰:"王好⑤战,请以战喻。填然鼓之⑥,兵刃既接,弃甲曳⑦兵而走,或百步而后止,或五十步而后止。以五十步笑百步,则何如?"曰:"不可,直不百步耳,是亦走也。"曰:"王如知此,则无望民之多于邻国也。不违农时,谷不可胜食也。数罟⑧不入洿池⑨,鱼鳖不可胜食也。斧斤以时入山林,材木不可胜用也。谷与鱼鳖不可胜食,材木不可胜用,是使民养生丧死无憾也。养生丧死无憾,王道之始也。五亩之宅,树之以桑,五十者可以衣帛矣。鸡豚⑩狗彘⑪之畜,无失其时,七十者可以食肉矣。百亩之田,勿夺其时,数口之家可以无饥矣。谨庠序之教⑫,申之以孝悌之义,颁白者不负戴⑬于道路矣。七十者衣帛食肉,黎民不饥不寒,然而⑭不王者,未之有也。狗彘食⑮人食而不知检,涂有饿莩⑯而不知发,人死,则曰:'非我也,岁⑰也。'是何异于刺人而杀之,曰:'非我也,兵也。'王无罪岁,斯天下之民至焉。"

【注释】

　　①梁惠王:即魏䓨(前400—前319),战国时代魏国的国君,武侯之子。即位后,迁都大梁,所以称梁惠王。因对外政策忽纵忽横,举棋不定,树敌过多,终被齐国战败,失地七百里,从此国势日衰。

　　②河内:古地区名,春秋战国时以黄河以北为河内。本文所说魏国的河内,约指今河南济源一带。

③河东:古地区名。战国、秦、汉时的"河东"指今山西省西南部。本文所说魏国的"河东",约指今山西安邑一带。

④加少:减少。

⑤好(耗 hào):喜欢。

⑥之:没有实际意义的衬字。

⑦曳(叶 yè):拖着。

⑧数罟(古 gǔ):编得很密的网。

⑨洿(乌 wū)池:较大的池塘。

⑩豚(屯 tún):小猪。

⑪彘(致 zhì):猪。

⑫谨庠(详 xiáng)序之教:认真办好学校教育。谨,认真从事。庠、序,都是指学校,殷代叫庠,周代叫序。

⑬负戴:负,背着。戴,用头顶着。

⑭然而:然,这样。而,可是。同合成词"然而"不一样。

⑮食:吃,动词。

⑯莩(缥 piǎo):同"殍",饿死的人。

⑰岁:年成。

【译文】

梁惠王说:"我对自己的国家,总算尽了心啦。河内遇到饥荒,我就把那儿的老百姓迁移到河东,把河东的粮食运到河内;河东遇到饥荒,也照着这样办。我看邻国的政治,没有像我这样为老百姓尽心的。可是邻国的老百姓没有因此减少,我的老百姓没有因此变多,这是为什么呢?"

孟子回答说:"国王喜欢打仗,请让我拿打仗来打个比方吧。咚咚咚地敲起了战鼓,双方的刀枪一交锋,就丢下铠甲、拖着兵器逃跑,有的跑了一百步停下来,有的跑了五十步停下来。那些跑五十步的耻笑那跑一百步的,这行吗?"梁惠王说:"不行。只不过没有跑一百步罢了,这也是逃跑啊。"孟子说:"国王如果懂得这个道理,那就不要希望你的老百姓会比邻国多了。不耽误农业生产的季节,粮食就吃不完啦。细密的网不放到大池塘里去捕捞,鱼和鳖就吃不完啦。按照一定的时节到山林去砍伐,木材就用不完啦。粮食和鱼鳖吃不完,木材也用不完,这就使老百姓对生养死葬没有不满意了。老百姓对生养死葬没有不满意的,这就是王道的开端了。在一家五亩的住宅场地上,栽上桑树,五十岁以上的人就可以穿上丝绵袄了。鸡、猪、狗这些家畜的饲养,不要错过繁殖的时机,七十岁以上的人就可以吃肉了。一家百亩耕地,不要延误耕作,一家几口人,就可以吃饱了。认真办好学校教育,反复地用孝敬父母、尊敬兄长的道理来训导老百姓,头发花白的老人就用不着背着东西、顶着东西在路上奔波了。七十岁以上的人穿丝绵袄、吃肉食,老百姓不挨饿、不受冻,这样还不能使天下归顺,是从来没有过的。猪狗吃人吃的食物而不加制止,路上有饿死的人而不知道开仓救济,老百姓死了,就说:'这不是我的过错,是年成不好啊。'这跟把人刺杀而死,说:'这不是我的过错,而是兵器的过错',有什么不同呢?国王如果施仁政而不去归咎年成,那么天下的老百姓都会来归顺了。"

【分析】

《孟子》一书,记述了思想家、政治家、教育家孟子游说各诸侯国的言行和与各种学派论辩的情况,共有七篇。为孟子和他的弟子万章等人所合著。孟子(约前372—前289),名轲,字子舆,邹(今山东省邹县)人。他是儒家正统学派的代表人物,曾奔走列国,游说诸侯,宣传他的"行王道,施仁政"的主张。他在维护统治阶级的统治权利的原则下,也尖锐地批判了统治者的贪婪残暴和愚昧昏庸。《孟子》这部书,说理畅达,辞锋犀利,气势充沛,富有鼓动性和说服力,在我国散文史上有突出的地位。

本文选自《孟子·梁惠王上》,记述了孟子同梁惠王的一段谈话。

处在战国时期的各个诸侯国,为了自身的强大,需要有充足的粮食和兵源,但都苦于劳力不足。劳力不足,粮食无法增产,兵员难以补充。梁惠王采取了自以为"尽心"的措施,与邻国争夺老百姓,效果却不理想。孟子到魏国见到梁惠王,梁惠王向他诉说了自己于国尽心的事例,进而询问"民不加多"的缘由。孟子用"五十步笑百步"的比喻作答,指出梁惠王和别国的君王差不多,在治国方面好不了多少。接着,孟子详细陈述了自己的政治主张,指出行王道施仁政才是图强的根本办法。

《孟子》的最大特色是那雄辩的不可阻挡的气势和严密的逻辑力量。宋代的苏洵在《上欧阳内翰书》里赞美它是"其锋不可犯",这是很精当的评语。本文充分体现了这一特点。当孟子回答梁惠王的询问时,他反问梁惠王"五十步笑百步,则何如",迫使对方首肯。再拿梁惠王得出的判断做根据,迫使对方承认"无望民之多于邻国"的结论。孟子在陈述政治主张时,首先用"谷与鱼鳖不可胜食,材木不可胜用,是使民养生丧死无憾也"来说明施政的初步要求,进而又用"五十者可以衣帛","七十者可以食肉","颁白者不负戴于道路"来说明施政的进一步要求。他从"王道之始"说到"不王者,未之有也",说理具体生动,很有说服力,具有"若决江河,沛然莫之能御"的力量。最后,从述说施政的理想回到当时的残酷的社会现实,与仁政王道相对比,在"狗彘食人食而不知检,涂有饿莩而不知发"的情况下,能企望"民之加多"吗?你可以推诿责任,说是"非我也,岁也";这不等于拿兵器杀了人却说这不是我的过错而是兵器的过错吗?既然"刺人而杀之,曰:'非我也,兵也'"是完全错误的,那么"人死,则曰:'非我也,岁也'"显然也是错误的了。这样的反驳是很可以制服对方的。孟子答梁惠王问,就是这样建立在有力的逻辑论证的基础上的。

善于运用比喻是《孟子》的又一特色。像"缘木求鱼"、"挟泰山以超北海"等比喻,至今已被作为成语来运用。本文也充分运用比喻来加强驳论的份量。如"王好战,请以战喻",这是根据对方特定的条件来设喻，使比喻的作用发挥得更为充分。然后用"五十步笑百步"这个比喻来揭穿梁惠王的"尽心"是不足取的，实质上同别的国君一样不爱人民，只是程度不同，并无本质的差别。文章在直言统治者奢侈浪费、置百姓的死活于不顾之后，用"是何异于刺人而杀之，曰：'非我也，兵也'"作比。真可谓言辞锋利，鞭辟入里。全文从设喻开始，又以设喻结束，前呼后应，所用的比喻又都在"王好战，请以战喻"的范围内。手法确实高超。

这篇文章在该详写的地方不苟简，在该略写的地方不冗繁，做到繁简恰当。孟子向梁惠王陈述政见是这篇文章的重点，需要详写。于是先说了"谷不可胜食"、"鱼鳖不可胜食"和"材木不可胜用"，具备了这些方面，才会"使民养生丧死无憾"，做到了"养生丧死无憾"，那就是"王道之始"了。三层意思，前一层意思是后一层意思的前提，后一层意思是前一层意思的结论，同时又是再下一层意思的前提，层层逼进，环环相扣，一步也不可缺少，写得详而不繁。进一步写施仁政的具体要求时，则从"衣帛""食肉""无饥""颁白者不负戴于道路"等各个方面详细地论述了发展生产、振兴教育的各种措施，并且再次强调了"七十者衣帛食肉，黎民不饥不寒"这一基本要求，最后得出结论："然而不王者，未之有也。"述说的内容很多，却是脉络清楚。至于应该略写的地方，做到了惜墨如金，简洁而且明了。如梁惠王自述"尽心"的事例，说了"河内凶，则移其民于河东，移其粟于河内"，再说"河东凶"时，只用"亦然"两个字代替了"移其民于河内，移其粟于河东"。

这篇文章气势宏伟奔放，节奏感很强。这与普遍运用排比的句式和对偶的手法有直接的关系。如"谷不可胜食也"，"鱼鳖不可胜食也"，"材木不可胜用也"，一连用了三个"……不可……也"句型。再如"五十者可以衣帛矣"，"七十者可以食肉矣"，"颁白者不负戴于道路矣"，用的都是"……者……矣"的句式。至于"邻国之民不加少"和"寡人之民不加多"句，前一句用"不加少"，显然是为了同后一句"不加多"相配合。其他如"狗彘食人食而不知检,涂有饿莩而不知发",也具有对偶的性质。正因为多处运用排比和对偶的写法,所以读起来琅琅上口,而且气势磅礴。

秋　水

《庄　子》

秋水时至,百川灌河①,泾流之大,两涘渚崖②之间,不辩③牛马。于是焉河伯④欣然自喜,以天下之美为尽在己。顺流而东行,至于北海,东面而视,不见水端。于是焉河伯始旋其面目,望洋向若⑤而叹曰:"野语有之曰,'闻道百,以为莫己若'者,我之谓也。且夫我尝闻少⑥仲尼之闻而轻伯夷⑦之义者,始吾弗信;今我睹子之难穷也,吾非至于子之门则殆矣,吾长见笑于大方之家⑧。"

北海若曰:"井蛙不可以语于海者,拘于虚也⑨;夏虫⑩不可以语于冰者,笃于时也;曲士⑪不可以语于道者,束于教也。今尔出于崖涘,观于大海,乃知尔丑,尔将可与语大理矣⑫。天下之水,莫大于海。万川归之,不知何时止而不盈;尾闾⑬泄之,不知何时已而不虚;春秋不变,水旱不知。此其过江河⑭之流,不可为量数。而吾未尝以此自多者,自以比形于天地而受气于阴阳⑮。吾在天地之间,犹小石小木之在大山也,方存乎见少,又奚以自多? 计四海之在天地之间也,不似礨空⑯之在大泽乎? 计中国之在海内,不似稊米之在大仓乎⑰? 号物之数谓之万⑱,人处一焉;人卒九州⑲,谷食之所生,舟车之所通,人处一焉。此其比万物也,不似毫末之在于马体乎⑳? 五帝之所连,三王之所争㉑,仁人之所忧,任士之所劳㉒,尽此矣。伯夷辞之以为名,仲尼语之以为博,此其自多也,不似尔向之自多于水乎?"

【注释】

①河:指黄河。

②两涘(四 sì):犹言两岸。渚(主 zhǔ)崖:渚,水中洲岛。崖,高的河岸。

③辨:辨别。

④河伯:黄河之神。

⑤望洋:仰视。若:即海若,海神之名。

⑥少:读上声,作动词用。

⑦仲尼:孔子。轻:轻视。伯夷:殷末孤竹国(今河北卢龙西部)国君之子,和其弟叔齐互让君位,结果一同逃往周,投西伯。西伯死,周武王伐纣时,他们认为以臣弑君是不义,父丧用兵是不孝,兄弟叩马而谏。殷亡后,不肯食周粟,饿死在首阳山。

⑧大方之家:明白大道理的人。

⑨拘于虚:拘,拘束,局限。虚,居住之处。这句说井蛙眼界受到自己狭隘居处的局限。

⑩夏虫:夏生秋死的昆虫。

⑪曲士:乡曲之士,穷乡僻壤的读书人。

⑫可与:可以。大理:大道理。

⑬尾闾(驴 lǘ):神话中泄海水的地方。传说在碧海之东,有一大石,宽四万里,高四万里,海水注在上面就干焦了。因此也叫沃焦。

⑭江河:长江、黄河。

⑮比形:犹具形。受气于阴阳,受阴阳之气而生。

⑯礨(垒 lěi)空:小穴,一说是小土堆。

⑰稊(题 tí)米:小米粒。大仓:储粮的大仓库。

⑱号物之数谓之万:称物总是称万物。

⑲人卒九州:卒,尽。这句说尽九州的人数,即所有九州的人数。

⑳毫末之在于马体:言马身上的毫毛末梢。

㉑五帝:传说中的古帝,指黄帝、颛顼(专须 zhuān xū)、帝喾(酷 kù)、尧、舜,一说伏羲、神农、黄帝、尧、舜。所连:所连续统治。三王:夏启、殷汤、周武王。所争:所争夺。夏禹传位于益,禹子启杀益而夺了他的王位,汤灭夏桀,武王灭殷纣。

㉒任士:有才干的人。劳:犹勤劳。

【译文】

秋天,水随着时令上涨了,成百条河流的水一起灌注到黄河里,黄河水面之阔大啊,两岸中间隔着沙洲,隔山远望,分辨不出牛和马。于是乎河伯欣欣然得意,以为世界上所有的华美壮观都集中在自己这里了。他顺着流水往东走,到了北海,朝东一望,望不到头。于是河伯才转过面孔来,望着汪洋的大水向海若叹息说:"俗话有这样的说法,'懂得上百个道理,就以为没有比得上自己的',这说的就是我这样的人了。并且我曾听说有认为孔子知道的少、对伯夷的义也轻视的人,起初我不相信;今天我看到大海浩瀚难以穷尽,这才明白了。我如果不登上你的门,那是很危险的啊,那我就会永远被知道大道理的人所嗤笑。"

北海若说:"井底的青蛙不能和它讲海水的阔大,因为它的眼界局限于它所处的环境;只能在夏天生活的虫子不能和它讲冬天的冰块,因为它受到所处时令的限制;穷乡僻壤的读书人不能和他讲大道理,因为他被浅陋的见闻所束缚。现在你走出你的两岸,看到了大海,知道了你的鄙陋,这样就可以和你讲大道理了。世界上的水,没有比海大的。千万条水流向它汇合,不知道什么时候才会停止,可是它不会满。尾闾不断地把水泄去,不知道什么时候才会罢休,可是它不会干。春天和秋天,它都不发生涨落的变化;干旱和水涝,它都不知道。它超过长江黄河的容量真无法计算。然而我从来没有因此而满足,是自知天地赋予我形体,受阴阳之气而生。我在天地当中,就好比小石头小树木在大山上一样,只觉得很少很小,又怎能认为自己很多呢?计量一下四海在天地之间,不像小孔穴在大湖里吗?中原在海内,不像小米在大粮仓里吗?我们通常号称物的数目叫万,人只是其中之一;所有九州的人,都是吃粮食生长的,乘舟车来交通的,每个人只是其中之一员罢了。一个人比起万物来,不像马身上一根毫毛的梢头吗?五帝所连续统治的,三王所争夺的,仁义之人所苦心积虑的,能干的人所勤劳奋斗的,都不过如此罢了。伯夷辞去了君位就得到好名声,孔子讲了一些道理就得到博学的称号,这样就满足起来,不像你向来自满于已有的水一样吗?"

【分析】

庄子,名周(约前350—约前270),战国时宋国蒙(今安徽省蒙城县,一说河南商丘县东北)人。曾作过漆园小吏。家境贫困,住陋巷,织鞋子,轻视高官厚禄,要求适己任性,宁为"孤豚",不作"牺牛",甘愿逍遥物外。他继承老聃、杨朱学说,世称"老庄"。庄子的哲学思想属于主观唯心主义体系,突出地表现为虚无主义和不可知论。但他观察很深刻,对于当时新兴地主统治阶级对人民的残酷剥削,作过揭露;对于儒家学说虚伪的一面,作过尖锐的批评。

所著《庄子》一书,《汉书·艺文志》曾著录为五十二篇,现存三十三篇,有"内篇"七,"外篇"十五,"杂篇"十一。"内篇"为庄周自撰,"外篇"和"杂篇"大抵出于他的门人和后学之手。

在诸子中,庄子是很突出的散文家。他想象力十分丰富,艺术上富有浪漫主义的色彩和浓郁的诗意,语言表达能力极强,造句修辞,瑰奇曲折,如行云流水那样自如畅达;文章风格雄奇奔放,汪洋恣肆,妙趣横生,想象丰富,浪漫主义色彩很浓。而且他能打破一切束缚,使用巧妙的寓言,生动的比喻,恰当的引证,变化的句法,使得文章诡奇变幻而又意味隽永。明人屠隆在《文论》中说他的文章,"播弄恣肆,鼓舞六合,如列缺乘跻焉,光怪变幻,能使人骨惊神悚,亦天下之奇作矣"。并且指出:"譬之大造,寥廓清旷,风日熙明,时固然也。而飘风震雷,扬沙走石,以动威万物,亦岂可少哉!"这都说明了庄子在散文上创立了奇特、独创的风格。《庄子》在哲学、文学上都有很高的研究价值。

《秋水》节选自《庄子·秋水》篇,属"外篇",许多学者认为此篇是庄子派所作,但能代表庄子散文的艺术特色。

《秋水》这篇寓言说明:学无止境,宇宙无穷,人不应囿于自己的见闻而停步不前。

文章基本上分为两个部分。第一部分写河伯见黄河水势猛涨,非常自满,及到大海,看到浩渺无际的海水,认识到自己的渺小,而感到惭愧。第二部分写海若对河伯的一段答话,说明自然之广大,宇宙之无穷,进一步开扩河伯的眼界,教导其克服自满的缺点。

整篇文章写得浩浩荡荡,苍苍茫茫,给人一种开阔的感觉,而这又与文章的意旨是配合的。文章开头从百川引到河,从河引到海,生发无穷。下面的议论与此相关,气势浑浩而结构却非常严谨。

开头一句"秋水时至,百川灌河",就把秋季雨水多黄河水涨的情势点出。而"泾流之大,两涘渚崖之间,不辩牛马",又极简洁地把一片浩渺的景象形容尽致。两个"于是焉"写出两层转折,见出庄子善用虚字,驾驭语言的能力。海若的答话虽是议论,却非常形象,一开始一连用了井蛙、夏虫、曲士三个比喻,设想新奇但又非常贴切。整个议论,句式多变,而又酣畅淋漓,读来铿锵有力,活泼爽快。

《秋水》所体现的《庄子》散文的艺术特色,给后世诗人和散文作家极大的启发,难怪有的文学史家曾评论说:"庄子之思想有可议之处,而其文则精妙奇警无可复加也。"

劝　学

《荀　子》

　　君子曰:学不可以已①。青②,取之于蓝③,而青于蓝;冰,水为之,而寒于水。木直中绳④,𫐓⑤以为轮,其曲中规;虽有槁暴⑥,不复挺者,𫐓使之然也。故木受绳则直,金就砺则利,君子博学而日参省⑦乎己,则知明而行无过矣。

　　吾尝终日而思矣,不如须臾之所学也;吾尝跂⑧而望矣,不如登高之博见也。登高而招,臂非加长也,而见者远;顺风而呼,声非加疾也,而闻者彰⑨。假舆马者,非利足也,而致千里;假舟楫者,非能水也,而绝⑩江河。君子生非异也,善假于物也。

　　积土成山,风雨兴焉;积水成渊,蛟龙生焉;积善成德,而神明自得,圣心备焉。故不积跬步⑪,无以至千里;不积小流,无以成江海。骐骥⑫一跃,不能十步;驽马十驾,功在不舍。锲⑬而舍之,朽木不折;锲而不舍,金石可镂⑭。蚓无爪牙之利,筋骨之强,上食埃土,下饮黄泉,用心一也。蟹六跪⑮而二螯⑯,非蛇鳝之穴无可寄托者,用心躁也。

【注释】

①已:停止。《诗经·郑风·风雨》:"鸡鸣不已。"

②青:靛青。一种染料。

③蓝:蓼蓝,草本植物,叶可制染料,即为靛青。

④中(众zhòng)绳:中,适于,合乎。绳,木匠用来取直的墨线。

⑤𫐓(柔róu):通"煣"。用火烤木,使之弯曲。

⑥槁暴(铺pù):槁,干枯。暴,同"曝",晒。

⑦参省(醒xǐng):参,检验。省,反省。一说参同"三",言其多。

⑧跂(起 qǐ):抬起脚后跟,用脚尖站立。

⑨彰:明显,清晰。

⑩绝:渡过。

⑪跬(傀 kuǐ)步:半步。古时以一足举一次为跬,两足各举一次为步。

⑫骐骥(计 jì):良马。

⑬锲(妾 qiè):雕刻。

⑭镂(漏 lòu):雕刻,含有加工雕刻之意。

⑮六跪:六条腿。蟹的腿脚有八条,原文"蟹六跪",疑误。

⑯螯(敖 áo):节足动物的第一对腿足,其末端的形状像钳子,能开合,用来取食和自卫。

【译文】

君子说:学习是不可半途而废的。靛青,是从蓼蓝中提炼出来的,但是比蓼蓝的色泽更青;冰,是由冷水凝结而成的,但是比水更为寒冷。木条直得合乎木匠的墨线,把它用火熏烤弯成车轮,弯曲得合乎木匠的圆规;虽然曝晒枯干了,也不再伸直,这是火熏烤压使它这样的。所以木材照墨线砍削就直,金属做的刀剑在磨刀石上磨过就锋利,君子能够博览群书,多方面地学习,并且每天都对自己的行为加以检查反省,那么对事理的认识就明确透彻,行为也不会有什么过错了。

我曾经整天地苦苦思索,但不如片刻的学习有收获;我曾经踮起脚跟向远处眺望,但不如登上高处看到的广阔。登上高处向别人招手,胳膊并没有加长,却能使对方从远处看得分明;顺着风向向别人呼唤,喊声并没有加强,却能使听的人听得清清楚楚。利用车马的人,并不是脚走得特别快,却能到达千里远的地方;借助舟船的人,并不是一定会游泳,却能渡过江河。君子的生性并不是和一般人有差别,不过是善于利用外界事物罢了。

堆积泥土成为高山,风雨就会从这里兴起;汇集流水成为深渊,蛟龙就会在这里生长;积累善行养成高尚的品德,就能得到高度的智慧,圣人的思想境界也就具备了。所以不半步半步地积累起来,就不能走到千里远的地方;不聚集一条条小溪的流水,就不能汇成大江大海。骏马一跳,不能超越十步;劣马拉着车子不停地走十天也能走得很远,成功在于走个不停。用刀刻一下就停下来,就是腐朽的木头也不会刻断;始终不停地刻下去,就是金属石块也可以雕刻出花纹。蚯蚓没有锋利的爪牙、坚硬的筋骨,却能上到地面吃尘土,下到地下饮泉水,这是因为它用心专一。螃蟹虽然有六条腿脚和两只螯,要是没有蛇和黄鳝的洞穴,它连存身的地方都没有,这是因为它用心浮躁。

【分析】

《荀子》一书,现存三十二篇,大部分是荀子亲手所写,少数几篇是他的弟子的作品。这部书涉及哲学、政治、治学、处世等各个方面,内容非常丰富。荀子(约前313—前238),名况,字卿,战国时赵国(今山西省一带)人。他曾游学于齐国的稷下,做过"祭酒",位列大夫。后来到楚国,春申君任命他为兰陵令。春申君死,即免职,家居兰陵,著书立说,教授弟子,直至终老。李斯和韩非都是他的学生。死后葬在兰陵。

荀子是孔子、孟子之后的又一位儒家大师。他处在我国封建大统一局面即将形成的战国末期。在这社会大动乱的年代里,他顺应了形势,不但继承了春秋以来的儒学,而且发展了儒家思想,有自己创新的见解。他主张人定胜天,反对宿命论,认为万物是按照自然的规律运行的,具有朴素的唯物主义思想。在文学史上,他是一位重要成就的散文家。荀子的散文,内容精博,善于用比,长于说理,文笔谨严绵密,有浑厚朴实的风格,向有"学者之文"的美誉。

《劝学篇》是《荀子》这部书的第一篇。在这一篇里,作者旁征博引,系统地阐明了学习的目的、意义、态度和方法,是我国古代论述学习问题的一篇重要文章。原文比较长,本文只节选了其中的三段。这三段选文,重点在于说明学习有增长知识、培养品德、发展才能的重要作用,任何人都应当有步骤地不间断地坚持学习。荀子强调学习的重要性,劝导人们要认真地学习,这对我们来说仍有它的积极的意义。

本文按自然段分为三段:第一段,指出学习可以改变人的习性;第二段,阐明学习要"善假于物",才能掌握和利用事物的客观规律;第三段,论述了对学习应抱的态度。

荀子认为知识是在勤奋学习中获得的。"学不可以已",文章一开头就把这个观点明确地摆了出来。坚持不懈地努力学习,不中途而废,就可以青出于蓝,超过前人。两千多年前的荀子有这样进步的观点,确实是极其可贵的。接着,他以"木直中绳,𫐓以为轮,其曲中规"作比,指出通过学习可以改变人的习性。学到的知识多了,可以用来检点自己的言行,提高道德修养,从而由"知明"进入"行无过"的境界。他强调学习能增长知识,修养品德,这是正确的。他提倡"知"和"行"相结合,学以致用,这也是正确的。他主张学习知识来改变人性,是同他的"性恶论"有密切关系的。他认为"人之性恶",只有通过学习,用后天学得的善去改变先天的"性恶",才能使自己成为"行无过"的"君子"。荀子强调学习的重要性无疑是正确的。

荀子还认为客观环境对人们有重大的影响,主张通过学习来认识和利用外界事物的客观规律。"君子生非异也,善假于物也",这就明确地指出人的知识才能不是先天赋予的,也不是整天苦思冥想的产物,而是通过刻苦学习,使自己适应和利用客观环境的结果。犹如登高望远,顺风而呼,假舆马行千里,假舟楫绝江河。他把深邃的道理,通过一系列浅显的比喻,表达得淋漓尽致。作者的功力,由此可见。

荀子还认为学习的好坏,关键在于人们能否发挥主观能动作用,能否利用客观事物来逐步扩大自己的知识领域,能否有逐步积累的学习方法和持之以恒、专心致志的学习态度。他是不承认先天条件是学习好坏的决定因素的。这个观点,他是用一连串的比喻来阐明的。从"积土成山"到"蟹六跪而二螯,非蛇鳝之穴无可寄托者,用心躁也",指出学习的态度必须是踏踏实实,埋头苦干,循序渐进,不能一跃十步,也不能朝勤夕怠,更不能用心浮躁,急于求成。

三段选文,分别论述了学习的目的和意义、学习的方法和学习的态度,说理精密,笔风遒劲,读来抑扬顿挫,富有声韵美。

这篇文章在写作上的最大特点是,把深奥的道理寓于大量浅显贴切的比喻之中,而且在运用比喻时,手法又极其灵活。如第一段,连用五个比喻,从不同的角度阐述了"学不可以已"这一论点,说明了学习的重要性。第二段,作者以"假物"喻学习,先用"吾尝跂而望矣,不如登高之博见也"这个形象的比喻来讲自己的体会,接着用"登高而招"、"顺风而呼"、"假舆马"、"假舟楫"这类生活中的"假物"现象来说明利用或借助外界客观的事物可能收到良好的效果,从而得出结论:"君子生非异也,善假于物也。"通过一系列的比喻来引出结论,能够启发人们的思考,给人们留下深刻的印象。第三段,用"积土成山"和"积水成渊"引出"积善成德,而神明自得,圣心备焉",从正面说明学习的过程是不断积累的过程,又以"不积跬步,无以至千里;不积小流,无以成江海",从反面说明不经过点点滴滴的积累,就不能达到最后成功的目的。这样,运用反复设喻的手法,让人们从这些比喻中去体会,去得出结论。接着是"骐骥""驽马""朽木""金石"四个比喻,这四个比喻都是用来说明学习应当坚持不懈这个道理的。其中"骐骥"与"驽马"相对比,"朽木"和"金石"相对比,设喻和对比相结合,更增强了说理的分量。最后,用"蚓无爪牙之利"的比喻引出"用心一也"的道理,用"蟹六跪而二螯"的比喻引出"用心躁也"的道理,先设喻,再引出比喻中所含的道理,让人们清楚地懂得作者的意思,接受作者的劝说。总之,可以毫不夸张地说,作者几乎是通篇用形象性的比喻来说理的。所用的比喻,从内容来看,是通俗浅显,易为人们所理解和接受的;从运用的方式来看,有正喻、有反喻,有同类并列、有正反对照、有只设喻而把道理隐含其中、有先设喻再引出要说的道理。所以文中用喻虽多,却无生硬板滞的感觉,文章反而显得生动形象,错落有致,富有感召力。

五　蠹①

《韩非子》

上古之世②,人民少而禽兽众,人民不胜禽兽虫蛇。有圣人作③,构木为巢,以避群害,而民悦之,使王④天下,号曰有巢氏。民食果蓏蚌蛤⑤,腥臊恶臭,而伤腹胃,民多疾病。有圣人作,钻燧⑥取火,以化腥臊,而民悦之,使王天下,号之曰燧人氏。中古之世⑦,天下大水,而鲧⑧、禹决渎⑨。近古之世⑩,桀、纣暴乱,而汤、武征伐。今有构木钻燧于夏后氏之世者,必为鲧、禹笑矣;有决渎于殷周之世者,必为汤、武笑矣。然则今有美⑪尧、舜、汤、武、禹之道于当今之世者,必为新圣笑矣。

是以圣人不期修古,不法常可,论世之事,因为之备。

宋人有耕田者,田中有株,兔走触株,折颈而死。因释其耒⑫而守株,冀复得兔。兔不可复得,而身为宋国笑。今欲以先王之政,治当世之民,皆守株之类也。

古者丈夫不耕,草木之实足食也;妇人不织,禽兽之皮足衣也。不事力而养足,人民少而财有余,故民不争。是以厚赏不行,重罚不用,而民自治。今人有五子不为多,子又有五子,大父未死,而有二十五孙。是以人民众而货财寡,事力劳而供养薄,故民争,虽倍赏累罚而不免于乱。

尧之王天下也,茅茨⑬不翦⑭,采椽不斫⑮;粝粢⑯之食,藜藿⑰之羹;冬日麑⑱裘,夏日葛衣:虽监门之服养,不亏于此矣。禹之王天下也,身执耒臿⑲以为民先,股无完胈⑳,胫㉑不生毛:虽臣虏㉒之劳不苦于此矣。以是言之,夫古之让天子者,是以去监门之养而离臣虏之劳也,故传天下而不足多也。今之县令,一日身死,子孙累世絜驾㉓,故人重之。是以人之于让也,轻辞古之天子,难去今之县令者,薄厚之

五　蠹　《韩非子》

实异也。

夫山居而谷汲者,膢㉔腊㉕而相遗以水;泽居苦水者,买庸而决窦㉖。故饥岁之春,幼弟不饷㉗;穰㉘岁之秋,疏客必食㉙:非疏骨肉爱过客也,多少之实异也。

是以古之易财,非仁也,财多也;今之争夺,非鄙也,财寡也。轻辞天子,非高也,势薄也;争士橐㉚,非下也,权重也。

故圣人议多少、论薄厚为之政。故罚薄不为慈,诛严不为戾㉛,称俗而行也。故事因于世而备适于事。

【注释】

①蠹(杜 dù):蛀蚀器物的虫子。

②上古之世:指传说中的三皇五帝时期。

③作:出现。

④王(旺 wàng):名词作动词用,为天下之主。

⑤蓏(裸 luǒ):草本植物的果实。蜯蛤(格 gé):蜯,同"蚌"。蛤,蛤蜊。

⑥燧(隧 suì):古人钻木取火,燧为古代取火之具。

⑦中古之世:一般指夏朝建立前后。

⑧鲧(滚 gǔn):人名,禹的父亲。

⑨渎(毒 dú):入海的河道。

⑩近古之世:一般指商到春秋时代的奴隶社会时期。

⑪美:称颂,形容词用作动词。

⑫耒(垒 lěi):古代称犁上的木把为耒。

⑬茨(祠 cí):用茅草盖的屋顶。

⑭翦:同"剪"。修剪的意思。

⑮斫(酌 zhuó):砍削,对材料加工。

⑯粝(例 lì)粢(zī):粗糙的粮食。

⑰藜藿(霍 huò):藜和藿都是野菜。

⑱麑(倪 ní):小鹿。

⑲耒(插 chā):掘土的工具。

⑳股(拔 bá):腿上的肌肉。

㉑胫(竞 jìng):小腿。

㉒臣虏:臣,仆役。虏,俘虏,古人以俘虏为奴隶。

㉓絜(偕 xié)驾:絜,约束,套马驾车。这里指乘车,表示享受富贵。

㉔膢(楼 lóu):古代二月祭饮食神的节日。

㉕腊:古代在十月间祭百神的节日(秦始皇时改为十二月)。

㉖窦(豆 dòu):水道,渠道。

㉗饷(响 xiǎng):供给食物。

㉘穰(瓤 ráng):庄稼丰熟。

㉙食(饲 sì):给人食物吃。

㉚士橐(托 tuó):指依附诸侯或卿大夫。士,同"仕"。

㉛戾(利 lì):暴虐。

【译文】

　　上古时代,人民少而禽兽蛇虫多,人民受不了禽兽蛇虫的侵害。有一位圣人出来了,他在树上造一个鸟巢一样的住处,来避免各种禽兽的伤害,人民爱戴他,推举他来管理天下,称他为有巢氏。人民吃的是野生的瓜果和蚌蛤,有臊腥臭味,吃了伤害肠胃,因而疾病很多。有一位圣人出来了,他钻木取火,烧烤食物来去掉臊腥臭味,人民爱戴他,推举他来管理天下,称他为燧人氏。中古时代,天下发大水,鲧和禹就出来疏通河道。到了近古时代,夏桀和商纣暴虐昏乱,于是商汤和周武王起兵讨伐他们。如果在夏朝还有在树上筑巢居住和钻木取火的人,一定会被鲧和禹所耻笑;如果在殷周时代还有把疏通河道当作最迫切的事的人,一定会被商汤和周武王所耻笑。那么,在今天如果还有赞美尧、舜、鲧、禹、汤、武的政治而要加以实行的人,必定会被今天的新圣人所耻笑。

所以圣人不要求遵行古法,不取法历久不变的规章,而要考察当代的情况,据以制定适合实际的措施。

宋国有个农夫,他的田里有个树桩。一只兔子奔跑着撞在树桩上,碰断脖子死了。因此他撂下手里的农具守着树桩,希望再捡到这样的兔子。兔子当然不可能再捡到了,这件事却传遍宋国成为笑话。现在谁想要用古代先王的政策,来治理当代的人民,就是守株待兔那一类的事。

古时候男人不用耕种,野生的果实就足够供人吃了;妇女不用纺织,禽兽的皮足够供人穿了。不用费力耕织而供养充足,人民少而财物有余,所以人民之间没有争夺。因此用不着厚赏,也用不着重罚,而人民生活安定。现在一个人有五个儿子也不算多,每个儿子又有五个儿子,做祖父的还没有死,就已经有二十五个孙子了。因此人民多而财物缺少,费尽劳力做事还不够供养吃用,所以人民之间要发生争夺,虽然采取加倍的奖赏和连续的处罚还是免不了纷乱。

尧统治天下的时候,他住的是茅屋,茅草都没修剪整齐,用栎木做的椽子都没砍削光滑;吃的是粗粮,喝的是野菜汤;冬天披块小鹿皮,夏天穿着麻布衣;现在即使是看门人的吃穿也不会比这更差了。禹统治天下的时候,亲自拿起锄头铲子带头劳动,累得大腿上没了肉,小腿上不长毛;现在即使是奴隶的劳动也不比这更苦了。由此说来,古时候辞去天子位子的人,不过是抛弃一个看门人的待遇,丢掉一个奴隶的劳动罢了,所以把天下传给别人并不值得称赞。现在的县官,有朝一日死了,他的子孙几代还可以驾马乘车,所以人们都看重它。故此人们对于辞让,容易辞去古代的天子,难以辞去现在的县官,这是因为待遇的微薄和优厚完全不相同了。

住在山上要到溪谷底下去打水的人,逢年过节都用水作礼物相互赠送;住在洼地常受水涝之灾的人,却要雇工开挖渠道排水。所以荒年的春天,连自己的小弟弟也不能管他饭吃;丰年的秋天,就是很疏远的过客也会招待他吃饭；这并不是疏远自己的骨肉去偏爱路过的客人，而是粮食多余或缺少的情况不一样。

故此古人的看轻财物，并不是仁慈，是因为财物多；今人的你争我夺，并不是鄙吝，是因为财物缺少。古人轻易地辞去天子的职位，并不是品格高尚，是因为权势微薄；今人极力依附权贵来求官，并不是志趣低下，是因为权势很大。

所以圣人要考察社会上财物的多少，考虑权势的轻重，作为施政的根据。因此刑罚轻并不算仁慈，诛戮严并不算暴虐，是适应社会的情况来办事。所以事情总是随时代而变化，政治措施应该适应当时的情况。

【分析】

《韩非子》是韩非所著的书。韩非（约前280—前233），战国末期韩国（今山西省东南和河南省中部）人，出身贵族。他和李斯都是荀子的学生。韩非子是一位总结了儒、道、墨、法各家学说的思想家。后来，综合了商鞅、申不害等前辈的法家思想，形成了一个完整的法家思想体系。他屡次上书韩王，主张变法图强，均未被采纳，于是发愤著书。秦王（即后来的秦始皇）读了他的《孤愤》和《五蠹》，十分赞赏，说："嗟乎！寡人得见此人与之游，死不恨矣！"于是发兵攻打韩国，索求韩非，强邀韩非出使秦国。当时已经在秦国为大臣的李斯，自以为才学不如韩非，对韩非的才能十分妒忌。韩非入秦不久，因李斯等人的陷害，被捕入狱，自杀在监狱里。

韩非的著作现存有《孤愤》《五蠹》《说林》《说难》等五十五篇，均收入《韩非子》一书。

韩非的文章严刻峭厉，说理精密，书中还引用了许多传说故事，也创造了许多寓言，寓意深刻，明白易懂。《五蠹》是代表韩非的历史观和政治思想的一篇重要著作。他认为当时社会上的学者（指儒家）、言谈者（指纵横家）、带剑者（指游侠）、患御者（指依附贵族私门的人)和商工之民,是无益于耕战的,就像蛀虫一样,有害于社会。《五蠹》的篇名,就是这样来的。这是一篇很长的文章,本文只节选了开头的一大段,主要是论述他对古今社会不断变迁的看法,提出了政治应当适合时代的要求。

韩非肯定历史是前进的,他列举"构木为巢""钻燧取火""鲧禹决渎""汤武征伐"等大量的典型事例,说明历史上各个时期有着不同的特点和任务,引出"不期修古,不法常可"的论点。这一看法,是符合历史的发展规律的,比起那些复古倒退的保守思想有长足的进步。但是,他认为上古和中古人民受种种危害是全靠圣人来解救的,这又是不正确的。他认为"今有美尧、舜、鲧、禹、汤、武之道于当今之世者,必为新圣笑矣",则是片面的。人们固然不必一味崇尚古人,但古人的美德还是可以称道并予以继承的。

本文的第二个论点是"事因于世而备适于事"。韩非认为古人和今人的思想见解随着古今情势的不同而不同,人的思想行动是受社会环境的影响和支配的,所以一切政治措施都要根据时代的变化而变化,不应墨守成规,而应该适应当时的情势。这是本文前一个论点的延续和发展,进一步表明了韩非的历史观。但是,他把人们对财物的态度归因于财物的多少,甚至认为古代财物多,后代财物少,因而一代不如一代。这是不符合实际情况的。他认为"人民众而货财寡,事力劳而供养薄",在今天来看,还是不无道理的。

据《史记》记载,韩非有口吃的毛病,不擅长言谈。可是他的文章却是峭劲挺拔,通达晓畅,风格凌厉,在先秦诸子中可算是佼佼者。

"不期修古,不法常可"是本文的中心论点,这同儒家"法先王"的主张是针锋相对的。韩非巧妙地引用儒家所崇尚的三皇五帝来证明自己的观点,这对批驳儒家的保守思想,确立自己的论点,无疑是很有力的。当他在论证"事因于世而备适于事"这一论点时,则是运用了对比的手法,通过将古之圣人和今之县令相对比,山居谷汲和泽居苦水相对比,饥岁之春和穰岁之秋相对比,使人深信他的论点是正确的。

文章里还说了一个"守株待兔"的故事,他用这个寓言故事引出了"今欲以先王之政,治当世之民,皆守株之类也"的结论,辛辣地讽刺了那些墨守成规看不见事物发展变化的人,从而生动地强化了自己的中心论点。

为了使自己的论说更富有说服力,韩非还十分重视文采。寓言故事的引用,既可以说明深奥的哲理,又可以使文章生动风趣。此外,像"上古之世……中古之世……近古之世……"的排比句法,和"构木为巢,以避群害","钻燧取火,以化腥臊"的对偶句法,更使文章气势浑厚,又有强烈的节奏感,读来琅琅上口,具有音乐美。

谏逐客书

李 斯

　　臣闻吏议逐客①,窃②以为过矣。昔穆公③求士,西取由余④于戎,东得百里奚⑤于宛,迎蹇叔⑥于宋,求丕豹、公孙支⑦于晋。此五子者,不产于秦,而穆公用之,并国二十,遂霸西戎⑧。孝公用商鞅⑨之法,移风易俗,民以殷盛,国以富强,百姓乐用,诸侯亲服,获楚魏之师⑩,举地千里,至今治强。惠王用张仪之计⑪,拔三川之地⑫,西并巴蜀⑬,北收上郡⑭,南取汉中⑮,包九夷⑯,制鄢郢⑰,东据成皋⑱之险,割膏腴之壤,遂散六国之从⑲,使之西面事秦,功施到今⑳。昭王得范雎㉑,废穰侯,逐华阳㉒,强公室,杜私门㉓,蚕食诸侯,使秦成帝业。此四君㉔者,皆以客之功。由此观之,客何负于秦哉? 向使四君却客而不内,疏士而不用,是使国无富利之实,而秦无强大之名也。

　　今陛下致昆山之玉㉕,有随和之宝㉖,垂明月之珠,服太阿之剑,乘纤离之马㉗,建翠凤之旗㉘,树灵鼍㉙之鼓:此数宝者,秦不生一焉,而陛下悦之,何也? 必秦国之所生然后可,则是夜光㉚之璧,不饰朝廷;犀象㉛之器,不为玩好;而郑卫之女,不充后庭;骏马駃騠,不实外厩㉜;江南金锡不为用,西蜀丹青㉝不为采。所以饰后宫、充下陈㉞、娱心意、悦耳目者,必出于秦然后可,则是宛珠之簪㉟、傅玑之珥㊱、阿缟㊲之衣、锦绣之饰不进于前,而随俗雅化、佳冶窈窕赵女不立于侧也。

　　夫击瓮叩缶㊳,弹筝搏髀㊴,而歌呼呜呜,快耳目者,真秦之声也。郑、卫、桑间㊵,《韶》《虞》《武》《象》㊶者,异国之乐也。今弃击瓮叩缶而就郑、卫,退弹筝而取韶虞,若是者何也? 快意当前,适观而已矣。今取人则不然,不问可否,不论曲直,非秦者去,为客者逐。然则是所重者在乎色、乐、珠、玉,而所轻者在乎人民也。此非所以跨海内、制诸侯之术也。

臣闻地广者粟多,国大者人众,兵强则士勇。是以泰山不让㊷土壤,故能成其大;河海不择细流,故能就其深;王者不却众庶,故能明其德。是以地无四方,民无异国,四时充美,鬼神降福,此五帝三王之所以无敌也。今乃弃黔首㊸以资敌国,却宾客以业诸侯,使天下之士,退而不敢西向,裹足不入秦,此所谓藉寇兵而赍盗粮者也㊹。夫物不产于秦,可宝者多;士不产于秦,而愿忠者众。今逐客以资敌国,损民以益仇,内自虚而外树怨于诸侯,求国之无危,不可得也。

【注释】

① 吏议逐客:韩国人郑国(人名),到秦国劝说秦王修渠溉田,但后来发现郑国是韩国间谍。秦国的宗室大臣和执政官吏便商议认定,凡是外国来秦做事的人都是间谍,劝秦王下令把所有客卿一齐驱逐出境。

② 窃:自谦代词,指自己。

③ 穆公:姓嬴名任好(?—前621年),春秋时五霸之一。他开地千里,遂霸西戎,秦国开始强大起来。

④ 由余:晋人,在西戎任职。穆公使人离间由余和西戎王的关系,迫使由余投降秦国,穆公用由余之谋伐戎王,扩大疆土千里。

⑤ 百里奚:楚宛人。初事虞公,虞亡入秦,曾为楚人所执,后被秦穆公以五张羊皮赎回,用为大夫,故号"五羖大夫"。

⑥ 蹇叔:春秋时宋人,百里奚推荐给秦穆公,封为上大夫。

⑦ 丕豹:晋大夫丕郑的儿子,因其父被杀,自晋奔秦,为穆公所用。公孙支:原为晋人,后归秦,为穆公谋臣。

⑧ 并国二十,遂霸西戎:《史记·秦本纪》记载秦穆公用由余谋霸西戎事。"并国二十"是合由余、百里奚等五人之功而言,极言其多,并非实指。

⑨ 孝公:秦孝公,即嬴渠梁(前381—前338年),系秦穆公第十

四代孙,前361至前338年在位。起用商鞅变法,开阡陌,致力于发展农业生产,国力日盛。商鞅(约前390—前339年),战国时卫国人,姓公孙,名鞅,入秦,劝秦孝公变法,执政十年,秦国强盛。封为商君,后称商鞅,亦称卫鞅。有《商君书》二十九篇。

⑩获楚魏之师:楚宣王三十年,秦封卫鞅于商,南侵楚。秦孝公二十二年,商鞅击魏,俘魏公子卬(昂 áng),魏被迫割河西之地以求和。

⑪惠王用张仪之计:惠王,秦孝公的儿子,名驷,号惠文君,至十四年称王,秦称王自他始。张仪(?—前310年),战国时魏人,为秦相时,宣传"连横",劝说诸侯奉事秦国。

⑫三川之地:在洛阳一带。三川,指黄河、洛水、伊水。

⑬西并巴蜀:巴,即今以重庆为中心的川东地带;蜀,即今以成都为中心的川西地带。秦惠王八年,张仪复相秦,九年司马错伐蜀,蜀遂灭。

⑭上郡:现在陕西省榆林等县。这地方原属魏国,魏屡败于秦,秦惠王三十年,魏纳上郡十五县于秦。

⑮汉中:秦惠王十三年,攻楚汉中,取地六百里,置汉中郡。

⑯包九夷:包,兼并。九夷,指当时楚国境内的少数民族。

⑰制鄢郢(烟影 Yān Yǐng):制,制服。鄢,在今湖北省宜城县;郢,当时楚国都城,在今湖北江陵县东南。

⑱成皋:要塞名,又名虎牢,在今河南汜水县西北一带。

⑲散六国之从:打散以抗秦为目的的六国(韩、魏、赵、齐、楚、燕)的"合纵"。

⑳功施(意 yì)到今:功绩一直达到现在。施,延续。

㉑昭王:即秦昭王,是惠王之子,前306至前251年在位。范雎:魏人,相秦,封应侯,献远交近攻的策略。

㉒废穰侯,逐华阳:穰侯,姓魏名冉,为昭王母宣太后的异父弟,曾为秦相,封于穰邑,故称穰侯。华阳,名芈(米 Mǐ)戎。宣太后同父

弟,因封于华阳,故称华阳君。两人都因宣太后的关系,专权骄横,昭王用范雎计,废太后,赶走穰侯和华阳君。

㉓公室:朝廷。杜私门:杜塞私人专权的门径。

㉔四君:指穆公、孝公、惠王、昭王。

㉕昆山之玉:昆山也叫昆冈,在现在的新疆维吾尔自治区境内,有名的产玉地。

㉖和随之宝:指卞和之璧、随侯之珠,都是有名的珍宝。随侯之珠亦即明月之珠。楚人和氏(卞和),于楚厉王时,在楚山中得到一块璞玉(石中包含美玉叫璞),献给厉王,厉王以为诈,砍去卞和的左脚。楚武王即位,卞和又献宝,又被砍去右脚。直到楚文王即位,卞和悲叹宝玉无人赏识,抱璞在山下痛哭,文王令人凿去玉外石头,果得宝玉,遂名为"和氏璧"(见《韩非子·和氏》)。随侯是春秋姬姓诸侯,他见大蛇被斩为两截,把蛇身连结在一起,上了药。后来蛇衔珠以报,因称珠为随侯之珠(见《淮南子·览冥训》)。

㉗太阿之剑:据《越绝书》:楚王令风胡子之吴,见欧冶子、干将,使作剑。二人凿茨山,泄其溪,取铁英作剑三把,第一把名龙渊,第二把名太阿,第三把名工布,都是古代的名剑。纤离:骏马名。据说,北狄国名纤犁,该国出好马,称"纤离"。

㉘翠凤之旗:用翠羽做成凤鸟的形状,装饰旗子。

㉙灵鼍(驼 tuó):即鼍龙,俗名猪婆龙,形似鳄鱼,皮可蒙鼓,鼓声洪亮,传之甚远。

㉚夜光:玉名,其光夜可以鉴。

㉛犀象:犀角,象牙。

㉜駃騠(掘啼 jué tí):古代一种骏马。外厩:马棚。

㉝丹青:即丹砂之类绘画颜料。

㉞下陈:指侍妾。

㉟宛珠之簪:即嵌有小珠的簪。

㊱傅:附著。玑:珠的一种。珥:用玉做成的耳饰。傅玑之珥:即

用珠玉连缀的耳环。

㊲阿缟:齐国东阿所产白色的丝织品。

㊳瓮:汲水的瓦罐。缶(否 fǒu):瓦器。秦人以之为乐器。

㊴搏髀(必 bì):歌唱时在腿股上打着节拍的意思。

㊵郑、卫:指郑国、卫国的民间乐曲。桑间:即今河南濮阳地区,那一带的音乐很出名。

㊶《韶》、《虞》:虞舜时的乐曲名。《武》、《象》:周武王时的乐曲称《武》,乐舞称《象》。《武》、《象》是表演作战的乐舞曲。

㊷让:辞,拒绝。

㊸黔首:秦称百姓为黔首。

㊹藉寇兵而赍(基 jī)盗粮:把武器和粮食给自己的敌人去利用。藉,同"借"。兵,武器。赍,拿东西送人。

【译文】

我听说官吏们建议赶走客卿,个人认为这样做太过分了。过去穆公访求人才,西边从戎族选拔了由余,东边从宛城得到了百里奚,从宋国迎来了蹇叔,从晋国聘请了丕豹和公孙支。这五位人士,并不出生在秦国,可是,穆公重用他们,吞并了二十来个小国,在西戎地区成为霸主。孝公采纳了商鞅变法的主张,改革旧习,树立新风尚,人民殷实兴盛,国家因此富足强大,老百姓愿意效劳出力,列国都向秦国亲善归顺,俘虏了楚、魏两国的大批将士,一举得到上千里的土地,至今国势强盛。惠王采用张仪的计谋,攻克了黄河、洛水、伊水汇合的地区,向西边兼并了巴郡和蜀郡,向北方收得了上郡,向南面夺取了汉中,拿下了广大少数民族地区,控制了鄢城和郢都,向东方占据了成皋的要塞,割取了大片肥沃的土地,就这样拆散了六国的南北联盟,迫使他们向西方服从秦国,功绩一直延续到现在。昭王得到范睢,废黜了穰侯,放逐了华阳君,加强了王室的权力,阻止了私人的专横,逐步侵吞了列国的领土,使秦国成就了帝王的事业。这四位国君都是依靠客卿的功劳有所成就。从这些事例看起来,客卿有什么亏负秦国的呢!当初假使四位国君拒绝客卿而不肯接受,疏远人才而不肯重用,那就弄得国家不会有财物富足的实际好处,秦国也不会有强大的响亮名声啊。

如今陛下搞来了昆山的宝玉,占有了随侯珠、和氏璧,悬挂着夜光宝珠,佩带着太阿宝剑,驾车的是纤离好马,竖立的是翠凤彩旗,安放的是鼍皮大鼓:这许多宝贝,秦国一种也不出产,可是陛下却很喜爱它们,这是为什么?一定要秦国自己出产的才算好用,那么,夜光的宝玉不该用来装饰朝堂,犀角、象牙的器具不该拿来玩赏,郑、卫两国的少女不该住满后宫,而一日千里的名马不该饲养在外面马棚里,江南地区的铜、锡不该派用场,西蜀的丹砂不该用来做颜料。用来装饰后宫、充当侍女、娱乐心境、顺耳悦目的,一定要出产于秦国的才算好,那么宛地出产的珠子嵌成的簪子,镶着小珠的耳环,东阿的白绢衣衫,锦绣一类的装饰就不该进呈到面前;还有那既合时髦又装扮雅致、容貌艳丽的赵国美女也就不该站立在一旁了。

那敲打着瓦制乐器,一面弹着秦筝,一面拍着大腿,呜呜地歌唱着,使人听得快乐,看得有趣的,那才真是秦国的音乐啊;郑国、卫国、桑间的曲调,《韶》《虞》《武》《象》这些古代的雅奏,都是外来的音乐呀。如今抛弃掉那些敲打的瓦器,而采用郑卫的乐曲,不用弹奏而使用古乐。这样做是什么缘故呢?只是为着眼前的快活,好看、好听罢了。如今任用人则不这样,不问恰当不恰当,不考虑合适不合适,只要不是秦国本土的就一律排斥,只要是外来的客卿就一律赶走。那么,这就是重在女色、乐曲、珍珠、宝玉,而看轻人才和民众啊。这不是用来兼并四海、制服诸侯的好办法。

我听说土地广大,粮食就丰富,国家强大,人民就众多,武器精良,兵士就勇敢。因此,泰山不嫌弃一块土壤,所以能够形成它的高大;江河湖海不挑剔细小的溪流,所以能够汇成深渊;做帝王的不摈弃广大的人民,所以能使德业光大。所以说地不分南北东西,老百姓不分本国别国,一年四季都充足美好,连鬼神都带来好处,这是三王五帝所以无敌于天下的原因呀。如今却抛弃老百姓去充实敌方的国家,斥退宾客以成就列国的诸侯,使得天下的能人好汉,退却而不敢向西方来,止步不进入秦国,这真是借给敌人武器而又充实敌人粮草的行为。物资不出产在秦国,值得作为珍宝的有很多;有作为的人不出生在秦国,而愿意为秦国忠心效劳的也很多。现在驱逐客卿而资助敌国,损害人民而给仇敌好处,自己内部空虚而外部同各国诸侯树立怨仇,要想求得国家没有危险,这是办不到的。

【分析】

　　李斯(?—前208),楚上蔡(今河南上蔡县西)人。年少时为郡小吏,和韩非同受业于荀子。战国末年入秦,历任长史、客卿、廷尉,后官至丞相。他主张废分封、设郡县;以法为教,以吏为师;以小篆为标准,统一文字。这些意见均被秦王采纳,李斯深得秦王重用。秦二世时,为赵高所杀。他的一些作品,因载入《史记》本传及《秦始皇本纪》中而保留下来。

　　《谏逐客书》这篇文章正如题目所揭示的,是对秦始皇下令逐客的荒唐行为的劝阻与批评。

　　我们先来理解这篇文章产生的背景。秦始皇时代,天下纷争,诸国竞雄,而秦国屹立于西方,对其他各国形成了极大威胁。东方各国为了对付这新起的、强暴的秦国,派了大批的间谍去秦国进行破坏活动。秦始皇为了彻底肃清各国派来的间谍,就轻信臣下的建议,下令逐客,要把所有的宾客、外籍人统统驱逐出秦国。李斯本来是楚国人,在秦国也属于客卿,在被逐之列。鉴于秦始皇这一措施不分青红皂白,加上自己切身的利害,李斯便上了这份奏章;反复说理,开陈利害,讲明逐客之不当行。

　　文章开头就提挈全文,用"臣闻吏议逐客,窃以为过矣"一句总领,为下面的论谏开了路。

从"昔穆公求士"到"是使国无富利之实,而秦无强大之名也"为第一段。这一段主要用秦国之所以强大的客观事实,说明"客"不仅不负秦而且大有功于秦。"事实胜于雄辩",这一段里——列举的历史事实,具有无可辩驳的力量。这里用的是一种直叙法。

从"今陛下致昆山之玉"起,到"此非所以跨海内、制诸侯之术也",是第二段。这是用对比法来说明逐客的得失。换了一种说法,再证逐客之非,一正一反,说理又深入了一步。

从"臣闻地广者粟多"起,到"此所谓藉寇兵而赍盗粮者也",这是以古代"五帝三王之所以无敌"的原因来与秦国政策相比,继续证明逐客之非,这是正面说理。

最后,从"夫物不产于秦"到"求国之无危,不可得也",自然而然地说到逐客后果之危害,结束全文。

这篇文章围绕逐客之非这一主题,从总结历史、对比事实,正面说理,以及就事态发展可能产生的严重后果反复说明,一层层批驳。秦始皇见了这篇奏章后,便收回了成命,由此可见这篇文章的强大说服力。

说理的文章,最重事实,而事实应当与论断之间紧密联系,这才能产生说服人的效果。所以《文心雕龙·论说》篇提到:"范雎之言事,李斯之止逐客,并顺情入机,动言中务,虽批逆鳞,而功成计合,此上书之善说也。"我们拿这篇文章来看,开头一句,李斯就否定了逐客令。这是一个论断。但你否定的理由是什么呢?有什么事实作根据呢?这就需要论证了。文章以历史事实为证:秦穆公用了客卿,结果是"并国二十,遂霸西戎";孝公用了客卿,结果是"移风易俗,民以殷盛,国以富强,百姓乐用,诸侯亲服,获楚魏之师,举地千里,至今治强";惠王用了客卿,结果是"遂散六国之从,使之西面事秦,功施到今";昭王用了客卿,结果是"使秦成帝业"。这一个又一个论证非常有力,就因为它们都是历史事实,揭示了论断与客观事实的联系。而且,李斯这里列举的又都是秦国本身的历史和事实,与秦始皇有切近关系。有人把写说理文章比作说话,说话需在说的人和听的人之间建立一种联系,话是由具有一定身份的人说的,说给有一定身份的人听。话的内容和形式都要适合这两种人的身份,而且要针对着说服的目的。李斯的身份是客卿,然而却是有才、有为之士,说服的对象是秦始皇,而他有权颁发和推行逐客令。在这种微妙的关系中,李斯用秦国四个君主重用客卿的事实,触动秦始皇。对于秦始皇来说,他最关心的莫过于吞并天下,实现自己的帝王之梦了;而他最熟悉的莫过于他自己祖宗的事了。所以李斯列举的事实不仅系统完整,而且是经过思考组织的。列举历史事实之后,结以一句反诘:"由此观之,客何负于秦哉?"把事实和论断紧密联系,真有摇撼不动的力量。

光列举历史事实还不够,李斯又举了眼前的事实进行论证。拿昆山之玉、和随之宝、明月之珠、太阿之剑、纤离之马、翠凤之旗、灵鼍之鼓等,都不产生于秦而秦王却非常喜爱的事实,与"取人则不然,不问可否,不论曲直,非秦者去,为客者逐"对比,就更证明秦的逐客的不当。所以接着自然地引出这样的结论:"所重者在乎色、乐、珠、玉,而所轻者在乎人民也。此非所以跨海内、制诸侯之术也。"这个结论也是和事实紧密联系的,且与前面的论断相呼应,更加强了说服力,引人深思,发人猛省。

李斯在《谏逐客书》中还用当时公认的容易理解的"五帝三王之所以无敌"的道理进一步论证逐客之非。从"臣闻地广者粟多,国大者人众,兵强者则士勇。是以泰山不让土壤,故能成其大;河海不择细流,故能就其深;王者不却众庶,故能明其德。是以地无四方,民无异国,四时充美,鬼神降福,此五帝三王之所以无敌也"这个大前提出发,作为衡量是非的标准,再来看逐客的利弊:"今乃弃黔首以资敌国,却宾客以业诸侯,使天下之士,退而不敢向西,裹足不入秦,此所谓藉寇兵而赍盗粮者也。……今逐客以资敌国,损民以益仇,内自虚而外树怨于诸侯,求国之无危,不可得也。"这就进一步揭示出"逐客"之举与"五帝三王之道"之间的矛盾,说明了"逐客"的危害。"跨海内、制诸侯"是当时统治者关心的目标,"五帝三王之所以无敌"的道理也是当时统治者容易明白的。这样,说服力就更强了。

　　论说文要讲究论证的方法,同时也要重视语言的锤炼。《谏逐客书》在这两方面都是做得很好的。语言上的技巧从第一段就可看出:"昔穆公求士,西取由余于戎,东得百里奚于宛,迎蹇叔于宋,求丕豹、公孙支于晋。"这几句话极力描写秦始皇祖先秦穆公好客求士的精神,安排在每句句头的"西""东""迎""求",给人一种惟恐士之不来因而八方延请的急迫的感觉与秦始皇的"今取人则不然,不问可否,不论曲直,非秦者去,为客者逐"的做法形成鲜明对比。这里叠用三个"不"字,又用一个"去"字,一个"逐"字,把秦始皇的无理蛮横鲜明地表现出来了。此外,如"今陛下致昆山之玉,有和随之宝,垂明月之珠,服太阿之剑,乘纤离之马,建翠凤之旗,树灵鼍之鼓",动词用字不重复,见出作者词汇之丰富;这些动词,画出了秦皇巧取豪夺的贪婪本性。这样精心选择的字眼,带有作者强烈的感情,而给予读者的印象又是何等的鲜明!无怪前人评这篇文章是"莽莽大笔,落落大意"了。

过　秦　论

贾　谊

秦孝公据崤函①之固,拥雍州之地,君臣固守以窥周室,有席卷天下,包举宇内,囊括四海之意,并吞八荒之心。当是时也,商君佐之,内立法度,务耕织,修守战之具,外连衡②而斗诸侯。于是秦人拱手③而取西河之外。

孝公既没,惠文、武、昭襄蒙故业,因遗策,南取汉中④,西举巴蜀,东割膏腴⑤之地,北收要害之郡。诸侯恐惧,会盟而谋弱秦,不爱珍器重宝肥美之地,以致天下之士,合从⑥缔交,相与为一。当此之时,齐有孟尝、赵有平原、楚有春申、魏有信陵:此四君者,皆明智而忠信,宽厚而爱人,尊贤而重士。约从离衡,兼韩、魏、燕、楚、齐、赵、宋、卫、中山之众。于是六国之士,有宁越、徐尚、苏秦、杜赫之属为之谋,齐明、周最、陈轸、召滑、楼缓、翟景、苏厉、乐毅之徒通其意,吴起、孙膑、带佗、倪良、王廖、田忌、廉颇、赵奢之朋制其兵。尝以十倍之地,百万之师,叩关而攻秦。秦人开关延⑦敌,九国之师,逡巡而不敢进。秦无亡矢遗镞⑧之费,而天下诸侯已困矣。于是从散约败,争割地而奉秦。秦有余力而制其弊,追亡逐北,伏尸百万,流血漂橹;因利乘便,宰割天下,分裂河山。强国请服,弱国入朝。延及孝文王、庄襄王,享国日浅,国家无事。

及至始皇,奋六世之余烈,振长策而御宇内,吞二周⑨而亡诸侯,履至尊而制六合⑩,执敲扑⑪而鞭笞天下,威振四海。南取百越⑫之地,以为桂林、象郡;百越之君,俯首系颈,委命下吏。乃使蒙恬北筑长城而守藩篱⑬,却匈奴七百余里;胡人不敢南下而牧马⑭,士不敢弯弓而报怨。于是废先王之道,焚百家之言,以愚黔首⑮;隳名城,杀豪俊;收天下之兵,聚之咸阳,销锋镝⑯,铸以为金人十二,以弱天下之民。然后践华为城,因河为池,据亿丈之城,临不测之渊以为固。良将劲弩,守要害之处;信臣精卒,陈利兵而谁何。天下已定,始皇之心,自以为关中⑰之固,金城千里,子孙帝王万世之业也。

始皇既没,余威震于殊俗⑱。然而陈涉瓮牖⑲绳枢之子,氓隶之人,而迁徙之徒⑳也。才能不及中人,非有仲尼、墨翟之贤,陶朱、猗顿之富。蹑足行伍之间,而倔起阡陌之中,率疲弊之卒,将数百之众,转而攻秦,斩木为兵,揭竿为旗,天下云集响应,赢㉑粮而景从。山东㉒豪俊遂并起而亡秦族矣。

且夫天下非小弱也;雍州之地,崤函之固,自若也。陈涉之位,非尊于齐、楚、燕、赵、韩、魏、宋、卫、中山之君也;锄耰㉓棘矜㉔,非铦㉕于钩戟㉖长铩㉗也;谪戍之众,非抗于九国之师也;深谋远虑,行军用兵之道,非及向时之士也。然而成败异变,功业相反,何也?试使山东之国与陈涉度长絜㉘大,比权量力,则不可同年而语矣。然秦以区区之地,致万乘之势,序八州㉙而朝同列,百有余年矣。然后以六合为家,崤函为宫。一夫作难而七庙隳㉚,身死人手,为天下笑者,何也?仁义不施而攻守之势异也。

【注释】

①崤(淆 xiáo)函:崤山和函谷关。崤山在今河南省洛宁县,位于函谷关的东边。函谷关在今河南省灵宝县。

②连衡:连横。是一种分散六国,各自同秦联合,而后让秦各个击破的策略。

③拱手:两手相合,喻毫不费力。

④汉中:今陕西省秦岭以南地区。

⑤膏腴(鱼 yú):土地肥沃。

⑥合从:即合纵,六国联合对付秦国。

⑦延:延纳,往里让。

⑧镞(足 zú):箭头。

⑨二周：西周和东周。

⑩六合：天地上下四方。此指天下。

⑪敲扑：刑具，短的叫"敲"，长的叫"扑"。

⑫百越：古时越族居住在浙、闽、粤各地，每个部落都有名称，如东越、闽越、瓯越、南越、骆越等，而统称为"百越"，也叫"百粤"。

⑬藩篱：屏障。

⑭牧马：本为放牧马匹之意，这里比喻为骚扰或侵略。

⑮黔(钳 qián)首：黔，黑。秦朝称老百姓为"黔首"。

⑯锋镝(笛 dí)：此泛指兵器。锋，兵器的刃。镝，箭头。

⑰关中：指秦雍州之地。自函谷关以西，秦岭以北，总称关中。

⑱殊俗：不同的风俗。此指风俗习惯不相同的边远地方。

⑲牖(有 yǒu)：窗户。

⑳迁徙之徒：被征发的人。指陈涉是个被发派去戍守渔阳的人。

㉑赢(盈 yíng)：担负。

㉒山东：泛指太行山以东的广大地区。战国时统称六国为山东。

㉓耰(优 yōu)：用以碎土的农具，似耙而无齿。

㉔棘矜(勤 qín)：用棘作的矛柄。

㉕铦(先 xiān)：锋利。

㉖钩戟：有钩的戟。

㉗长铩(杀 shā)：长矛。

㉘絜(协 xié)：跟"度"的意思相近。衡量，比较。

㉙八州：古时分天下为九州，秦居雍州，此外尚有八州，为诸侯之地。

㉚七庙隳(灰 huī)：七庙，就是祖庙。隳，毁坏。此指国家灭亡。

【译文】

秦孝公依靠崤山和函谷关的险要形势，占据雍州的地盘，君臣们加强防守而暗中图谋周朝政权，大有席卷天下、夺取江山，统一全国，把四面八方的地盘一齐吞并掉的雄心。就在这个时候,商鞅辅佐秦孝公,对内建立法令制度,致力于耕种纺织,制造攻守的武器,对外执行连横政策,让各诸侯互相斗争。于是秦国毫不费力地取得了黄河以西的一些地方。

孝公死后,惠文王、武王、昭襄王继承孝公的旧业,遵循他遗留下来的政策,向南方夺取汉中,向西方攻占巴蜀,向东方割得肥沃的土地,向北方夺取紧要险阻的城邑。各国诸侯因此恐惶惧怕,会合结盟来想办法削弱秦国,不惜用珍贵的器皿、贵重的宝物和肥沃富饶的土地,来招纳天下的人才,采用合纵的办法缔结盟约,相互合作,结为一体。在那个时候,齐国有孟尝君,赵国有平原君,楚国有春申君,魏国有信陵君:这四位公子,都明达智慧而且忠诚信义,宽仁厚道而且爱护百姓,尊敬贤者而且重视士人。他们相约合纵,破坏秦国的连横政策,掌握了韩、魏、燕、楚、齐、赵、宋、卫、中山等国的民众。于是六国的才智之士,有宁越、徐尚、苏秦、杜赫这些人替他们出谋划策,有齐明、周最、陈轸、召滑、楼缓、翟景、苏厉、乐毅这些人沟通他们的意见,有吴起、孙膑、带佗、倪良、王廖、田忌、廉颇、赵奢这些人统率他们的军队。诸侯们曾经凭借比秦国大十倍的地方和百万大军,攻打函谷关而进击秦国。秦国打开函谷关诱敌进关,九国的军队徘徊不敢前进。秦国没有耗费一支箭一个箭头,而天下的诸侯就已经疲惫了。于是合纵离散,盟约败坏,诸侯争着割地贿赂秦国。秦国有充足的力量制裁那些疲弊的诸侯,追逐败逃的敌兵,杀得他们横尸百万,所流的血把大盾牌都漂浮起来;秦国趁着这种有利的形势,分割天下的土地山河。因而强国请求归服,弱国前来入朝。一直到孝文王、庄襄王,他们在位时间不长,国家没有什么大事。

到了秦始皇,发扬六世遗留下来的功业,像举起长长的马鞭子赶车那样来驾御各国,并吞西周、东周,灭亡六国诸侯,登上皇帝的位子,控制天下,用严酷的刑罚来奴役天下的百姓,威风震慑四海。向南方夺取百越的土地,把它改设为桂林郡和象郡;百越的君主,低着头,颈上系着绳子表示归顺,把自己的性命交给秦朝的下级官吏。又派大将蒙恬到北边修筑万里长城,作为边疆上的屏障来守卫,把匈奴向北驱逐了七百多里;胡人不敢到南边来骚扰,六国的人不敢用武器来复仇。于是废除先王的政治主张,烧毁诸子百家的著作,以使老百姓愚昧无知;毁坏名城,杀戮豪杰;收取天下的兵器,集中到咸阳,熔化刀和箭头,铸成十二个金属的人像,以削弱天下百姓的力量。然后凭着华山当作城,就着黄河当作护城河,依据亿丈之高的华山,下临深险莫测的黄河,据为险要。良将持强弓,防守紧要的地方,可靠的大臣率领精干的士兵,摆列着锋利的武器,严格地盘诘过往的行人。天下已经平定,秦始皇的心目中,自以为关中巩固,坚固的城廓千里,是子子孙孙万世称帝称王的基业。

　　秦始皇死后,余威还震慑着远方。然而陈涉是一个用破瓮作窗户、用草绳系户枢的穷苦人家的子弟,是种田人,供人使役的人,是应征服役、调往边境戍守的人。他的才能赶不上一般中等人,既没有孔子、墨子那样贤德,也不像陶朱、猗顿那样富有。他奔跑在部队兵卒之间,突然兴起在田野当中,带领着疲弊不堪的士兵,统率着几百个人,反过来攻打秦王朝,砍下树木来作兵器,举起竹竿来当旗帜,天下的人就像乌云那样会合在一起,像回响那样应声而起,挑着粮食如影随形地跟随着他。太行山以东的英雄豪杰一齐起来,就把秦朝的统治推翻了。

　　想那秦朝的天下并不弱小;雍州的土地,崤函的险固,还是依然如故。陈涉的地位,并不比齐、楚、燕、赵、韩、魏、宋、卫、中山的国君尊贵;锄耙矛柄并不比钩戟长矛锋利;被征发戍守边防的人们,并不比当时的九国军队强大;深远的谋略,行军用兵的本领,也赶不上先前的那些能人。但是成败不同,功业相反,这是为什么呢?假使拿山东的各国诸侯来跟陈涉比量长短大小,较量一下他们的权威和势力,那真是不可以相提并论了。然而秦国过去以小小的地方,竟然统一六国得到皇帝的权势,统辖其他八州,使本来跟他地位相同的诸侯都来向他朝拜,已有一百多年了,然后以天地四方为家,以崤山函谷关为宫。可是陈涉一个人首举义兵,秦朝就此灭亡,秦王子婴死在别人的手里,被天下的人所讥笑,这是为什么呢?这是不施行仁义之政,因而以前攻取天下和后来固守天下便面临两种完全不同的形势了。

【分析】

贾谊(前200—前168),西汉洛阳(今河南洛阳市)人。西汉大臣,政论家。他年青时就有才名,二十岁那年,被汉文帝召为博士,一年后就越级升为太中大夫。他对朝政很尽心,提出一整套改革建议。在政治方面,他主张用武力镇压控制诸侯王,"众建诸侯而少其力",加强汉王朝的主要依靠力量。在经济方面,他重农抑商,主张中央统一掌管铸钱、冶矿,控制工商主的非法经济活动。结果遭到权贵们的忌妒和毁谤,被文帝所疏远,贬谪为长沙王的太傅。后来又被征聘为文帝的儿子梁怀王刘揖的太傅。他深感自己怀才不遇,又碰到刘揖坠马而死,在忧己哀人的情况下,终于在忧郁和愤懑之中死去,年仅三十三岁。

贾谊是一位杰出的政论家和文学家,也是最早的汉赋作家之一。他的散文,议论畅达,气势雄伟,有相当的艺术感染力。著有《新书》十卷,是后人为他编辑的。政治论文除《过秦论》外,还有《陈政事疏》(即《治安策》)《论积贮疏》等。

《过秦论》有上、中、下三篇,是他的代表作。本文选的是上篇,论述秦所以能够吞并六国和所以迅速灭亡的原因。作者说的是秦朝的兴衰,实际上是提醒汉朝的统治者应以秦为鉴,施行仁政,避免重蹈秦朝的覆辙。

"过",是"过失"、"过错"的意思。"过秦",就是指责秦的过失,然而贾谊却从秦国的强盛写起,先叙秦孝公时秦国地理形势的险固和孝公有并吞天下的雄心。"席卷天下""包举宇内""囊括四海""并吞八荒",这一连串意思近似的句子,极言了孝公的雄心大志,写得气势磅礴,力量雄浑,具有极强的艺术感染力量。

秦孝公用商鞅变法,充实国力,用"连衡"离间各国诸侯,坐收渔翁之利,于是扩大了地盘,奠定了强盛的基础。惠文、武、昭襄三世,继孝公之后,继续不断地扩展疆域,"南取汉中,西举巴蜀,东割膏腴之地,北收要害之郡",四面出击,秦国地盘日益扩大。作者用东西南北并举的排偶句,极写秦国武力的强大。接着,调转笔头,着力渲染各国诸侯联合抗秦的力量的雄厚:主子贤明,谋士成群,良将出众,兵士众多,土地辽阔。于是乎"以十倍之地,百万之师,叩关而攻秦"了,大有"黑云压城城欲摧"的架势,好像破秦指日可待,绝对有把握了。结果是"秦人开关延敌",轻而易举地击败了"九国之师",杀得气势汹汹的"叩关"者"伏尸百万,流血漂橹"。作者绘声绘色地极力夸张诸侯反秦的声势,要言不烦地写秦国延敌困诸侯,从而反衬出秦国实力的强大。强大的秦国没有错过这一扩张势力的大好机会,"因利乘便,宰割天下,分裂河山",合纵政策烟消云散,六国联盟土崩瓦解,各诸侯国纷纷赂秦求和,元气大伤,出现了秦国独霸天下的大好形势。作者写各诸侯国的衰落和秦国的日益强大,文笔酣畅,滔滔滚滚,犹如江水过峡。至此,一笔带过孝文王、庄襄王当政的情况,在那紧锣密鼓、刀光剑影之后,突然偃旗息鼓,转入平静,正如明人归有光所说的,在这里"如人吐气"。读来确实有此感觉。

秦始皇继起,终于"吞二周而亡诸侯",南征北伐,统一天下,气焰赫赫,不可一世。于是,他踌躇满志,为自身着想,做了一系列于国有害、于民无利的蠢事,妄图加强专制统治,让子子孙孙永远做天下的主子。文章写到这里,写完了秦国奋发图强走向鼎盛的全过程,作者的"过秦"之说则由此开始。秦国经过六世的努力才统一天下,可是它的衰亡却异常急速,速亡的主要原因,是始皇的政策不得人心,因而人民不支持它,反对它。对此,作者却不从正面去写秦王朝的暴虐统治致使民心失尽,而是叙述通过陈涉崛起和壮大的迅速来反衬。写陈涉的起义,也不渲染起义军的声势如何强盛,如何英勇善战,反而极写陈涉的平庸：出身低微，才能平平，既无财，又无势。可是义旗一举，居然卷起巨大的风暴，经过几代人苦心经营起来的秦朝统治立即土崩瓦解，子婴被杀，七庙被毁，从而反衬出秦朝的腐朽和亡秦的轻易。

秦王朝怎么这样快速地败亡了呢？从秦王朝的速亡该总结出什么样的经验教训呢？这是贾谊撰写本文的目的所在。作者根据秦由兴到衰的史实，运用对比的手法，拿陈涉的力量和当时六国诸侯的力量相对比，再拿秦国本身的勃起时和衰亡时的情况相对比，从而得出明确的结论：秦之所以灭亡，在于其本身的过失，即"仁义不施，攻守之势异也"。全文经过详述秦朝兴亡的始末，摆出历史事实，然后从分析史实中得出结论，点出文章的主题，写得层次清晰，立论有据，很有说服力。

我们说过，贾谊写这篇文章的最终目的，是借古鉴今，为汉文帝出谋划策，图谋巩固汉王朝的封建统治。也就是说，他站在封建统治者的立场上，企图为汉王朝谋划"长治久安"之道。这显然只能是一个幻想。但是，在这篇文章里，他也表达了对统治者施暴政于民的否定和反对，对农民起义的力量和意义有一定的认识，这是值得赞许的。

陈涉世家

司马迁

陈胜者①,阳城②人也,字涉。吴广者,阳夏③人也,字叔。陈涉少时,尝与人佣耕。辍④耕之垄上,怅恨久之,曰:"苟⑤富贵,无相忘!"佣者笑而应曰:"若为佣耕,何富贵也!"陈涉太息曰:"嗟乎!燕雀安知鸿鹄⑥之志哉!"

二世元年七月,发闾左⑦适⑧戍渔阳⑨九百人,屯大泽乡。陈胜、吴广皆次当行,为屯长。会⑩天大雨,道不通,度已失期。失期,法皆斩。陈胜、吴广乃谋曰:"今亡亦死,举大计亦死,等死,死国可乎?"陈胜曰:"天下苦秦久矣!吾闻二世少子也,不当立,当立者乃公子扶苏。扶苏以数谏故,上使外将兵,今或闻无罪,二世杀之。百姓多闻其贤,未知其死也。项燕为楚将,数有功,爱士卒,楚人怜之,或以为死,或以为亡。今诚以吾众诈自称公子扶苏、项燕,为天下唱,宜多应者。"吴广以为然。乃行卜。卜者知其指意,曰:"足下⑪事皆成,有功。然足下卜之鬼乎?"陈胜、吴广喜,念"鬼",曰:"此教我先威众耳。"乃丹书帛⑫曰"陈胜王",置人所罾⑬鱼腹中。卒买鱼烹食,得鱼腹中书,固以⑭怪之矣。又间⑮令吴广之次所旁丛祠中,夜篝⑯火,狐鸣呼曰:"大楚兴,陈胜王。"卒皆夜惊恐。旦日,卒中往往语,皆指目陈胜。

吴广素爱人,士卒多为用者。将尉醉,广故数言欲亡,忿恚⑰尉,令辱之,以激怒其众。尉果笞⑱广。尉剑挺,广起,夺而杀尉。陈胜佐之,并杀两尉。号令徒属曰:"公等遇雨,皆已失期,失期当斩;藉⑲第令毋斩,而戍死者固十六七。且壮士不死即已,死即举大名耳。王侯将相宁有种乎!"徒属皆曰:"敬受命。"乃诈称公子扶苏、项燕,从民欲也。袒右⑳,称大楚。为坛而盟,祭以尉首。陈胜自立为将军,吴广为都尉。攻大泽乡,收而攻蕲㉑。蕲下,乃令符离人葛婴将兵徇㉒蕲以东。攻铚㉓、酂㉔、苦㉕、柘㉖、谯㉗，皆下之。行收兵，比至陈，车六七百乘，骑千余，卒数万人。攻陈，陈守令皆不在，独守丞与战谯门㉘中，弗胜，守丞死。乃入据陈。数日，号令召三老、豪杰，与皆来会计事。三老、豪杰皆曰："将军身被㉙坚执锐，伐无道，诛暴秦，复立楚国之社稷㉚，功宜为王。"陈涉乃立为王，号为张楚。

当此时，诸郡县苦秦吏者，皆刑㉛其长吏，杀之以应陈涉。乃以吴叔为假王㉜，监诸将以西击荥阳㉝。令陈人武臣、张耳、陈余徇赵地㉞，令汝阴人邓宗徇九江郡㉟。当此时，楚兵数千人为聚者，不可胜数㊱。

葛婴至东城㊲，立襄强为楚王。婴后闻陈王已立，因杀襄强，还报。至陈，陈王诛杀葛婴。陈王令魏人周市北徇魏地㊳。吴广围荥阳。李由为三川守㊴，守荥阳，吴叔弗能下。陈王征国之豪杰㊵与计，以上蔡人房君蔡赐为上柱国㊶。

周文，陈之贤人也。尝为项燕军视日㊷，事春申君，自言习兵，陈王与之将军印，西击秦。行收兵至关，车千乘，卒数十万，至戏㊸，军㊹焉。秦令少府章邯免郦山徒人、奴产子生，悉发以击楚大军，尽败之。周文败，走出关，止次曹阳㊺二三月。章邯追败之，复走次渑池十余日，章邯击，大破之。周文自刭，军遂不战。

武臣到邯郸㊻，自立为赵王，陈余为大将军，张耳、召骚为左、右丞相。陈王怒，捕系武臣等家室，欲诛之。柱国曰："秦未亡而诛赵王将相家属，此生一秦也。不如因而立之。"陈王乃遣使者贺赵，而徙系武臣等家属宫中，而封耳子张敖为成都君，促赵兵亟入关。赵王将相相与谋曰："王王赵，非楚意也。楚已诛秦，必加兵于赵。计莫如毋西兵，使使北徇燕地㊼以自广也。赵南据大河㊽，北有燕、代，楚虽胜秦，不敢制赵。若楚不胜秦，必重赵。赵乘秦之弊，可以得志于天下。"赵王以为然。因不西兵，而遣故上谷卒史韩广将兵北徇燕地。燕故贵人、豪杰谓韩广曰："楚已立王，赵又以立王。燕虽小，亦万乘之国也，愿将军立为燕王。"韩广曰;"广母在赵，不可。"燕人曰："赵方西忧秦，南忧楚，其力不能禁我。且以楚之强，不敢害赵王将相之家，赵独安敢害将军之家！”韩广以为然，乃自立为燕王。居数月，赵奉燕王母及家属归之燕。

当此之时，诸将之徇地者，不可胜数。周市北徇地至狄(50)，狄人田儋杀狄令，自立为齐王，以齐反，击周市。市军散，还至魏地，欲立魏后故宁陵(51)君咎为魏王。时咎在陈王所，不得之魏。魏地已定，欲相与立周市为魏王，周市不肯。使者五反，陈王乃立宁陵君咎为魏王，遣之国。周市卒为相。

将军田臧等相与谋曰：“周章军已破矣，秦兵旦暮至，我围荥阳城弗能下，秦军至，必大败。不如少遗兵，足以守荥阳，悉精兵迎秦军。今假王骄，不知兵权(52)，不可与计，非诛之，事恐败。”因相与矫王令以诛吴叔，献其首于陈王。陈王使使赐田臧楚令尹印，使为上将。田臧乃使诸将李归等守荥阳城，自以精兵西迎秦军于敖仓(53)。与战，田臧死，军破。章邯进兵击李归等荥阳下，破之。李归等死。

阳城人邓说将兵居郯(54)，章邯别将击破之，邓说军散走陈。铚人伍徐将兵居许，章邯击破之，伍徐军皆散走陈。陈王诛邓说。

陈王初立时，陵(55)人秦嘉、铚人董绁、符离人朱鸡石、取虑(56)人郑布、徐人丁疾等皆特起，将兵围东海(57)守庆于郯。陈王闻，乃使武平君畔为将军，监郯下军。秦嘉不受命，嘉自立为大司马，恶属武平君。告军吏曰：“武平君年少，不知兵事，勿听！”因矫以王命，杀武平君畔。章邯已破伍徐，击陈，柱国房君死。章邯又进兵击陈西张贺军。陈王出监战，军破，张贺死。

腊月，陈王之汝阴，还至下城父(58)，其御(59)庄贾杀以降秦。陈胜葬砀，谥曰隐王。

陈王故涓人(60)将军吕臣为苍头军，起新阳(61)，攻陈下之，杀庄贾，复以陈为楚。

初，陈王至陈，令铚人宋留将兵定南阳(62)，入武关(63)。留已徇南阳，闻陈王死，南阳复为秦。宋留不能入武关，乃东至新蔡(64)，遇秦军，宋留以军降秦。秦传留至咸阳，车裂(65)留以徇。

秦嘉等闻陈王军破出走,乃立景驹为楚王,引兵之方与⑥,欲击秦军定陶下。使公孙庆使齐王,欲与并力俱进。齐王曰:"闻陈王战败,不知其死生,楚安得不请而立王!"公孙庆曰:"齐不请楚而立王,楚何故请齐而立王!且楚首事,当令于天下。"田儋诛杀公孙庆。秦左、右校复攻陈,下之。吕将军走,收兵复聚。鄱盗当阳君黥布之兵相收,复击秦左、右校,破之青波,复以陈为楚。会项梁立怀王孙心为楚王。

陈胜王凡六月。已为王,王陈,其故人尝与佣耕者闻之,之陈,扣宫门曰:"吾欲见涉。"宫门令欲缚之。自辩数,乃置,不肯为通。陈王出,遮道而呼"涉"。陈王闻之,乃召见,载与俱归。入宫,见殿屋帷帐,客曰:"夥颐!涉之为王沈沈⑰者!"楚人谓多为夥,故天下传之,"夥涉为王",由陈涉始。客出入愈益发舒,言陈王故情。或说陈王曰:"客愚无知,颛⑱妄言,轻威。"陈王斩之。诸陈王故人皆自引去。由是无亲陈王者。陈王以朱房为中正⑲,胡武为司过⑳,主司㉑群臣。诸将徇地,至,令之不是者,系而罪之,以苛察为忠。其所不善者,弗下吏,辄自治之。陈王信用之,诸将以其故不亲附,此其所以败也。

陈胜虽已死,其所置遣侯王将相竟亡秦,由涉首事也。高祖时,为陈涉置守冢三十家砀,至今血食㉒。

【注释】

①者:在这里表示语气的停顿。

②阳城:在今河南省登封县东南之告成镇。

③阳夏:在今河南省太康县。

④辍(绰 chuò):停止。

⑤苟:假如,如果。

⑥鸿鹄(胡 hú):鸿,大雁。鹄:天鹅。

⑦闾左:平民居住的地方。秦时编列户口,富者住在闾右,贫者住在闾左。

⑧适:去,往。

⑨渔阳:在今北京市密云县西南。

⑩会:时机,机会。这里是"恰好碰上"的意思。

⑪足下:对朋友的敬称。

⑫丹书帛:丹,朱砂,是一种无机化合物,红色或棕红色,可作中药,也可作颜料。也叫辰砂或丹砂。书:书写。帛:丝织物。意为用朱砂在丝绸上书写。

⑬罾(增 zēng):鱼网的一种。这里用作动词,是"网得"的意思。

⑭以:同"已"。

⑮间:空隙,趁机。

⑯篝(勾 gōu):竹笼,这里作动词用。篝火,就是用竹笼罩火。

⑰忿恚(会 huì):忿恨,恼怒。恚,怨恨。

⑱笞(痴 chī):用竹板打,泛指鞭打。

⑲藉:同"借"。假托,假如。

⑳袒右:袒露右臂。

㉑蕲(奇 qí):在今安徽省宿县南。

㉒徇(旬 xún):攻取。

㉓铚(智 zhì):在今安徽省宿县西南。

㉔酂(嵯 cuó):在今河南省永城县西南。

㉕苦:在今河南省鹿邑县东。

㉖柘(浙 zhè):在今河南省柘城县北。

㉗谯(樵 qiáo):在今安徽省亳县。

㉘陈:在今河南省淮阳县。

㉙谯门:城楼下面的门。

㉚被:同"披"。

㉛社稷(寄 jì):古代社指土神,稷指谷神。古代君主都亲自祭社稷,后来就以社稷指代国家。

㉜刑:判罪。

㉝假王:暂时称王,代行王的职权。

㉞荥(刑 xíng)阳:在今河南旧荥泽县西南,并非现在的荥阳县。

㉟赵地:指战国时赵国领土,在现在河北南部至山西西部一带地区。

㊱汝阴:今安徽阜阳市。九江郡:包括现在江苏、安徽两省长江以北、淮河以南及江西大部分地区。

㊲不可胜(升 shēng)数:数不清,不可尽数。

㊳东城:今安徽定远县东南。

㊴魏地:战国时魏国领土,今河南北部和山西西南部地区。

㊵李由:李斯的儿子。三川守:三川郡守。三川,包括现在河南中部自潼关至开封一带和黄河以北、安阳以南大部地区。因境内有黄河、洛河、伊河三水,所以叫做三川。

㊶国之豪杰:指下文中蔡赐、周文等人。

㊷上柱国:相当于后世的相国,是高级官职。

㊸视日:占卜日子吉凶的官。

㊹戏:戏水,今陕西临潼县东。

㊺军:驻扎军队。名词用作动词。

㊻曹阳:今河南灵宝县东。

㊼邯郸:战国时赵国的都城。

㊽燕地:指战国时燕国的领土,在今河北(西北部除外)、辽宁一带地方。

㊾大河:黄河。

㊿狄:今山东高青县。

(51)宁陵:今河南宁陵县。

(52)兵权:军事策略。

(53)敖仓:敖山,在河南旧荥泽县西北,山上有城,秦筑粮仓于城中,所以叫敖仓。

(54)郯(谈 tán):在今山东郯县西,当时章邯兵力并未到达那里,“郯”疑是“郏”。郏,今河南郏县,与当时阳城近。

(55)陵:陵当作“凌”,在今江苏宿迁县东南。

(56)取虑(秋驴 qiū lǘ):在今江苏睢宁县西南。

(57)东海:郡名,包括现山东、江苏两省交界的地方。

(58)下城父:在今安徽蒙城县。

(59)御:驾车的人。

(60)涓人:宫廷里主管清洁卫生的官。

(61)新阳:今安徽省太和县西北。

(62)南阳:郡名,包括现在河南西南部和湖北襄河地区。

(63)武关:在今陕西商县东。

(64)新蔡:今河南新蔡县。

(65)车裂:五马分尸的酷刑。

(66)方与(房预 fáng yù):今山东鱼台县北。

(67)沈沈:繁多,犹言阔气。

(68)颛:同“专”。

(69)中正:掌人事之官。

(70)司过:掌纠察过失,等于后世的监察御史。

(71)司:同“伺”,伺察。

(72)血食:享受祭祀,古时祭礼要宰杀牲畜,叫“血食”。

【译文】

陈胜,是阳城人,字涉。吴广,是阳夏人,字叔。陈胜年轻的时候,曾经同别人一道被雇佣给人耕田。有一次,他停下耕作走到田埂上,烦恼怨恨了好久,说:“假如日后富贵了,可不要彼此忘记啊!”和陈胜一起当雇工的人笑着回答说:“你是被人雇来耕田的,哪能富贵啊!”陈胜长叹一声说:“唉!燕雀怎么能知道鸿鹄的远大志向呢!”

秦二世元年七月,征召闾左的平民九百人前往渔阳去防守边塞,驻扎在大泽乡。陈胜、吴广都被编在这支应当出发的队伍里,还当了屯长。恰好遇上大雨,道路不通,估计已经错过了规定到达的日期。

错过期限,按法律都得杀头。陈胜、吴广就在一起商量说:"如今过了期限也是死,起义反秦也是死,同样都是死,为国事而死可以吗?"陈胜说:"天下人苦于秦的统治已经很久了!我听说秦二世是始皇的小儿子,不应当立为皇帝,当立的是公子扶苏。扶苏因为屡次直言规谏的缘故,秦始皇便派他在外地带兵,现在有人听说他并没有罪,却被二世杀了,老百姓很多人只听说他贤惠,不知道他已经死了。项燕原是楚国的大将,屡次建立功勋,爱护士卒,楚国人很敬爱他。有的人以为他死了,有的人以为他跑了。现在假如把我们的起义队伍假称是公子扶苏和项燕的部下,用来号召天下,一定会有很多人响应。"吴广认为正是这样。于是就去占卜吉凶。占卜的人知道了他们的意图,说:"你们什么事都能做成,会有功效。可是你们祈问过鬼神没有?"陈胜、吴广很高兴,揣摩卜者说的"卜鬼"的意思,说:"这是教我们先借鬼神在众人中树立威信罢了。"于是就用朱砂在丝绸上写上"陈胜王",放到别人捕得的鱼的肚子中。戍卒买鱼来烧了吃,得到鱼肚子里的字书,本来已经奇怪这件事了。陈胜又暗中叫吴广到驻地附近树木丛中的神庙里,夜里点上灯笼装鬼火,狐叫似的喊道:"大楚复兴,陈胜当王。"戍卒们整夜都很惊慌害怕。第二天,戍卒中就纷纷议论,都指指点点地看陈胜。

　　吴广一向体贴人,士卒中愿意为他出力的人很多。这天统率戍卒的尉官喝醉了,吴广故意几次三番说要逃跑,惹怒尉官,让尉官来责辱自己,以便激起大家的忿怒。尉官果然鞭打吴广。接着尉官把剑拔出了鞘,吴广跳将起来,夺过剑杀了尉官。陈胜帮着他,连杀两个尉官。陈胜召集戍卒们说:"你们遇到大雨,都已经错过了期限,错过期限要杀头;即使说不杀头,因防戍死去的也得占十之六七。再说好汉不死则已,要死也得留下一个大名声。王侯将相难道是遗传天生的吗!"戍卒们都说:"愿意听从命令。"于是假借公子扶苏、楚将项燕的名义,以顺应民众的愿望。起义的人袒露右臂作为标记,号称"大楚"。筑起高台宣布盟约,用尉官的头当作祭品。陈胜自封为将

陈涉世家　司马迁

军,吴广做都尉。攻打大泽乡,攻取之后攻打蕲县。蕲县攻克以后,便命令符离人葛婴带兵攻取蕲县以东的地方。攻打铚县、酂县、苦县、柘县、谯县,都攻克了。沿路收聚士兵,等到到达陈县的时候,已有战车六七百辆,骑兵一千多名,士卒几万人。攻打陈县时,陈县的郡守、县令都不在城里,只有守城的郡丞与起义军战于城门之下,没有打胜,郡丞被打死了。于是陈胜占领了陈县。几天以后,陈胜传令召集当地的乡官和有声望的人都来聚会商量大事。乡官和有声望的人都说:"将军身披坚甲,手拿锐利的武器,讨诛残暴无道的秦王朝,重新建立了楚国政权,论功劳应当称王。"陈胜便自立为王,定国号为"张楚"。

到这时,各个郡县苦于秦朝官吏的,都纷纷宣判长官的罪状,杀了他们来响应陈胜。陈胜立吴广为假王,监督诸将向西进攻荥阳。派陈县人武臣、张耳和陈余攻战原来赵国的土地,派汝阴人邓宗攻战九江郡。这时,楚国各地几千人在一起相聚举事的,多得不可数。

葛婴到了东城,立襄强为楚王。后来葛婴听说陈胜已立为王,又杀掉襄强,回来向陈王报告。一到陈县,陈王就把葛婴杀了。陈王派魏国人周市向北攻占原来魏国的土地。吴广包围荥阳。三川郡的郡守李由守卫荥阳,吴广没有攻下来。陈王召请国中的豪杰商量,封上蔡人"房君"蔡赐为上柱国。

周文是陈县一带有贤德的人,曾经为项燕的军队占卜时日,侍奉过春申君黄歇,自称懂得兵法,陈王给了他将军印,让他西进攻打秦国。一路上不断征集士兵,到了函谷关,有战车上千辆,士兵数十万。到达戏水,军队驻扎在那里。秦国派遣少府章邯,废除刑徒和家奴的儿子不准服兵役的规定,把他们全部征发到前线去迎击楚军,整个儿打败了楚军。周文败退出函谷关,军队到了曹阳就驻扎在那里两三个月。章邯紧追又把他打败,周文接着又跑到渑池驻扎下来十多天。章邯出击,打得他溃不成军。周文自杀,军队战斗力丧失,便不能继续作战了。

武臣到了邯郸,就自己当了赵王,陈余当了大将军,张耳、召骚当上左、右丞相。陈王大怒,把武臣等人的家属逮捕拘押起来,想要杀掉他们。蔡赐说:"秦还没有消灭就杀掉赵王将相的家属,这样做等于又制造出一个像秦国一样的敌人来。不如就此立武臣为王。"陈王便派使者向赵王祝贺,表示承认。把武臣等人的家属迁到宫中软禁起来。而且将张耳的儿子张敖封为成都君,催促赵兵赶快进关。赵王的将相共同商议道:"陈王要你当赵王,并不符合楚国的心意。楚国如果消灭了秦国,就必定派军队攻打赵国。最好的办法不如不向西面进兵,派遣使者到北面去占领燕国的地方以扩充自己的地盘。这样赵国南面占据黄河,北面有燕、代两个国家,楚纵然胜了秦国,也不敢来制服赵国。假使楚胜不了秦国,赵国就显得重要了。赵国利用秦军精疲力尽的机会出兵攻打,就可以称雄于天下。"赵王觉得很对。因此不向西用兵,而派遣原来上谷郡守下面负责部门工作的官吏韩广率领军队向北进攻燕国的土地。燕国原来的贵族,有本事的一些人和韩广说:"楚已有了王,赵又立了王。燕国虽小,也是在军事上拥有一万辆兵车的大国,希望将军立为燕王。"韩广说:"不能,我的母亲尚在赵国。"燕人又说:"赵现在西面害怕秦国,南面害怕楚国,它的力量不能阻止我们称王。况且以楚国这样的强大,都不敢伤害赵王将相的家属,赵国哪里敢伤害将军的家属呢!"韩广觉得说得对,便自立为燕王。过了几个月,赵国就将燕王的母亲和家属护送到燕国。

正在这时期,攻占土地的将领,多得数不尽。周市向北进攻到狄,狄人田儋杀死了狄的县令,自立作齐王,凭借齐国反叛,攻击周市。周市的军队被打散了,回到魏地,想立魏过去的宁陵君魏咎作魏王。那时魏咎在陈王那里,不得到魏国去。魏地已经平定,就相互商议要立周市当魏王,周市不肯。周市派往陈王那里请求立魏咎为王的使者往返了五趟。陈王就立宁陵君咎作魏王,打发他回魏国。周市终于当了相国。

将军田臧等一齐商议说:"周章(文)的军队已经打败了,秦兵早晚要来，我们包围荥阳城不能攻下，秦军来到，必定要吃大败仗。不如少留一些兵，能够围住荥阳就可以了，把全部精锐部队抽调去迎击秦军。如今假王吴广很骄傲，不懂军事策略，不能够跟他共商大计，不杀他，我们的计谋恐怕就要遭到失败。"因此共同假托陈王的命令杀了吴广，把吴广的头献给了陈王。陈王派遣了使者赐给田臧楚令尹的印章，使其当上将军。田臧于是派诸将李归等守卫荥阳城，自己率领精锐部队在敖仓那里迎击从西面打过来的秦军。与秦军交战，田臧战死，军队也垮了。章邯带兵进击李归等在荥阳城下，把他们打败，李归等战死。

阳城人邓说率领军队驻扎在郯地，章邯部下的将领将他打垮了，邓说的军队溃散了退到陈。铚人伍徐率领军队驻扎在许，章邯把他们击破了，伍徐的军队都溃散出走到陈。陈王把邓说杀了。

陈王初立的时候，陵人秦嘉、铚人董缋、符离人朱鸡石、取虑人郑布、徐人丁疾等都独树一帜，起兵反秦，率领军队包围了东海郡守庆于郯郡。陈王听了，就派武平君畔当将军，监督统领秦嘉、董缋等围攻郯城的军队。秦嘉不接受（陈王）命令，秦嘉自己立为大司马，不愿受武平君的节制。向军中官吏宣告："武平君年纪轻，不懂军事，不愿听他指挥！"因此假称陈王的命令，杀了武平君畔。章邯已经击败了伍徐的军队，向陈地进击，柱国蔡赐死了。章邯又派兵进击陈王西路张贺的军队，陈王出来督战，军队被击败，张贺战死。

腊月，陈王到汝阴，返回到下城父，他的车夫庄贾杀了他去投降秦军。陈胜葬在砀山，称号叫隐王。

陈王官廷官将军吕臣组织苍头军，在新阳起兵，攻下陈地，杀了庄贾，又使陈地归楚国所有。

当初，陈王到陈地，命令铚人宋留率兵平定南阳，进入武关。宋留已经攻进南阳，听到陈王已死，南阳又归附于秦军。宋留不能进入武关，于是向东到新蔡，遇到秦军，宋留率领军队投降秦。秦军递解宋留到秦的首都咸阳，用车裂的酷刑处决示众。

秦嘉等听说陈王军队败退出走了,于是立景驹为楚王,率领军队到方与,想在定陶一带地方攻打秦军。派使者公孙庆出使到齐王那里去,想和他同心协力攻打秦军。齐王说:"听说陈王战败了,不知他是活着还是死了,楚国怎么不向齐国请示就立景驹为王呢?"公孙庆说:"齐国没有向楚国请示就立了王,楚国为什么要请示过齐国才能立王呢?而且楚国首先发难反秦,应当有资格向天下发号施令。"田儋杀了公孙庆。秦国的左、右校尉率领的军队又去攻打陈,攻下了。吕将军逃走,收集散兵,重新组织军队。鄱阳水盗当阳君黥布的军队与吕臣的军队互相联合,在青波打败了秦朝左右校尉率领的军队,再将陈作为楚国。恰好项梁立怀王孙心为楚王。

陈胜称王总共六个月。他已经当了王,就在陈地称王。他的老朋友曾经跟他一道做雇农的人知道这回事,到陈地,敲陈胜的官门说:"我要见陈涉。"守卫官门的长官想要捆绑他。他反复作了解释,才放下他,但不肯替他通报。陈王出来,那位旧友拦在路上叫陈涉的名字。陈王听到,就召见他,让他和自己坐在一辆车子上,一块回去。进了宫中,看见殿堂屋子里的窗帘帐幔,那位旧友就说:"夥啊!陈涉做大王多么阔气啊!"楚人说多为"夥",所以天下到处传开"夥涉为王"这句话,就是从陈涉开始的。旧友进出更加随便,常常讲起陈涉过去的情况。有人向陈王说:"你的旧友愚昧无知,专门胡说八道,降低你的威信。"陈王便把他杀了。许多陈王的旧友都自动退走了。从此没有亲近陈王的人了。陈王用朱房做人事官,胡武专门管伺察官吏的过失。将领们攻占了城邑,回到陈县,凡是对朱房、胡武的命令不服从的,就抓起来治罪。把苛刻的监察当作忠诚。朱房、胡武不喜欢的人,不经司法官吏的审判,就擅自惩治他们。由于陈王信任重用朱房、胡武这一类人,诸将就都不去亲近依附他了,这就是陈王所以失败的原因。

陈胜虽然死了,但他所封立和派遣的王侯将相终于灭亡了秦朝。灭亡秦朝,是由陈胜首先起事的。高祖时派遣三十户人家在砀县为陈胜看守坟墓,使陈胜墓至今祭祀不断。

【分析】

司马迁(前145—约前90),字子长,西汉龙门(今陕西省韩城县)人,我国历史上杰出的史学家和文学家。他年轻时就阅读了大量的历史文献,二十岁开始漫游长江中下游和黄河流域一带,观察了各地的名都大邑,探访古迹,考察风情,广采传说。不久,任郎中官,随汉武帝巡视了许多名山大川和重要都市。他还曾经奉使安抚西南,到过云南大理一带少数民族聚居的地区。后来,他继承父职,做了太史令。汉将李陵兵败投降匈奴的事情发生后,司马迁根据他平日对李陵的了解,替李陵辩解,并对汉武帝的亲信李广利未派兵接应有所指责,因而触怒了汉武帝,被处宫刑。出狱后,任中书令,发愤著书,历时十二年,于征和二年(前91年)撰成纪传体通史,时人称《太史公书》,三国后通称《史记》。约死在汉武帝末年。

司马迁所著《史记》,全书上起黄帝,下讫汉武帝,总述三千余年史实,共计一百三十篇,五十二万六千多字。

司马迁四十二岁那年开始撰写《史记》。他所担任的职务和能接近皇帝的特殊条件,使他对封建统治集团的官场生活和内部纷争,有了直接的观察和亲身的体验。他的几次出游,使他接触了更广阔的现实生活,对当时的社会现状有较深入的认识,对各地的山川形势和风土人情有较为具体的了解。他任太史令期间,有机会博览了皇家的藏书,使他获得了极为丰富的珍贵资料。所有这些,对他成功地创造出《史记》这部划时代的巨著,都产生了深刻的影响。他下狱受刑,遭受侮辱,给他的思想以强烈的冲击,更激发他奋笔疾书,无情地揭露统治阶级内部的勾心斗角的卑鄙行径和他们的冷酷、丑恶的嘴脸。

《史记》不仅是一部有价值的历史著作,也是一部优秀的文学著作。它的许多优秀的人物传纪,是作者在历史真实的基础上选取典型性的材料,刻画了社会各阶层代表人物的形象,故事情节生动,矛盾冲突尖锐,语言富有个性,而且接近当时的口语,具有独创的风格。鲁迅在《汉文学史纲要》里把司马迁的文章誉之为"史家之绝唱,无韵之离骚"。《史记》对后世的史学研究和散文写作有极大的影响。

本文选自《史记·陈涉世家》。《陈涉世家》记叙了陈涉起义的发生、发展和最后失败的整个过程。作者在文章结尾时写道:"陈胜虽已死,其所置遣侯王将相竟亡秦,由涉首事也。"在《太史公自序》里,作者也有类似的话。这表明司马迁对陈涉的历史作用是相当重视的。本篇完整地记叙了陈涉从起义发迹到失败的全过程,并且记叙了吴广的生平、以起义为中心展开了波澜壮阔的农民斗争图画。

秦始皇统一中国以后,法律苛严,徭役繁重,赋税无度,人民怨声载道。秦二世继位后,更加残暴地掠夺和压榨人民,把人民推上了势所必反的境地。终于在公元前209年,爆发了我国历史上以陈涉、吴广为首的第一次大规模的农民革命。本文是按照陈涉起义的发生发展的顺序来记事的,首先交代了陈涉、吴广的姓名、籍贯,然后转入到本文的主人公陈涉的身上,叙述了陈涉的身世和远大的抱负。接着写起义的直接原因、筹划的过程和斗争的策略。先点明起义的时间、地点、人物,指出起义的直接原因是"失期,法皆斩","亡亦死,举大计亦死,等死,死国可乎",于是引出陈涉和吴广的谋反,以及他们为起义所做的准备工作。然后再写起义的爆发和发展,直至我国历史上第一个农民革命政权——张楚的建立。文章层层递进,有条不紊,顺理成章,脉络分明。同时,作者在顺序记叙的过程中,采用了先因后果的写法:写起义的动机,则先写秦法的严酷;写起义的发起,则先写尉官的残暴。这样,既使故事情节的发展合乎情理,而且更能表明起义的正义性。对文中所述的事件,有的是作者直接叙述,有的则是通过有关人物的对话来说明。这种直叙和对话并重的写法,使文章生动活泼,疏宕而有奇气,表现出作者在叙事上的高度艺术才华。

作者是善于通过人物的个性化的语言、神态、行动及处事的方式方法来表现人物的。本文的主人公陈涉,雇工出身,他对雇工的处境

陈涉世家　司马迁

"怅恨久之",写出了他内心充满着难以抑制的愤懑不平的感情,这种被剥削被压迫的地位,是他起义的坚实的阶级基础。他对伙伴们说的两句话,"苟富贵,毋相忘"和"燕雀安知鸿鹄之志哉",反映了陈涉希望改变现状,摆脱贫贱屈辱的生活和地位的强烈愿望,说明他少年时就有反抗的精神和远大的志向。这是他日后起义的深厚的思想基础。然而,他把自己比作"鸿鹄",把伙伴们比作"燕雀",则又表示出他骄傲自负,同时,也说明他的远大抱负高出周围的伙伴。骄傲自负,是陈胜的缺点。这个缺点,使他在"为王"后"斩故人","故人皆自引去",由是"无亲陈王者",加之信用朱房、胡武等佞臣,"诸将以其故不亲附"。听信谗言,信用佞臣,乱杀故人,最后众叛亲离,"所以败也"。作者写陈涉、吴广在起义前对形势的分析,他们认为"今亡亦死,举大计亦死,等死,死国可乎",四个"死"字,强调了他们对自己将要采取的行动的政治性质有着明确的认识,是横下一条心死无反悔的。陈涉说:"天下苦秦久矣。"一语道出了迫使老百姓起来造反的根本原因。这是对当时的阶级斗争形势的高度概括。接着,他分析了秦朝统治集团的内部矛盾,指出可以利用扶苏和项燕这两个人的名义来扩大影响,号召群众,分化瓦解秦王朝的战斗力。从而写出陈涉不仅仅是一位敢于反抗的勇士,而且是斗争艺术高超,很有政治头脑的领导人。陈涉的才干,作者让他发表起义动员演说来加以充分表现。这的确是一篇很有分量的演说辞。他先从士卒眼前的处境说起,指出"失期当斩",不起来斗争就只有死路一条。为了破除一部分人的幻想,又退一步说:"藉第令勿斩,而戍死者固十六七。"那还是死路一条。这样就完全断绝了退路,使大家认识到必须起来打倒秦朝不可,否则就绝无生路。他有效地动员了群众为摆脱绝境而斗争。接着再从正面诱导:"壮士不死即已,死即举大名耳。"激励大家为倒秦这一政治目的奋斗。最后,大声疾呼:"王侯将相宁有种乎!"这一有力的呼声,像震撼大地的春雷,荡涤了封建宗法制度所散布的家族世系的血统、道统等反动思想,从根本上否定了王侯将相是天生的应

79

该当统治者的反动观点。真是长了自己的志气,灭了敌人的威风,把起义者鼓动得热血沸腾!

吴广不是这篇文章的主要人物,写他的不多。但是,虽只寥寥几笔,还是鲜明地写出了这位英雄的光彩形象。他和陈涉一起讨论了当时的政治形势,共同谋划了起义的准备工作。他协助陈涉制造起义的舆论。作者写他设计激发众怒杀尉这一情节,写得有声有色,十分精采,充分表现出这位农民起义领袖的机智勇敢和反抗精神。"吴广素爱人"这一句,既点明吴广的个人品性,也暗示出他的聪明。吴广正是利用自己孚众望的有利条件来达到挑起事端发动起义的预期目的的。

由于历史和阶级的局限,陈涉和吴广不可避免地会有这样和那样的缺点,如以迷信的方式"威众",召"三老豪杰"议事等。作者比较真实地记叙了这些事例。但是,作为农民起义领袖的陈涉和吴广的功勋则是永昭史册,永远值得人们尊敬的。司马迁忠于史实的态度也是应该肯定的,我们能从他的笔下看到中国历史上这第一次农民大起义的许多重要情况和某些本质问题。这些不仅为后世农民起义提供了经验教训,而且为我们了解封建社会,特别是农民起义的阶级斗争规律,汇集了具有文献价值的史料。

本传开头和结尾两个故事,表现了陈涉寒微时和为王后的变化,也暗示了陈涉发动农民起义由胜到败的原因,读来饶有兴味,而又蕴含着深刻的意义。

让县自明本志令

曹　操

孤始举孝廉①,年少,自以本非岩穴②知名之士,恐为海内人之所见凡愚③,欲为一郡守,好作政教,以建立名誉,使世士明知之。故在济南,始除残去秽④,平心选举,违忤诸常侍⑤。以为强豪所忿,恐致家祸,故以病还⑥。

去官之后,年纪尚少,顾视同岁中,年有五十,未名为老。内自图之:从此却去二十年,待天下清,乃与同岁中始举者等耳。故以四时归乡里,于谯⑦东五十里筑精舍,欲秋夏读书,冬春射猎;求底下之地,欲以泥水自蔽⑧,绝宾客往来之望。然不能得如意。

后征为都尉,迁典军校尉⑨,意遂更欲为国家讨贼立功,欲望封侯作征西将军,然后题墓道⑩言"汉故征西将军曹侯之墓",此其志也。

而遭值董卓之难,兴举义兵⑪,是时合兵能多得耳,然常自损,不欲多之。所以然者,多兵意盛,与强敌争,倘更为祸始。故汴水之战⑫数千,后还到扬州更募,亦复不过三千人,此其本志有限也。

后领兖州⑬,破降黄巾三十万众。又袁术僭号于九江,下皆称臣,名门曰"建号门",衣被皆为天子之制,两妇预争为皇后。志计已定,人有劝术使遂即帝位,露布天下。答曰"曹公尚在,未可也"。后孤讨禽其四将⑭,获其人众,遂使术穷亡解沮⑮发病而死。及至袁绍据河北,兵势强盛。孤自度势,实不敌之。但计投死为国,以义灭身,足垂于后。幸而破绍,枭其二子⑯。又刘表自以为宗室,包藏奸心,乍前乍却⑰,以观世事,据有当州,孤复定之,遂平天下。身为宰相,人臣之贵已极,意望已过矣。

今孤言此,若为自大,欲人言尽,故无讳耳。设使国家无有孤,不知当几人称帝,几人称王。或者人见孤强盛,又性不信天命之事,恐私心相评,言有不逊之志,妄相忖度,每用耿耿。齐桓、晋文⑱所以垂称至今日者,以其兵势广大,犹能奉事周室也。《论语》云:"三分天下有其二,以服事殷,周之德可谓至德矣⑲。"夫能以大事小也。昔乐毅走赵⑳,赵王欲与之图燕。乐毅伏而垂泣,对曰:"臣事昭王,犹事大王。臣若获戾,放在他国,没世然后已,不忍谋赵之徒隶,况燕后嗣乎?"胡亥之杀蒙恬㉑也,恬曰:"自吾先人及至子孙,积信于秦三世㉒矣。今臣将兵三十余万,其势足以背叛,然自知必死而守义者,不敢辱先人之教以忘先王也。"孤每读此二人书,未尝不怆然流涕也。孤祖、父㉓以至孤身,皆当亲重之任,可谓见信者矣;以及子桓兄弟,过于三世矣。孤非徒对诸君说此也,常以语妻妾,皆令深知此意。孤谓之言:"顾我万年之后,汝曹皆当出嫁,欲令传道我心,使他人皆知之。"孤此言皆肝鬲之要也㉔。所以勤勤恳恳叙心腹者,见周公有金縢之书㉕以自明,恐人不信之故。

然欲孤便尔委捐所典兵众以还执事,归就武平侯国㉖,实不可也。何者?诚恐己离兵为人所祸也。既为子孙计,又己败则国家倾危,是以不得慕虚名而处实祸,此所不得为也。前朝恩封三子为侯㉗,固辞不受;今更欲受之,非欲复以为荣,欲以为外援,为万安计。

孤闻介推之避晋封㉘,申胥之逃楚赏㉙,未尝不舍书而叹,有以自省也。奉国威灵,仗钺㉚征伐,推弱以克强,处小而禽大。意之所图,动无违事,心之所虑,何向不济,遂荡平天下,不辱主命,可谓天助汉室,非人力也。然封兼四县㉛,食户三万㉜,何德堪之!江湖未静,不可让位;至于邑土,可得而辞。今上还阳夏、柘、苦三县户二万,但食武平万户,且以分损谤议,少减孤之责也。

【注释】

①孤:古代王侯对自己的谦称。当时曹操是丞相,封武平侯,故此自称。孝廉:汉朝选拔官吏的科目,从汉武帝开始,规定地方长官按期向中央推举各科人才(分孝廉、贤良、方正等科目),曹操二十岁

时举孝廉。

②岩穴：岩洞，空山深谷，指隐士的居处。

③海内：全中国。凡愚：平凡愚昧。这句"恐为海内人之所见凡愚"的"见"字用得有些特殊。所以《资治通鉴》把这句改为"恐为世人之所凡愚"（"凡愚"作动词用）。

④在济南，始除残去秽：中平元年（184），曹操由骑都尉迁为济南相。济南所属十余县，官吏多阿附贵戚，贪赃枉法。曹操奏免了八个官吏，郡内肃然。

⑤常侍：官名，也称中常侍，皇帝的侍从近臣。后汉时，多用宦官为中常侍，所以这里的中常侍指宦官。

⑥故以病还：曹操任济南相期满，朝廷调他任东郡太守，他托病不就。

⑦谯（樵 qiáo）：在今安徽亳州，曹操的故乡。

⑧求底下之地，欲以泥水自蔽：意思是想居于僻远、交通不便的地方，不让人知道。

⑨征为都尉，迁典军校尉：征召为都尉，又改官为典军校尉（掌管宫廷近卫军的武官）。

⑩墓道：墓前的神道，指神道碑。

⑪董卓之难，兴举义兵：董卓是凉州的大军阀。公元189年汉灵帝死，少帝刘辩即位，外戚何进为了消灭宦官，召董卓领兵入洛阳，废少帝，立刘协，是为献帝，董卓自为相国，操纵朝政。因此引起各州郡起兵反对，造成军阀混战局面。在讨伐董卓时，曹操也是一方军队的领袖。

⑫汴水之战：初平元年（190），曹操同董卓的部将在汴水（今河南荥阳县东北）作战，当时曹操只有数千人，打了败仗，曹操为流矢所伤，连夜逃跑。

⑬领兖州：曹操作兖州刺史，在初平三年（192）。兖州，今山东濮县东。他当时领兵镇压黄巾军，三十万众的黄巾军被迫投降。曹操

从中挑选精壮者组成自己的军队,号"青州兵"。

⑭讨禽其四将:禽同"擒"。公元 197 年秋,曹操和袁术在陈(今河南淮阳县)交战,擒杀袁术的四个部将桥蕤、李丰、梁纲、乐就。

⑮解沮(举 jǔ):瓦解崩溃。

⑯枭其二子:枭(肖 xiāo),斩。杀掉袁绍的儿子袁谭和袁尚。

⑰乍前乍却:忽而向前,忽而退后。曹操与袁绍作战时,刘表一会儿答应援助袁绍而不出兵,一会儿想依附曹操,派人到曹操那里去观虚实。

⑱齐桓、晋文:春秋时齐国国君齐桓公(小白)和晋国国君晋文公(重耳),都是当时的霸主。他们提出"尊周室,攘夷狄"的口号,得到各诸侯国的拥护。

⑲这里引的几句话见《论语·泰伯》,这是孔子颂扬周文王的话,意谓周文王的势力已超过殷纣王,但还臣服于殷。

⑳乐毅走赵:乐毅,战国时燕国的名将。乐毅事燕昭王,率燕、赵、韩、魏、楚五国兵伐齐,破临淄,下齐七十余城。昭王死,惠王立,中了齐的反间计,使骑劫代乐毅为将,乐毅恐惧,不敢回燕,逃往赵国。

㉑胡亥:秦始皇的儿子,即秦二世。蒙恬(甜 tián):秦始皇的名将,后遭谗为秦二世所杀。

㉒三世:三代,指蒙恬及其父亲蒙武、祖父蒙骜。

㉓祖、父:指曹操的祖父曹腾和父亲曹嵩。曹腾在汉桓帝时任中常侍、大长秋(管理皇宫事宜,为皇后的近侍,多由宦官充任),封费亭侯。曹嵩在汉灵帝时任太尉。

㉔肝鬲(隔 gé)之要:出自内心的紧要之言。鬲,同"膈",人或哺乳动物胸腔与腹腔之间的肌肉膜,也叫膈膜、横膈膜。

㉕金縢(腾 téng)之书:据《尚书》,周武王有病,周公作策书告神,请以他自己代替武王去死。事后把策书放在金縢(用金属固封)之柜里。成王即位,由周公摄政。成王的另外两个叔叔管叔、蔡叔造谣说,周公要篡夺成王的王位,周公为了避免嫌疑,就离开成王,居于东

都。后来成王打开金縢之柜,知道周公的忠心,就把他接了回来。縢,封缄。

㉖武平侯国:建安元年(196),汉封曹操为武平侯。武平,在今河南鹿邑县西,侯国即指王侯的封地。

㉗恩封三子为侯:汉献帝建安十六年(211)封曹操之子曹植为平原侯,曹据为范阳侯,曹豹为饶阳侯。曹丕是继嗣的长子,所以未封。

㉘介推之避晋封:介推即春秋晋国的介之推(一作介子推),曾从晋公子重耳出亡,凡十九年。重耳回晋国为君(晋文公),介之推不说己功,退隐绵山而死。

㉙申胥之逃楚赏:申胥就是申包胥,春秋时楚国大夫。伍员引兵伐楚,攻入郢都,申包胥求救于秦,在秦廷哭了七日夜,秦哀公感动,出兵救楚。吴兵退走,楚昭王回到郢都,论功行赏,申包胥逃而不受。

㉚仗钺(越 yuè):钺:古代兵器之一,也是一种仪仗。天子出征,仗黄钺。这里说仗钺,表示元帅出征作为天子的象征。

㉛四县:指武平、阳夏(今河南太康县)、苦(今河南鹿邑县)、柘(今河南柘城县)。

㉜食户三万:享受三万户人家所缴纳的赋税。

【译文】

我当初被荐举为孝廉,年纪轻,自己认为本来不是隐居待仕的知名人,恐怕被天下人看成平庸之辈,所以想当一个郡的太守,以便搞好政治和教化,来建立自己的声誉,让世上人都能知道。所以在济南任郡守时,一开始就清除坏人坏事,公平地选举官吏,但这就触犯了那些朝廷的权贵。自以为遭到豪强显贵们的仇视,恐怕给家里招惹灾祸,所以托病辞职回家了。

我辞官之后,年纪尚轻,回头看看与我同一年被举荐为孝廉的人当中,有的年纪已五十来岁了,还没有称自己"年老",所以我内心打算:从此隐退二十年,等到天下太平,我也才跟同一年被举为孝廉的一些人年龄相等。所以一年四季都住在家乡,在谯县的东边五十里的地方建了一幢书房,打算秋夏读书,冬春打猎,寻求在这个低洼的地方,想利用道路泥泞、交通阻塞的条件来隐蔽自己,断绝和宾客交往的念头,但是未能如愿以偿。

后来被征召为都尉,以后又调任为典军校尉,心里就更加想为国家讨贼立功,向往得到封侯,当个征西将军,死后在墓前竖上"汉故征西将军曹侯之墓"的神道碑,这就是我的志愿啊。

接着适逢董卓篡权作乱,各地建立伸张大义的讨伐董卓的大军。当时要招兵能招得很多,但我常常节制,不使部队扩大。这样做的原因,是因为兵多容易骄傲,同强大的敌人作战,有可能成为祸害的开端。所以在汴水之战时我的军队只有几千人,后来到扬州再募兵,也不超过三千人,这是因为我本来的志向有限啊。

后来主管兖州,打败和收降黄巾军有三十万之多。又有袁术在九江冒用皇帝的称号,部下都向他称臣,把城门叫做"建号门",衣着披挂都是天子的式样,两个老婆预先就抢着当皇后。袁术的计划已定,有人劝袁术就当皇帝,公布于天下。袁术回答说:"曹公尚在,还不能这样做啊。"后来我发兵讨伐,擒杀袁术的四个部将,俘获了他的许多士兵,就使袁术走投无路,部队瓦解崩溃,袁术本人发病而死。到了袁绍占据河北,兵势强大。我估计自己的力量,实在不能和他匹敌。但决心为国而死,为节义而牺牲生命,可以留名后世。幸而打败了袁绍,还斩掉了他的两个儿子。还有刘表自以为是皇帝的同族,包藏着奸心,忽进忽退,观察形势,占据荆州,我又打败了他,就这样平定了天下。我当上了宰相,作为一个臣子已经高贵到极点,已经超过我原来的愿望了。

今天我说这些,好像是夸大自己,因为要消除人们的非议,所以我才无所隐讳啊。假使国家没有我,不知道会有多少人称帝,多少人称王!可能有人看见我势力强大,又生性不相信天命的事情,恐怕他们私下评论我,说我有夺取帝位的不忠顺的野心,胡乱猜测,我常常因此而心里不得安宁。齐桓公、晋文公所以名声传至今日,其原因是他们的兵势强大,还能够尊重周朝啊。《论语》说:"(殷末的周文王时)天下的诸侯有三分之二归顺他,但他仍然服从殷朝的统治,周文王的道德可以说达到最高标准了。"因为他能以强大的诸侯地位服事弱小的天子啊。从前燕国的乐毅投奔赵国,赵王想和他图谋攻打燕国,乐毅伏在地上哭泣,回答说:"我服侍昭王,就像服侍大王。我如果获罪,放逐到其他国家,直到死了为止,我不会忍心谋害赵国的罪犯和奴隶,何况燕国国君的后代呢?"胡亥要杀蒙恬的时候,蒙恬说:"从我的祖父、父亲到我,长期受到秦国的信用,已经三代了。现在我带兵三十多万,我的势力足以背叛朝廷,但是我自知奉诏回朝廷后一定被处死,而仍能遵守忠义,其原因是不敢违背先辈的教训而忘记先王(秦始皇)啊。"我每次阅读有关这两个人的史书记载,没有不悲伤流泪的。从我的祖父、父亲直到我本身,都担任了亲近和重要的职务,可以说是受到信任了;到了子桓兄弟,已经超过三代了。我不只对你们说这些,还常常告诉我的妻妾,让她们都深知我的这种心意。我告诉她们说:"到我死去之后,你们都应当改嫁。希望传达我的心愿,使别人都知道。"我这些话都是出自肺腑的要紧话啊。我所以勤勤恳恳地叙说这些心腹之言,是看见周公有金縢之书以表白自己,恐怕别人不相信的缘故。

然而要我就这样放弃所带领的军队,交回主管人员,回到武平侯国去,这实在是不行的啊。为什么呢?实在是怕自己离开军队,会遭到别人的谋害。这既是为子孙打算,又考虑到自己倾败,国家就有颠覆的危险,所以不能贪图虚名而处于实际的祸危之中,这是不得不这样做的啊。前些时候朝廷恩封我的三个儿子为侯,我当时坚决辞谢不接受;现在却打算接受它,这不是想再以此为荣,而是想以此作为外援,从各方面的安全着想。

我每当读到介之推逃避晋文公的封爵,申包胥逃避楚昭王的赏赐,没有不放下书本而叹息的,因为可以用来反省自己啊。我仰仗国家的威望,手执黄钺代表天子出征,指挥弱小的军队而战胜强大的对手,处在弱小的地位而擒拿强大的敌人。自己想要办到的事情,实行起来从未遭到挫折,心中所考虑到的事情,无往而不成功,就这样平定了天下,没有辜负皇帝的使命,这可以说是上天在扶助汉朝,不是人力所能办到的啊。然而我的封地占有四个县,享受三万户的赋税,我有什么功德配得上这么多的封赏呢!现在天下没有安定,不能放弃自己的权位,至于封地,可以退掉一些。现在我把阳夏、柘、苦三县封地的二万户赋税交还给朝廷,只享受武平县一万户的赋税,以此减少别人的诽谤和议论,稍微减轻我的责任。

【分析】

曹操(155—220),字孟德,沛国谯县(在今安徽亳州)人。他二十岁举孝廉,历任洛阳北部尉、济南相等职。曾参与镇压黄巾起义,后统一北方。建安十三年(208)进位丞相。二十一年(216)封魏王。死后,其子曹丕称帝,追尊其为魏武帝。他是东汉末年杰出的政治家、军事家、文学家。鲁迅曾说:"曹操是一个很有本事的人,至少是一个英雄。"他生平对于改革政治和改革文风都做出了一定贡献,促进了"建安文学"的繁荣。他"登高必赋,及造新诗,被之管弦,皆成乐章"(《魏书》)。散文也别具一格,善于以质朴刚健的语言直抒胸臆,无浮华之弊,而有清峻、通脱之长。著有《曹操集》。

这篇《让县自明本志令》是在这样的形势下产生的:汉献帝建安元年(196),曹操在长安兵乱中,把汉献帝迎到洛阳,渡河驻安邑(今山西省夏县),献帝授给他符节和斧钺,命他为司隶校尉,录尚书事。曹操怕诸将不服,又将献帝迁到许昌。献帝又封他为大将军,武平侯。建安十五年(210),曹操这时五十六岁,基本上统一了淮河以北广大地区,政权逐渐巩固,形成了"挟天子以令诸侯"的形势。但是东南和西南的孙权和刘备是他的两大劲敌,他们攻击曹"托名汉相,实为汉贼","欲废汉自立"。曹操为针锋相对击破敌人和周围人的舆论攻势与怀疑,因此写了这篇令(令,上告下的文件),说明自己的心愿,并奉还大部分食邑(就是让县)。

文章的中心是"明本志"。开头一段就提出起初只愿为一个好郡守,以建立声誉。接着说,世乱,愿隐居读书射猎以待治。然而为时事变乱所迫,只得接受国家征召,出任典军校尉,为国家建立功业,因而封侯,为征西将军。但,初起兵时不欲兵多。以上几段,表明自己初志不广,并无什么野心。往下叙说自己屡建功业,位至丞相,功业已超过自己的愿望。再下面历举古人行事,并以周公自况,表明尽管功业大,并无代汉自立之意。但他十分清楚地认识到:"江湖未静,不可让位。"封地可让,兵权不能退,这是为了用以卫国和遏制别人的野心。受恩封的目的实在此。最后再次申明让县的原因在于不贪功,减少谤议。

这篇文章用直率的口气和朴实的笔墨,把一生心事披肝沥胆地倾吐出来,字里行间表现出一个封建政治家的气度和见识,同时也流露出作者踌躇满志的神情。

大乱之中,曹操有匡扶天下的大志;他在谣诼纷传的情况下又能冷静地分析形势,援古证今,抒情说理。难怪前人概括这篇文章的特点是:"老横中又时有慷慨悲歌之意。"

鲁迅曾经指出曹文"清峻"、"通脱"。所谓清峻,就是不拖泥带水,简约严明;通脱,就是随便写来,不拘俗套。一句话,"做文章又没有顾虑,想写的便写出来"。这篇《让县自明本志令》完全体现了这些特点,不虚伪,不矫饰,把在不同形势下的愿望和想法和盘托出。连鲁迅读了这篇文章也称赞说:"曹操曾自己说过:'倘无我,不知有多少人称王称帝!'这句话他倒并没有说谎。"这样的大胆直言,讲老实话,的确使他开了一代新文风,"成为改造文章的祖师"。(鲁迅:《魏晋风度及文章与药及酒的关系》,前引鲁迅语,均出自此文)。不过也需要说明,一切封建统治人物都有他时代和阶级的局限性。曹操以军阀起家,并非真像他所说的没有个人的打算和野心。

出　师　表

诸葛亮

　　臣亮言:先帝创业未半,而中道崩殂①。今天下三分,益州疲弊②,此诚危急存亡之秋也！然侍卫之臣不懈于内,忠志之士忘身于外者,盖追先帝之殊遇,欲报之于陛下也。诚宜开张圣听,以光先帝遗德,恢弘志士之气,不宜妄自菲薄,引喻失义,以塞忠谏之路也。宫中府中③,俱为一体,陟罚臧否④,不宜异同。若有作奸犯科⑤及为忠善者,宜付有司⑥论其刑赏,以昭陛下平明之理,不宜偏私,使内外异法也。侍中、侍郎郭攸之、费祎、董允⑦等,此皆良实,志虑忠纯,是以先帝简拔以遗陛下。愚以为宫中之事,事无大小,悉以咨之,然后施行,必能裨补阙漏,有所广益。将军向宠⑧,性行淑均,晓畅军事,试用于昔日,先帝称之曰"能",是以众议举宠以为督。愚以为营中之事,悉以咨之,必能使行阵和睦,优劣得所也。亲贤臣,远小人,此先汉⑨所以兴隆也。亲小人,远贤臣,此后汉所以倾颓也。先帝在时,每与臣论此事,未尝不叹息痛恨于桓、灵⑩也。侍中、尚书、长史、参军⑪,此悉贞亮死节之臣也,愿陛下亲之信之,则汉室之隆,可计日而待也。

　　臣本布衣,躬耕于南阳⑫,苟全性命于乱世,不求闻达于诸侯。先帝不以臣卑鄙,猥⑬自枉屈,三顾臣于草庐之中,咨臣以当世之事。由是感激,遂许先帝以驱驰⑭。后值倾覆⑮,受任于败军之际,奉命于危难之间,尔来二十有一年矣。先帝知臣谨慎,故临崩寄臣以大事⑯也。受命以来,夙夜忧叹,恐托付不效,以伤先帝之明。故五月渡泸,深入不毛⑰。今南方已定⑱,兵甲已足,当奖率三军,北定中原。庶竭驽钝,攘除奸凶,兴复汉室,还于旧都⑲。此臣所以报先帝而忠陛下之职分也。至于斟酌损益,进尽忠言,则攸之、祎、允之任也。愿陛下托臣以讨贼兴复之效;不效则治臣之罪,以告先帝之灵。若无兴德之言,则责攸之、祎、允等之慢，以彰其咎。陛下亦宜自谋，以咨诹善道⑳，察纳雅言，深追先帝遗诏㉑，臣不胜受恩感激！今当远离，临表涕泣，不知所云。

【注释】

①先帝：指去世的皇帝刘备。刘备于公元221年即帝位，公元223年卒。崩殂(徂 cú)：君主时代称帝王死为崩。殂，死亡。

②益州疲弊：益州指四川省一带，这里指蜀汉。三国时，蜀国连起战事，所以感到国力困乏。

③宫中：指皇帝宫中。府中，指丞相府中。

④陟(智 zhì)罚臧否(痞 pǐ)：陟，升迁进用官吏。臧，善。否，恶。

⑤作奸犯科：做奸邪事情，犯科条法令。

⑥有司：职有专司，就是专门管理某种事情的官。

⑦侍中、侍郎郭攸之、费祎(衣 yī)、董允：侍中，汉代宫中掌管车驾、服饰和统领近卫军的官员。侍郎，是在宫中侍从皇帝、传达诏谕的官员。郭攸之、费祎、董允，均任过侍中、侍郎的职务。

⑧向宠：刘备时任牙门将，后为中军督，统率近卫部队。刘备征伐东吴惨败，独向宠部队完整无缺。诸葛亮认为他能治军，故临行托以军事重任。

⑨先汉：指汉朝一开始。

⑩桓、灵：东汉末年的桓帝(刘志)和灵帝(刘宏)，他们信任宦官，政治腐败，结果爆发了黄巾军大起义。

⑪尚书、长史、参军：尚书，汉时主管朝廷军政要务的高级官员。长史，汉时在宰相府及三公府(太尉、司徒、司空)主管文书、簿籍的官员。参军，汉朝后期军队中的参谋官员。当时陈震任尚书，张裔任长史，蒋琬任参军。

⑫南阳：郡名，在现在湖北省襄阳县一带。

⑬猥：犹言承蒙，谦词。

⑭驱驰：奔走效劳。

⑮后值倾覆：后来遇到兵败。指汉献帝建安十三年（208）刘备为曹操所败之事。

⑯临崩寄臣以大事：刘备于公元223年死于白帝城，在临死的时候，把国事托付给诸葛亮，并且对儿子刘禅说："汝与丞相从事，事之如父。"

⑰五月渡泸，深入不毛：建兴三年（225），诸葛亮率军南征，到达今四川西部泸水一带。不毛：不毛之地，指不生草木的荒凉地方。

⑱今南方已定：《三国志·诸葛亮传》："建兴元年，南中诸郡，并皆叛乱。亮以新遭大丧（指刘备死）故，未便加兵。三年春，亮率兵南征，其秋悉平。"

⑲旧都：西汉以长安为国都，东汉以洛阳为国都。而曹操掌权后迁都许昌。

⑳咨诹（邹 zōu）善道：询问（治国）好道理。咨诹，询求和择取。

㉑先帝遗诏：刘备给后主刘禅的遗诏，见《三国志·先主传》注引《诸葛亮集》，诏中有这几句话："勿以恶小而为之，勿以善小而不为。惟贤惟德，能服于人。"

【译文】

臣亮进言：先帝开创事业没到一半，就中途逝世了。现在天下一分为三，我们蜀国最困穷薄弱，这确是危急存亡的时候啊。但是，侍卫的大臣在官廷里不敢懈怠，忠于国事的将领不惜生命地对付外敌，这是追念先帝的特殊恩典，想要在陛下身上来报答啊。您实在应该广泛地听取意见，来光大先帝遗留下来的德政，增强有志之士的气概，不好随便地看轻自己，说话失去大义，便会堵塞群臣进谏的言路。宫廷里和丞相府的官员，都是一个整体。提升、惩戒、表扬、批评，标准不应该有差别。如果有做坏事、犯国法以及尽忠心、做好事的，应该交给各主管官员，评定对他们的赏罚，来显示陛下公平清明的政治,不应该偏袒和存有私心,使宫内宫外执法有别啊。侍中、侍郎郭攸之、费祎、董允等人,都是善良笃实的,志向和心思忠诚不二,所以先帝把他们选拔出来留给了陛下。愚臣以为宫里的事情,无论大小,都应当先跟他们商量,然后去实行。那就一定能够防止缺点、弥补漏洞,获得更大更多的成效。将军向宠,品德和行为都和善公允,对军事熟悉,从前试用过,先帝称赞他有才干,因此大家建议推举他担任中都督。愚臣认为军队里的事情,都要和他商量,使军队能够团结,才能好的和差的都安排得当。亲近有才德的大臣,疏远小人,这是前汉兴隆的原因;亲近小人,疏远有才德的大臣,这是后汉衰败的原因。先帝健在的时候,每次跟我谈论到这些事,没有一次不对桓帝、灵帝的所作所为感到痛心和遗憾的啊。侍中、尚书、长史、参军,他们都是忠贞坦诚能够以死守节的大臣,希望陛下亲近他们,信任他们,那么汉朝王室的兴隆,就会很快到来。

  我本来是一个普通老百姓,在南阳地方亲自耕田种地,只想在那动乱的年代勉强保全生命,不想让诸侯知道自己的声名。先帝不因为我卑贱粗野,承蒙他屈尊驾临,三次到草庐中拜访我,向我询问当代的天下大事。我因此十分感激,就答应先帝出来奔走效劳。后来碰上军队失利,在失败的时候承担重任,在危急的关头接受任务,从那时到现在已经二十一年了。先帝了解我处世谨慎小心,所以在临终的时候把复兴汉朝的大事托付给我。接受遗命以来,早晚忧思叹息,深怕不能够把托付的事办好,有损于先帝的知人之明。所以五月带兵渡过泸水,深入到荒凉地带。现在南方已经平定,武器和装备都已经备足,就应该鼓舞和统率三军,进军北方平定中原。这才可以全部贡献我那平庸的才能,清除掉那些奸邪凶恶的丑类,复兴汉朝王室,迁回到原来的国都。这是我报答先帝,向陛下献忠心的份内职责。至于斟酌国事的轻重得失,提出切实可行的建议,那是郭攸之、费祎、董允他们的责任。希望陛下责成我做好征讨曹魏、兴复汉朝这件大事;如果没有成效,就惩办我失职的罪过,以告先帝在天之灵。

如果提不出足以使圣上发扬德行的忠言,那就责备郭攸之、费祎、董允的怠慢,以显示他们的过错。陛下也应当自己多加考虑,征询治理的好策略,审度采纳正直的意见,深深地追想先帝遗诏中说过的话。那我做臣子的就非常感恩戴德了。现在我就要远离主上,流着眼泪写下这篇表文,不知道自己说些什么才好。

【分析】

诸葛亮(181—234),字孔明,琅玡阳都(今山东沂水县南)人。三国时蜀国著名政治家、军事家、文学家。初隐居隆中(今湖北襄阳西)十余年,被称为"卧龙"。后出山辅佐刘备建立蜀汉,任丞相。备死,辅佐后主刘禅。曾六次出兵攻魏,病死于五丈原(今陕西眉县西南)军中,葬定军山。他写的散文开门见山,直抒己见,感情质朴真挚,文字省净清新。著有《诸葛亮集》。

"出师一表真名士,千载谁堪伯仲间。"(陆游:《书愤》)诸葛亮的《出师表》,由于写得情深志诚,历代以来都是传诵不绝的。

《出师表》是建兴五年(227)诸葛亮出师北伐前向后主刘禅所上的奏书。这时候,三分天下后,蜀汉在诸葛亮的辅佐治理下,十余年来,出现了"四畴辟,仓廪实"的兴旺局面,这是可以兴师北伐的有利条件;但刘备死后,后主幼弱昏庸,此又是可焦虑的事。因此,诸葛亮"临表涕零",一方面表达自己感激先帝的"殊遇",决心完成先帝未竟之业,实现"复兴汉室"的宏图大志;另一方面,提醒后主认识"危急存亡"的国家大势,希望他"开张圣听",信任贤臣,励精图治,以实现先帝的遗诏。这就是全文的宗旨和中心思想。

文章首先以"先帝创业未半,而中道崩殂"一句提挈全篇,将万难心事,徐徐道出。先帝的崩殂和"益州的疲惫"使蜀国处于危急存亡的时刻,局势是严重而令人焦虑的。但"然"字一转,又说明蜀国还有有利的一面,那就是文臣武将精诚团结,奋不顾身。

形势分析透了,估量正确了,下面就开始进言,提出何者"宜"与何者"不宜"的具体措施来,顺理成章。以正反对比的手法,说出一片告诫之诚意,大前提是要求后主亲贤远佞。分三层写出:一是宫中府中的团结,以法治维护之;二是依靠郭攸之等处理宫中之事和军营之事;三是以历史事实说明亲贤远佞之必要。

整顿内部是为了对付外敌。所以下文紧接着陈述出师兴汉之志。这一段从亲身经历和感怀着笔,既谈了先帝的"殊遇",又谈"受命"前后的坎坷以及惨淡经营的历程。立足点是兴邦立国的大事,发抒的是知遇报国的衷肠。忠义之气和舍身为主的深情贯注其间。

最后,对诸大臣和自己,对皇帝后主刘禅,分别提出要求。而这一切又以实现先帝遗诏为目标。所有的陈述、建议、规劝,既切合臣子身份,又具有不可动摇的警策力量。明之以大势,动之以利害,导之以亲贤,诫之以远佞,既规劝后主,又披沥自己,真正是一篇肝胆照人、情深志诚的佳作;无怪后来杜甫、陆游等历代大诗人读诵此篇,深受感动,不能自已。

一篇文章要写得感动人心,就不能有丝毫的矫饰和虚伪。诸葛亮写《出师表》用以规劝后主及在朝文武官员,而他自己就树立了一个高风亮节的表率。从历史记载和他的自述中可见:他"随身衣食,悉仰于官,不别治生,以长尺寸",这是《诸葛亮传》中的记载;他"鞠躬尽瘁,死而后已",这是在《后出师表》的自述。他一生的言行就是这句话的最好注解。他明于执法,"法加于人也,虽从死而无怨"(裴度:《诸葛武侯祠堂碑铭》);他严于责己,街亭之失,在《街亭自贬书》里认为"咎皆在臣,授任无方",要求自贬三等。就在这篇《出师表》里,他不隐人之善,不扬己之功,处处表明了他全心为国、毫不自夸的高贵品德。

这篇文章在章法上也明晰严整,安置有序。在大军出发即将离朝的前夕,作为宰辅重臣的诸葛亮要陈述的事很多,但他抓住内政和军事两方面来阐述,可谓得其要领。内政抓住团结、法治和亲贤;军事突出实现先帝之志和国内有利的条件,以及自己的责任,条分缕析，非常明确。同时所有提法都有针对性。后来后主昏庸亡蜀，回头再看，不能说诸葛亮当年的忧虑是没有远见的。

陆游说："凛然出师表，一字不可删。"这说明这篇文章在文字的锤炼上是下了功夫的。不少语句对仗工整，音调铿锵，而包含的深意非常耐人寻味。如"受任于败军之际，奉命于危难之间"，"亲贤臣，远小人"，"苟全性命于乱世，不求闻达于诸侯"等等。在遣词造句上反复引称先帝，呼唤陛下，表达对先帝的深情和对后主的忠诚。一篇六百多字的短文里，"先帝"一词，出现达十三次之多，"陛下"亦达七次之多。《古文观止》对此作了中肯的评论："篇中十三引先帝，勤勤恳恳，皆根极至诚之言，自是至文。"

诸葛亮忠于封建帝王的思想感情是不足称道的。但在当时三国鼎立，战乱频仍，人民都渴望统一的历史环境里，他所表达的愿望也还有一定的积极意义，难怪古人有"读出师表而不下泪者，则其人不忠"的感叹。

陈 情 表

李 密

  臣密言:臣以险衅①,夙遭闵凶②。生孩六月,慈父见背③;行年四岁,舅夺母志。祖母刘,悯臣孤弱,躬亲抚养。臣少多疾病,九岁不行。零丁孤苦,至于成立。既无伯叔,终鲜兄弟。门衰祚薄④,晚有儿息。外无期功强近之亲⑤,内无应门五尺之僮⑥,茕茕孑立⑦,形影相吊。而刘夙婴疾病,常在床蓐⑧,臣侍汤药,未曾废离。

  逮奉圣朝,沐浴清化⑨。前太守臣逵,察臣孝廉⑩,后刺史臣荣,举臣秀才⑪。臣以供养无主,辞不赴命。诏书特下,拜臣郎中⑫,寻蒙国恩,除臣洗马⑬。猥以微贱,当侍东宫⑭,非臣陨首⑮所能上报。臣具以表闻,辞不就职。诏书切峻,责臣逋慢,郡县逼迫,催臣上道,州司⑯临门,急于星火。臣欲奉诏奔驰,则刘病日笃;欲苟徇私情,则告诉不许:臣之进退,实为狼狈。

  伏惟⑰圣朝以孝治天下,凡在故老,犹蒙矜育,况臣孤苦,特为尤甚!且臣少仕伪朝⑱,历职郎署⑲,本图宦达,不矜名节。今臣亡国贱俘,至微至陋,过蒙拔擢,宠命优渥,岂敢盘桓,有所希冀。但以刘日薄西山,气息奄奄,人命危浅,朝不虑夕。臣无祖母,无以至今日;祖母无臣,无以终余年。母孙二人,更相为命,是以区区⑳,不能废远。臣密今年四十有四,祖母刘今年九十有六,是臣尽节于陛下之日长,报刘之日短也。乌鸟私情㉑,愿乞终养!臣之辛苦,非独蜀之人士,及二州牧伯㉒,所见明知,皇天后土,实所共鉴。愿陛下矜悯愚诚,听臣微志,庶刘侥幸,保卒余年。臣生当陨首,死当结草㉓。臣不胜犬马怖惧之情㉔,谨拜表以闻。

【注释】

①险衅(衅 xìn):灾难祸殃,命运不好。

②闵凶:闵,可忧的事。凶,亲丧。指不幸的事。

③见背:离去,指亲丧。

④门衰祚薄:门庭衰微,福祚浅薄。

⑤外无期(肌 jī)功强(qiǎng)近之亲:古代以亲属关系的远近制定丧服的轻重。期,期服,穿缝边的粗麻布丧服,守丧一年。给祖父母、伯叔父母、兄弟、在家姑姊妹等服期服。功,功服,分大功、小功,穿粗麻布丧服守丧九个月的叫大功,穿细麻布丧服守丧五个月的叫小功。给堂兄弟、未嫁堂姊妹、已嫁姑姊妹等服大功服;给曾祖父母、伯叔祖父母等服小功服。强近,比较亲近。全句谓没有近族。

⑥五尺之僮:古代的尺比现代的尺短。汉代的五尺,相当于现在的市尺三尺多。

⑦茕茕(穷 qióng)孑立:孤独貌。孑立,孤单地生活。

⑧蓐:同"褥"。

⑨沐浴清化:浸润在清化之中。清化,清明的教化。

⑩孝廉:汉代始令郡国考察当地人物,每年选举孝廉,晋代沿袭这个制度。这句的"察臣"和下文的"举臣"、"拜臣"、"除臣"等,后边都省了"为"字。

⑪秀才:科目名。汉代每年命州举秀才,和后世经过考试的秀才不同。

⑫郎中:官名,在宫廷服役的官。

⑬洗(显 xiǎn)马:太子官属。

⑭东宫:太子居东宫,因而以"东宫"代称太子。

⑮陨首:掉了头,犹言杀身图报。

⑯州司:州官,指地方官。

⑰伏惟:过去下级对上级表示恭维的用语,奏疏和书信里常用。伏,俯伏;惟,想。

⑱伪朝：在晋称被灭的蜀国。

⑲历职郎署：曾在郎官的衙署里做官。李密在蜀国曾任尚书郎。

⑳区区：拳拳。形容自己的私情。

㉑乌鸟私情：相传乌鸦是孝鸟，能反哺于母，这里用来比喻人的孝心。

㉒二州牧伯：二州，梁州、益州。牧伯，古代州官的名称。这里指太守逵和刺吏荣。

㉓死当结草：《左传》宣公十五年记的一个故事说，晋大夫魏武子临死时，嘱咐他儿子魏颗把武子的爱妾杀了殉葬。魏颗没有照办而把她嫁出去了。后来，魏颗和秦将杜回作战，见一老人结草绊倒了杜回，因而把杜回捉住。夜间魏颗梦见那老人说他是武子妾的父亲，结草帮助魏颗，是为报答不杀他女儿殉葬的恩德。后人把"结草"作为感恩回报的典故。

㉔犬马怖惧之情：这是用犬马自比，谦卑话语。

【译文】

　　臣李密上奏道：我因为命运不好，早年遭到父丧，才生下六个月，慈爱的父亲就离开我而逝世了。将近四岁的时候，舅舅强行改变母亲守节的志向，逼迫她改嫁。祖母刘氏可怜我孤苦幼弱，亲自抚育我。我小的时候多病，九岁还不会走路。孤单困苦，直到成人。既没有叔伯，又没有兄弟。门户衰败，福分浅薄，晚年才有了子女。外没有远近的亲戚，内没有照应门户的僮仆，孤单一人，只有自身和影子互相慰问。而祖母又早年患了疾病，经常躺在床席上，我捧汤煎药，从来没有离开。

　　到了本朝，我承受了清明的教化。起先太守逵，访察我为孝廉，后来刺吏荣荐举我为秀才。我因无人侍奉祖母，辞谢不能从命。接着诏书又特地发下来，任命我为郎中。不久又蒙受国恩，任命我为太子洗马。像我这样微贱的人，顿时升为东宫的属官，这是我割下头颅来也报答不了的。我写了章表呈报自己的情况,辞谢不能就职。可是皇上的旨意非常严厉,责备我回避任职,怠慢朝廷。郡县层层逼迫,催我上路赴任。州官来到家里,简直是十万火急。我本想接受皇帝的旨意马上去京,可是祖母刘氏的病一天比一天严重;本想苟且顺从私情,向上官申诉却不被允许。我简直是进退维谷,实在狼狈。

我想圣朝是以孝来治理天下的,凡是故旧遗老,还蒙受着怜悯养育,何况我的孤苦,更加厉害。而且我年轻时曾给前朝服务,在尚书官衙做过一些职务。本意是想在官场上得到发展,并不讲究什么声名气节。现在我是个亡国的俘虏,既微贱又鄙陋,过分地蒙受现在朝廷的破格提拔,得到很优厚的照顾,怎敢犹疑不决,有什么非分的企图呢?但因祖母同日落西山一般只剩下一丝气息,生命危险,朝不保夕。我没有祖母抚育,不会有今天;祖母没有我,不能终残年。我们祖孙二人,相互依靠着生存,所以我一刻也不能离开祖母而远行。臣子李密我今年四十四岁,祖母刘氏今年已经九十六岁,所以我报效皇上的日子长着呢,而报答祖母刘氏的时间很短了。尽乌鸦反哺这一点私情而已,希望能给我为祖母养老送终的机会。我的苦衷,不独蜀地人士和两州长官知道,就是天地的神明也都看得到的,希望皇上可怜我这愚诚的心,满足我这微小的志愿,或许能使祖母万幸,终于在晚年得到安养。我活着就要为皇上拼死效力,死后也要结草报恩。我有说不尽像犬马一样恐惧的心情,恭敬地奉上表章让皇帝得知。

【分析】

李密(224—287),西晋武阳(今四川彭山县东)人。字令伯,一名虔。父早亡,母改嫁,自己由祖母抚养成人。曾拜蜀的重臣谯周为老师,博览五经,尤精《春秋左传》。初仕蜀,为郎。晋泰始初,始被征召为太子洗马,以祖母年老多病,无人奉养,遂上《陈情表》固辞。后刘氏死,方人京任太子洗马,出为温县令,官至汉中太守。

写文章的目的,在于影响读者。或者是宣传一种主张,或者是表达一种愿望,都要使读者接受。而要实现这一目的,就文章的表现手段来说,必须说之以理,动之以情。这篇《陈情表》,就是这样情理兼备的好文章。

李密所陈之情,无非是孝养祖母,这属于封建道德范畴。我们推举这篇文章的重点不在此,而是从批判继承的意义看,觉得这篇文章尚有可取之处,堪称西晋散文的名篇。

第一,表现真实的感情。

《古文观止》评说这篇文章:"历叙情事,俱从天真写出,……至性之言,自尔悲恻动人。"李密从小失去父母,是被祖母刘氏一手抚养成人的,这种亲密的关系自然不可分离。所以作者首先从这里写起。他先写自己,从小孤弱,亏了刘氏的抚养。而且"少多疾病,九岁不行。零丁孤苦,至于成立",这里见出刘氏的劬劳。再写刘氏,"夙婴疾病,常在床蓐",这时候只有依靠李密来服侍照应。刘与李亲密而不可分的关系说到了,这还不够,作者还补充特殊的具体情况,这就是他这家"既无叔伯,终鲜兄弟",处在"茕茕孑立,形影相吊"的环境里,祖孙的依傍关系更是分离不得的。最后用"日薄西山,气息奄奄,人命危浅,朝不虑夕"形容刘氏晚年垂危的景况,再呼应上文,归结到这自然而然的情势:"臣无祖母,无以至今日;祖母无臣,无以终余年。母孙二人,更相为命,是以区区,不能废远。"作者的情感是真实的,而且是深切的。所以古人评说:"沛然从肺腑中流出,殊不见斧凿痕"(见《冷斋夜话》引李格非语)。更有人评说:"此段写尽慈孝,使人读之欲涕"(见《古文观止》的批注)。

第二,说出有力的道理。

事情一开始,就在李密面前出了一个难题。我们知道,李密原是蜀国的郎官,蜀亡于晋,现在晋欲征召李密出来作官,李密辞不就职,会不会使晋"疑其以名节自矜"? 在陈表之前,已经诏书累下,郡县逼迫。所以李密写这篇《陈情表》,就非得动脑筋把道理陈述清楚不可,把真实困难摆开不可。他在陈述暂时不能出仕的理由时,先从"伏惟圣朝以孝治天下,凡在故老,犹蒙矜育"入手,而后折入本意:"况臣孤苦,特为尤甚!"这样一推进,逻辑更显得严密,鲜明,也就更有力量。这是这篇文章的一层意思。接着又说明自己"本图宦达,不矜名节","今臣亡国贱俘,至微至陋,过蒙拔擢,宠命优渥,岂敢盘桓,有所希冀"。然后文章又一转折,突出主意:"但以刘日薄西山,气息奄奄,人命危浅,朝不虑夕。臣无祖母,无以至今日;祖母无臣,无以终余年。母孙二人,更相为命,是以区区,不能废远。……"这样就使说理更周全,表达了自己矛盾的心情;既消除了对方的怀疑,也使自己的意思因得到衬托而更鲜明。严密的逻辑、真实的理由在曲折推进中得到清楚的表现,而陈述又是那样委婉,衷曲又是那样令人同情,文章章法又显得摇曳多姿。《丽泽文说》曾指出:"文章贵曲折斡旋。"说理之文有直有曲。直使文章显豁,思路畅达;曲令释理精微,辨析透彻。这都得根据说服的对象和文章所要表达的内容的需要而定。一篇文章之讲究顿挫、跌宕、抑扬、迂回等等,就不单是形式上的一种技巧,或只是章法的变化了,它有更切当、更委婉的说理作用。

兰亭集序

王羲之

　　永和九年,岁在癸丑①,暮春之初②,会于会稽山阴之兰亭③,修禊④事也。群贤毕至,少长咸集⑤。此地有崇山峻岭,茂林修竹,又有清流激湍⑥,映带左右。引以为流觞曲水⑦,列坐其次,虽无丝竹管弦之盛,一觞一咏,亦足以畅叙幽情。是日也,天朗气清,惠风和畅,仰观宇宙之大,俯察品类⑧之盛,所以游目骋怀,足以极视听之娱,信可乐也。

　　夫人之相与,俯仰一世,或取诸怀抱,晤言一室之内;或因寄所托,放浪形骸之外。虽取舍万殊,静躁不同,当其欣于所遇,暂得于己,快然自足,曾不知老之将至。及其所之既倦,情随事迁,感慨系之矣。向之所欣,俯仰之间,已为陈迹,犹不能不以之兴怀。况修短随化,终期于尽⑨。古人云:"死生亦大矣⑩!"岂不痛哉!

　　每览昔人兴感之由,若合一契⑪,未尝不临文嗟悼,不能喻之于怀。固知一死生为虚诞⑫,齐彭殇为妄作⑬。后之视今,亦犹今之视昔,悲夫!故列叙时人,录其所述。虽世殊事异,所以兴怀,其致一也。后之览者,亦将有感于斯文。

【注释】

　　①永和九年:永和,晋穆帝年号。永和九年,公元353年。癸丑:这年用天干地支纪年属癸丑。

　　②暮春之初:指农历三月初。

　　③会稽:郡名。在现浙江省北部和江苏省东南部一带。兰亭:在绍兴县西南,地名兰渚,有兰亭。

　　④修禊(细 xì):三月上旬"巳"日为修禊日;魏以后用三月三日,

不再用巳日。禊,古代的一种风俗,临水为祭,以消除不祥。

⑤群贤:指孙绰、谢安、支遁等人。少长:少,指王家子弟,如他的儿子王凝之、王徽之等人。长,指他自己和其他年长的人。

⑥激湍(团 tuān):流势很急的水。

⑦流觞曲水:觞,酒杯。流觞,把盛酒的杯从水的上游放出,循流而下,流到某处,在某处的人就取而饮之。曲水:引水环曲为渠,以流酒杯。

⑧品类:即物类。

⑨修短随化:寿命长短,听凭造化。古人迷信寿夭有定数。终期于尽:最后归结于消灭。

⑩死生亦大矣:死生是大事。语见《庄子·德充符》篇。

⑪若合一契:像符契一样相合,意思是大家都一样。

⑫固知一死生为虚诞:《庄子·齐物论》里认为生和死是相对的,"一"是相等的意思。庄子夸大了这个相对性,否定生和死的区别。本文批判了这个说法的荒谬。

⑬齐彭殇为妄作:《庄子·齐物论》有"莫寿乎殇子(夭折的儿童),而彭祖(活了八百岁)为夭"。这里指责这种论调荒诞。

【译文】

永和九年,这一年是癸丑年,在春季最后一个月的月初,集会于会稽郡的山阴县的兰亭,进行禊祭活动。很多有名望的以及年长的和年轻的都来了。这个地方有高山峻岭,茂密的树木和修长的竹子,又有清澈而流势很急的水,辉映点缀于左右。引这样的水作为流觞的曲水,大家列坐在曲水之旁,虽然没有热闹的音乐演奏,喝一杯酒,吟一首诗,也足以把深藏的感情畅快地表达出来。这一天啊,天空明朗,空气清新,春风轻拂,抬头远望宇宙的无穷,低头观察万物的繁多,这样来纵展目力观察事物,开畅胸怀欣赏风景,可以尽情地享受着看和听的乐趣,这真是令人高兴啊!

人们在交往中，很快地就度过一生，有的人把自己的胸怀抱负与人在室内畅谈；有的人就着自己所爱好的事物，寄托自己的情怀，不受任何拘束，放纵无羁地过生活。尽管得失、取舍千差万别，生活的安静与躁动不一样，但当他对于所接触的事物感到高兴，暂时自己有所收获，并觉得非常乐意和满足时，同样会不知道衰老的到来。等到对于所得到的事物已经厌倦，感情随着事情的过去而淡薄，这时候感慨就随着产生了。过去所激动高兴的，很快成为过往的旧迹，这些都不能不因它而引起心中的感触，何况寿命的长短，听凭造化，最后归结于消灭。古人说："死生也是件大事啊！"怎能不令人悲痛呢！

每看到古人发生慨叹的原因，和我们大家都一样，读着前人那些文章，没有一次不为之悲伤感叹，无法从理智上得到解脱。这才知道把死和生等同起来的说法是不真实的，把长寿和短命看做一回事是妄造的。后来的人看现在，也好像现在的人看从前，真是令人悲痛啊！因此一个一个地记下当时与会的人，记录下他们所作的诗。虽然时代有变化，事情有变迁，然而拿它来抒发怀抱和感情，那意趣总是一样的。以后看到这些诗作的人，也将和这篇文章的感慨共通。

【分析】

王羲之(321—379)，字逸少，会稽（今浙江绍兴）人，曾作过右军参军，会稽内史，世称王右军。他是杰出的书法家，有"书圣"的称号，散文潇洒放脱。著有《王右军集》。

这篇文章选自《晋书·王羲之传》，题目《兰亭集序》，意思是兰亭诗集的序。所以有的书上作《三月三日兰亭诗序》。

《晋书》记："羲之雅好服食养性，不乐在京师。初渡浙江，便有终焉之志。会稽有佳山水，名士多居之，谢安未仕时亦居焉。孙绰、李充、许询、支遁等皆以文义冠世，并筑室东土，与羲之同好，尝与同志宴集于会稽山阴之兰亭。羲之自为序，以申其志。"这一段话较详尽地交代了王羲之写《兰亭集序》的背景与环境。

王羲之在这篇序文里把永和九年三月三日于兰亭聚会的盛况作了生动的叙述,并抒发了个人的感想。文章虽对人寿几何、老之将至发表了无限感慨,但也对庄周宣扬的"一死生"、"齐彭殇"的虚无主义思想作了批判。这种高远旷达之言在东晋玄谈之风正炽、消极思想流行的时候,颇起了不同的反响。

　　全文可分两部分。前部分从"永和九年……"到"……信可乐也",是叙集会之事。往后是就集会之事抒发感想。

　　第一句是总叙。点出时间、地点以及集会的原因。接着分句叙人、叙地、叙事、叙日、叙乐。用语既简洁又周到,而且做到虚实相间,叙议结合。如叙说"此地有崇山峻岭,茂林修竹,又有清流激湍,映带左右。引以为流觞曲水,列坐其次",下面紧接着引申而论:"虽无丝竹管弦之盛,一觞一咏,亦足以畅叙幽情。"接下来一句也同样是叙议结合,其中"天朗气清,惠风和畅"二短句,形象简括地写尽良辰美景。

　　议论部分第一句"夫人之相与,俯仰一世,或取诸怀抱,晤言一室之内;或因寄所托,放浪形骸之外",是承上"仰观……俯察……"之句而言。这里写了倦于涉猎游玩的和寄情山水、旷达不拘的两种人,虽然"取舍"、"静躁"不同,但总是一样怡然自得,又总是情过兴尽。时间无情的推移,实在令人感慨! 于是文章至此,推进到"生死"的大问题,笔意顺势成章而又轻灵迅疾,并用"古人云:'死生亦大矣!'岂不痛哉!"作结。文章的起承转合之处,正是进入作序的正旨。接着便洋洋洒洒,从古今"兴感之由,若合一契"起,纯写感慨。虽说作者自己也不完全领悟这大道理,但也不同意古人的虚诞妄说。其中一句:"后之视今,亦由今之视昔,悲夫!"这里无庸讳言,表达了怅惘无穷的悲观情绪;但若用批判的眼光来汲取其积极因素,这句话不也透露了"生生不已"的辩证法的思想吗?

　　文章最后说到写序的目的,是要记叙这次盛会,引起后人的感怀。文字收束得直截了当,开发的情思却绵邈不绝。

　　整篇文章触景兴情,意在言外,把一股清新隽永的文风、文调,引进了当时枯寂的文坛,起到了振颓拔俗的革新作用。而这种"兴怀"的情感意义和"生死"的深沉思索,都富有哲理意蕴,使文章升华到很高境界。

最后要说明的是,王羲之文中有一句"丝竹管弦",因丝竹即管弦,有重复之嫌,后人常有訾议。但也有人指出《汉书·张禹传》即有"丝竹弦管"的说法。这样意念重复的句子,从修辞的角度来理解,不一定是什么大毛病,不必以"一眚掩大德",苛求于古人。

桃花源记

陶渊明

晋太元①中,武陵②人捕鱼为业。缘溪行,忘路之远近。忽逢桃花林,夹岸数百步,中无杂树,芳草鲜美,落英缤纷③。渔人甚异之。复前行,欲穷其林。

林尽水源,便得一山。山有小口,仿佛若有光。便舍船,从口入。初极狭,才通人。复行数十步,豁然开朗。土地平旷,屋舍俨然,有良田美池桑竹之属。阡陌交通,鸡犬相闻。其中往来种作,男女衣著,悉如外人。黄发垂髫④,并怡然⑤自乐。

见渔人,乃大惊,问所从来。具答之。便要⑥还家,设酒杀鸡作食。村中闻有此人,咸来问讯。自云先世避秦时乱,率妻子邑人来此绝境,不复出焉,遂与外人间隔。问今是何世,乃不知有汉,无论魏晋。此人一一为具言所闻,皆叹惋。余人各复延至其家,皆出酒食。停数日,辞去。此中人语云:"不足为外人道也。"

既出,得其船,便扶向路,处处志之。及郡下,诣⑦太守说如此。太守即遣人随其往,寻向所志,遂迷,不复得路。

南阳⑧刘子骥⑨,高尚士也,闻之,欣然规往。未果,寻病终。后遂无问津⑩者。

【注释】

①太元:东晋孝武帝的年号。
②武陵:郡名,在今湖南省常德县境内。
③缤纷:繁盛,杂乱。
④黄发垂髫(条 tiáo):黄发:指老人。垂髫:指小孩。髫,小孩垂下来的头发。

⑤怡(遗yí)然:快乐的样子。
⑥要:同"邀"。
⑦诣(亦yì):到,往见。
⑧南阳:郡名,郡治在今河南省南阳市。
⑨刘子骥:名骥之,有名的隐士,《晋书》里有他的传。
⑩问津:问路,寻访。

【译文】

晋朝太元年间,武陵有个靠捕鱼为生的人。他划着小船沿着溪水前行,不知划了多少路程。忽然遇到一片盛开的桃花林,两岸几百步以内,没有别的树,香草鲜嫩而美好,桃花缤纷地散落下来。打渔人对此十分惊奇。又往前划去,想找到树林的尽头。

树林的尽头是溪水的源头,那儿有一座山。那座山有个小洞,里面好像有亮光。他便离开小船,从小洞走进去。开始很狭窄,只能通行一个人。再向前走了几十步,一下子便开阔敞朗了。土地平坦广大,房屋整整齐齐,有肥沃的田地、美好的池塘以及桑树竹林等。田间的小路纵横交错,鸡鸣狗叫的声音都能听到。那里面来来往往走路的和种田的,男人和妇人穿着的衣服,全和洞外的人一样。不管是老年人还是小孩子,都显得很愉快。

里面的人见到渔人,非常惊讶,问他是从哪里来的。渔人详详细细地告诉了他们。于是便邀请他到家里去作客,备了酒杀了鸡来招待他。村里听说来了这样一个人,全都来打听消息。他们自己说,是他们的祖先为了躲避秦朝的战乱,带着老婆孩子和乡邻们来到这个同外边隔绝的地方,再也没有走出去过,便同外界人隔绝了。他们问现在是什么朝代,竟然不知道有汉朝,更不用说魏晋了。这个渔人把自己的见闻一一地告诉了他们,他们听了都很惊叹惋惜。其余的人各自把渔人请到他们的家去,都拿出酒食来款待。住了几天,渔人要告别离开了。里面的人对他说:"不要对外边人说呀。"

渔人出来以后找到自己的小船,就顺着原路往回走,处处都做了记号。到郡城以后,去太守那里说了这件事。太守就派人跟着他去,寻找过去曾经留下的记号,可是迷了路,再也找不到原来的路了。

　　南阳的刘子骥,是个高尚的读书人,听到这件事后,兴致勃勃地计划去寻找,还没有去成,不久就病死了。以后就不再有去寻找的人了。

【分析】

　　陶渊明(365—427),一名潜,字元亮,浔阳柴桑(今江西省九江市西南)人。死后,他的朋友私赠他"靖节"的"谥号",所以后代也称他为靖节先生。著有《靖节先生集》。

　　陶渊明的曾祖父陶侃,在晋朝做过大司马,但是到陶渊明这一代,家世已衰落。他家境贫苦,为了谋生,曾断断续续做过祭酒、参军之类的小官。四十一岁那年,陶渊明出任彭泽县令,因为不肯向社会的黑暗势力妥协,不愿"为五斗米折腰",只当了八十几天的县令,遂解绶去职,弃官隐退。从此,他住在农村,亲自参加农业劳动,过着比较艰苦的田园生活,直到六十三岁去世。

　　公元318年,司马睿在建康建都称帝,建立起东晋小朝廷。到公元383年淝水之战以后,偏安的局面比较稳定了。这时,统治阶级的最上层早已把恢复中原忘在一边,过着豪奢荒淫的生活,阶级矛盾越来越尖锐,终于爆发了以孙恩、卢循等为首的农民起义。农民起义被血腥镇压下去了,而镇压农民起义的军阀则乘机兴起。他们勾心斗角,争夺统治权。公元420年,军阀刘裕篡位自立,改国号为宋。东晋遂亡。陶渊明就生活在这战乱频仍、动荡不宁的年代里。这对陶渊明思想性格的形成,以及他的创作,都有直接的影响。

　　陶渊明年轻时就博学能文,颇有理想。他的诗句:"少时壮且厉,抚剑独行游。"《拟古之八》"猛志逸四海,骞翮(hé)思远翥(zhù)。"《杂诗》说明他很有佐君立业的政治抱负。但在这东晋和刘宋交替的岁月里，门阀制度森严，豪门贵族专政，官场腐朽。陶渊明出身于破落了的地主官僚家庭，经济地位低，再加上他任性不羁，不愿和当时的统治者同流合污，所以仕途不畅。虽有理想，但终究未能实现夙志，不得不"拂衣归田里"，"结庐在人境"，消极遁世，过着"晨出肆微勤，日入负耒还"的归隐生活。由于陶渊明离开了官场，能置身于劳动群众之中，才有可能接近和了解农民，得到参加劳动的实感，有时间细品自然界的美景；他才有机会发挥创作的才能，写出许多赞美田园生活的诗篇，成为著名的"田园诗人"。除了诗篇，他的辞赋和散文的艺术成就也很高。《桃花源记》就是他晚年写的著名的散文作品。

《桃花源记》是他的五言古诗《桃花源诗》前边的一篇小记，相当于诗的序言。作者在诗中描写了桃花源里的历史、风俗和恬静的生活，抒发了对这种淳朴的理想社会的爱慕之情。这篇记，则是用客观的记叙方法，虚构了一些情节，塑造了一个幽美的世外桃源环境，并通过这个故事，表达出他对现实的不满和对理想社会的憧憬。正因为作者不但有丰富的想象力，而且有很出色的概括能力和描写能力，才能把他想象中的图景凭借朴素自然的语言生动地描绘出来，成就一篇脍炙人口的散文。

全文以渔人进出桃花源为线索，按照时间的顺序，先写武陵渔人发现桃花源的经过，介绍了故事发生的时间、地点和人物，并描绘了一个美妙而奇幻的境界，作为进入桃花源的先导。作者巧妙地把打渔人发现和进入桃花源完全归之于意外，只是因为"忘路之远近，忽逢桃花林"，因被这桃花林的美景所吸引，以致"复前行，欲穷其林"，于是在"林尽水源"处发现一山，而且"山有小口，仿佛若有光"，才舍舟入洞，走进了桃花源。这样写来，是很引人入胜的。作者不仅把渔人很自然地逐步引入桃花源，也使读者仿佛跟随着这个渔人的行程顺次前进，不知不觉之中也走进了这个奇妙的小山洞。接着写桃花源中的幸福情景，这是作者梦寐以求的理想世界，也是这篇散文的核心。作者还是按次叙述，描写进入山洞的境况，写得很有变化，给人一种"山重水复疑无路,柳暗花明又一村"的感觉。穿过山洞,展现在渔人眼前的是欣欣向荣、和睦平等的世外桃源。那里是"屋舍俨然",有良田、美池、桑竹,"阡陌交通,鸡犬相闻",男女老少各做各的事,"怡然自乐"。再写渔人和他们接触的情况。原来这些淳厚、朴实、热情、诚恳的人们,是为了逃避战乱才迁入这绝境的。他们自愿与世隔绝,"不知有汉,无论魏晋",过着不受专制统治、不受剥削的生活。大家参加劳动,自己享受劳动果实,丰衣足食,家家都可"设酒杀鸡"待客。作者着力描述这一理想社会,无疑带有浓厚的浪漫主义的乃至幻想的色彩,却也显示了作者对残酷的现实社会的厌弃和不满。最后写渔人辞别后的故事。渔人在归途中虽"处处志之",待到再访时,终究"遂迷,不复得路"。暗示桃花源并不存在。但作者并不就此为止,却用刘子骥规往未果作结。刘子骥是陶渊明同时代人,据《晋书·刘骥之传》记载,他"好游山泽,志存遁逸"。陶渊明借助这个真实人物的故事,使世上好像真有桃花源。这种若有若无,亦真亦假,似虚似实的写法,使作品产生令人神往的艺术效果。

　　《桃花源记》自问世到今天已经一千五百多年了,始终为学者、诗人、画家和一般老百姓所喜爱,这固然与文章的思想内容有一定的进步性有关,也与文章所具有的独创的艺术性分不开。首先,本文的最大特点是构思巧妙。作者发挥了丰富的想象力,虚构了一个完整的故事,在故事的发展中不断设下悬念,步步为营,一步一步把读者引入胜境,读《桃花源记》就像读一篇有趣的充满着幻想的寓言小说;读后仿佛自己也神游了桃花源,然而又觉得游兴未尽,又要重读一遍,再去领略一番这虚幻而又令人向往的境地。其次,是十分出色的概括力。全文仅用三百二十个字,就形象地描写出一个理想中的社会,从而概括地反映出当时现实生活中广大人民希望过一种安定美好生活的社会问题。第三,是写景明丽。作者用细腻的笔触,把幽美的桃花源描绘得亲切逼真,宛然如画,读了之后,此景此情恍如就在眼前。第四,语言简洁平易,淳朴自然,没有雕琢,没有藻饰,接近口语。作者还惜墨如金,用语十分精炼。如"乃不知有汉,无论魏晋"句,既说明桃花源里的人与世隔绝之久,又说明桃花源里没有朝代变化,是与你争我夺的黑暗的现实社会完全不同的世外胜地。由此可以看出陶渊明驾驭语言的深厚功夫。

　　陶渊明的文章和他的诗,都具有"文体省净"的特点,表面上看来闲淡放适,实际上蕴藏热情。《桃花源记》似乎有出世的向往,但却是对当时现实政治黑暗的憎恶。其后不久的梁代萧统在《陶明渊集序》里说:"尝谓有能观渊明之文者,驰竞之情遣,鄙吝之意祛,贪夫可以廉,懦夫可以立,岂止仁义可蹈,抑乃爵禄可辞,不必旁游太华,远求柱史,此亦有助于风教也。"

与宋元思书

吴 均

　　风烟俱净,天山共色。从流飘荡,任意东西。自富阳至桐庐①一百许里②,奇山异水,天下独绝。

　　水皆缥③碧,千丈见底。游鱼细石,直视无碍。急湍甚箭④,猛浪若奔。

　　夹岸高山,皆生寒树。负势竞上,互相轩邈⑤。争高直指,千百成峰。泉水激石,泠泠⑥作响。好鸟相鸣,嘤嘤成韵。蝉则千转⑦不穷,猿则百叫无绝。鸢飞戾天⑧者,望峰息心;经纶⑨世务者,窥谷忘反。横柯上蔽,在昼犹昏;疏条交映,有时见日。

【注释】

　　①自富阳至桐庐:富阳,在今浙江省富春江下游。桐庐:今浙江省桐庐县,也在富春江边。

　　②许:表示不定,大概。

　　③缥:淡青色。

　　④急湍(团 tuān):急流。甚箭:甚于箭,比箭还快。

　　⑤轩邈:轩,高。邈,远。在这里都作动词用,指竞相伸展,互比高远。

　　⑥泠泠(玲 líng):形容水声。

　　⑦转:通"啭",鸣叫。

　　⑧鸢(渊 yuān)飞戾(利 lì)天:这是《诗经·大雅·旱麓》篇的一句,意思是鸱鹰高飞入天。这里比喻为名利极力高攀的人。

　　⑨经纶:筹划,治理,奔走。

【译文】

烟雾都消散尽净,天和山是同样的颜色。我乘船随着江流飘浮荡漾,任意地东西转移。从富阳到桐庐这百来里中,山水的奇异,真是天下第一。

江水都是青白色的,几乎有千丈深,却清澈得看到底。游动着的鱼和细小的石子,一直看下去,可以看得很清楚,毫无障碍。急流比箭还快,汹涌的波浪好像在飞跑。

江边两岸的高山,都长着树木,看上去使人感到萧瑟有寒意。那些山凭依着高峻的地势,争着向上,仿佛在比赛谁冲得高,伸得远,笔直地向上,形成了千百座高峰。泉水冲激着石头,发出泠泠的声音。好鸟相向鸣叫,嘤嘤地唱出和谐的声韵。蝉就接连不断地高叫,猿就长久不停地啼喊。为名为利像鸢鸟一样极力攀高的人,看到这些雄奇的山峰,就会平息他那热衷于功名利禄的心;奔波劳碌用心社会事务的人,看到这些幽美的山谷也会流连忘返。横斜的树木在上边遮蔽着,即使在白天,也还像黄昏那样阴暗;稀疏的树木枝条,互相掩映,阳光有时从空隙中照射下来。

【分析】

吴均(469—520),字叔庠,吴兴故鄣(今浙江安吉西北)人,南朝梁文学家兼史学家。出身寒微,有才学。梁初,柳恽为吴兴太守,召为主簿,常与赋诗。后为建安王记室,迁为国侍郎,入为奉朝请。因私撰《齐春秋》,梁武帝恶其实录,焚其稿,免其职。后奉诏撰《通史》,起三皇,讫南朝齐代,未成而卒。曾注范晔《后汉书》,为文百余卷,皆散佚。今存诗一百三十余首,诗中常露激愤不平之情,抒写寒士骨气和怀才不遇的感慨。又以小品书札见长,如《与宋元思书》《与施从事书》《与顾章书》等,皆工于写景,清新俊逸,艺术成就较高。他在当时文坛影响很大,时人仿效他的文体,称为"吴均体"。明人辑其著作有《吴朝请集》,另有志怪小说集《续齐谐记》。

《与宋元思书》一作《与朱元思书》。朱元思,《艺文类聚》卷七作宋元思,同书卷三十七又有梁刘孝标《与宋玉山元思书》,清许梿《六朝文絜》及黎经诰笺注均作宋元思,所以仍以《与宋元思书》为宜。

魏晋南北朝时,政治黑暗,社会紊乱,不少在政治上受压迫和受佛教思想影响的知识分子,产生对现世的厌恶之情和对自然界的向往之情,由此避世隐居;同时,对山水依恋之情渐渐滋长,而山水文学由此兴起。再加之当时骈偶声律的盛行,因而小品文也日趋诗化与美化,出现了不少清丽新巧的短篇佳作。而吴均的这篇《与宋元思书》是其中的代表作之一。

这篇作品是写给他的朋友宋元思的一封书信。而宋元思为何人,现在已无法考证了。

山水文学的产生已如上述。这里还要提出的是东晋以后,文人名士交游之风特盛,深山绝谷,古庙幽亭,成为文人佛徒出没之地,而江南一带的佳山好水,更给人们提供了创作山水文学的良好环境,于是游踪所至,美景在目,心意所感,必然见之于文字。猜想吴均当时正在富春江一带游玩,兴感勃发,便写信把自己观赏的美丽景色告诉朋友。

"风烟俱净,天山共色。"开头是对偶句,八个字就点出了清秋季节的美好天气。而且写风、写烟、写天、写山,包容了如此之多的具体景物,用字却极其精炼,几乎是一字一个境界,把寥廓的空间勾勒出来了。

"从流飘荡,任意东西。"写水,写心情的从容愉快,是景与情的结合,又是一个不着痕迹的过渡。下面就点出了富阳、桐庐的具体地名。为什么说是"奇山异水,天下独绝"呢?作者在下文分别描叙。

写"异水"用了六个短句。这一组文字不多,却形象而具体。写了"缥碧"的颜色,接着写江水的清澈,这是宁静的状态。接着笔锋一转,用"急湍甚箭,猛浪若奔"八个字,描绘了富春江流急浪涌的另一番景象。这种动静的映照对比,把富春江的变幻多姿表现得极为充

与宋元思书 吴 均

分,"异"之所以为"异",尽在其中矣。

两岸高山上长满秋天的树木。一个"负势竞上",写出山的形态,好像都在依靠自己险要的形势竞争着向高处挺上去;"互相轩邈"是说山峰一个比一个高,一层比一层高。"争高直指,千百成峰",似乎山和人一样,在竞争比赛。"争"和"指"两个动词把山写活了;但它们又不是孤立的,而是连成一片的,这样就把山峰间高远连绵的关系说清楚了。山之为"奇",意象既具体又鲜明,而且作者并没有耗费多少笔墨。

异水奇山,只是作者逞奇妙之笔从视觉上引导读者观赏,这还不够;下面又从听觉上创造了一片天然音乐的境界:"泉水激石,泠泠作响。好鸟相鸣,嘤嘤成韵。蝉则千转不穷,猿则百叫无绝。"水流、鸟叫、蝉鸣、猿啼,声音繁杂而又动听,作者描写自然景物不再是平面的介绍,而是调动了视觉,又调动了听觉,想象得之,更使我们有身临其境的感觉。这里文字不仅跟图画相通,而且简直像把我们带到银幕上了。"声入心通",文字的魅力多么奇妙呵!

富春江的美景,作者在描述之后,又抒发了感想。"鸢飞"云云,透露了知识分子清高隐逸的思想,这是当时的一种风尚。拿美好的风景与世俗的官场对比,向往前者,厌恶后者,不完全单是一种消极退隐的情绪。

文章到此本可结束,后面又附带几笔写山林里的树木,令人怀疑是否是文字的错脱倒置;或者作者在写书信,兴之所至,任意而谈,再到最后给文章添点儿情趣,因而写上几笔,这也是可能的。

古人论画:"咫尺应须有万里之势。"吴均这篇文章字数不多,却把富春江的景色写全、写活、写透,真是精妙绝伦的山水小品,堪与元代山水画家黄公望的"富春山居"图卷媲美。

三 峡

郦道元

　　自三峡①七百里②中,两岸连山,略无阙③处。重岩叠嶂④,隐天蔽日,自非亭午夜分,不见曦⑤月。

　　至于夏水襄⑥陵,沿溯阻绝。或王命急宣,有时朝发白帝⑦,暮到江陵⑧,其间千二百里⑨,虽乘奔御风,不以疾也。

　　春冬之时,则素湍⑩绿潭,回清倒影。绝巘⑪多生怪柏,悬泉瀑布,飞漱⑫其间,清荣峻茂,良⑬多趣味。

　　每至晴初霜旦,林寒涧肃,常有高猿长啸,属引⑭凄异,空谷传响,哀转久绝。故渔者歌曰:"巴东⑮三峡巫峡长,猿鸣三声泪沾裳。"

【注释】

　　①三峡:瞿塘峡、巫峡、西陵峡的合称。

　　②七百里:现在计算起来约二百公里。

　　③阙:同"缺"。

　　④嶂(账 zhàng):高耸的像屏障一样的山。

　　⑤曦(西 xī):日光。

　　⑥襄(香 xiāng):上升,上举。

　　⑦白帝:白帝城,在今四川省奉节县的东南。

　　⑧江陵:今湖北省江陵县。

　　⑨千二百里:现在计算起来只有三百五十公里左右。

　　⑩湍(团 tuān):急流的水。

　　⑪巘(掩 yǎn):山上重叠着山。

　　⑫漱:喷洒冲刷。

　　⑬良:诚,确是,实在。

⑭属(主 zhǔ)引:连续不断。
⑮巴东:郡名,在今四川省东部云阳县、奉节县一带。

【译文】

在三峡七百里之间,两岸山连着山,几乎没有中断空缺的地方。一座座山崖,一层层峭壁,遮住了天空,挡住了阳光,如果不是中午和半夜,就看不见太阳和月亮。

到了夏季,江水冲上两岸丘陵,顺流和逆流的船都不能通行了。偶尔有皇帝的命令必须火速传达,有时早晨从白帝城出发,傍晚就到了江陵,这中间相隔一千二百里,即使骑着快马,或者驾着风,也不会有这样快。

春天和冬天的时候,总是白色的浪花,碧绿的潭水,曲折的清流里倒映着各种景物的影象。陡峭的山峰上长着许多奇形怪状的柏树,山泉和瀑布悬空直下,飞速涤荡在山崖之间。水清,山峻,木荣,草茂,实在很有趣味。

每到秋雨初晴或者下霜的早晨,树林和山涧清冷而且寂静,常常有高山上的猿猴长声啼叫,连续不断,凄切异常,在空旷的山谷间回旋荡漾,悲哀宛转,很久才消失。所以打渔的人歌唱道:"巴东三峡巫峡长,猿鸣三声泪沾裳。"

【分析】

郦道元(?—527),字善长,南北朝时期北魏范阳涿鹿(今河北省涿县)人。其父郦范,为平东将军,青州刺史,假范阳公。郦道元承袭其父的爵位,历任尚书主客郎、东荆州刺史、御史中尉等职位。他为官清刻严峻,不避权贵。因得罪汝南王和灵太后,被调到政局动荡的陇西,任关右大使。在去说服谋划叛乱的雍州刺史萧宝夤的途中被人暗杀。他一生好学不倦,博览群书,著作谨严。流传下来著作的仅存《水经注》四十卷。

《水经》共三卷，是记述我国水道的一部地理书。它列举了一百多条河流，简单地介绍了这些河流的起源和流经的地方。相传为西汉桑钦所撰，也有人说是晋代郭璞所著。据清代学者考证，认为作者大约是三国时人，姓名已难确知。郦道元鉴于《水经》过于简略，且多谬误，就立志为这部书作注。他在《水经注》的《原序》里有这样一段话：

> 窃以多暇，空倾岁月，辄述《水经》，布广前文。《大传》曰："大川相间，小川相属，东归于海。"脉其支流之吐纳，诊其沿路之所缠，访渎搜渠，缉而缀之。经有谬误者，考以附；正文所不载，非经水常源者，不在记注之限。

从这段话中可以约略看出他注《水经》的意图和作法。他同一般人注古书只看重于训释名物和词句的注法不同，名为"注"，实则繁征博引。郦道元不仅补充了一千多条河流水道，详尽地描述了各河流经行的地方，还介绍了各地的风土人情、历史古迹和有关的逸闻、神话、传说等。他因水记山，因地记事，文笔精巧，绘声绘色地描摹出祖国锦绣山河的面貌。他的每一条注文，几乎就是一篇优秀的游记体散文，对后世的影响十分深远。对此，清代刘熙载在《艺概·卷一》里曾有一段评说："郦道元叙山水，峻洁层深，奄有《楚辞》《山鬼》《招隐士》胜境。柳柳州游记，此其先导也。"

本文选自《水经注》第三十四卷《江水》篇，记叙了长江三峡（主要是巫峡）的奇险形势和特殊景色。全文仅一百余字，写得却是雄健清新，十分生动，使人读后宛如身历其境。

长江三峡一带，山陡流急，气象万千，要写出它的形态和神情确非容易。但作者能抓住三峡的特点，用画龙点睛的手法，以简洁确切的语言再现三峡的雄伟图景和气势，这种技巧就很值得我们学习。全文分为四段来写。先写三峡的山。三峡的山一是多，二是高。作

三　峡　郦道元

者就写这两个方面,前一句写山的"多",后一句写山的"高",一共两句,把长江三峡两岸的总形势写出来了。那里是连绵不绝的高山,层层密密的是悬崖峭壁,连太阳和月亮的光辉都难得照下来。写得十分逼真。据记载,巫峡南岸的青石镇,冬季日照时间不过一二小时。可见作者所写的并非是无根据的夸张,倒是写实,符合"注"的要求。第二段写水的形势。那里的水一是险恶,二是流急。作者也如实地从这两个方面来记述,但是写得生动具体。每当夏季大水漫上两岸的丘陵的时候,上行或下行的船只都难以通行,交通阻断了,由此可见水势的险恶;如果有"王命急宣",在不得已的情况下行船,冒险顺流而下,则是"朝发白帝,暮到江陵",一日千里,舟行比"乘奔御风"还要迅疾,用行船的迅疾衬托出水流的湍急。这段文字,用"至于"引起,承接第一段,有连类而及的意味,把一、二两段紧紧连在一起,让读者对三峡的总形势有一个完整的认识。接着,作者细致地描写了在不同季节中三峡的不同的自然景色。第三段,着重写春冬之时三峡景色的"趣"。第四段,着重写深秋初冬之时景色的"凄"。文章从所见所闻下笔,写春冬之时的三峡,着眼于急流、深潭、怪柏、悬泉、瀑布等方面,那高山、茂林、清流、丛草,生机勃勃,看了使人觉得实在优美,趣味盎然。三峡猿啼,是壮丽山河里一种凄凉的插曲,作者写秋冬之时的景色时充分运用了这一特殊环境中的特定事物。先写"高猿长啸",那凄凉的叫声,在空旷的山谷中回响,"哀转久绝",听了已使人感到凄凉,再由猿及人,引用渔歌"猿啼三声泪沾裳"句作证,更使人觉得悲哀愁苦了。至此,三峡的情景已经刻画尽致,生动形象地呈现在读者面前了。

　　在谋篇布局上,作者先用粗线条总写山川的形势,然后用工笔分写林峦的景色。在描绘三峡林峦景色时,以时令和人的感触为线索,写了可喜的"春冬之时"和可悲的"晴初霜旦",举一隅以概其全。可见作者对全篇的结构是作了精心安排的。这样的布局,确实巧妙而且妥贴,值得借鉴。

本文在语言运用方面也很有特色,尤其是用词,其精炼的程度,不能不为之击节三赞。例如"素湍绿潭,回清倒影"句,"湍"是急流的水,"素"是白色,用它来描写急流的水色,非常确切;潭水很深,又是静止的,用一个"绿"字来形容,也很恰当。一动一静,惟妙惟肖。"清"指"清流",这是用景物的特征来代替本称,形象突出,给人的感觉更为鲜明。正因为"清",所以两岸的景物倒映其中,就显得更为秀丽动人。再如写悬泉瀑布,用"飞漱"两字形容它似雨非雨,洋洋洒洒,凌空飞泻,神态非常生动。写到"高猿"放声长啼,下文用"传响"两字来呼应,这个"传"字就是上文"高"字的精确说明。此外,全篇多用四字句,每句两拍,用节拍相同的句子一再反复。还用了不少意趣生动的"句中对",如"重岩叠嶂","重岩"和"叠嶂"对偶,"隐天蔽日","隐天"和"蔽日"对偶。这就给人一种整齐匀称、音节和谐的美感。

《世说新语》二则

刘义庆

陶　侃①

陶公性检厉②,勤于事。作荆州时,敕船官悉录③锯木屑,不限多少。咸不解此意。后正会④,值积雪始晴,听事⑤前除雪后犹湿,于是悉用木屑覆之,都无所妨。官用竹,皆令录厚头⑥,积之如山。后桓宣武伐蜀,装船⑦,悉以作钉。又云:尝发所在竹篙,有一官长连根取之,仍当足⑧,乃超两阶⑨用之。

周　处⑩

周处年少时,凶强侠气⑪,为乡里所患。又义兴水中有蛟⑫,山中有邅迹虎⑬,并皆暴犯百姓,义兴人谓为"三横"⑭,而处尤剧。或说⑮处杀虎斩蛟,实冀三横唯余其一。处即刺杀虎,又入水击蛟。蛟或浮或没,行数十里,处与之俱。经三日三夜,乡里皆谓已死,更⑯相庆。竟杀蛟而出,闻里人相庆,始知为人情所患,有自改意。乃自吴寻二陆⑰,平原⑱不在,正⑲见清河⑳,具以情告,并云:"欲自修改,而年已蹉跎㉑,终无所成。"清河曰:"古人贵朝闻夕死㉒,况君前途尚可。且人患志之不立,亦何忧令名㉓不彰㉔邪?"处遂改励,终为忠臣孝子。

【注释】

①陶侃(259—334):东晋名将,字士行,寻阳(今江西省波阳县)人。幼年家贫,后官至侍中、太尉,都督荆、交等八州军事,封长沙郡公,拜大将军。

②检厉:俭约严肃。

③录:收藏。

④正会:正旦大会僚属。

⑤听事:衙门中的大堂。听,通"厅"。

⑥厚头:厚实的竹根。

⑦装船:修造船只。

⑧足:指船篙头部的铁足。

⑨阶:官吏的等级。

⑩周处(240—299):字子隐,西晋义兴(今江苏省宜兴县)人。曾在吴国为官。晋灭吴后,仕晋,任太守,迁御史中丞。不避权贵,多所弹纠。后奉命镇压氐族人齐万年起义军,被起义军杀死。

⑪凶强侠气:粗暴强悍,好争斗。

⑫蛟:传说中的无角龙,能发洪水。

⑬邅(沾 zhān)迹虎:不详。《孔氏志怪》解"邅迹"为"邪足",邅迹虎即邪足虎。《晋书·周处传》作"白额猛兽"。

⑭三横(hèng):三大祸害。指周处、蛟龙、猛虎。

⑮或说(税 shuì):有人劝说。

⑯更:轮流,交替。

⑰二陆:陆机、陆云兄弟俩,西晋著名文学家。

⑱平原:陆机曾任平原郡内使,人们称之为陆平原。

⑲正:止,只。

⑳清河:陆云曾任清河郡内使,人们称之为陆清河。

㉑蹉跎:光阴白白地过去。

㉒贵朝闻夕死:意为知道改邪归正就好。《论语·里仁》,"子曰:'朝闻道,夕死可矣。'"

㉓令名:美名。

㉔彰:显扬。

《世说新语》二则 刘义庆

【译文】

陶　侃

　　陶侃为人俭约严肃,做事尽心尽力,想得周全。他在荆州任刺史时,命令掌管造船的官吏保存好锯下的木屑,不论有多少。大家都不知道这是什么意思。这以后,正月初一日,僚属集会,刚好遇上久雪以后转晴,衙署大厅前扫除积雪后地上湿漉漉的,于是就用保存的木屑铺撒地面,集会就没有受到影响。官方用毛竹,陶侃命令保存厚实的竹根,竹根堆积得像山一样。后来桓宣武奉命讨伐四川的李势,修造船只时,就用这些厚实的竹根制作船钉。又听说,陶侃曾在管辖区里征收撑船的竹篙,有一个官员征收的竹篙是带竹根的,于是用竹根当作船篙的铁足。陶侃为此给他连升两级。

周　处

　　周处年轻的时候,粗暴强悍好争斗,为本乡邻里所惧怕和痛恨。此外,义兴这地方河中有一条蛟龙,山里有一只邅迹虎,都一起来伤害百姓,义兴人民把他们称作"三横",而周处更为厉害。有人劝说周处去杀虎斩蛟,其实是希望三大祸害只剩下其中的一个。周处立即杀死了猛虎,又跳入水中杀蛟龙。蛟龙有时浮在水面,有时潜入水中,游了几十里,周处始终和它在一起搏斗。过了三天三夜,乡里的人都认为周处已经死了,于是互相庆贺。可是周处竟然杀死了蛟龙后从水中出来了,他听说乡邻们以为自己已死而互相庆贺,这才知道自己为人们所惧怕和痛恨,因此,产生了自我悔改的念头。于是就去吴郡寻访陆机和陆云,陆机不在,只见到陆云,他把乡邻们害怕他的情况全都告诉了陆云,并且说:"自己想修德改过,可是年岁已大,错过了时机,恐怕最终不会有什么成效了。"陆云说:"古人以懂得道理为贵,知道改邪归正就好,何况您的前途仍然大有希望。而且一个人就怕没有志向,有志向还用担心美好的名气得不到宣扬吗?"周处于是改过自勉,终于成为忠臣孝子。

【分析】

　　刘义庆(403—444),南朝宋彭城(今江苏省徐州市)人。宋武帝刘裕的弟弟长沙景王道怜的次子,临川烈王道规的嗣子,袭封临川王,曾任侍中、中书令、荆州刺史等职。《宋书》说他"性简素,寡嗜欲,爱好文义"。著有《世说新语》《幽明录》等。

　　《世说新语》记录了汉末、三国、两晋时期士大夫阶层的言行风貌、遗闻轶事,文字简练、生动,全书分德行、言语、政事等三十六门类。本选文两则,《陶侃》选自"政事"门,《周处》选自"自新"门。

　　陶侃是东晋时一员战功显赫的名将,俭约清正,为政慎密,勤于职守,并劝勉人们要爱惜光阴,不要醉饮赌博。《晋阳秋》说他"颇类赵广汉",评价相当高。本篇通过叙述他积聚木屑、竹根和越级提拔下属三件事,表现了他的精明、务实和办事认真的精神。文章一开头就点出陶侃的为人:"性检厉,勤于事。"所记述的三件事,是三个各自完整的故事,但又和谐地凝聚在一起,成为一个整体,作为凝聚剂,就是陶侃的性格特点。身为荆州的刺史,居然命令保存区区木屑,且"不限多少",实在叫人不解;用毛竹,要把竹根留下来,以至"积之如山",也叫人猜不透。然而这些东西又出人意外地都派上了大用处,木屑铺雪地防滑,保证了僚属们聚会议事;剖竹根为竹钉,保证了桓宣武修造船只的急需。作者三言两语,寥寥几笔,就把陶侃的形象勾勒出来了。陶侃越级提拔下属,正是由于这位官员像他一样精明、务实、办事认真和有预见。作者通过这一情节的描写,使陶侃的形象更为丰满和光彩照人。

　　《世说新语》是短篇文章的集锦。《周处》篇是其中最长的篇幅之一,可分为三段,记录了周处改恶从善的经过。第一段写周处"凶强侠气,为乡里所患";第二段写周处杀虎斩蛟和"始知为人情所患,有自改意";第三段写周处求助于陆云后改过自新。文章的重点是周处的转变过程。所以第一段只需略写,把原因交代清楚就行了。第二段是重点,写了周处听从劝说去杀虎斩蛟为民除害,竟至在水中与蛟龙搏斗了三天三夜,终于斩杀恶蛟。他以为能得到乡里的赞许,但万万没有想到人们反而在庆贺他的"死"。这一异常现象,使他震惊,促使他幡然觉醒。本文情节波澜起伏,迭宕多姿。被乡里视为"一横"的周处,能够听从劝说去剪除人们害怕的"二横",由此可见周处果断、爽直,具有"侠气"的一面。这也是他能够自我醒悟、勇于改错的基础。所以需要详写。第三段记述周处在自新过程中得到陆云的帮助,对主题起着深化的作用,所以也要详写,只是记述的方式变了,改直接记述为周处和陆云的对话。这样写,可使人物显得有血有肉,故事显得真实可信,文章显得生动活泼。综观全篇,详略得当,剪裁有方,将周处的转变过程写得层次分明,合情合理,令人信服。周处自新的故事,揭示了一条真理:一个人有过错,只要立志改正,还是能够成为有用的人的。这也是《周处》篇被后人所推颂的一个原因。京剧和某些地方戏曾将此篇改编为戏剧《除三害》,可见《周处》篇影响的深远。

《世说新语》以记言、记行为主,通过片言只语和一两个富有特色的典型事例来反映人物的性格特征和精神面貌,从而突出主题,表达作者的品评。吕叔湘在《笔记文选读·〈世说新语〉题解》一文中说它"多则数百字,少则十余字,着墨不多,而一代人物,百年风尚,历历如睹"。鲁迅在《中国小说史略》里说它"记言则玄言冷峻,记行则高简瑰奇"。《陶侃》篇较短,重在记行,《周处》篇稍长,记言又记行,也不过一百字。这两篇文章都如吕叔湘和鲁迅所评,写得简洁、精当,足见刘义庆驾驭语言的功力。

谏太宗十思疏①

魏　征

　　臣闻求木之长者,必固其根本;欲流之远者,必浚②其泉源;思国之安者,必积其德义。源不深而望流之远,根不固而求木之长,德不厚而思国之安;臣虽下愚③,知其不可,而况于明哲乎④!人君当神器⑤之重,居域中⑥之大,不念居安思危,戒奢以俭,斯亦伐根以求木茂,塞源而欲流长也。

　　凡昔元首⑦,承天景命,善始者实繁,克终者盖寡,岂取之易,守之难乎?盖在殷忧,必竭诚以待下;既得志,则纵情以傲物⑧。竭诚,则吴、越⑨为一体;傲物,则骨肉为行路⑩。虽董⑪之以严刑,振之以威怒,终苟免而不怀仁,貌恭而不心服。怨不在大,可畏惟人⑫,载舟覆舟⑬,所宜深慎。

　　诚能见可欲,则思知足以自戒;将有作⑭,则思知止以安人;念高危,则思谦冲而自牧⑮;惧满盈⑯,则思江海下百川;乐盘游,则思三驱以为度⑰;忧懈怠,则思慎始而敬终;虑壅蔽,则思虚心以纳下⑱;惧谗邪,则思正身以黜恶⑲;恩所加,则思无因喜以谬赏;罚所及,则思无以怒而滥刑。总此十思,宏兹九得⑳,简㉑能而任之,择善而从之,则智者尽其谋,勇者竭其力,仁者播其惠,信者效其忠。文武并用,垂拱而治㉒。何必劳神苦思,代百司㉓之职役哉!

【注释】

　①疏:奏疏,古代臣子向国君陈述意见的一种文体。
　②浚(俊 jùn):深挖,疏通。
　③下愚:下等的愚人,是自谦之词。
　④明哲:明智的人(指唐太宗)。

⑤神器:指帝位。《老子》:"将欲取天下而为之,吾见其不得已,天下神器,不可为也。"老子称天下是神器,这里引申为统治天下的王位。

⑥域中:国内。

⑦凡昔:一作"凡百"(所有一切)。元首:这里指帝王。

⑧傲物:轻视他人。物,这里指人,公众。

⑨吴、越:春秋时的两个敌对的诸侯国。吴国在北,越国在南。

⑩骨肉为行路:亲属变为路人。

⑪董:督责、监督。

⑫人:民。因避唐太宗李世民的名讳,故将"民"字改用"人"字。

⑬载舟覆舟:水能浮船,也能沉船。比喻民能拥戴君王,也能推翻君王。《荀子·王制篇》:"君者,舟也,庶人者,水也;水则载舟,水则覆舟。"

⑭有作:此指兴建宫室。作:造作,建造。

⑮谦冲:谦虚。自牧:自养其德。《易·谦》:"谦谦君子,卑以自牧也。"

⑯满盈:骄傲自满。

⑰盘游:游乐忘返。这里指游猎。三驱以为度:意思是要有所节制。三驱:指一年打猎三次。《礼记·王制》:"天子诸侯无事,则岁三田。"

⑱纳下:接纳下属(臣民)的意见。

⑲黜(chù)恶:排斥坏人。

⑳宏兹九德:弘扬这多方面美德。九:泛指多数。得:这里同"德"。

㉑简:选拔。

㉒垂拱而治:是说君王不必自己操劳,天下就可以治理好。垂:垂衣。拱:敛手。《尚书》:"垂拱而天下治。"

㉓百司:百官。

【译文】

　　臣听说过:要使树木生长得好,就一定要加固它的根本;要使河水流得长远,就一定要疏浚它的泉源;要使国家安定,就一定要积聚仁义道德。泉源挖不通,却希望水流得长远;树根埋得不牢,却希望树木生长得旺盛;道德仁义不深厚,却希望国家安定。臣子我虽然很愚笨,也知道这是不可能的,更何况贤明的人呢?国君担负着统治天下的重任,处于天下最高的地位,如果不记住在安逸时想到危险,用节俭来警惕奢侈,这也就像砍断树根却要树木长得茂盛,堵塞泉源却希望水流得长远一样。

　　凡是以前的国君,承受上天的大命,创业时做得好的很多,但能坚持到底的却很少。难道取得天下容易,守住天下就难吗?大概他们创业时是在深重的忧患之中,必定会竭尽诚意对待下属;得志以后,就随心任性,傲视他人。假如竭尽诚意,就是像吴、越这样的仇国也能团结在一起;如果高傲自负,即便是亲骨肉也会变成路人。纵使用严酷的刑罚加以督责,用威严的权势加以镇压,最后也只能使人勉强不犯罪而不会感激恩德,表面上恭顺而内心却不悦服。怨恨不在大小,可怕的是人民。他们像水一样,能载船,也能翻船,这是应该特别慎重对待的。

　　如果真正做到:见了自己喜爱的东西,就想到要知足,来警惕自己;将要大兴土木,就想到适可而止,以便使人们安定;考虑到身处高位的危险,就想到要用谦虚来自养其德;担忧骄傲自满的可怕,就要想到像江海一样有容纳百川的度量;如果喜欢游乐,就想到每年打猎只以三次为限;担心意志懈怠,就想到小心谨慎,善始善终;担心耳目蔽塞,就想到应当虚心地容纳来自下面的意见;惧怕谗邪之言,就想到端正自己,斥退奸臣;有所赏赐时,就想到不要因为自己高兴而胡乱奖赏;施行刑罚时,就想到不要因为自己恼怒而滥用刑罚。如果能做到这十个想法,就会发扬光大多方面的美德。选拔有才能的人而任用他,择取正确的意见而采纳它。那么聪明的人就会竭尽他的智谋,勇敢的人就会竭尽他的气力,仁义的人就会传播美德,诚实的人就会贡献忠心。文武并用,垂衣拱手而治。何必要国君劳神费思,代行百官的职责呢?

【分析】

魏征(580—643),字玄臣,馆陶(今河北省馆陶)人。隋末,参加过李密的起义军,李密败后,魏征投唐,深得唐太宗信任,擢为谏议大夫,历官秘书监、门下省侍中,至光禄大夫,封郑国公。《旧唐书·经籍志》、《新唐书·艺文志》俱著录《魏征集》二十卷,已佚。《全唐文》存其文三卷,三十多篇;《全唐诗》存其诗三十多首。

魏征以善谏著称。在职期间,先后向太宗陈谏二百余事。他要求太宗要以隋亡的教训为鉴戒,指出国君要居安思危,兼听广纳,轻徭薄赋,躬行俭约,要使人民安居乐业。唐太宗看了他的奏疏,也称赞他"词理强直"。魏征死后,唐太宗慨叹说:"以铜为镜,可以正衣冠;以古为镜,可以见兴替;以人为镜,可以知得失。魏征没,朕亡一镜矣!"他的谏疏不仅对唐太宗的行为及政策措施有极大的影响,而且影响到唐代名臣陆贽和宋代欧阳修、苏轼等的奏议文章:"皆用其体,应用之文以此为宜。"(高步瀛:《唐宋文举要》)

这篇奏疏是贞观十一年(637)魏征写给唐太宗的。唐太宗李世民在隋末襄助他父亲唐高祖李渊,东征西讨,平定天下,建立了卓越的功勋。他即位后,奋发有为,励精图治,奠定了盛唐的基础。他很注意吸取前代覆亡的教训,鼓励臣下进言谏诤。魏征前后大概上过二百多道奏章,不断用前代兴亡的历史教训来警策唐太宗。在号称"贞观之治"的太平盛世,这篇奏章提出了"居安思危"、"戒奢以俭"的重要意见,这无异于为处于志得意满状态下的唐太宗及时地送上了清醒剂。唐太宗读后非常高兴,除亲手写诏书答复外,还把魏征的奏疏放置案头,作为座右铭。

魏征敢于直言谏诤,而唐太宗虚心纳谏,在古代社会君臣关系中是难得的合作。尽管他们主观上都是为了巩固封建统治,但客观上却有爱惜民力、推动生产的积极作用,同时,在历史上也留下了可供借鉴的典范。

"居安思危,戒奢以俭"是整篇文章的主题。文章先由比喻引入,自自然然,把道理说得很透彻。

第一段正话反说,用"臣虽下愚,知其不可,而况于明哲乎"一句过渡到下面一句,表面似乎谦恭,实质上逼进到皇帝,既示其地位的重要,又晓以利害,使人感觉到这句话内在的力量。

接着用人君"善始者实繁,克终者盖寡"这一惊心动魄的事实,提示皇上当注意的大问题。"怨不在大,可畏惟人,载舟覆舟,所宜深慎",这看似是整段文字的归纳,但独立地看,又具有格言般的警策作用,包含着异常深刻的哲理。

最后从生活、用人、执行政策法令以及个人品德修养等方面提出"十思"的具体建议。这十思,每一句都非常精炼,像"见可欲,则思知足以自戒","将有作,则思知止以安人",句句都包含着三层意思。古代散文在有限的文字里投进丰富的思想内容,这确是文言文的优点,值得继承。再者,这"十思"两两相对,读起来,滔滔而下,如大海奔腾,浩荡开阔,见出声韵之美和气势之雄。最后用"总此十思,宏兹九得"一句挽住,再宕开一笔,说如若照此十思而行,将会得到怎样的政治效益。那种高远的眼光,切实的建议,是很能打动君主之心的。不仅在当时可信可行,就是现在读来,也不无教益。

秋日登洪府滕王阁饯别序

王 勃

  豫章故郡,洪都新府①。星分翼轸,地接衡庐②。襟三江而带五湖,控蛮荆而引瓯越③。物华天宝,龙光射牛斗之墟④;人杰地灵,徐孺下陈蕃之榻⑤。雄州雾列,俊彩星驰⑥。台隍枕夷夏之交⑦,宾主尽东南之美。都督阎公之雅望,棨戟遥临⑧;宇文新州之懿范,襜帷暂驻⑨。十旬休暇⑩,胜友如云;千里逢迎,高朋满座。腾蛟起凤,孟学士之词宗⑪;紫电清霜⑫,王将军之武库。家君作宰,路出名区;童子何知,躬逢胜饯。

  时维九月,序属三秋⑬。潦水尽而寒潭清,烟光凝而暮山紫。俨骖騑⑭于上路,访风景于崇阿;临帝子之长洲,得仙人之旧馆⑮。层峦耸翠,上出重霄;飞阁流丹,下临无地。鹤汀凫渚,穷岛屿之萦回;桂殿兰宫,列冈峦之体势。披绣闼,俯雕甍,山原旷其盈视,川泽纡其骇瞩。闾阎扑地,钟鸣鼎食之家⑯;舸舰弥津,青雀黄龙之舳⑰。虹销雨霁,彩彻云衢。落霞与孤鹜齐飞,秋水共长天一色。渔舟唱晚,响穷彭蠡之滨;雁阵惊寒,声断衡阳之浦⑱。遥吟俯畅,逸兴遄飞,爽籁⑲发而清风生,纤歌凝而白云遏。睢园绿竹,气凌彭泽之樽⑳;邺水朱华,光照临川之笔㉑。四美具,二难并,穷睇眄于中天,极娱游于暇日。天高地迥,觉宇宙㉒之无穷;兴尽悲来,识盈虚之有数㉓。望长安于日下,目吴会于云间㉔。地势极而南溟深,天柱高而北辰远㉕。关山难越,谁悲失路之人;萍水相逢,尽是他乡之客。怀帝阍而不见,奉宣室以何年㉖!嗟呼!时运不齐,命途多舛,冯唐易老,李广难封㉗。屈贾谊于长沙,非无圣主;窜梁鸿于海曲,岂乏明时㉘。所赖君子安贫,达人知命。老当益壮,宁移白首之心;穷且益坚,不坠青云之志。酌贪泉而觉爽㉙,处涸辙以犹欢㉚。北海虽赊,扶摇可接㉛;东隅已逝,桑榆非晚③。孟尝㉞高洁,空怀报国之情;阮籍㉟猖狂,岂效穷途之哭。

勃,三尺微命㊱,一介书生。无路请缨,等终军之弱冠㊲;有怀投笔,慕宗悫之长风㊳。舍簪笏于百龄,奉晨昏于万里㊴。非谢家之宝树,接孟氏之芳邻㊵。他日趋庭,叨陪鲤对㊶;今晨捧袂,喜托龙门㊷。杨意不逢,抚凌云而自惜;钟期既遇,奏流水以何惭㊸。呜呼!胜地不常,盛筵难再。兰亭㊹已矣,梓泽㊺丘墟!临别赠言,幸承恩于伟饯;登高作赋,是所望于群公。敢竭鄙诚,恭疏短引。一言均赋,四韵具成。请洒潘江,各倾陆海云尔㊼:

　　滕王高阁临江渚,佩玉鸣鸾罢歌舞㊽。
　　画栋朝飞南浦云,珠帘暮卷西山雨㊾。
　　闲云潭影日悠悠,物换星移几度秋。
　　阁中帝子今何在?槛外长江空自流㊿!

【注释】

①豫章故郡,洪都新府:豫章,汉郡名,唐改为洪州,所以称为故郡。豫章,一本作南昌,但南昌本是豫章郡治所在的县名,到五代南唐时方改作郡。

②星分翼轸:古代天文学家把星空的划分和地面的区域联系起来,即地面的每一区域都划在某一星空的范围之内,称为分野,叫做"某星在某地之分野"。《越绝书》谓翼、轸在南郡、南阳、汝南、淮阳、六安、庐江、豫章、长沙的分野。翼、轸都是二十八宿(列星)之一。地接衡庐:衡指衡州的衡山,庐指江州的庐山。

③三江:都是太湖的支流,即松江(江苏省和上海市的吴淞江)、娄江(在江苏省吴县东)、东江(在江苏省吴江县东南)。五湖:菱湖、游湖、莫湖、贡湖、胥湖(都在太湖东岸),古时分别为五个湖,后来合而为一。蛮荆:古楚地。瓯越:浙江永嘉县一带。

④物华天宝:物有光华,天有珍宝。牛斗:牛、斗都是二十八宿之一。相传豫章的丰城出宝剑,一名龙泉,一名太阿。其先斗、牛之间

常现紫气,剑出现之后,紫气不再有了。剑后来没于水,化为龙(见《晋书·张华传》)。龙光:指宝剑的光芒。墟:所居之处。

⑤人杰地灵:人有英杰,地有灵秀(之气)。徐孺下陈蕃之榻:后汉豫章南昌人徐稚,字孺子。家贫,常自耕稼,德行为人所景仰。当时陈蕃为豫章太守,不接待宾客,只特设一榻接待徐稚。这里称"徐孺子"为"徐孺",是因为骈文上下句必须整齐相对,下文的"杨得意"为"杨意","钟子期"为"钟期",均是这个缘故。

⑥雄州:泛指洪府所辖的州。俊采:人才。

⑦台隍:台,亭台。隍,护城河。代指豫章城。夷:指荆楚地区。夏:指古扬州地区。

⑧阎公:据《江西通志·职官表》为阎伯玙,唐高宗永徽中任洪州都督兼刺史。棨(启 qǐ):有衣套的戟。棨戟,指都督的仪仗。

⑨宇文:名与事不详。《古文观止》注说是宇文钧,时新任濛州牧。新州:州名,治新兴县,今广东省新兴县治。大概宇文是新州刺史,道经此地。懿范:美好的典型。襜(搀 chān)帷:车帷,这里代车马。

⑩十旬休暇:十天为一旬,唐制"一月三旬,遇旬则下直而休沐,谓之旬休"(下直,值班完毕)。"十旬",可能是作者笔误,应是"一旬"。

⑪腾蛟起凤,孟学士之词宗:这是以古人的著述喻孟学士的文辞。《西京杂记》卷二:"董仲舒梦蛟龙入怀,乃作《春秋繁露》。"

⑫紫电清霜:形容兵器的锋利。紫电,宝剑名。《古今注》上:"吴大皇帝(孙权)有宝剑六,二曰'紫电'。"清霜,《西京杂记》卷一:"高祖(汉高祖刘邦)斩白蛇,剑刃上常若霜雪。"这是意在表示王将军的威武。

⑬序:时序。三秋:七、八、九三个月,分为孟秋、仲秋、季秋,这里指季秋。

⑭俨:整肃的样子。骖騑(参非 cān fēi):驾车的马。《礼记·曲

礼》孔颖达疏说:"车有一辕,而四马驾之。中央两马夹辕者名'服马',两边名'骓马',亦曰'骖马'。"

⑮长洲、旧馆:均指滕王阁和滕王阁所在地。得:登上,按,登、得一声之转,故可以通假。如《公羊传·隐公五年》:"登来之也。"注:"登读言得,得来之者,齐人语也。"仙人:一本作"天人"。

⑯闾阎:原意是里门,这里代替屋舍。扑:"到处出现"的意思。钟鸣鼎食:古代贵族鸣钟列鼎而食。

⑰舸(gě):大船。津:渡口。青雀黄龙之轴:船头作鸟头形龙头形。

⑱彭蠡:鄱阳湖的古名。衡阳:现湖南省衡阳县。相传雁飞到衡阳就不再南飞,待春而回。衡山有回雁峰。

⑲爽:参差不齐。爽籁,指箫管之属。

⑳睢园绿竹:睢园,指西汉梁孝王的睢阳(睢阳城,故城在现在河南省商丘县南)兔园。梁孝王曾经聚集一些文士在兔园饮酒赋诗。枚乘作《梁王兔园赋》,曾经写到园里的竹子。彭泽之樽:诗人陶潜的酒樽(陶潜喜饮酒)。

㉑邺水朱华,光照临川之笔:这是借诗人曹植、谢灵运来比拟参与宴会的文士。邺,现在河北省临漳县,是曹魏兴起的地方。曹植曾在这里作过《公宴诗》,诗里有"朱华冒绿池"的句子。朱华,指芙蓉。南朝宋谢灵运曾任临川(现在江西省临川县)内史,《宋书·谢灵运传》说他"文章之美,江左莫逮"。

㉒宇宙:《尸子》:"天地四方曰'宇',往古来今曰'宙'。"

㉓盈虚:或盈或虚,意思是遭遇或好或坏。盈,盈满。虚,亏损。数:运数。

㉔云间:地名,古属吴郡。这里借以抒发怀君思父的感情。

㉕南溟:指南海。《庄子·逍遥游》:"南冥(溟)者,天池也。"天柱:《山海经·山海经》:"昆仑之山有铜柱焉,其高入天,所谓天柱也。"北辰:北极。《尔雅·释天》:"北极谓之北辰。"这里都指朝廷。

㉖帝阍:王逸注《离骚》:"帝,谓天帝;阍,主门者也。"这里指朝廷。宣室:汉未央宫正殿。这里指帝王。

㉗冯唐:西汉人。文帝时,冯唐已经很老了,任中郎署长,车骑都尉。景帝时出为楚相。武帝时求贤良,有人推荐他,其时他已九十多岁,不能再作官了。李广:汉武帝时的名将,多次出击匈奴。他的军吏及士卒有的封了侯,他虽然有军功,却没有得到封邑。

㉘贾谊:汉文帝时为长沙王的太傅。梁鸿:东汉时人,他过京师,作《五噫歌》,讽刺封建帝王的剥削。汉章帝知道了,要追寻他,他改姓换名,避居齐鲁一带。

㉙老当益壮,宁移白首之心;穷且益坚,不坠青云之志:东汉马援说:"丈夫为志,穷当益坚,老当益壮。"《续逸民传》:"嵇康早有青云之志。"

㉚酌贪泉而觉爽:晋朝吴隐之赴广州刺史任,未至州二十里,有水名贪泉。"隐之至泉所,酌而饮之,赋诗曰:'古人饮此水,一歃(shà)怀千金,试使夷、齐饮,终当不易心。'清操愈厉。"(《晋书·吴隐之传》)

㉛处涸辙以犹欢:处在穷困的境界里仍乐观。涸辙,先前有积水后来又干了的车辙,比喻穷困的环境。《庄子·外物》有车辙中鲋鱼求活的寓言。

㉜北海:就是《庄子·逍遥游》里所说的"北冥"。扶摇:上行的风,也见《逍遥游》。

㉝东隅已逝,桑榆非晚:《后汉书·冯异传》:"失之东隅,收之桑榆。"东隅,指日出处,表示早。桑榆,指日落处,表示晚。

㉞孟尝:字伯周,会稽上虞(今浙江上虞县)人,操行高洁。汉顺帝时,做合浦(郡名,今广东省合浦县一带)太守,后因病辞职;桓帝时,被尚书杨乔上书推荐,但终未被任用。七十岁时死在家中(见《后汉书·循吏传》)。

㉟阮籍:魏晋间人。因不满于司马氏,佯狂任性。有时驾车出

行,不顺着道路走,走不通了,就痛哭而返(见《晋书·阮籍传》)。

㊱三尺:佩三尺长的绅的人。(绅,束在礼服上的大带的下垂部分,这是古人的一种服饰。)微命:指小官。

㊲请缨:汉武帝时,与南越和亲,遣终军往说南越王。终军请求给他长缨,必缚南越王而致之阙下(见《汉书·终军传》)。等:同。弱冠:古代以二十岁为弱冠。终军请缨时才二十来岁。

㊳投笔:用班超投笔从戎的故事。《后汉书·班超传》:"家贫,常为官佣书以供养,久劳苦,尝辍业,投笔叹曰:'大丈夫无它志路,犹当效傅介子、张骞立功异域,以取封侯。安能久事笔砚间乎!'"宗悫:《宋书·宗悫传》:"字元干,南阳人,悫少年时,叔父炳问其志,悫曰:'愿乘长风,破万里浪。'"

㊴簪笏:古代人作官用的冠簪、手板,这里指官职。百龄:一生。奉晨昏:就是晨昏定省(定,安其床衽。省,问其安否)。《礼记·曲礼上》说:"凡为人子者,昏定而晨省。"

㊵谢家之宝树:晋朝谢安尝戒子侄,曰:"子弟亦何豫(有何关系于)人事,而正欲(只愿)使其佳?"诸人莫有言者,谢玄(谢安的侄子)回答说:"譬如芝兰玉树,欲使其生于庭阶耳。"(见《晋书·谢玄传》)孟氏之芳邻:孟母三迁,以求芳邻。这里借指宴会中的佳宾。

㊶鲤对:用孔子的儿子孔鲤趋庭应对的故事。有一次孔鲤走过庭前,孔子问他学诗没有?他答没有。孔子说:"不学诗,无以言。"孔鲤就学诗。又有一次,孔鲤走过庭前,孔子问他学礼没有,他答没有。孔子说:"不学礼,无以立。"孔鲤就学礼(见《论语·季氏》)。

㊷捧袂:举起双袖。这是进谒恭敬的样子。托龙门:托,托足,登。登龙门,比喻得到荣显。《后汉书·李膺传》说:"(膺)以声名自高,士有被其容接者,名为登龙门。"龙门,在现山西省稷山县(旧河津县)和陕西省韩城县之间的黄河中。那里水险流急,河里的大鱼聚集在龙门的下边上不去。据传说,如果上得去,就化为龙。

㊸杨意不逢,抚凌云而自惜:汉武帝读《子虚赋》认为好,说:"朕

独不得与此人同时哉!"一个掌管天子猎犬的官杨得意告诉汉武帝说,这篇赋是司马相如作的。汉武帝就召见相如。杨意,是"杨得意"的省略。

㊹钟期既遇,奏流水以何惭:钟期,即钟子期,春秋时楚人。《列子·汤问》:"伯牙鼓琴。……志在流水,钟子期曰:'善哉!洋洋兮若江河。'伯牙所念,钟子期必得之。"这里以奏流水比喻自己写这篇文章。

㊺兰亭:在浙江省绍兴县西南,地名兰渚,亦名兰上里,有亭曰兰亭。晋穆帝永和九年(353)三月三日上巳节,王羲之与谢安、孙绰等人曾宴集于此。

㊻梓泽:即晋石崇的金谷园,故址在今河南洛阳市西北。

㊼请洒潘江,各倾陆海云尔:意思请座上宾客竭其才能,写出像潘岳、陆机那样的好作品。潘、陆都是晋朝人。南朝梁钟嵘的《诗品》说:"陆才如海,潘才如江。"云尔:语气助词,用在句尾,表示述说完了。

㊽佩玉:古人佩带在腰间的玉饰,走路则相互撞击发出响声。鸣銮:安在车衡上的铃,车行则摇动发出响声。《礼记·玉藻》:"故君子在车则闻銮和之声,行则佩玉。"

㊾南浦:《南昌府志》:"在县(按今为南昌市)西南广润门外,往来舣(蚁 yǐ)舟之所,章江从此分流,王勃诗'画栋朝飞南浦云'即此。旧有南浦亭。"西山:在今江西新建县,距今南昌市三十里。

㊿长江:赣江为长江的支流,因此这里用长江代赣江,并且代江水。

【译文】

豫章是从前的郡名,洪都是现在的府城。星空的分野属于翼、轸,州境和衡山、庐山相接。以三江为襟,以五湖为带,控制荆楚,接连瓯越。物产精美,可比天上的珍宝,龙泉、太阿宝剑的精光直射牛、斗二星之间。俊杰人物的出现,使这地方有了威灵,好似徐孺子到陈蕃处做客受到"特设一榻"的接待。雄州大郡像云雾般地罗列着,部下才华出众的僚吏,像流星一样奔驰来往。南昌城外在荆州与扬州的交界处,客人和主人都是东南地区的英俊豪杰。有崇高声望的阎都督,使人驱着仪仗远道光临;美德堪称楷模的新州牧宇文先生,乘着车子来短暂停留。在十天一休假的日子里,好朋友像云似的聚集一处。在远客千里又相逢的地方,高朋座无虚席。才华像蛟龙腾空、彩凤飞起一样,孟学士称得上词章的宗师;紫电、清霜一样的宝剑,在王将军的武库中。家父做县令,我省亲路过著名的南昌;作为一个童子,我有什么学识,居然亲自碰上这样盛大的宴会。

时间正当九月,季节的顺序正属三秋。地上的积水已干,寒冷的潭水也很澄清,烟雾和光辉凝聚,暮色中青山更紫。向着地势高的地方,整肃地驱着车马,在高高的山岗,寻求风景;来到滕王的长洲,登上仙人的旧阁。层叠的山峦耸起一片翠红,向上突出重重的云雾;飞舞着的阁影,倒映在江水里,荡漾着一片红色,好像凌空不着地。鹤所栖息的水岸,野鸭聚居的小洲,环绕着整个岛屿;丹桂建成的大殿,木兰构成的深宫,排列随高低起伏的岗峦体势。打开雕刻着花纹的阁门,俯视着雕镂华丽的屋脊,山峦原野,无限辽阔,全部映入眼帘,那川泽迂回曲折更使我看了觉得吃惊。遍地房舍宅院,都是钟鸣鼎食的富贵人家;各种舰艇塞满渡口,都是绘着青雀黄龙形状的船只。彩虹消失,雨过天晴,灿烂的阳光照彻整个空间。天上的落霞和水边的孤鹜像一齐在飞翔,秋天的江水和高远的天空远望像是一种颜色。打渔船上傍晚送来了响亮的歌声,传遍了整个鄱阳湖畔。成阵的雁群畏惧寒冷,从衡阳之滨时断时续地传来一声声凄厉的叫声。望远吟诗,登高抒怀,兴致超逸,情趣奔驰。秋声发响,清风生起,细歌慢唱,白云遏止。好像在梁孝王的睢水绿竹园中聚集着许多文士,酒量胜过彭泽令陶渊明;又好像曹子建《公宴诗》中的荷花,光照着临川谢灵运的彩笔。良辰、美景、赏心、乐事,四美俱全;贤明的主人,高尚的

秋日登洪府滕王阁饯别序　王　勃

宾客，二者并存。向半空中远望，在闲暇时尽兴娱游。天高地远，觉察得宇宙的无穷无尽；兴尽悲来，认识了月圆月缺的定数。遥望长安在落日之下，指点吴县在白云之间。向南走到尽头，而以南海为最深；天柱较高，而以北极为最远。关山不容易逾越，有谁可怜不得志的人呢？萍浮水上，偶然相遇，大家都是在异乡的客人。怀念朝廷而不得见，奉旨在宣室朝见更不知在哪一年？唉！时运不顺利，命途多错乱；冯唐容易老，李广难封侯。使贾谊受屈于长沙，并不是没有圣明的君主；让梁鸿窜身到海边，岂不是缺少清明的时代？所靠的是明德的君子情愿安于困境，通达事理的人，知道命运。年纪虽大，志气应当更加旺盛，怎能让白头不渝的心怀改变；生活越贫穷，意志越坚定，决不使高耸入云的志向坠落。虽喝了贪泉的水却愈觉心志清爽，即使如鲋鱼处在车辙中心境依然欢畅。北海虽远，有大风凭借也可以到达；青年时期虽然失意，晚年还可以有所作为。孟尝性行高洁，有忠君报国的热情却不被重用；阮籍狂放不羁，怎么学他的穷途恸哭！

　　勃是身份低微的三尺童子，一个无足轻重的书生。像终军年轻的时候，却没有门路得到立功报国的机会；有投笔从戎的胸怀，仰慕宗悫乘风破浪的远大志向。尽管这一生已失去做官的机会，还可以到万里之外去侍奉双亲。我并非谢家的芝兰玉树，只希望像孟母择邻那样去接近贤德的人。他日到了父亲的身边，一定要像孔鲤那样接受父亲的庭训；今晨捧着衣襟恭陪，幸喜托名于龙门。没有遇到杨得意一样的人来举荐，即使有司马相如那样的凌云才志也空自叹息；假如遇到钟子期这样的知已，奏一曲流水乐章又有什么惭愧呢？唉！名胜的地方不能常住，盛大的筵席也难再办。兰亭的宴会早成往事，金谷园已变成废墟！临别赠言，在丰盛的宴会上荣幸地承受了恩惠；登高作赋，这是对诸位明公的希望。我敢竭尽我鄙陋的诚意，恭敬地写这一篇序。让我们都来赋诗一首，都要作成四韵八句的。请展露出潘岳、陆机的才华吧！

高高的滕王阁临近江渚,

在玉佩和鸾铃声中停歇了歌舞。

早晨,雕梁画栋上飘过从南浦飞来的云,

傍晚,珠帘卷起西山的雨。

闲游的白云,潭中的倒影,红日悠悠。

景物变换,星辰移转,度过了多少春秋。

阁中的帝子到哪里去了啊?

栏杆外边的长江白白地日夜奔流!

【分析】

　　王勃(650—675),字子安。唐绛州龙门(今山西省稷山县)人。据说王勃六岁就能写文章。到二十岁,对策时名录高等,授朝散郎。雍王李贤(即章怀太子)聘请他为王府修撰。诸王斗鸡,王勃戏作《檄英王斗鸡文》,为唐高宗所知,斥其轻儇(宣 xuān),被逐出府。后又因杀官奴得罪,他的父亲(名福畤)受连累,被贬为交趾令。上元二年(675)王勃往交趾省父,渡海溺水,惊悸而死。王勃诗文俱工,他和同时的杨炯、卢照邻、骆宾王齐名,并称为"初唐四杰"。著有《王子安集》。

　　赋是一种文学样式,行文似散文,押韵似诗歌。它起于屈原、宋玉、荀卿诸家,汉代更为盛行,从古诗流派分衍为一个独立的文体。魏、晋、六朝相沿不绝,而体格略有变化。自唐以来,逐渐散文化。《滕王阁序》基本上是赋体,全用骈文形式写成。按照古代文章分类,通常将这类骈文和散文对立。但现在的分类将小说、诗歌、戏剧之外的,一律称作散文。这种分法,古代也采用,例如《古文观止》也选了这篇名文。

　　关于这篇文章,还流传一个故事。《唐摭言》(卷五)所记较详,现引在这里:"王勃著《滕王阁序》时年十四。都督阎公不之信。勃虽在座,而阎公意属子婿孟学士者为之,已宿构矣。及以纸笔巡让宾客,勃不辞让。公大怒,拂衣而起,专令人伺其下笔。第一报云:'南昌故郡,洪都新府。'公曰:'是亦老生常谈。'又报云:'星分翼轸,地接衡庐。'公闻之,沉吟不言。又云:'落霞与孤鹜齐飞,秋水共长天一色。'公瞿然而起,曰:'此真天才,当垂不朽矣!'遂亟请宴所,极欢而罢。"

这个美好动人的故事说明这篇文章高妙不朽。甚至连古文家韩愈也十分钦服,他在《新修滕王阁记》中说:"江南多临观之美,而滕王阁独为第一。及得三王所为序、赋、记等,壮其文辞。"又说:"太原王公为御史中丞,以书命愈记之,窃喜载名其上,词列三王之次,有荣耀焉。"(三王为序、赋、记指王勃的序,王绪的赋,王仲舒的修阁记。太原王公,即王仲舒。)

就这篇文章的思想性来说,尽管它是一篇即情应景之文,但也烙印上了王勃的少年坎坷的身世之感和对封建社会弃置贤才的愤懑之情。像"冯唐易老,李广难封。屈贾谊于长沙,非无圣主;窜梁鸿于海曲,岂乏明时","孟尝高洁,空怀报国之情;阮籍猖狂,岂效穷途之哭"等,拿历史上怀才不遇的种种人物,抨击了封建时代不合理的人事现象。这些文句到今天还是有认识上的作用的。至于像"关山难越,谁悲失路之人;萍水相逢,尽是他乡之客","老当益壮,宁移白首之心;穷且益坚,不坠青云之志"等,把封建社会文人流离的苦况和在困厄蹉跎中尚思作为的情状,用极概括而形象的语句写出,很能引起这一境遇中人的共鸣,成为千古传诵的名句。

全文感情顿挫起伏,于感慨中透出豁达的抱负,有时虽以谦恭之语出之,但不难想见王勃年少才奇的飞扬神采。当然其中也流露一些宿命论,甚至是消极的、阿谀的思想感情,如"时运不齐,命途多舛","君子安贫,达人知命"以及"望长安于日下","怀帝阍而不见,奉宣室以何年"等,这是我们在阅读时要仔细辨别的。

这篇文章在表现手法上有很多特色。

一是结构工整,约束照应而又铺陈流转。首叙地形之雄,次说人物俊杰,文章论述也由远而近,由广阔的空间说到当前的盛宴,由娱游之乐想到人生遇合。接着再说到自己得与宴会，应命作诗，一路逶迤写来，从容优游，潇洒放达。处处奔放，又时时搏节，将题目扣得十分紧。如"豫章故郡，洪都新府"，点"洪府"；"临帝子之长洲，得天人之旧馆"，点"滕王阁"；"时维九月，序属三秋"，点"秋日"；"童子何知，躬逢胜饯"，"临别赠言，幸承恩于伟饯"，点"饯别"；"敢竭鄙诚，恭疏短引"，点"序"。又用"台隍枕夷夏之交，宾主尽东南之美"，承"物华"、"人杰"句，随起阎公盛宴的下文。"天高地迥，觉宇宙之无穷；兴尽悲来，识盈虚之有数"，收拾上文胜景，引起下文感慨。最后用"勃，三尺微命，一介书生"说到自己。这些地方衔接承转，严丝接缝，不露斧凿痕迹，都可以见出作者援笔时着意经营，运用才思的功力。

二是通篇文词藻丽，珍词绣句，层见叠出，使人读来有美不胜收的快感。像"落霞与孤鹜齐飞，秋水共长天一色"，把两种富有特征的、具有鲜明形象的景物放在一起，点明了秋天景色，且落霞自天而下，孤鹜自下而上，故曰齐飞；秋水碧而连天，长天空而映水，故曰一色。用词是多么精确。固然前人指出王勃这两句脱胎于庾信的《马射赋》："落花与芝盖同飞，杨柳共春旗一色。"但经过王勃的点化，却创造了一派崭新的境界，确是非凡的警句！

最后附诗，情景化一，意境绵邈，音调浏亮，余意悠然不尽，跟全文成为一个艺术整体，也是写得很好的。

春夜宴桃李园序

李 白

　　夫天地者,万物之逆旅①,光阴者,百代之过客②,而浮生③若梦,为欢几何?古人秉烛夜游④,良有以也。况阳春召我以烟景⑤,大块假我以文章⑥。会桃李之芳园⑦,序天伦之乐事⑧。群季俊秀,皆为惠连⑨;吾人咏歌,独惭康乐⑩。幽赏未已,高谈转清。开琼筵以坐花⑪,飞羽觞而醉月⑫。不有佳作,何伸雅怀?如诗不成,罚依金谷酒数⑬。

【注释】

　　①逆旅:旅舍。逆,迎,迎送旅客。

　　②过客:过路的旅客。

　　③浮生:指无定、短促的人生。汉贾谊《鵩鸟赋》:"其生若浮兮,其死若休。"

　　④秉烛夜游:谓及时行乐。秉,执。《古诗十九首·十五》:"人生不满百,常怀千岁忧。昼短苦夜长,何不秉烛游!"

　　⑤阳春:温暖的春天。烟景:春气葱茏的景色。

　　⑥大块:大自然。《庄子·齐物论》:"夫大块噫气,其名为风。"成玄英疏:"大块者,造物之称。"清人俞樾《诸子评议》卷一认为"大块"就是地。文章:错综美丽的色彩或花纹。这里指锦绣一般的自然景物。

　　⑦芳园:指花园。

　　⑧序:欢叙,畅叙。天伦:指父子、兄弟等天然的亲属伦理关系。

　　⑨群季:诸弟。古人兄弟按年龄排列,称伯、仲、叔、季。惠连:南朝宋文学家谢惠连,谢灵运的族弟,当时称他们为"大小谢"。此处借以赞誉诸弟的才华。

⑩康乐：即谢灵运。他在晋时袭封为康乐公,所以称谢康乐。他是南朝宋的著名诗人。这里是作者借以表示自愧。

⑪琼筵：比喻珍美的宴席。南朝齐谢朓(挑 tiǎo)《始出尚书省》诗："既通金闺籍,复酌琼筵醴。"坐花：坐在花间。

⑫飞：形容不断举杯喝酒。羽觞：古代喝酒用的两边有耳的杯子。醉月：即醉于月下。

⑬依：按照,根据。金谷酒数：泛指宴会上罚酒的杯数。晋朝富豪石崇家有金谷园,石崇与宾客饮宴,即席赋诗,不会的罚酒三斗。石崇《金谷诗序》中有："遂各赋诗,以叙中怀,或不能者,罚酒三斗。"

【译文】

　　天地好比万物的旅舍,光阴如同百代的过客。短促无定的人生就像做梦一般,快乐的日子能有多少?古人拿着蜡烛在夜间游玩,实在有道理啊。何况温暖的春天用美好葱茏的景色召唤我们,大自然把锦绣灿烂的风光供给我们。我们会聚在桃李芬芳的花园,畅谈兄弟间欢乐的事情。诸弟有杰出的才华,都像谢惠连;我所作的诗歌,自愧不如谢康乐。赏玩美景尚未停止,高谈已转入清雅。坐在花间,摆开珍美的筵席;不停地传杯弄盏,醉卧于月色下。没有好诗,怎能抒发高雅的情怀?如果有人作诗不成,就根据金谷园的前例罚酒三斗。

【分析】

　　李白(701—762),字太白,号青莲居士。幼年随父迁居绵州昌隆(今四川江油南)。他少年时代,学习很广泛,除儒家经典外,还浏览诸子百家之书,并好剑术,相信道教,喜欢隐居山林,求仙学道,同时又有建勋立业的政治抱负。唐天宝元年(742)由道士吴筠推荐,被玄宗召入长安,供奉翰林,旋遭宦官高力士谗谤,辞官离京,浮游四方。后因依附永王李璘获罪,流放夜郎(今贵州桐梓一带),途中遇赦东归。晚年流落江南,在从叔当涂县令李阳冰处寄食。宝应元年(762)六十二岁时病逝。李白是盛唐时代著名诗人,存诗近千首。他的诗歌,语言奔放,想象丰富,风格豪迈。有《李太白集》。

李白的散文今存六十余篇,其中《与韩荆州书》《春夜宴桃李园序》,为历代选本所取的名文。

《春夜宴桃李园序》一文与他的思想和诗风是一致的。他一生追求无限的超越,追求生命的永恒,追求现世的满足与精神的飞跃。这篇文章不过百多字,却将这种精神表现具足。

文章首先从宏观方面起笔。天地是万物的旅舍,时间是百代的过客,人在历史的长河中是多么渺小!作者慨叹"浮生若梦",却又抓住"为欢几何"这一现实的紧迫问题,启示人们执着现实,拥抱生活。对于人生,他是有苦恼情绪的,然而又充满乐观精神!

开头虽然大气包举,但不是粗犷无序。一段感叹,一句发问,归结到"古人秉烛夜游,良有以也"。接着,从春天季节、自然环境以及桃李盛开的园林,兄弟怡然的气氛,更加说明有此必要。作者从《古诗十九首》中"人生不满百,常怀千岁忧。昼短苦夜长,何不秉烛游"一句生发出这一点感慨:及时行乐,还可以补昼短的不足,把生命的活动时间加倍延长!

紧接着,在诗人驰骋的想象中,在兴高采烈的气氛中,他赞扬诸弟的才华,谦抑自己的诗思,从"幽赏""高谈"转到饮酒赋诗,表示要效法石崇的金谷园的雅集通例,各赋新诗,以伸雅怀,如不能作,罚酒三斗。将欢乐气氛升华到高层次的文化境界。序至此,戛然而止,留有无穷的韵味。

这篇短文写得圆转自如而又逸兴遄飞,真正做到人生与自然同化,艺术与思想交融。难怪当时安州都督马公称赞说:"李白之文,清雄奔放,名章俊语,络绎间起,光明洞澈,句句动人。"(见李白《上安州裴长史书》)

吊古战场文

李 华

  浩浩乎平沙无垠①,敻②不见人。河水萦带,群山纠纷③。黯兮惨悴,风悲日曛④;蓬断草枯,凛若霜晨;鸟飞不下,兽铤亡群⑤。亭长⑥告余曰:"此古战场也,常覆三军,往往鬼哭,天阴则闻。"

  伤心哉!秦欤?汉欤?将近代欤?吾闻夫齐魏徭戍⑦,荆韩召募⑧。万里奔走,连年暴露;沙草晨牧,河冰夜渡;地阔天长,不知归路;寄身锋刃,腷臆⑨谁诉?秦汉而还,多事四夷;中州耗斁⑩,无世无之。古称戎夏⑪,不抗王师。文教失宣,武臣用奇⑫;奇兵有异于仁义,王道迂阔而莫为。

  呜呼噫嘻!吾想夫北风振漠,胡兵伺便;主将骄敌,期门⑬受战;野竖旄旗,川回组练⑭;法重心骇,威尊命贱;利镞穿骨,惊沙入面;主客相搏,山川震眩;声析江河,势崩雷电。至若穷阴凝闭,凛冽海隅;积雪没胫,坚冰在须;鸷鸟休巢,征马踟蹰⑮;缯纩⑯无温,堕指裂肤。当此苦寒,天假强胡,凭陵杀气,以相剪屠。径截辎重,横攻士卒;都尉新降,将军覆没;尸填巨港之岸,血满长城之窟。无贵无贱,同为枯骨,可胜言哉!鼓衰兮力尽,矢竭兮弦绝;白刃交兮宝刀折,两军蹙⑰兮生死决。降矣哉,终身夷狄;战矣哉,暴骨沙砾!鸟无声兮山寂寂,夜正长兮风淅淅。魂魄结兮天沈沈,鬼神聚兮云幂幂⑱。日光寒兮草短,月色苦兮霜白。伤心惨目,有如是耶?

  吾闻之,牧⑲用赵卒,大破林胡⑳,开地千里,遁逃匈奴;汉倾天下,财殚力痡㉑。任人而已,其在多乎?周逐猃狁㉒,北至太原,既城朔方,全师而还;饮至策勋㉓,和乐且闲,穆穆棣棣㉔,君臣之间。秦起长城,竟海为关,荼毒生灵,万里朱殷;汉击匈奴,虽得阴山,枕骸遍野,功不补患。

苍苍蒸民㉕,谁无父母,提携捧负,畏其不寿;谁无兄弟,如足如手;谁无夫妇,如宾如友。生也何恩,杀之何咎?其存其没,家莫闻知;人或有言,将信将疑;悁悁㉖心目,寝寐见之。布奠倾觞,哭望天涯。天地为愁,草木凄悲。吊祭不至,精魂何依。必有凶年,人其流离。呜呼噫嘻!时耶命耶?从古如斯。为之奈何?守在四夷。

【注释】

①无垠(银 yín):没有边际。

②敻(诇 xiòng):远。

③河水萦带,群山纠纷:河水像带子围绕,群山纠结重复。

④日瞳(勋 xūn):日光昏暗。

⑤铤(挺 tǐng):疾走貌。亡群:失去群伙。

⑥亭长:秦汉时行政区划建制,十里为一亭,亭有亭长,至唐仍有其名。

⑦徭戍:征兵去守卫边境。

⑧荆:楚国旧号。召募:即募兵。

⑨膈臆:胸中贮蓄的心事。膈(毕 bì):烦闷。

⑩耗:损耗。斁(杜 dù):败坏。

⑪戎夏:指边境少数民族。

⑫奇:出奇不意的军队。

⑬期门:军卫之门。

⑭组练:兵士的战服,引申指精壮的军队。组,组甲。练,练袍。

⑮踟蹰:亦作"踟躇",徘徊不进。

⑯缯纩:帛绵之类。

⑰蹙(促 cù):此处作相逼迫解。

⑱幂幂(密 mì):覆盖,罩。

⑲牧:李牧,战国时赵国的名将。

⑳林胡:匈奴中的种族名。

㉑痛(铺 pū):病,这里是疲乏无力。

㉒猃狁(险允 xiǎn yǔn):我国古代少数民族,亦作狎狁、荤粥、獯粥、獯鬻、荤允等。

㉓饮至:祭而告于祖庙而饮。策勋:把战功记于史册。

㉔穆穆:幽深和敬的样子。棣棣:威仪闲雅的样子。

㉕苍苍蒸民:天下众民的意思。苍苍,指天。蒸,众。

㉖悁悁(渊 yuān):忧闷。

【译文】

浩渺广阔呀一片无边的平沙之地!远远看去,不见一人。河水像带子环绕,群山互相纠结在一起。阴惨的天气,风在悲号,太阳也没有光辉;蓬断,草枯,冰冷凛冽得像严霜覆盖的早晨;鸟高飞而不下落,兽离群到处奔突。亭长告诉我说:"这儿就是古代的战场,曾经有许多军队覆灭在这里,经常有鬼哭的声音,天阴的时刻就能听到。"

伤心呀!是秦朝呢,汉朝呢,还是靠近现代呢?我听说齐魏等国曾经征兵来守边,楚韩等国也召募过士卒。戍卒奔走万里长途,成年累月流落在外面。早晨放牧在沙地,夜里在冰河上过渡。地是那么辽阔,天是那么高远,不知道回去的路在哪里。把身体交给刀剑砍杀,胸中的话儿又向谁倾吐?秦、汉以来,边境四方战争频繁;中原地方遭受损坏,没有一个世代不是这样。古来声称边境的戎夏民族,不同帝王的军队抗争。如今用文教安天下已不起作用,武将用不正当的手段争斗。这样的用兵和仁义是背离的,而王天下之道也迂阔无用了。

唉!我想象那情景:北风吹振着沙漠,胡兵瞅空子来骚扰。主将骄傲轻敌,一直逼进中门才抵挡。遍野都插着旌旗,平川上回旋追逐着武装部队。军法很严厉,个个心里紧张;长官的威严不可触犯,士兵的性命不值一钱。尖利的箭穿进骨头,可怕的飞沙扑击面孔。主客两军合围相击,金鼓喧阗,山川震动得令人神昏目眩。声响像江河

吊古战场文　李华

都要开裂,威势像炸开雷电。还有那天空整日阴锁云封,海边笼罩凛冽的寒气;大雪厚积陷没腿胫,坚冰结满胡须。鸷鸟躲缩在巢里,征马也不敢向前;棉衣穿在身上没有一丝热气,冷得指头掉下,皮肤开裂。恰逢这样特别寒冷的天气,老天偏给强悍的胡兵帮忙,凭着一股杀气,互相屠杀。在道上截夺物资,横攻士兵。守城的都尉刚刚投降,战斗中的将军死在沙场。尸体把大港填满堆到河岸,流血灌满长城的洞穴。不论出身高贵还是贫贱,都同样成为枯骨。这真是说不胜说啊!鼓声微弱啊气力消尽,箭射完了啊弓弦断绝;雪亮的锋刃相碰啊宝刀砍折,两军相遇啊拚个死活。投降吧,那终身沦为夷狄;战斗吧,骨头暴弃在沙砾。鸟静默无声啊山更加沉寂,长夜漫漫啊风声凄厉。魂魄集结啊天阴沉沉,鬼神聚拢啊云色惨惨。日射寒光啊草儿瑟缩短小,月色凄苦啊遍地霜色惨白。看到的是悲惨,想到的是哀伤,还有什么能跟这相比的呢?

　　我曾听说,李牧使用赵国的兵士,把林胡击破,开拓了千里土地,这样匈奴族就逃走了;而汉朝倾动了全国的力量,结果财尽力疲。任用人当不当是主要的,哪在于数量的多少呢?周朝驱逐狁犹族,向北方一直到甘肃一带,在北荒之地建立了城堡,军队凯旋归来,在祖庙饮酒庆祝,把战功记入史册,君臣之间,上下和睦,一派快乐、安闲的气氛。而秦朝建造长城,一直到海的尽头都筑起关垒,使人民受到很大痛苦,流血染红了万里土地。汉朝出击匈奴,虽然夺取阴山,原野遍地是尸骨,这样的战功得不偿失。

　　天生许多老百姓,谁没有父母,服侍照应,还深怕他们活不长久;谁没有兄弟伙儿,亲密得像身上的手和足;谁没有夫妻的感情,相敬相爱如同好朋友。生育抚养凭的是什么恩惠,杀戮砍伐又凭什么罪过?是活着呢还是死了呢,家中根本不知道。有人带了信来,也是将信将疑。心中充满忧闷,睡觉做梦才能见到亲人。设祭奠洒祭酒,望着天涯哭泣。天地也觉得愁苦,草木也感到悲痛。吊祭的时刻也不回来,魂魄依托在那儿呢?大战之后一定有瘟疫灾荒,活着的人流离逃亡。唉！这是时代的过错还是命运的安排？从古以来都是这样。究竟怎么办呢？还是希望边疆各地都能守土安定。

【分析】

　　李华（约715—766），字遐叔，唐赵州赞皇（今河北省赞皇县）人。开元二十三年（735）进士，官监察御史，右补阙。安禄山陷长安时，曾受职，乱平贬官，后起官至检校吏部员外郎。去官归隐于山阳（今江苏省淮安县），"勒子弟务农，安于穷槁"。后人辑有《李遐叔文集》。

　　李华擅长古文，和萧颖士齐名，世称"萧李"。在唐初承沿六朝文风时，他二人主张恢复古文，实开韩愈古文运动的先河。《新唐书·李华传》说："华文辞绵丽，少宏杰气。颖士健爽自肆，时谓不及颖士，而华自疑过，因作《吊古战场文》，极思研榷。已成，污为故书，杂置梵书之庋（鬼 guǐ，书架）。它日，与颖士读之，称工。华问今谁可及，颖士曰：'君加精思，便能至矣。'华愕然而服。"可见，他写这篇文章是经过覃思精虑的。

　　关于中原与四方诸少数民族的关系，自秦汉时起，基本上是与北方行国（游牧民族建立的国家）的关系。本来汉族已经形成了庞大的民族，只要统治集团不是极端腐朽，不是朋党互争，就能凭借自己的力量，抵御侵略，并能统一全国。少数民族行国各方面都落后，但有一个有利条件，那就是迁徙无常，伺机攻掠，在军事上常处于主动的地位。遇到汉族统治集团腐朽和分裂，他们便乘虚而入，进行掳掠骚扰。按照"野蛮的征服者总是被他们征服了的民族的较高的文明所征服"的规律，经历一定的时间，征服者往往全部或局部与汉族融合成一体。在融合过程中，由于各族统治阶级的暴虐，又必然发生不同形式的斗争（包括战争），各族民众都要遭受灾难。范文澜在《中国通史简编》里分析这种现象，指出："整个封建时代的中国历史，中国与境外诸国主要是北方行国的关系，大体上就是这样反复地表现着。"在战争中受害最大的当然是民众。国家的统一与分裂，是斗争胜败的主要原因。其它如国势盛衰,政治明暗,兵力强弱,谋略得失,也是重要的因素。唐前期,政治是统一的,对外关系是发展的,但到了唐玄宗时,由于内政不修,逐渐增长的腐朽性,再加之藩镇割据,叛乱的因素也激化了民族矛盾。因此,这时的对外战争就交织着正义与非正义的复杂因素。但是,关心国计民生的知识分子,一般是反对穷兵黩武的战争和同情遭受战祸的人民的。杜甫就曾愤慨地提出过责问:"君已富土境,开边一何多?"(《前出塞九首》)"请公问主将(哥舒翰),焉用穷荒为?"(《送高三十五书记十五韵》)他还斥责:"边庭流血成海水,武皇开边意未已。"(《兵车行》)和杜甫生活在同一时代的李华的观点和立场和杜甫是一致的。关于《吊古战场文》的有关写作资料现已佚失无闻,但我们认为,作者也是希望朝廷改革内政,调整对外关系,并深深地把同情给予苦难的民众的。这就是此文的主题思想。又由于作者的立足点高,从总结历史的角度来看问题,就更显得文章的内容开阔与意蕴深厚。但是,战争有正义与非正义的两种性质,笼统地反对战争甚至渲染战争的恐怖与凄惨,这是不正确的,这是古人思想的局限性。

  本篇为半散半韵体的抒情文。从内容看,引进现实生活,已非一般浮辞艳文可比;从形式看,散文化的趋向十分明显。这篇文章足可标志唐代散文(古文)运动开始酝酿着一个根本的变革。

  此文结构上可分为五段。第一段描写古战场的凄凉情景。第二段写征战时的苦况,并说明秦汉以来多事四夷的原因。第三段描写交战时的伤心惨目。第四段追述周、赵、秦、汉的史实,以证安边全在得人,不在争战。第五段描写喋血沙场的士兵的家属的悲伤,并揭示作者"守在四夷"的主张。

  文章全用想象描绘战场情景,由于重在形象描写,更使人有历历如绘的感触。全文着意运用多种修辞手法,像"河水萦带,群山纠纷",既形象又精炼;"声析江河,势崩雷电",既是比喻,又是对偶;"鸟无声兮山寂寂,夜正长兮风淅淅","月光寒兮草短,月色苦兮霜白",

既是景语,又是情语;"尸填巨港之岸,血满长城之窟。无贵无贱,同为枯骨",是夸张句;"天地为愁,草木凄悲",是拟人句。再如:"呜呼噫嘻!""可胜言哉!""伤心惨目,有如是耶?""呜呼噫嘻,时耶命耶?""生也何恩,杀之何咎?"都是咏叹句。多种修辞手法的运用,使全文形成一唱三叹的韵致。朗读吟味,情意绵长,有悠然不尽的余味和回香,叙述描写之中自有一种悲凉慷慨之气流注全篇。

师　说

韩　愈

　　古之学者①必有师。师者，所以传道②、受业③、解惑④也。人非生而知之者，孰能无惑？惑而不从师，其为惑也，终不解矣。生乎吾前，其闻道也，固先乎吾，吾从而师之⑤；生乎吾后，其闻道也，亦先乎吾，吾从而师之。吾师道也，夫庸知其年之先后生于吾乎？是故无贵无贱，无长无少，道之所存，师之所存也。

　　嗟乎！师道之不传也久矣，欲人之无惑也难矣。古之圣人，其出人⑥也远矣，犹且从师而问焉；今之众人，其下圣人也亦远矣，而耻学于师。是故圣益圣，愚益愚。圣人之所以为圣，愚人之所以为愚，其皆出于此乎？爱其子，择师而教之；于其身也，则耻师焉，惑矣。彼童子之师，授之书而习其句读⑦者，非吾所谓传其道解其惑者也。句读之不知，惑之不解，或师焉，或不⑧焉，小学而大遗，吾未见其明也。巫⑨医乐师⑩百工之人，不耻相师。士大夫之族，曰师曰弟子云者，则群聚而笑之。问之，则曰："彼与彼年相若也，道相似也。"位卑则足羞，官盛则近谀。呜呼！师道之不复，可知矣。巫医乐师百工之人，君子不齿⑪，今其智乃反不能及，其⑫可怪也欤！

　　圣人无常师。孔子师郯子⑬、苌弘⑭、师襄⑮、老聃⑯。郯子之徒，其贤不及孔子。孔子曰："三人行，则必有我师。"是故弟子不必不如师，师不必贤于弟子，闻道有先后，术业有专攻，如是而已。

　　李氏子蟠，年十七，好古文，六艺⑰经传⑱皆通习之，不拘于时，学于余。余嘉其能行古道，作《师说》以贻⑲之。

【注释】

　　①学者：求学的人，不是指学有专长的人。

②道：指孔子、孟子所讲的修身、齐家、治国、平天下之道。

③业：学业，指儒家经典。

④惑：指"道"和"业"两方面的疑难问题。

⑤师之：以他为师。

⑥出人：超出一般人。

⑦句读(豆 dòu)：古人称语意已尽，叫做句。语意未尽，在诵读时略作停顿处，叫作读。

⑧不(否 fǒu)：同"否"。

⑨巫：古时候从事降神召鬼等迷信职业的人。

⑩乐师：以歌唱、奏乐为职业的人。

⑪不齿：不屑与之同列。

⑫其：这里表示测度的语气。

⑬郯(谈 tán)子：春秋时候郯国的国君，孔子曾向他请教关于官名的事。

⑭苌(长 cháng)弘：周敬王时候的大夫，孔子曾向他请教关于音乐的事。

⑮师襄：鲁国的乐官，孔子曾向他学习弹琴。

⑯老聃(丹 dān)：就是老子，孔子曾向他请教关于礼的事。

⑰六艺：礼、乐、射、御、书、数。或指六经，即《诗》、《书》、《礼》、《乐》、《易》、《春秋》。

⑱经传：指六艺的经文和传文。

⑲贻(移 yí)：赠送。

【译文】

古时候求学问的人一定有老师。当老师的，是来传授道理、讲授学业、解除疑难的。人不是生下来就有知识就懂道理的，谁能没有疑难呢？有疑难而不向老师求教，这疑难就始终不能解除了。生在我前面的，懂得道理本来就比我早，我跟着他学习；生在我后面的，懂得道理也比我早,我跟着他学习。我学的是道理,何必管他的年龄比我大还是比我小呢?所以说,不管尊贵卑贱,不管年长年幼,道理在哪里,老师就在哪里。

唉!求师学习的风气不流传已经很久了,想要人没有疑难很不容易了。古时候的圣人,他们的才智远远超过一般人,尚且跟着老师学习、请教;现在的一般人,他们的才智比起圣人来差得很远很远,却把拜师求学当作可耻的事。因此,圣人就更加聪明,愚人就更加愚蠢了。圣人所以称为圣人,愚人所以称为愚人,想来都是由于这个原因吧?人们爱孩子,就选择老师教他的孩子;但对自己,却觉得求教老师是可耻的。真是糊涂啊!那些孩子的老师,教孩子念书和学习断句的方法,不是我所说的传授道理、解除学生的疑难。孩子不知道断句,倒去请教老师,自己有疑难问题不能解决,反而不去请教老师,这正是学了小的丢了大的,我看不出他们高明的地方啊。巫师、医师、乐师和各种工匠,他们不以互相学习为羞耻。而士大夫这一类人,一说起谁是谁的老师谁是谁的弟子,就合伙起来嘲笑人家。一问他们,他们就说:"那个人跟那个人年龄差不多,学问也不相上下。"称地位低的人为老师感到很羞耻,称地位高的人为老师又觉得近于谄媚。唉!求师学习的风尚不能恢复,是可想而知了。巫师、医师、乐师和各种工匠,士大夫是看不起的,可是现在士大夫的智慧反而比不上他们,这不是很奇怪吗?

圣人没有一定的老师。孔子曾经向郯子、苌弘、师襄、老聃学习。而郯子这些人,他们的贤能不如孔子。孔子说:"三个人一起走,其中一定有可以做我的老师的。"所以说学生不一定不如老师,老师不一定样样都比学生高明。懂道理有早有晚,学术技能各有所长,不过是这样罢了。

李家的孩子名叫蟠,十七岁,喜爱古文,广泛地学习各种经传,不受时俗的影响,到我这里来求学。我赞许他能推行古人求师的正道,作了这篇《师说》赠送给他。

【分析】

韩愈(768—824),唐朝文学家、哲学家。字退之,河阳(今河南省孟县)人,原籍昌黎(今河北省昌黎县),又自称"昌黎韩愈"。三岁而孤,由嫂郑氏抚养成人。二十五岁中进士。任监察御史时,因关中夏天亢旱,秋天早霜,灾情严重,民不聊生,上疏指斥朝政,奏请免除徭役赋税,被贬为阳山(今广东省阳山县)令。宪宗元和十二年(817),随从宰相裴度平淮西吴元济有功,升为刑部侍郎。不久,因谏诤宪宗迎佛骨入宫,触怒了宪宗,被贬为潮州(今广东省潮安县)刺史。穆宗即位,韩愈因治理地方成绩卓著,奉召回京,为国子祭酒,转为兵部侍郎、吏部侍郎、京兆尹。卒年五十七,谥"文"。宋朝元丰年间,被追封为"昌黎伯",所以世称"韩昌黎"。著有《韩昌黎集》四十八卷。

韩愈为人耿直敢言,对统治者的昏庸无能不满,却又反对王叔文的政治革新运动,和主张革新的柳宗元政见不合。但是,他和柳宗元同心协力反对六朝以来骈偶淫靡的文风,提倡散文,主张学习三代两汉的文章。由于韩、柳的倡导和他们自身的有力实践,掀起了古文运动,并获得成功。韩愈、柳宗元和宋代的欧阳修、三苏(苏洵、苏轼、苏辙)、王安石、曾巩成为文学史上著名的"唐宋八大家"。

韩愈主张"文以载道",提倡"唯陈言之务去",要有"词必己出"的创新精神。他的文章,无论说理、叙事、抒情,都能做到曲折自如,流畅明快,具有雄健浑厚、气势磅礴的特色。苏轼赞扬他为"文起八代之衰"(《潮州韩文公庙碑》)。

《师说》选自《韩昌黎全集》,是韩愈给李蟠的一篇赠序。当时,一般士大夫认为只有小孩才从师学习,成人再拜师问业是可耻的。韩愈针对这种耻于相师的不良风气写了这篇文章。柳宗元在《答韦中立论师道书》中说到了这件事:"今之世不闻有师……独韩愈奋不顾流俗,犯笑侮,收召后学,作《师说》。"由此可见,《师说》也是一篇向社会陋习进击的檄文。

苏洵说韩愈的文章"如长江大河,浑浩流转,鱼鼋蛟龙,万怪惶恐,而抑遏蔽掩,不使自露,而人望见其渊然之光,苍然之色,亦自畏避,不敢逼视。"(《上欧阳内翰书》)《师说》这篇散文,也像苏洵所说的,在写作技巧方面有很高的成就,很值得我们学习和借鉴。

首先,作者通过正面论述,反面批驳,举例说明,精辟地论证了文章的主题。韩愈写这篇文章的主要目的,在于论述师道的必要性和批判不重师道的坏风尚。作者从立论、论证到结论,都紧紧扣住这一中心来写,有破有立,有虚有实,步步开展,层层逼进,写得纵横捭阖,说理透彻。首句"古之学者必有师",落笔就触及文章的主题,接着,先正面从理论上阐述师道的必要性,并提出选择老师的标准,作为全篇的基本论点。第二段,联系当时的社会实际,从反面揭露和批判了时人耻于从师的行为和谬论。作者从"师道之不传也久矣"引出当时存在于士大夫阶层的耻于从师的怪现象,并对这一社会陋习给予有力的抨击。第三段,举出孔子从师的事迹,又归结到从正面作结论。因此,文章不蔓不枝,富于逻辑性,很有说服力。作者"闻道有先后,术业有专攻"的观点,在今天也是站得住脚的。结尾,作者嘉许李蟠能够从师求学,顺此说明写这篇文章的缘由,这还是紧扣文章的主题来写的。

第二,充分运用对比和排偶的手法,使文章气势异常充沛。例如作者在批判"耻师"的风气时,用了三组对比。第一组是把"古之圣人"从师的结果和"今之众人"不从师的后果加以对比;第二组是把对"其子"和对"其身"两种学习内容的重要性加以对比;第三组是把"巫医乐师百工之人"的见识和"士大夫之族"的见识加以对比。这三组对比,作者抓住了它们的内在的本质联系,逐步推进,好像剥笋,剥了一层又一层,越剥越深,越说越透,又如海涛,一浪推动一浪,起伏不断,直到最后把问题的本质核心完全揭露无遗。尤其是第三组对比,作者还通过具体的描写,生动逼真地刻画出士大夫耻笑和诽谤从师的丑态。这样的对比,使文章很有气势,形成一种无可置辩的批判力量。文中还大量使用排偶句式，如"生乎吾前，其闻道也固先乎吾，吾从而师之；生乎吾后，其闻道也亦先乎吾，吾从而师之"，"无贵无贱，无长无少，道之所存，师之所存"等排偶句，形成一种对称排比的气势，既显得整齐，又富于节奏感，在语气上自然流畅。这种写作方式跟雕琢堆砌的骈体不同，所以常为后来许多写散文的人所借鉴。

第三，句法错综多变。在这篇散文里，除了充分运用整齐的排偶句，还熟练地运用了各种句式。如创造性地采用接句法，"古之学者必有师。师者，所以传道、授业、解惑也"，上下两句，用"师"字相接。"人非生而知之者，孰能无惑？惑而不从师，其为惑也，终不解矣"，后一复句的第一个"惑"字，也是紧接着前一复句末尾的"惑"字而来。这种写法，可使文气急转直下，不可抑止。再如交错句式也用得很恰当，如"句读之不知，惑之不解，或师焉，或不焉"，使句子奇突而不流于一般化。如果改为直叙："句读之不知，则师焉；惑之不解，则不焉。"那就变得平淡无奇了。再如，"彼与彼，年相若也，道相似也"句，直接采用士大夫们的对话口吻来写，它不仅表现了士大夫们对从师计较年龄地位的错误态度，而且从这话里可以看到他们的神情。但紧接着的两句："位卑则足羞，官盛则近谀"，便立刻改用作者对士大夫们的言行进行评述的口吻来写，使两种不同的态度，针锋相对。这也是本文运用语言善于错综变化的例子。即使运用对比的手法，句式也尽量有变化，如第二段的三组对比，采用的是三种不同的语调。第一组是设问句，用设问的语气去发人深思；第二组是判断句，用肯定的语气说明时人实在不高明；第三组是感叹句，用感叹的语气表达了作者对士大夫的鄙夷和不满。这样，不仅文气很顺，而且也增强了文章论辩的逻辑力量。韩愈是一个善于向古人学习语言的人，在语言上下过一番惊人的锤炼工夫，他能博采众长，熔铸成自己的独特的风格，使我国的散文面貌为之一新，这一特殊贡献是不可磨灭的。

小石潭记

柳宗元

从小丘西行百二十步,隔篁竹①,闻水声,如鸣佩环②,心乐之。伐竹取道,下见小潭,水尤清洌③。全石以为底,近岸,卷石底以出,为坻④,为屿⑤,为嵁⑥,为岩⑦。青树翠蔓,蒙络摇缀,参差披拂。

潭中鱼可百许头,皆若空游无所依。日光下澈,影布石上,佁然⑧不动,俶尔⑨远逝,往来翕忽⑩,似与游者相乐。

潭西南而望,斗折蛇行,明灭可见。其岸势犬牙差互⑪,不可知其源。

坐潭上,四面竹树环合,寂寥无人,凄神寒骨,悄怆⑫幽邃⑬。以其境过清,不可久居,乃记之而去。

同游者:吴武陵,龚古,余弟宗玄。隶⑭而从者,崔氏二小生:曰恕己,曰奉壹。

【注释】

①篁(黄 huáng)竹:丛生的竹子,即竹林。

②佩环:玉佩,玉环,都是用来挂在身上的玉制装饰品。

③清洌(列 liè):清凉。洌:冷。

④坻(池 chí):露出水面的小块石头,上面较平整。

⑤屿(雨 yǔ):小岛。这里指露出水面的上面比较平整的大石头。

⑥嵁(堪 kān):高出水面的石头,较小而不平。

⑦岩:高出水面的石头,较大而高耸,上部突出,下部凹陷。

⑧佁(已 yǐ)然:静止的样子。

⑨俶(触 chù)尔:忽然,突然。

⑩翕(希 xī)忽:迅速。

⑪差(疵 cī)互:交错,不整齐。

⑫怆(创 chuàng):悲伤。

⑬邃(岁 suì):深。

⑭隶:随从。

【译文】

  从小土丘向西走一百二十步,隔着竹林子,听到了水声,水声像玉佩、玉环碰撞着那样清脆,心里很高兴。砍倒竹子,开辟一条小路往下走,看见下面有个小潭,潭水特别清凉。一整块石头作为潭底,靠岸的地方,有一圈从潭底周围突出水面的石头,有小的,有大的,有平坦的,有高耸的,构成各种不同的形状。岸上树木青青,藤蔓碧绿,茎枝交结遮盖,摇动下垂,参差不齐,随风飘荡。

  潭里的鱼大约有一百来条,都好像在空中游动,没有什么依靠似的。阳光直射到水底,鱼的影子散布在潭底的石头上,一动也不动地停在那里;突然又游窜到远处,来来往往十分轻快,好像和游人在一同欢乐。

  向小石潭的西南方望去,小溪像北斗星座那样折曲,溪流像蛇那样在行进,望过去,忽明忽暗,忽现忽隐。溪岸的形状像狗牙那样交错不齐,不知它的源头在什么地方。

  坐在潭边上,四面被竹子和树木围绕着,寂寞幽静,没有人来,感到心神凄凉,寒气透骨,悲凉抑郁,阴暗深沉。因为环境实在太凄清冷落,不宜停留得太久,于是题字后就离开了。

  同游的人有吴武陵、龚古,我的弟弟宗玄。作为从属的人跟着我来的,有姓崔的两个年轻人,一个叫恕己,一个叫奉壹。

【分析】

  柳宗元(773—819),唐朝文学家、哲学家。字子厚,河东解县

（今山西省永济县）人。德宗贞元九年（793），二十一岁的柳宗元考中进士，在京都做过秘书省校书郎、集贤殿正字、监察御史里行等小官。当时唐朝已经由盛而衰，藩镇割据，宦官专权，贵族大地主肆意兼并，民不聊生，阶级矛盾十分尖锐，统治集团内部的矛盾也趋于激化。柳宗元参加了以王叔文为首的中小地主阶层的政治革新集团，并成为这个集团的中坚分子，任礼部员外郎。但是，革新运动很快就遭到保守势力的猛烈反击，任宰相的王叔文被贬并且被杀，柳宗元也降职为邵州刺史，中途又被贬为永州（今湖南省零陵县）司马，地处荒僻。柳宗元在永州整整十年，到宪宗元和十年（815）才奉召回长安，但不久又被贬到更遥远的南方柳州（今广西省柳州市）去当刺史。在柳州，柳宗元坚持革新，改革了当地不少弊政，并且写了不少反映人民疾苦的文章。最后病死在柳州，年仅四十七岁。因为他是河东人，所以人们称他为"柳河东"；又因为他曾在柳州做官，并死在柳州，所以又称他为"柳柳州"。著有《柳河东集》。

柳宗元和韩愈都是古文运动的重要人物，历史上并称"韩柳"。他的散文创作成就很高，是"唐宋八大家"之一。他的说理文逻辑严密，思想性强；他的讽刺文尖锐泼辣，富有战斗特色；他的传记文形象感人，充满生活气息；他的山水记更为精彩，能抓住各地山水的特征，用最精炼的语言刻画出不同山水的鲜明形象，很有诗情画意。明朝人张岱曾说："古人记山水手，太上郦道元，其次柳子厚，近时袁中郎。"可见柳宗元的山水记是早就受人们推崇的。这些山水记，有的单记一地的景物；有的则是连续性的，从一个地点出发，接着有新的景物发现，就一连串写了几篇，比如著名的《永州八记》简直像一幅幅连续的山水画卷。

《永州八记》是柳宗元贬官永州时写的八篇记述山水的优秀散文的总称。《小石潭记》是《至小丘西小石潭记》的简称，是《永州八记》中的第四篇，历来为人们所喜爱。

《小石潭记》是紧接着《钴鉧潭西小丘记》之后写的，因而开头联系上一篇记里的小丘来指明小石潭的位置,给读者一个清晰的印象。接着写小石潭。作者采取由远及近的写法,先写闻"水声,如鸣佩环",再写近见"水尤清冽",景物由隐到现,使人仿佛身临其境。写了潭水,就写构成这水潭的重要组成部分——石。这石是这潭得名的由来,潭底是整块的磐石,潭周怪石交错,"为坻,为屿,为嵁,为岩",变化多姿,各有特色。水清,石奇,潭边的树木也不同一般,青青的树木缠满了碧绿的藤蔓,它们蒙盖着,缠绕着,摇摆着,连缀着,或高或低,自然地垂挂着,随风拂动着。至此,小石潭的概貌就勾画出来了。

接着,作者用一个段落来描写潭中的游鱼,写得分外精彩,达到形神兼备的境界。静态的鱼是那样的安静,纹丝不动;动态的鱼却是那样活跃,游得迅疾欢快。忽静忽动,情趣横生,一幅鲜明的鱼影图就这样呈献于读者的面前了。既然写了游鱼,就得写水。但是作者却不直接写水,而是说潭中游鱼可数,"皆若空游无所依","日光下澈,影布石上",通过对鱼的描写来形象地衬托出潭水的清澄透明,还给上文"水尤清冽"作了说明。

文章由远及近写了水、石、树、鱼四个方面的近景,接着又从近至远,写了远望中所见的潭水源流。这溪水"斗折蛇行",时隐时现地从西南方顺着"犬牙差互"的溪岸流来,也不知发源在何处。巧妙地让近景和远景交相配合,更增加了景色的迷人。

最后,作者说明这一幽静环境虽然很美,但过于凄清,"不可久居",所以只题了字就舍此而去。并记下了同游者的姓名。

山水游记是以客观景物的描绘、环境形象的刻画为对象的。但是柳宗元往往通过某山某水的登览,一丘一壑的宴游,来抒写自己的情感。或叹遭时之不遇,或发思古之幽情。在描写景物时,围绕这个核心,把写景和抒情结合得非常紧密。本文是一篇游记,以写景为主,作者通过对小石潭的远近景色的细致描写,使祖国秀丽的山川显露出来,传诵于世,以丰富人民的生活,引起后人的怀恋。但文中也隐隐约约地表露了作者的情怀。由于柳宗元在政治上遭受抑制,被贬到远离京都的永州当地方官，所以对于景物的凄清特别敏感。本篇着重描写潭水的清和环境的清，就是这一情绪的反映。结语式的"其境过清，不可久居"句，更是他从自己的政治生活体验中参悟出来的话了。不过他并没有直接发表议论，而是寓情于景，在写景中悄悄地抒写了寂寞的心情，表达了对久谪远荒的不满。

陋室铭

刘禹锡

山不在高,有仙则名。水不在深,有龙则灵。斯是陋室,惟吾德馨①。苔痕上阶绿,草色入帘青。谈笑有鸿儒②,往来无白丁③。可以调素琴④,阅金经⑤;无丝竹之乱耳,无案牍之劳形。南阳诸葛庐,西蜀子云亭⑥。孔子云:"何陋之有⑦?"

【注释】

①馨(xīn):散布很远的香气。此指德行美好。
②鸿儒:大儒,博学者。
③白丁:白衣,平民,指没有文化的人。
④素琴:没有华丽装饰的琴。表示高雅。
⑤金经:古时用泥金书写经文。
⑥南阳诸葛庐,西蜀子云亭:诸葛亮在南阳隐居住草庐。成都西南有汉辞赋家扬雄宅,称草玄亭。因扬雄字子云,故又称子云亭,即扬雄著《太玄》处。
⑦何陋之有:《论语·子罕》篇:"子曰:'君子居之,何陋之有?'"

【译文】

山不在乎高,有了神仙就出了名。水不在乎深,有了龙就显出圣灵。这所简陋的房子,有了我的德行便馨香美好。地上的青苔长上了台阶,一片翠绿;满园草色映进窗帘,青葱可爱。在这里说说笑笑的有博学的读书人,来往的没有一个是缺乏文化教养的人。可以在这里调弄素雅的琴器,阅读用泥金写的经文。没有喧闹的音乐扰乱你的耳朵,没有堆积的公文劳累你的身体。南阳有诸葛亮的草庐,西蜀有扬子云的亭子。孔子说得好:"简陋在什么地方呢?"

【分析】

刘禹锡(772—842),唐朝文学家、哲学家。字梦得,祖上为匈奴人,居洛阳,后东迁。他出生在浙江嘉兴,二十岁中进士。唐顺宗永贞元年(805),他和柳宗元辅佐王叔文执政,有过一些革新措施。后来王叔文被贬,刘禹锡也谪为朗州(今湖南常德)司马。九年后被召还京都,因玄都观题诗触犯执政者,又被远谪为连州(今广东连县)刺史,之后还做过夔州、和州的刺史。晚年回到洛阳,任太子宾客。

他是我国唐代的优秀诗人,又是积极参加中唐"古文运动"的杰出散文家。他以隽永畅达的语言,宣传朴素的唯物主义和其他进步思想,后世对他的散文有好评的甚多。唐赵璘《因话录》卷三说刘"词翰兼奇","别精篇什"。宋李淑"最爱刘禹锡文章","淑所论著多似之"。清代平步青说:"若刘宾客,才辩纵横,间以古藻,亦柳(柳宗元)之亚。"这些都说明刘禹锡的散文对后世影响甚大。著有《刘禹锡集》。

刘禹锡的这篇《陋室铭》,大多传说写在和州或定州。如《舆地纪胜》卷四十八《淮南西路和州·景物上》:"陋室,唐刘禹锡所辟,又有《陋室铭》,刘禹锡所撰,今见存。"也有人根据《陋室铭》中有"南阳诸葛庐,西蜀子云亭"这两个典故来推测,陋室应在刘禹锡的故乡。于是《直隶定州志》载《古迹·陋室》:"州南三里庄南,唐刘禹锡筑,有铭。"两说均不能成立。在和州,刘禹锡勤于政事,在刺史任内不应有"无案牍之劳形"的论调;刘禹锡一生中,没有到过定州,说他在定州筑陋室,当然是附会了。刘禹锡《上杜司徒书》云:"小人祖先壤树,在京辇间,瘠田可耕,陋室未毁。"可见,陋室在洛阳附近之荥阳较为确凿可信(《通典》卷一一七荥阳县条云:"又有京水、辛水。楚汉战于京辛间是也。")。

铭这种文体,本是古代刻在器物或碑版上,拿来称颂功德,用以劝申鉴戒的,兼带有自勉之意。《陋室铭》主要是作者刘禹锡通过对自己简陋的房屋的描绘,来表达自己的心志和生活情趣。

"山不在高,有仙则名。水不在深,有龙则灵。"以山水引出陋室,说的是只要有"君子居之",哪管它山荒地远。这样由远及近,由大到小,引到"斯是陋室,惟吾德馨"一句。文章开首的四句,用比衬的方法,以山水陪室,以高深陪陋,以仙龙陪德,以灵名陪馨。用字不虚,句句带进主题。

接着,进入主题的具体描绘:阶铺绿苔,帘映草色,这是说见景不陋;鸿儒往来,谈笑风生,是见人不陋;调琴诵经,随兴所至,无丝竹乱耳,又无案牍劳形,这四句是说见事不陋。短短七八句话,写出作者高洁雅致的胸怀。

前面的描叙,证明陋室不陋,也就够了,然而不然,作者又写了二句:"南阳诸葛庐,西蜀子云亭。"诸葛亮的茅庐,扬子云(雄)的玄亭,千古名室,万人传颂,拿它们来和自己的陋室相比,不是更衬托出陋室主人的高情雅致吗?

最后,再申足"惟吾德馨"的雅意,引出孔子一句话:"何陋之有?"连孔子都有这样的话,主人还需要说什么呢?溢于言表和文字之外的意思和力量还用得着再费什么言词吗?这就叫"文不着迹,回味深远"。

本文有山、水、仙、龙的远比,又有茅庐、玄亭的近喻;有室中的雅兴,又有室外的美景。不落俗套的开头,似天外奇峰;渐次进入主题,如曲径通幽。斩钉截铁的结尾,蕴含无穷力量,却又有绕梁三日的余音。

此文也透露了孤高自赏和消极避世的思想,在阅读中不可不注意。但就它抒情状物、结构布局,以及适应铭体写作要求所构成的对仗成联,音韵铿锵等艺术表现手法来说,还是值得我们鉴赏的。

再说,全文仅用八十一个字就表现了一个完整优美的意境,实在是精炼之至。"字唯期少,意唯期多"——这篇散文在这方面做出了榜样。

最后应指出的是,仙龙之说,是没有根据的,作者在这里不过用来作为比兴而已。

阿房宫赋

杜 牧

六王①毕,四海一;蜀山兀,阿房出。覆压三百余里,隔离天日。骊山北构而西折②,直走咸阳。二川③溶溶,流入宫墙。五步一楼,十步一阁;廊腰缦回,檐牙高啄;各抱地势,钩心斗角④。盘盘焉,囷囷焉,蜂房水涡,矗不知其几千万落。长桥卧波,未云何龙?复道行空,不霁何虹?高低冥迷,不知西东。歌台暖响,春光融融;舞殿冷袖,风雨凄凄。一日之内,一宫之间,而气候不齐。

妃嫔媵嫱⑤,王子皇孙,辞楼下殿,辇来于秦,朝歌夜弦,为秦宫人。明星荧荧,开妆镜也;绿云扰扰,梳晓鬟也;渭流涨腻,弃脂水也;烟斜雾横,焚椒兰⑥也;雷霆乍惊,宫车过也;辘辘远听,杳不知其所之也。一肌一容,尽态极妍,缦立⑦远视,而望幸焉;有不得见者,三十六年⑧!燕赵之收藏,韩魏之经营,齐楚之精英⑨,几世几年,剽掠其人,倚叠如山;一旦不能有,输来其间;鼎铛玉石,金块珠砾,弃掷逦迤,秦人视之,亦不甚惜。

嗟乎!一人之心,千万人之心也。秦爱纷奢,人亦念其家。奈何取之尽锱铢⑩,用之如泥沙?使负栋之柱,多于南亩之农夫;架梁之椽,多于机上之工女;钉头磷磷,多于在庾之粟粒;瓦缝参差,多于周身之帛缕;直栏横槛,多于九土之城郭;管弦呕哑,多于市人之言语。使天下之人,不敢言而敢怒。独夫⑪之心,日益骄固。戍卒叫⑫,函谷举⑬,楚人一炬,可怜焦土⑭!

呜呼!灭六国者,六国也,非秦也。族⑮秦者,秦也,非天下也。嗟夫!使六国各爱其人,则足以拒秦。使秦复爱六国之人,则递三世可至万世而为君⑯,谁得而族灭也?秦人不暇自哀,而后人哀之;后人哀之而不鉴之,亦使后人而复哀后人也⑰。

【注释】

①六王:齐、楚、燕、韩、赵、魏,六国之君。

②骊山北构而西折:骊山,在陕西省临潼县东南。阿房宫从骊山北边建筑起,折而向西,一直通到咸阳。

③二川:渭川和樊川。

④钩心斗角:《古文析义》解释此语说:"钩心,指廊腰。斗角,指檐牙。上分言之,此合言之,方曲尽联属之胜。"这是比拟建筑物杂然交错的样子,与后来成语"钩心斗角"比喻明争暗斗不同。

⑤妃嫔媵(映 yìng)嫱:泛指六国的宫妃。

⑥椒兰:两种芳香植物。

⑦缦立:宽宽地排列。

⑧有不得见者,三十六年:三十六年是秦始皇在位的时间。前人指出此句有毛病:"始皇立十七年始灭韩,至二十六年尽并六国,则是十六年之前未能致侯国子女也。"其实,这是一种夸张的手法,不必拘泥于确数。

⑨收藏、经营、精英:均指金玉珍宝。

⑩取之尽锱铢(资珠 zī zhū):一锱一铢都要搜刮干净。锱铢,古代重量名,六铢为一锱,一铢等于后来一两的二十四分之一。这里比喻细微。

⑪独夫:指秦始皇。

⑫戍卒叫:指陈涉、吴广起义。戍卒,戍守边疆的兵。

⑬函谷举:函谷,关名,战国时秦国修建,在今河南灵宝县西南。公元前207年,刘邦从武关攻入咸阳,又派兵守函谷关。举,攻占。

⑭楚人一炬,可怜焦土:公元前206年,项羽入咸阳,焚烧秦国宫殿,大火三月不灭。项羽是楚将项燕的后代,所以称为楚人。

⑮族:灭族,杀死全族的人。这里"族"是动词。

⑯则递三世可至万世而为君:《汉书·贾山传》说:贾山作《至言》,其辞曰:"秦皇帝曰:'死而以谥法,是父子名号有时相袭也。以

一至万,则世世不相复(重)也。'故死而号曰'始皇帝',其次曰'二世皇帝'者,欲以一至万也。"递,递送,顺次传下去。

⑰后人而复哀后人也:这里两个"后人"意思不一样,前一个"后人"是指更后的人。

【译文】

  六国灭亡而天下统一,蜀地的树木光秃而阿房宫建成。它覆盖三百余里的地面,高墙峻宇把天日都遮盖起来。北面从骊山构筑起,再往西折,一直通到咸阳。渭川和樊川两条河滔滔滚滚地流进宫墙。每隔五步路有一座大楼,十步路有一座高阁。回廊如细腰曲折地扭转,飞檐像鸟嘴向高空啄着。各自依据着特有的地势,与中心钩连,搭配得好像飞龙斗角。一团团的,一簇簇的,密集如蜂房,回旋如水涡,高高地耸立着,不知有几千万座!长桥横躺在清波上,没有云起哪来的龙呢?复道架设在空中,不是雨后哪来的虹呢?房屋高高低低的一片迷茫,使人分辨不出南北和西东。台上响起歌声,使人感到有如温暖的春光;殿里舞袖飘拂,使人感到有如凄清的冷雨。同一天当中,同一座宫殿里,气候竟这样不同。

  那些列国的王妃公主、彩女宫娥、皇家贵族,离开了自家的楼宇宫殿,坐着辇车到秦国来了。朝朝暮暮,弦歌奏乐,都成了秦的宫人。闪光的星星亮晶晶,这是宫妃们在揭开化妆用的镜子呀;绿云缭绕,这是宫妃们大清早在梳结发髻呀;渭河里的水涨起一层油腻,这是宫妃们倒出的胭脂水呀;天空横斜着烟雾,这是点燃的椒兰的异香呀。雷霆忽然震响,原来是宫车驶过呀;辚辚辘辘的只听见越走越远了,远到不知驶向哪里去了。宫女们修饰容貌,装扮得无比的俊俏风流,长久地立在那里向远方张望,希望皇帝能来逗留。可是,有的宫女在皇帝在位的三十六年里,还没有见到过皇帝的一面!那燕国、赵国收藏了的,那韩国、魏国积累下的,那齐国、楚国的奇珍异宝,多少世代,多少年月,从老百姓身上掠夺而来,堆积得像山一样。到了国破家亡,这些东西,都送到这儿来,宝鼎成了铁锅,美玉成了石头,黄金成了土块,珍珠成了瓦砾,一路上到处抛弃,秦国人看见了,也不觉得有什么可惜。

唉!一个人的心愿,也是千万人的心愿。秦始皇贪图豪华奢侈,天下的老百姓也顾念自己的家啊。为什么搜刮起来一丝一毫不放松,挥霍起来又像对待泥沙一样毫不顾惜!那宫里架梁的大柱子,比田里的农夫还要多;那架顶的椽子,比织机上的织女还要多;那一颗颗的钉头,比仓里的谷粒还要多;那一道道的瓦缝,比身上的丝缕还要多;那纵横的栏杆,比普天下的城廓还要多;那管弦的喧奏声,比闹市上的人声还要多。这样的穷奢极欲,人们虽不敢说,心中却郁结着极大的愤怒!那秦始皇的心意,一天天更加骄傲,更加顽固。等到起义的兵丁们一声呐喊,函谷关的天险就被攻破,楚国人放了一把大火,可惜一代豪华的阿房宫,变成了一片焦土!

唉!灭掉六国的是六国自己,而不是秦国;灭掉秦朝的是秦朝自己,也并不是天下起义的人们。唉!如果六国的国王各自爱护本国的人民,就有足够的力量抵抗秦国。如果秦国也能够爱六国的人民,就会经过三代传到万代保牢自己的帝位,谁能够灭掉他们呢?秦国人来不及为他们自己的灭亡来哀叹,却让后代的人为他们哀叹;后代的人如果为秦国哀叹而不引为借鉴,那么,又叫往后的人们再来为他们哀叹了啊!

【分析】

　　杜牧(803—852),唐朝文学家。字牧之,京兆万年(现陕西西安)人。唐文宗太和二年(828)考中进士,复举贤良方正,授弘文馆校书郎,历任黄州、池州、睦州、苏州刺史,唐武宗会昌年间迁中书舍人。杜牧生平留心当世之务,论政谈兵,卓有见地。他在《上李中丞书》中说他自己对于"治乱兴亡之迹,财赋兵甲之事,地形之险易远近,古人之长短得失"颇有研究。他擅长诗歌与古文,在唐朝开国二百年后诗歌昌盛、名家如林之时，他能创造明朗俊秀的风格，独树一帜于晚唐诗坛之中。人称其为"小杜"，以别于盛唐时期的杜甫。他的古文也笔势峭健，内容充实，其中多关系国计民生之作。清洪亮吉评说："有唐一代诗文兼擅者，惟韩、柳、小杜三家。"(《北江诗话》卷二)全祖望在《杜牧之论》里更把他比为西汉的贾谊，说："杜牧之才气，其唐长庆以后第一人耶！望其诗、古文词，感时愤世，殆与长沙太傅相上下。"(《鲒埼亭集外编》卷三十七)著有《樊川集》。

《阿房宫赋》是杜牧早期成名的作品。写于敬宗宝历元年(825)，其时作者才二十三岁。这篇作品得到主考官礼部侍郎崔郾的赏识，特擢为第五名进士，同时，皇帝亲自主持的制举考试也录取了杜牧。进士及第，制策登科，"两枝仙桂一齐芳"(杜牧：《赠终南兰若僧》)。人以文显，文以人传，这样《阿房宫赋》就成为美誉天下的杰作。

《阿房宫赋》的真正成就首先在于它的思想内容。赋，是介于诗与散文中间的一种文体，它讲究词藻的华美，更重铺叙。而《阿房宫赋》既不同于铺张扬厉、重叠罗列的两汉大赋，又不同于专事抒情写景的六朝小赋。杜牧在文学上有比较进步的见解，他主张文章"以意为主，以气为辅，以辞彩章句为之兵卫"(《答庄允书》)，把内容放在首位。他自己在创作中也贯彻这种主张。在《上知己文章启》中说："伏以元和功德，凡人应当咏歌记叙之，故作《燕将录》；往年伐吊之道未得其所，故作《罪言》……宝历间大起宫室，广声色，故作《阿房宫赋》。"可见，《阿房宫赋》是针对现实而作的。中唐以后，藩镇割据，宦官专权，外患频仍，乃至晚唐，国势更加衰危，而最高统治者仍大兴土木，广造宫室，沉迷声色，不理政事。这一切引起杜牧的忧愤，故而杜牧作此篇以借古讽今。

杜牧从阿房宫写起，探索和分析秦帝国暴亡的原因。此篇前部分以浓墨重彩，层层铺叙阿房宫规模之大，建筑之奇，人物之多，歌舞之盛，而后用"戍卒叫，函谷举，楚人一炬，可怜焦土"作为收束，两两对比，形成鲜明的对照。这就从阿房宫的兴废，深刻地说明了秦始皇的暴虐统治是导致秦灭亡的根本原因。作者的主要笔墨放在极意描写阿房宫的宏伟壮丽上。这当然不是一种客观主义的纯自然的描写,《古文观止》编者正确地看出了这样写法的深意:"前幅极写阿房之瑰丽,不是羡慕其奢华,正以见骄横敛怨之至,而民不堪命也,便伏有不爱六国之人意在。"这就是说极意描绘阿房宫的繁盛,正在于揭露封建统治者骄奢淫逸、横征暴敛、残害人民的罪行。同时,又通过建阿房宫这一典型事件,揭示出封建帝王反动荒淫的丑恶,加深人们对封建统治阶级反动本质的认识,收到艺术概括的效果。

由作者这一立意,确定了文章的结构,全文可分为四段。一、二两段极写阿房宫的建造和全景的雄伟,美人盛况以及秦统治者的奢侈。第三段用夹叙夹议手法,论述阿房宫之建成,都由剥削人民而来;秦始皇日益骄固,过度掠夺,终于激起农民起义。第四段为议论部分,慨叹六国和秦的灭亡都由于不爱其民,点明后人应以此为鉴戒。作者说:"嗟乎!使六国各爱其人,则足以拒秦。使秦复爱六国之人,则递三世可至万世而为君,谁得而族灭也?"这正是全篇的中心思想。文章最后宕开一层,进一步说:"秦人不暇自哀,而后人哀之;后人哀之而不鉴之,亦使后人而复哀后人也。"这几句话使人凛然悟到,要记取秦亡的教训,永为鉴戒。

服务于中心思想,此篇在艺术表现上有许多特色。

一是形象的鲜明:

文学作品的思想要靠形象表现出来。而形象的塑造要注意典型性。《阿房宫赋》所要塑造的形象是阿房宫,这个典型形象是秦皇骄奢的见证,也是秦王朝覆灭的最后象征。但是历史上的阿房宫早在秦末战火中化为焦土了。而且,这座宫殿最后也未建成。《史记·秦始皇本纪》说:"三十五年(前212),始皇以为咸阳人多,先王之宫廷小,乃营作朝宫渭南上林苑中。……阿房宫未成;成,欲更择令名(美名)名之。"可见,作者写它完全凭借艺术的想象力,以强化形象的方法,表现了赋体"铺采摛(chī)文、体物写志"的特点,反复描写,多方形容,极尽铺张之能事。一放笔,一座雄伟壮丽的宫殿就顿然矗立在读者的面前!"覆压三百余里,隔离天日。骊山北构而西折,直走咸阳。二川溶溶,流入宫墙",这是阿房宫外观的描写。三百余里,以见其长;隔离天日,以显其高。背依骊山,连绵逶迤,以示其大;二川溶溶,流入宫墙,以表其远。接着写:"五步一楼,十步一阁;廊腰缦回,檐牙高啄;各抱地势,钩心斗角。盘盘焉,囷囷焉,蜂房水涡,矗不知其几千万落。"这是内景的写真。"五步"、"十步",写出楼阁之密;廊腰飞檐,描出宫室之美。"盘盘焉,囷囷焉",各式各样的建筑,或盘结旋绕,或屈曲簇拥,像蜂房那样邃密,如漩涡那样的迂回。经过艺术的描绘,阿房宫之大,之高,之美,从外到内,给人的形象感触,鲜明、绚丽极了。但这还不够。"长桥卧波,未云何龙?复道行空,不霁何虹?"作者进一步为读者增强了感受。没有云彩哪里会有龙呢?不!那是卧于洪波之上的长桥。没有雨后斜阳哪里会有彩虹呢?不!那是架设在空中沟通楼阁的复道。接着写歌舞的繁盛,楼阁的嵯峨,如春光温煦,似风雨凄迷,将"冷"和"暖"的感受具体形象化了。总之,通过种种描写,阿房宫的矗峙楼台,流丹飞阁,架虹长桥,弦声繁杂,舞袖翩翩,形象鲜明。然而丰姿盛态,毁于一旦!铺叙蓄势,是为主题思想服务的。文学作品要写形象,同时形象也是为增强文章的思想和艺术效果所需要的。

二是结构的严整:

这篇文章铺墨有序,环环相扣。首先总写阿房宫的高大宽广,衬以背景、环境的描叙,使读者有一个总体印象。接着由外到内,层层走笔,步步点染,使阿房宫的形象矗立于眼前,豪华壮丽。由宫殿的描绘,自然过渡到叙写宫人,由叙写宫人,又自然过渡到描绘珍藏。由"景"及"人",由"人"及"藏",过渡自然,顺理成章。最后,渐渐进入议论:"燕赵之收藏,韩魏之经营,齐楚之精英,几世几年,剽掠其人,倚叠如山;一旦不能有,输来其间;鼎铛玉石,金块珠砾,弃掷逦迤,秦人视之,亦不甚惜。"笔端蘸满作者的愤激和感慨;最后作者的议论,针砭昔秦,讽喻当今,突出一个"鉴"字,触目惊心而又回味无穷。这篇文章的构思是借古讽今,议论时政。前面的描写是议论的铺垫,后面的议论,是描写的归宿。前面越是写得壮观繁华,后面的议论就越是扎实可信。全文以形象思维为主体,逻辑思维为辅助,用生动的艺术形式表现深刻的思想内容。句与句,段与段,环环相连,起承转合,自然无迹,是构思缜密、结构严整的佳作。难怪这篇文章享有"古来之赋,此为第一"的盛誉。

三是语句的精美:

本文色彩缤纷,词章华美,珍词绣句,层见叠出。一开头:"六王毕,四海一;蜀山兀,阿房出。"起句突兀有力,早被人赞为:"只十二字,便将始皇混一已后,纵心溢志写尽,真突兀可喜。"接下去写阿房宫之壮丽。丰富的想象、生动的比喻,像滔滔的大河,奔赴笔底。我们看他描写宫人情状:"明星荧荧,开妆镜也;绿云扰扰,梳晓鬟也;渭流涨腻,弃脂水也;烟斜雾横,焚椒兰也;雷霆乍惊,宫车过也。"宫女们打开梳妆镜,灿若繁星闪烁,形容其多;晨起梳妆,发如绿云朵朵,形容其美;泼下洗脸水,使渭河为之水涨,形容其侈;椒兰焚烟,形容其香;宫车如雷,形容其势。再如:"使负栋之柱,多于南亩之农夫;架梁之椽,多于机上之工女;钉头磷磷,多于在庾之粟粒;瓦缝参差,多于周身之帛缕;直栏横槛,多于九土之城郭;管弦呕哑,多于市人之言语。"前面连用四"喻",后面连用六"比",写尽秦皇的奢华,写足秦始皇的贪婪。就文字语言的运用来说,这篇文章发挥赋体所长又避其所短。钟嵘在《诗品序》中说:"若专用比兴,则患在意深,意深则词踬;但用赋体,则患在意浮,意浮则文散。"杜牧此文既采比兴,又用铺陈,熔赋、比、兴于一炉,兼诸家之长。在具体描写中把阿房宫的形势、规模、气魄,表现俱足,用参差错落的句式,传出了回旋咏叹的节奏。"戍卒叫,函谷举,楚人一炬,可怜焦土"四句,仅用十四字便精炼有力地说尽了秦国灭亡的历史过程。"叫""举""炬"三个动词,短促相连,生动地表现了农民起义的声威。"可怜焦土",一语概括,把前面种种铺叙顿然收住。前人评论说"上篇无数壮丽只四字了之",更为下面议论积蓄了力量。本文安排的字句虽以华美出之,但深藏的意蕴十分丰厚。唯其描写充分尽情,议论才有力深刻;夸饰与事实结合,对比更能触目惊心。至于那骈散兼行的句式,珠圆玉润的语言,更增加了文章的音乐美,读来口舌生香,而又启示无穷。

书褒城驿壁

孙 樵

褒城驿号天下第一①。及得寓目,视其沼则浅混而污,视其舟则离败而胶,庭除甚芜,堂庑甚残②,乌睹其所谓宏丽者？讯于驿吏,则曰:"忠穆公尝牧梁州③,以褒城控二节度治所④,龙节虎旗⑤,驰驿奔轺⑥,以去以来,毂交蹄劘⑦,由是崇侈其驿,以示雄大。盖当时视他驿为壮。且一岁宾至者,不下数百辈,苟夕得其庇,饥得其饱,皆暮至朝去,宁有顾惜心邪？至如棹舟,则必折篙破舷碎鹢⑧而后止；渔钓,则必枯泉汩泥尽鱼而后止。至有饲马于轩,宿隼于堂,凡所以污败室庐,糜毁器用。官小者,其下虽气猛可制,官大者,其下益暴横难禁。由是日益破碎,不与曩类⑨。某曹⑩八九辈,虽以供馈之隙,一二力治之,其能补数十百人残暴乎？"

语未既,有老甿⑪笑于旁,且曰:"举今州县皆驿也。吾闻开元中,天下富蕃,号为理平,踵千里者不裹粮,长子孙者不知兵。今者天下无金革⑫之声,而户口日益破；疆埸无侵削之虞,而垦田日益寡；生民日益困,财力日益竭,其故何哉？凡与天子共治天下者,刺史、县令而已,以其耳目接于民,而政令速于行也。今朝廷命官,既已轻任刺史、县令,而又促数⑬于更易。且刺史、县令,远者三岁一更,近者一二岁再更。故州县之政,苟有不利于民,可以出意革去其甚者,在刺史则曰:'明日我即去,何用如此！'在县令亦曰:'明日我即去,何用如此！'当愁醉醲,当饥饱鲜,囊帛椟金,笑与秩终。"

呜呼！州县者真驿邪？矧⑭更代之隙,黠⑮吏因缘恣为奸欺,以卖州县者乎？如此而欲望生民不困,财力不竭,户口不破,垦田不寡,难哉！予既揖退老甿,条其言,书于褒城驿屋壁。

| 书褒城驿壁 孙樵

【注释】

①褒(包 bāo)城:县名,治所在褒城(今陕西勉县东北)。驿(亦 yì):古代官吏差役因公出差,在途中住宿和换马的地方。号:号称。

②沼:池塘。庭:院。除:台阶。堂:正房。庑:廊房。

③忠穆公:指严震。唐德宗时严震曾任梁州刺史和山南西道节度观察使,死后加谥号为忠穆。尝:曾经。牧:汉代一州的长官叫州牧,这里作动词用,即任命为刺史。梁州:州名,治所在南郑(今陕西汉中)。

④二节度治所:一是山南西道节度使治所兴元府(今陕西汉中市东),一是凤翔节度使治所凤翔府(今陕西省凤翔县)。

⑤龙节虎旗:古代官吏出使,有旗帜作为仪仗,旗帜上画有龙虎的图形。《周礼·地官·掌节》:"凡邦国之使节,山国用虎节,土国用人节,泽国用龙节。"

⑥驰驿奔轺(尧 yáo):车马奔驰。驿:指驿马。轺:驿站用的轻便马车。

⑦毂(谷 gǔ):车轮中心的圆木,即轴套,内插轴,外接辐条。交:指车毂交错。劘(磨 mó):磨,马蹄磨损。

⑧破舷:弄坏船身。碎鹢(意 yì):撞碎船头。鹢:水鸟,善飞,不畏风。古代船头多画鹢,称船头为鹢首。

⑨囊:从前。类:相似。

⑩某曹:驿吏自指。

⑪氓(蒙 méng):同"甿"。古代指外来的百姓。此指农民。

⑫金革:即兵革。兵器甲胄的总称。金:指金属制造的兵器。革:皮革制作的甲盾。

⑬促数:频繁,不断。

⑭矧(审 shěn):况且。

⑮黠(峡 xiá):狡猾。

【译文】

　　褒城驿号称天下第一。等到我亲眼看见,却看到它的池塘水浅淤又污浊,看到它的舟船破裂,陷于泥中,庭院台阶很荒芜,厅堂和走廊很残破,哪里能看到所谓的宏大和壮丽呢?问管理驿站的官员,他们便说:"忠穆公(严震)曾经担任梁州刺史,因为褒城控制着通往两个节度使治所的要道,旗节飘飘,车马奔驰,有来有往,车毂交错,马蹄磨损,从此扩大驿馆建筑,以显示它的宏伟。褒城驿在当时比别的驿站壮观。然而一年中来往的客人,不下数百人,只要傍晚有住的地方,饿了吃得饱,都是晚上来早晨就走,哪有爱惜之心呢?如果划船,则必定折断篙子、弄坏船身、撞碎了船头而后才停止;钓鱼,则必定把水弄干、把池底的污泥搅上来、把鱼捉净而后才罢休。甚至在廊下喂马,在屋里养鹰,这些行为都是弄脏屋子、毁坏东西的原因。官位小的人,他手下的人虽然凶猛,还可以约束;官位大的人,他手下的人更加蛮横,难以阻拦。因此褒城驿一天比一天破败,不和先前一样了。我们这些驿站工作的人不过八九个,即使在供应饮食之外的空闲时间尽力修整一些,又怎能补救数十百人的严重毁坏呢?"

　　话还没有讲完,有位老农在旁边笑着,并说:"如今所有的州县都像驿站一样。我听说开元年间,天下财物丰富,社会繁荣,被称为太平之世,出门千里的人不必带干粮,有了儿孙的老人没经历过战争。现今天下听不到战争鸣锣击鼓的声音,而户口一天比一天减少;边疆没有被入侵被剥夺的忧虑,而垦田一天比一天缩小;人民一天比一天困难,财物一天比一天拮据,这是什么原因呢?凡是能和皇帝共同管理天下的,是刺史、县令这些官吏罢了,因为他们直接与人民接触,政策法令能够迅速实行。如今政府委派官吏,轻率任命,在短促的期间内频繁更换任命。而且刺史、县令,时间长的三年一更换,时间短的一年调动两次。所以州县的治理工作,如有不利于人民的情况发生,本来可以想办法改变那些严重的情况,当刺史的则说:'明天我就要调走了,何必那样认真地去做!'当县令的也说:'明天我就要调走了,何必那样认真地去做！'他们在愁闷的时候就喝点美酒，饿了就吃点鲜美的东西，用口袋装着丝绸，用匣子装着金子，心满意足地到任期结束。"

唉！州县衙门真是驿站吗？何况在新旧官员交接的空隙间，狡猾的小吏会利用时机，放肆地做奸诈、欺骗的事情，来损公肥私，用以欺骗州县负责人呢！这样子而想希望百姓不穷困，财富物资不匮乏，户口不减少，耕田不缩小，是很困难的啊！我把老农谢退以后，整理了他的话，书写在褒城驿站屋里的墙壁上。

【分析】

孙樵，生卒年不详。字可之，一作隐之，关东（函谷关以东，郡县不详）人。唐宣宗大中九年（855）进士，官中书舍人，迁职方郎中。孙樵曾被清人列入唐宋十大家。著有《唐孙樵集》。

《书褒城驿壁》是一篇具有深意的好文章。此文题旨以小及大，用一个驿站从盛到衰的现实，比喻封建社会官僚制度腐败的情景，揭示了当时存在着的但又往往被人忽略的一大弊政。

文章先提出"褒城驿号天下第一"，但马上一转折，说到现在看到的是破败不堪的荒凉景象。如此名不副实，原因何在呢？这样，作者就把读者注意力引到寻找问题症结所在。于是，文章接下来通过驿吏的话道出实情。褒城驿开始建造时比他驿雄壮，但是杂沓而来的官吏都存在着暮至朝去的心理，住下来往往"污败室庐，糜毁器用"，致使驿站破碎败落到不堪的地步，然后扬长而去。以上是全文的第一部分。

第二部分是文章的重点。但作者依然用客观叙述的方法，通过一个老农的高论揭示了一个重要的事实。第一句下了一个断语，说：全国的州县衙门，也像这样的驿站。他举出从盛唐到现在，天下富庶，政治安定，但人民的生活，国家的财力却一天不如一天，这原因就在于朝廷更换官员频繁，天下的地方官也都把州县当驿站，存在将去的心理，抱着如此想法：只要我能捞着一把，哪管它寸草不生。任任更迭，人人如此，谁会考虑国家的安危、民生的疾苦呢？以上文章的这两大部分，都是介绍驿吏和老农说的话。这种客观的叙述方法，说服力、可信性非常强。作者从驿站的兴废说到国事的兴衰——这正是其衷心系念的问题，行文巧妙，把这种观感，化为驿吏老农的话，让他尽量用客观的叙述提出。

第三部分以"呜呼"的感叹开头，再作进一步申说。"矧更代"四句，等于弥补上两说中未估计的狡猾小吏的活动，把弊政的另一方面加以揭示。这样的揭露更完整了，见出作者犀利的眼光，文章到此结束，非常有力。

前人评此文说是"深达物情，有关治体"。本文不是单谈驿站的兴废，也不是只就驿站的变化抨击一般人损公肥私的行为，而是由此引申到吏治官制如何稳定、如何兴利除弊的有关国政盛衰的大问题。但是，由于作者的思想局限性，他并没有完全指出封建社会的根本矛盾。

本文结构简劲而又极富变化。"褒城驿号天下第一"，文章开头正面说了一句，马上就转入驿站芜毁的叙述，可谓笔无空隙。中间说："夕得其庇，饥得其饱，皆暮至朝去，宁有顾惜心邪？"末段又重说："虽以供馈之隙，一二力治之，其能补数十百人残暴乎？"全文在峭劲转折中又雍容闲雅，都是与主题思想扣得很紧的。唐文的高古简炼，于此可见。

本文结构中的前后呼应、移宾作主、用小及大、由远及近等手法，都值得仔细揣摩赏鉴。《唐文渊鉴》评说："前幅似主实宾，后幅似宾而实主，此文家变化错综之法。"说得有一定道理。

黄冈竹楼记

王禹偁

黄冈之地多竹,大者如椽①。竹工破之,刳去其节,用代陶瓦,比屋皆然,以其价廉而工省也。

子城②西北隅,雉堞圮毁③,蓁莽荒秽,因作小楼二间,与月波楼④通。远吞山光,平挹江濑,幽阒辽夐,不可具状。夏宜急雨,有瀑布声;冬宜密雪,有碎玉声。宜鼓琴,琴调虚畅;宜咏诗,诗韵清绝;宜围棋,子声丁丁然⑤;宜投壶⑥,矢声铮铮然:皆竹楼之所助也。

公退之暇,被鹤氅⑦衣,戴华阳巾⑧,手执《周易》一卷,焚香默坐,消遣世虑。江山之外,第见风帆沙鸟、烟云竹树而已。待其酒力醒,茶烟歇,送夕阳,迎素月,亦谪居之胜概也。

彼齐云、落星⑨,高则高矣!井幹、丽谯⑩,华则华矣!止于贮妓女、藏歌舞,非骚人⑪之事,吾所不取。

吾闻竹工云:"竹之为瓦,仅十稔⑫;若重覆之,得二十稔。"噫!吾以至道乙未岁⑬,自翰林出滁上,丙申移广陵⑭,丁酉又入西掖。戊戌岁除日,有齐安之命⑮,己亥⑯闰三月到郡。四年之间,奔走不暇,未知明年又在何处,岂惧竹楼之易朽乎!幸后之人与我同志,嗣而葺之,庶斯楼之不朽也。

咸平二年八月十五日记。

【注释】

①黄冈:现湖北省黄冈县。椽(船chuán):椽子,放在檩(凛lǐn)上架着屋顶的木条。

②子城:城门外的套城,也叫"瓮城"、"月城"。

③雉堞:城上的女墙。圮(匹pǐ)毁:塌坏。

④月波楼：黄州的一座城楼。王禹偁（撑chēng）有《月波楼咏怀》诗，前面有序说："月波之名，不知得于谁氏，图经故老，皆无闻焉。"

⑤丁丁然：形容棋子落在棋盘上的声音。

⑥投壶：古代的一种游戏，用箭状的筹棒去投长颈形的壶，按投中的次数来分胜负。

⑦被：披。鹤氅（敞chǎng）：用鸟羽制成的衣服。

⑧华阳巾：道士所戴的头巾。

⑨齐云、落星：齐云楼在吴县（今江苏省苏州市）。《吴地记》说："唐曹恭王所建。白居易有《齐云楼晚望诗》。"落星楼在建业（现江苏省南京市）东北十里。《金陵地记》说："吴嘉禾（吴大帝孙权的年号）元年（232年），于桂林苑落星山起三重楼，名曰'落星楼'。"

⑩井幹（握wò）：井幹楼，在长安。《史记·孝武本纪》："乃立神明台、井幹楼，度五十余丈。"丽谯：魏武帝曾筑一楼，名叫"丽谯"。

⑪骚人：指风雅之士，喜欢读书作诗的人。

⑫十稔（忍rěn）：十年。稔，原意是谷熟，谷一年一熟，所以一稔即一年。

⑬至道乙未岁：宋太宗至道元年（995年）。

⑭丙申：至道二年。广陵：扬州。

⑮丁酉：至道三年。西掖：指中书省。戊戌：宋真宗咸平元年（998年）。岁除日：除夕。齐安：宋黄冈为黄州齐安郡。

⑯己亥：咸平二年。

【译文】

　　黄冈这地方生长很多竹子，大的像椽子。竹工破开它，削去它的节，用它代替用泥土烧成的瓦。家家户户都是这样，是因为它比较便宜而又少用工力。

　　城外套城西北边，矮墙毁塌了，长着很深的草木，荒芜污秽，因此

黄冈竹楼记　王禹偁

我建造了两间小楼,与月波楼相通。远望可以一览无余地领略山光,平视好像能汲取江边沙石上的流水,寂静辽远,不能完全描写出那种景况来。夏天适宜下急雨,听来像瀑布的声音;冬天适宜下密雪,有碎玉的声音。适宜弹琴,琴调清虚和畅;适宜吟咏诗歌,诗的韵味清雅极了;适宜下棋,棋子落枰,丁丁作响;适宜投壶,箭入壶中,铮铮有声。这些现象都是因为此楼是用竹子作瓦而造成的啊。

办完公务回来休息的时候,身披鹤氅,头戴华阳巾,手拿《周易》一卷,焚香静坐默想,排遣消除世俗的念头。远眺楼外的江山,只看到风帆沙鸟、烟云竹树罢了。等到我酒醒之后,茶烟也已消歇,送走夕阳,迎来明净的月光,这也是贬官外地的一种快乐的境况啊。

那齐云楼、落星楼,高是很高啊,井斡楼、丽谯楼,华美是很华美啊,但仅仅用来安置妓女,歌舞作乐,不是高雅的读书人的事,我是不能去做的。

我曾听竹工说:"用竹作瓦,仅仅能用十年;若是重新更换,可以使用二十年。"唉!我在至道乙未年,从翰林学士被贬而往滁州为刺史,丙申年又调到广陵,丁酉年又回京作中书省的官。戊戌除夕那一天,又接到去黄州的任务,己亥三月到了州的郡上。四年之内,奔波没有停息,不知明年又到什么地方,哪怕竹楼寿命的不长呢!很希望后来与我志同道合的人,继续把它整修,使这竹楼不会朽坏啊。

咸平二年八月十五日记。

【分析】

王禹偁(954—1001),北宋文学家。字元之,巨野(今山东巨野县)人。进士出身,官右拾遗,后为翰林学士。他的诗文承袭杜甫、白居易和韩愈、柳宗元的传统,具有平易朴实的风格,为宋代欧阳修、梅尧臣等人的诗文革新道路作了先导。著有《小畜集》《小畜外集》。

这篇文章是王禹偁在宋真宗咸平二年(999),被贬为黄州刺史时写的。《小畜集》中原题为《黄州新建小竹楼记》,而一般古文选本则作《黄冈竹楼记》。文章表现了作者宦途失意、寄情闲适的思想,意境高远。

第一段第一句就点到竹上,从竹可代陶瓦,到"比屋皆然"一句,就把黄冈竹楼全部交代明白。

下一段说到自己建楼的起因,并交代地址方位,要言不烦,记叙清楚。接着用四个短句写山川景色;下面又用六个"宜"字,上二句,写天时之景,下四句,写人事之景。最后用一"助"字收尾,干净了当。而这里都拿声和竹相应,写出特定事物和特定场景,真是相映成趣,生动有致。这段六个"宜",是采用错综的辞式。本来做到完全一致,未始不可。但是如此分成不同的三组辞式,每组的辞式相同,寓变化于整齐之中,自有一种妙趣。

第三自然段写公退之暇登楼观景的情况。前段叙竹楼之景,这一段写登楼之胜。一处景色,两样描写,于谪居寂寞生活之中聊寄纵情山水之怀。大自然的令人赏心悦目、心旷神怡,正如英国哲人培根说的:"真正杰出的人物同自然界和世界有这样多的联系,有这样多的事物可以引起他的兴趣,以致任何损失他们都会很容易经受得住。"古今中外的人们,都有共通的感情和思想,古人用大自然的美妙风光来排遣个人的得失,这不能单以思想感情"消极"一词加以笼统否定。

紧接此段,下一段由眼前说到古事,拿五代的齐云、汉的井榦、吴的落星、魏的丽谯等四楼反比竹楼,以我之幽静高雅,衬比古之繁荣庸俗,抒发兴废的感慨,更把恢弘洒落的襟怀表现具足。到此我们可见:作者由写竹楼景色到写居住者的情怀,由山川写到人事,由今写到古。联想何等开阔,而仍归结到竹楼。这种起落收放的笔法,正是古代散文作法的精义,值得我们用心揣摩。

文章最后一段是议论。起句仍然从竹瓦出发,细叙数年经历,慨叹自己之奔走不暇,拿去留无定的生活比竹瓦十年、二十年的寿命,这里既有对人事无定、人寿几何的感慨悲怆,又有对江山不变、景物依然的乐观自信。结句更寄希望于后人,把意境和主旨开拓到更高更远的范围。这样的结尾真是如古人评说的:"极系念,又极旷达","起结摇曳生情,更觉蕴藉"。

岳阳楼记

范仲淹

庆历①四年春,滕子京②谪守巴陵郡③。越明年,政通人和,百废具兴。乃重修岳阳楼,增其旧制,刻唐贤、今人诗赋于其上,属予作文以记之。

予观夫巴陵胜状,在洞庭一湖。衔远山④,吞长江,浩浩汤汤⑤,横无际涯;朝晖夕阴,气象万千。此则岳阳楼之大观也,前人之述备矣。然则北通巫峡,南极潇湘,迁客骚人⑥,多会于此,览物之情,得无异乎?

若夫淫雨⑦霏霏⑧,连月不开,阴风怒号,浊浪排空,日星隐曜⑨,山岳潜形,商旅不行,樯⑩倾楫⑪摧,薄暮冥冥,虎啸猿啼。登斯楼也,则有去国怀乡,忧谗畏讥,满目萧然,感极而悲者矣。

至若春和景明,波澜不惊,上下天光,一碧万顷,沙鸥翔集,锦鳞⑫游泳,岸芷⑬汀兰,郁郁青青。而或长烟一空,皓月千里,浮光跃金,静影沉璧,渔歌互答,此乐何极!登斯楼也,则有心旷神怡,宠辱皆忘,把酒临风,其喜洋洋者矣。

嗟乎!予尝求古仁人之心,或异二者之为。何哉?不以物喜,不以己悲,居庙堂⑭之高,则忧其民;处江湖之远,则忧其君:是进亦忧,退亦忧。然则何时而乐耶?其必曰"先天下之忧而忧,后天下之乐而乐"乎!噫!微⑮斯人,吾谁与归?

时六年⑯九月十五日。

【注释】

①庆历:宋仁宗赵祯的年号。

②滕子京:名宗谅,与范仲淹同年中进士。他原任庆州知州,因

被人诬告,贬为巴陵郡守。

③巴陵郡:即岳州。今岳阳古称巴陵郡。

④远山:指洞庭湖中的许多小山,其中以君山为最著名。

⑤浩浩汤汤(商 shāng):水势浩大的样子。

⑥骚人:屈原曾作《离骚》,所以后来称诗人为骚人。

⑦淫(银 yín)雨:连绵不断的雨。

⑧霏霏(飞 fēi):纷纷降落。

⑨隐曜(药 yào):隐没了光亮。

⑩樯(墙 qiáng):船的桅杆。

⑪楫(及 jí):船桨。

⑫锦鳞:像织锦一样美丽的鱼。鳞,即指鱼,以部分代全体。

⑬芷(止 zhǐ):香草。

⑭庙堂:指朝廷。

⑮微:无,没有。

⑯六年:庆历六年,即公元1046年。

【译文】

庆历四年的春天,滕子京被贬到巴陵当郡守。到第二年,政务办得很顺利,人心归附,各种荒废的事情都兴办起来了。于是重修岳阳楼,扩大了原来的规模,把唐朝名人和当代人作的诗赋刻在上面,嘱咐我写一篇文章把这件事记下来。

我看那巴陵的美好景色,集中在一个洞庭湖上。湖里衔着许多小山,吞下了长江的水,水势浩大,一望无际;早晚晴阴不同,景色也千变万化。这就是在岳阳楼上所见的雄伟景象,以前的人已经说得很完备了。那么,这里往北可以通到巫峡,往南直通潇水和湘水,贬职的官吏和诗人,大多来这里聚会,观览景物的心情,能不因景物的变化而有所不同吗?

像那阴雨连绵,数月不晴的时候,狂风怒吼,浑浊的浪头翻腾到空中，日月星辰失去光采，山岳被遮得无影无踪，商人和旅客不能出发航行，船上的桅杆倒了，桨折断了，傍晚天色昏黑，传来了老虎和猿猴的叫声。这时候登上岳阳楼，就有离开朝廷，怀念家乡，担心受排挤、被讥笑，满眼都是萧条的景色，感慨到了极点而悲伤的心情。

到了春光和煦，景色明媚的时候，风平浪静，天色和湖水相映照，广阔的湖面全是碧绿的颜色，沙鸥在水面上成群飞翔，美丽的鱼在水中游泳，岸上长着香芷草，水中小洲上长着兰草，香味浓郁，颜色青葱。有时长空中的烟雾消散了，明亮的月光一泻千里，水面上月光浮动如金光闪闪，静静的月影映在水中好像沉下去的碧玉，渔夫的歌声此唱彼和，这乐趣真是无穷无尽。这时候登上岳阳楼，就会感到心情开朗，精神愉快，忘掉了荣誉和耻辱，在清风吹拂中端起酒杯喝酒，快乐得无话可说了。

唉！我曾经推想古代品德高尚的人的思想感情，也许有不同于上面说的两种思想感情的表现。为什么呢？这是因为他们的喜和悲，不以环境的好坏和个人的得失而变化。他们在朝廷做官，就替老百姓担忧，闲处隐居远在江湖之间，就替君主担忧：这就是在朝也担忧，在野也担忧。那么什么时候才感到快乐呢？想来一定是说"忧在天下人之先，乐在天下人之后"吧！唉！除了这样的人，我还能和谁同道呢？

写这篇记是在庆历六年九月十五日。

【分析】

范仲淹(989—1052)，北宋文学家，字希文，吴县(今江苏省吴县)人。幼年家境贫困，但仍刻苦求学，有远大的志向。据欧阳修《资政殿学士户部侍郎文正范公神道碑铭》记载："公少有大节，于富贵贫贱，毁誉欢戚，不一动其心，而慨然有志于天下。常自诵曰：'士当先天下之忧而忧，后天下之乐而乐也。'"范仲淹在二十七岁那年中进士，入朝作官。他忧国忧民，关心人民的疾苦，一再上书朝廷，议论国事。庆历三年(1043)任参知政事,联合富弼等实行"庆历新政",提出"明黜陟、抑侥幸、精贡举、择长官、均公田、厚农桑、修武备、推恩信、重命令、减赋役"十条改革意见,但未被采纳,反遭保守派的排挤。"新政"推行不到半年,范仲淹即被罢去参知政事职务,离京出任陕西四路宣抚使。范仲淹不仅有管理国家的才能,还能带兵,曾以龙图阁直学士的身份率兵抵抗外族的侵略,守边数年,爱抚士兵,号令严明,防御巩固,被当时的西夏人称为"龙图老子",说他"胸中自有数万甲兵"。范仲淹还是一位律己严、待人宽,正直清廉的人。他常常拿自己的财物帮助别人度过急难,作了高官以后,家中的生活仍像贫贱时一样的俭朴,始终保持了"先天下之忧而忧,后天下之乐而乐"的高尚情操,死后谥"文正"。著有《范文正公集》。

范仲淹的同科进士滕子京,由于对当时的政治表示不满,被降职为巴陵郡的太守。滕子京到任后,"去宿弊以便人,兴无穷之长利"(欧阳修:《与滕子京书》),并修葺了巴陵城西门的岳阳楼。当时,范仲淹也因保守派的排挤,由参知政事(副宰相)降到邓州(今河南省邓县)当地方官。滕子京求作者为楼作记,范仲淹受托写了这篇立意高远、含义深刻、结构严谨、文辞优美的《岳阳楼记》。

岳阳楼始建于唐朝开元初年,下临洞庭,为登览的胜地,在范仲淹写这篇文章以前,就已经有不少文人骚客为它填词、吟诗。如李白的"淡扫明湖开玉镜,丹青画出是君山"(《陪族叔刑部侍郎晔及中书贾舍人至游洞庭》),杜甫的"昔闻洞庭水,今上岳阳楼,吴楚东南坼,乾坤日夜浮"(《登岳阳楼》),以及孟浩然的《临洞庭》、张渭的《同王征君洞庭有怀》,都对洞庭湖作过生动的描绘,有的诗句已广为传诵,正如作者所说的:岳阳楼的大观,"前人之述备矣"。范仲淹不愧为文章好手,他突破了前人的窠臼,为世人留下了这篇脍炙人口的著名散文。

文章开头,叙述了重修岳阳楼的原因、情况和作记的缘由。这些都是少不了要交待清楚的。接着就是文章的主体了。既然为岳阳楼作记,就免不了要写岳阳楼的大观,而岳阳楼的大观"前人之述备矣",不能再人云亦云、重复因袭,这就不容易写了。范仲淹从大处落笔,用"予观夫巴陵胜状,在洞庭一湖"一句话急起,紧接着的是"衔远山,吞长江,浩浩汤汤,横无际涯;朝晖夕阴,气象万千",只用二十二个字,使岳阳楼的大观跃然于纸上,写得雄阔而又凝炼,称得上是神来之笔。然后抓住岳阳楼的特定环境"北通巫峡,南极潇湘"去想象,去发挥,把"迁客骚人"的"览物之情"作为文章的重要部分来写,对此作了细致的描绘和刻画。两段用墨如泼的描写,在读者面前呈现了两幅截然不同的画面。那淫雨霏霏中的洞庭,是那样的凄凉阴森;那春和景明中的洞庭,又是那样的妩媚和丽、赏心悦目。无怪乎失意的迁客骚人处在浑浑沌沌的环境中自然要"满目萧然",感慨万分,大发悲情了;至于那些满不在乎的迁客骚人,面对美景,自然会"心旷神怡",喜气洋洋的了。两种景色和两种心情对比叙写:因物变而情迁,归结为一悲一喜。作者的手法实在高超。文章到此,似乎戛然而止,不料峰回路转,柳暗花明,又翻出一层意思。作者用一个设问句,假借"予尝求古仁人之心"说出了自己的伟大抱负:"先天下之忧而忧,后天下之乐而乐。"再用"噫!微斯人,吾谁与归"委婉地规劝他人和勉励自己要正确对待现实,先忧后乐,以天下为己任。文章的主题,就像剥笋一样,经过层层去壳,核心很自然地突显出来了。最后,作者一丝不苟地写上了作记的时日,使文章的结构臻于完美。

陆游在《九月一日夜读诗稿有感走笔作歌》里说:"天机云锦用在我,剪裁妙处非刀尺。"范仲淹的《岳阳楼记》,有叙事,有写景,有抒情,有议论,却是繁简适中,中心突出,谋篇布局,别开生面,足见作者的剪裁功夫。《古文观止》的编者选了这篇文章,还在评语里说:"岳阳楼大观,已被前人写尽。先生更不赘述,止将登楼者观物之情,写出悲喜二意,只是翻出后文忧乐一段正论。"这段话道出了本文作者在剪裁方面的匠心,赞扬他巧妙地表现主题的方法。这个评语是十分中肯的。

《岳阳楼记》也是一篇写景的散文,可以看出作者在景物描写方面的高度成就。他在邓州受滕子京的函约写这篇记,文中未说他到过岳阳楼,即使曾经游赏过,也不可能亲历岳阳楼的秋景、春景、雨景、晴景、昼景、晚景,只能是凭悬想来描写,然而写得真切动人。这是因为作者抓住了有代表性的景象。写淫雨阴风中的景物,则是"连月不开","浊浪排空",乃至"山岳潜形"、"樯倾楫摧";写春和景明的景色,则是"一碧万顷"、"锦鳞游泳",乃至"皓月千里"、"静影沉璧"。因此,虽是作者的悬想之景,却能造成逼真的境界,给人以真切的感觉。同时,作者在写景时,以景寓情,在描绘鲜明的图画的同时,也把自己的情怀灌注在里面了,使情和景完全交融在一起。再加上对比和比喻手法的运用,使景物的色彩更为鲜明,更有感染力。

一般地说,散文形式上的特点在于散。本文却是散中有整,寓整于散之中。像"北通巫峡,南极潇湘"、"阴风怒号,浊浪排空"、"浮光跃金,静影沉璧"等句子,平仄调和,对仗工稳。正如宋代诗人陈师道说的:"范文正公为《岳阳楼记》,用对语说时景,世以为奇。"(《后山诗话》卷二十三)当然,这与作者擅长词赋不无关系,但《岳阳楼记》终究还是一篇散文,或者说是一篇具有词赋的形式特点的散文。这样的散文,除了给人一种均衡美外,朗读起来音节和谐,铿锵有力,有骈文的整齐感。

这篇散文的文字,称得上字字斟酌,千锤百炼。如"政通人和"、"百废具兴"、"气象万千"、"浮光跃金"、"心旷神怡"等四字句,经人们长期广泛引用,已成为结合紧密的成语。"先天下之忧而忧,后天下之乐而乐"句,甚至被人们作为激励自己的箴言和座右铭。这两句话,对今天肩负建设重任的千千万万人来说,也还是很有意义的。

醉翁亭记

欧阳修

　　环滁①皆山也。其西南诸峰，林壑②尤美，望之蔚然而深秀者，琅玡③也。山行六七里，渐闻水声潺潺，而泻出于两峰之间者，酿泉也。峰回路转，有亭翼然临于泉上者，醉翁亭也。作亭者谁？山之僧智仙也。名之者谁？太守自谓也。太守与客来饮于此，饮少辄④醉，而年又最高，故自号曰醉翁也。醉翁之意不在酒，在乎山水之间也。山水之乐，得之心而寓之酒也。

　　若夫日出而林霏开，云归而岩穴暝⑤，晦明变化者，山间之朝暮也。野芳发而幽香，佳木秀而繁阴，风霜高洁，水落而石出者，山间之四时也。朝而往，暮而归，四时之景不同，而乐亦无穷也。

　　至于负者歌于途，行者休于树，前者呼，后者应，伛偻⑥提携⑦，往来而不绝者，滁人游也。临溪而渔，溪深而鱼肥；酿泉为酒，泉香而酒洌。山肴⑧野蔌⑨，杂然而前陈者，太守宴也。宴酣之乐，非丝非竹，射⑩者中，弈者胜，觥⑪筹交错，起坐而喧哗者，众宾欢也。苍颜白发，颓然乎其中者，太守醉也。

　　已而夕阳在山，人影散乱，太守归而宾客从也。树林阴翳⑫，鸣声上下，游人去而禽鸟乐也。然而禽鸟知山林之乐，而不知人之乐；人知从太守游而乐，而不知太守之乐其乐也。醉能同其乐，醒能述以文者，太守也。太守谓谁？庐陵⑬欧阳修也。

【注释】

　　①滁（除 chú）：滁州，今安徽省滁州市。

　　②壑（鹤 hè）：山谷。

　　③琅（狼 láng）玡（牙 yá）：山名，在滁州的西南。

④辄(折 zhé):就。

⑤暝(名 míng):昏暗。

⑥伛(雨 yǔ)偻(楼 lóu):俯身曲背,指老年人。

⑦提携(胁 xié):被人搀着,牵着,指孩子。

⑧山肴(摇 yáo):用山中鸟兽肉做的菜,俗称"野味"。

⑨野蔌(素 sù):野菜。

⑩射:指投壶。这是举行宴会时常玩的一种游戏,把短箭投向壶中,以投中为胜,负者要罚酒。

⑪觥(工 gōng):指酒杯。

⑫翳(义 yì):遮盖。

⑬庐陵:郡名,就是吉州,今江西省吉安县。

【译文】

环绕着滁州的都是山。滁州西南方的各个山峰,树林和山谷特别幽美,望过去草木茂盛而幽深秀丽的,是琅琊山。上山走六七里路,渐渐听到流水潺潺,从两座山峰中间流下来的,是酿泉。山势回环,山路弯过去的地方,有一座亭子像鸟儿展翅似的紧靠在泉水边的,是醉翁亭。建筑亭子的人是谁?是山中的法号叫智仙的和尚。给亭子命名的人是谁?是太守用自己的称谓来命名的。太守同宾客来这里喝酒,喝得不多就醉了,而且年纪又最大,所以自己起个别号叫醉翁。醉翁的心意不是在酒上,是在那秀丽的山水之间。欣赏山水的乐趣,心里领会到,把它寄托在喝酒上。

太阳出来时,树林中的雾气消散,彩云聚合,山间的岩洞昏暗起来,明暗交替变化,是山里的早晨和傍晚。野花开放,散发出清幽的香味;好木秀丽,繁茂成荫;山风高吹,严霜洁白;溪水低落,石块露出。这是山里的四季变化。早晨进山,傍晚回来,四季的景色不同,乐趣也是无穷无尽的。

至于背负着东西的人在路途中唱着歌,行路的人休息在大树下,前面的人呼唤,后面的人答应,背有些驼的老人,被搀扶着的小孩,来来往往不断的,是滁州人在游山。走到溪边捕鱼,溪深鱼肥;汲取酿泉的水做酒,泉水香甜而酒色清澄。从山里得来的野味和野菜,交错地摆在面前,是太守在宴请宾客。宴会上痛痛快快地喝酒的乐趣,不在于听丝竹音乐,投壶投中,下棋获胜,酒杯和酒筹相互碰撞,从席位上站了起来大声叫嚷,是众宾客的欢乐。苍老的容颜,白色的头发,醉醺醺地坐在众人当中,是太守醉了。

后来太阳快要落山了,人影动荡散开,是客人随着太守回城了。树林的浓荫遮蔽着,飞鸟忽儿在高处叫,忽儿在低处叫,这是游人离去而禽鸟欢乐起来了。然而,禽鸟知道山林的乐趣,却不知道人们的乐趣;人们知道随着太守游玩的乐趣,却不知道太守以游人的快乐为快乐。醉了能够和人们一起欢乐,酒醒了能够用文字来述说乐事的人,是太守。太守是谁?是庐陵的欧阳修。

【分析】

欧阳修(1007—1072),北宋文学家、史学家。字永叔,号醉翁,晚年又自称"六一居士"。庐陵(今江西省吉安县)人。四岁丧父,家贫,从母以荻画地学书。二十四岁中进士,在京都做官。他为人耿直敢说,《宋史》称他"天资刚劲,见义勇为,虽机阱在前,触发之不顾"。在政治上属于以范仲淹为首的改良派。三十岁时,为了替范仲淹的罢官鸣不平,上疏抗争,结果被贬为夷陵令,后又被人毁谤中伤,谪官滁州,为滁州太守。召还后,累任翰林学士、史馆修撰、枢密副使、参知政事(副宰相)。王安石行新法,因与王安石政见不合,六十五岁那年以太子少师之职辞官退隐。退隐后,收集字画古董作为消遣。死后,宋朝皇帝追赠他为太师,谥"文忠"。著有《欧阳文忠公集》、《新五代史》、《集古录》,并和宋祁等合著了《新唐书》。

欧阳修是宋代的大散文家、大诗人。他继承唐朝韩愈提倡古文的传统,主张写朴实平易、清新晓畅的诗文。他亲自校订韩文,刊行天下,并利用主管考试进士的机会,竭力提拔写古文的青年人,使宋代初期绮靡晦涩的文风很快得到扭转,出现了以三苏、曾、王为代表的古文鼎盛的局面。欧阳修是唐宋八大家之一,是当时文坛的领袖。他的散文简洁明畅,说理透辟,善于状物抒情,语言精炼而不奇崛,文辞婉转曲折,有浓厚的抒情气息。

《醉翁亭记》选自《欧阳文忠公集》,是欧阳修在滁州做太守时所写的一篇散文。这篇散文描写了醉翁亭周围的山水景色和滁州人民熙来攘往的情形,文笔旋转跳脱,清新圆熟,表达了作者游宴的愉快心情,暗示出官民同乐的意思,使写景和抒情融成一体。这是一篇独具风格,历来受人推崇的古代散文。

醉翁亭在今安徽省滁州市西南七里琅玡山的两峰之间,酿泉之畔。周围群山环抱,亭边泉水淙淙,确是景色醉人的好地方。欧阳修为太守时,常来游宴,自号"醉翁",并以醉翁名其亭。文章的第一段,写了醉翁亭的位置、形势和命名的由来,末句"山水之乐,得之心而寓之酒也",点出贯穿全篇中心的"乐"字。接着,作者极力写醉翁亭一带景色的千变万化,对朝暮、四时的景物作了形象的描写,在读者眼前展现出一幅由山木、林泉、朝雾、暮云交织而成的风景画。段末再提"乐"字,引起下文。用"至于"两字转到叙述来来往往的游人。那负者、行者、老者、幼者,或忙或闲,都处在和平快乐之中,于是身为太守的欧阳修自然要更其乐陶陶了。宴席上,溪鱼、泉酒、山肴、野蔌满桌,投壶、下棋、行酒令以助兴,以至宾客既醉,"起坐而喧哗",太守自己也"颓乎其中",真是乐到了极点。最后,写了宴后作者和宾客回城的情形,先写归时之景,次写归后之景,从此引出禽鸟之乐。再用"然而"两字一转,逐层转出醉翁之乐在乐其能与民同乐。篇末点出这个欢乐的太守就是作者自己。

《醉翁亭记》历来受人重视,不单单是因为这篇文章表现了身为太守的欧阳修有与民同乐的思想,更为重要的是它在艺术方面的成就。关于这一点,连批评极为严格的金代文学家王若虚也不得不承认它"条达迅快,如肺腑中流出,自是好文章"(《滹南遗老集》卷三十三)。

这篇文章的优点和特点:

一是结构严密,层次井然。文章由四方皆山写到西南诸峰,写到诸峰中的琅琊山,写到琅琊山中的酿泉,写到泉边上的亭子。写亭子,先写亭子的修建者,再写该亭的命名者,再写命名的因由。由远及近,由大而小,层层紧缩,步步深入。写了景和亭,才点出一个"乐"字。然后通篇文章又贯串这个"乐"字,具体地写出了山水之乐,滁州人民和平生活之乐,太守和宾客们的游宴之乐,以及禽鸟之乐,最后点出太守之乐是与民同乐,与前面"醉翁之意不在酒"相呼应,一气贯穿,确是"条达迅快,如肺腑中流出"。

二是字句精炼,剪裁经济。全文写了滁州周围山光水色和醉翁亭一带朝暮四时不同的景物,写了滁人和游宴者的情态、外貌和内心世界,总共只有四百零一字,可见作者运用语言的技巧是很惊人的。相传欧阳修写这篇散文的初稿时,开头写滁州四面有山,东面怎样,西面怎样,共有数句,二十多字。最后删定,只用"环滁皆山也"五个字来概括。据何薳《春渚纪闻》卷七记述,欧阳修"作文既毕,贴之墙壁,坐卧观之。改正尽善,方出以示人"。作者有这种反复修改、精益求精的精神,文章才会简洁明畅。

三是意境幽美,音调和谐。欧阳修本是写骈文的名手,只是"自及第,遂弃不复作"(《欧阳文忠公集·答陕西安抚使范龙图辞辟命书》),但常常用些骈文的句式到散文中去,使散文的色彩和音调更有变化。本文如"日出而林霏开,云归而岩穴暝","野芳发而幽香,佳木秀而繁阴","夕阳在山,人影散乱","树林阴翳,鸣声上下"等句,以及第三段里的四个"也"字句("伛偻提携,往来而不绝者,滁人游也";"山肴野蔌,杂然而前陈者,太守宴也";"觥筹交错,起坐而喧哗者,众宾欢也";"苍颜白发,颓然乎其中者,太守醉也"),这些句子,读起来声调和谐自然,构成的意境幽美动人。

四是全文用了二十一个"也"字,但不嫌多。"也"字在文言文里表示说明和判断的语气,大量使用"也"字句,会使文章显得有力;"也"字反复出现,无形之中构成了韵律,使文章增加音乐性,加强抒情的气氛;"也"字断句,一个"也"字一层意思,层层递进,把作者复杂微妙的感情逐层显露出来。全文从首句用"也"字写起,无论写景、叙事、抒情,着意运用这个"也"字,使文章风趣有味,构成千古创调,成为这篇散文在艺术形式上最为独特的特点。

赤壁之战

司马光

初①,鲁肃闻刘表卒,言于孙权曰:"荆州与国②邻接,江山险固,沃野万里,士民殷富,若据而有之,此帝王之资也。今刘表新亡,二子③不协,军中诸将,各有彼此。刘备天下枭雄④,与操有隙,寄寓于表,表恶其能而不能用也。若备与彼协心,上下齐同,则宜抚安,与结盟好;如有离违⑤,宜别图之,以济大事。肃请得奉命吊表二子,并慰劳其军中用事者,及说备使抚表众,同心一意,共治曹操,备必喜而从命。如其克谐⑥,天下可定也。今不速往,恐为操所先。"权即遣肃行。

到夏口,闻操已向荆州,晨夜兼道,比至南郡,而琮已降,备南走。肃径迎之,与备会于当阳长坂。肃宣权旨,论天下事势,致殷勤之意,且问备曰:"豫州⑦今欲何至?"备曰:"与苍梧太守吴巨有旧,欲往投之。"肃曰:"孙讨虏⑧聪明仁惠,敬贤礼士,江表⑨英豪,咸归附之,已据有六郡⑩,兵精粮多,足以立事。今为君计,莫若遣腹心自结于东,以共济世业。而欲投吴巨,巨是凡人,偏在远郡,行将为人所并,岂足托乎!"备甚悦。肃又谓诸葛亮曰:"我,子瑜友也。"即共定交。子瑜者,亮兄瑾也,避乱江东,为孙权长史。备用肃计,进住鄂县之樊口。

曹操自江陵将顺江东下。诸葛亮谓刘备曰:"事急矣,请奉命求救于孙将军。"遂与鲁肃俱诣⑪孙权。亮见权于柴桑,说权曰:"海内大乱,将军起兵江东,刘豫州收众汉南⑫,与曹操并争天下。今操芟夷⑬大难,略已平矣,遂破荆州,威震四海。英雄无用武之地,故豫州遁逃至此,愿将军量力而处之。若能以吴越⑭之众与中国⑮抗衡,不如早与之绝;若不能,何不按兵束甲,北面⑯而事之?今将军外托服从之名,而内怀犹豫之计,事急而不断,祸至无日矣!"权曰:"苟如君言,刘豫州何不遂事之乎?"亮曰:"田横,齐之壮士耳,犹守义不辱;况刘豫州王室之胄⑰,英才盖世,众士慕仰,若水之归海。若事之不济,此乃天也,安能复为之下乎!"权勃然曰:"吾不能举全吴之地,十万之众,受制于人。吾计决矣!非刘豫州莫可以当曹操者。然豫州新败之后,安能抗此难乎?"亮曰:"豫州军虽败于长坂,今战士还者及关羽水军精甲万人,刘琦合江夏战士亦不下万人。曹操之众,远来疲敝,闻追豫州,轻骑一日一夜行三百余里,此所谓'强弩之末,势不能穿鲁缟⑱'者也。故《兵法》忌之,曰:'必蹶⑲上将军。'且北方之人不习水战;又,荆州之民附操者,逼兵势耳,非心服也。今将军诚能命猛将统兵数万,与豫州协规同力,破操军必矣。操军破,必北还;如此,则荆、吴之势强,鼎足之形成矣。成败之机,在于今日!"权大悦,与其群下谋之。

是时,曹操遗权书曰:"近者奉辞伐罪,旌麾⑳南指,刘琮束手。今治水军八十万众,方与将军会猎于吴。"权以示群下,莫不响震失色。长史张昭等曰:"曹公,豺虎也,挟天子以征四方,动以朝廷为辞。今日拒之,事更不顺。且将军大势可以拒操者,长江也;今操得荆州,奄有其地;刘表治水军,蒙冲斗舰㉑乃以千数,操悉浮以沿江,兼有步兵,水陆俱下,此为长江之险已与我共之矣,而势力众寡又不可论。愚谓大计不如迎之。"鲁肃独不言。权起更衣,肃追于宇下。权知其意,执肃手曰:"卿㉒欲何言?"肃曰:"向察众人之议,专欲误将军,不足与图大事。今肃可迎操耳,如将军不可也。何以言之?今肃迎操,操当以肃还付乡党㉓,品其名位,犹不失下曹从事,乘犊车,从吏卒,交游士林,累官故不失州郡也。将军迎操,欲安所归乎?愿早定大计,莫用众人之议也。"权叹息曰:"诸人持议,甚失孤㉔望。今卿廓开大计,正与孤同。"

时周瑜受使至番阳,肃劝权召瑜还。瑜至,谓权曰:"操虽托名汉相,其实汉贼也。将军以神武雄才,兼仗父兄之烈,割据江东,地方数千里,兵精足用,英雄乐业,当横行天下,为汉家除残去秽。况操自送死,而可迎之邪!请为将军筹之:今北土未平,马超、韩遂尚在关西,为操后患;而操舍鞍马,仗舟楫㊻,与吴越争衡。今又盛寒,马无稿草㊽,驱中国士众远涉江湖㊼之间,不习水土,必生疾病。此数者用兵之患也,而操皆冒行之。将军禽操,宜在今日。瑜请得精兵数万人,进住夏口,保为将军破之。"权曰:"老贼欲废汉自立久矣,徒忌二袁㊿、吕布、刘表与孤耳。今数雄已灭,惟孤尚存。孤与老贼势不两立,君言当击,甚与孤合。此天以君授孤也。"因拔刀斫前奏案,曰:"诸将吏敢复有言当迎操者,与此案同!"乃罢会。

是夜,瑜复见权曰:"诸人徒见操书言水步八十万,而各恐慑㊽,不复料其虚实,便开此议,甚无谓也。今以实校之,彼所将中国人不过十五六万,且已久疲;所得表众亦极七八万耳,尚怀狐疑。夫以疲病之卒御狐疑之众,众数虽多,甚未足畏。瑜得精兵五万,自足制之。愿将军勿虑!"权抚其背曰:"公瑾,卿言至此,甚合孤心。子布㉛、元表㉛诸人,各顾妻子,挟持私虑,深失所望;独卿与子敬㉜与孤同耳。此天以卿二人赞孤也!五万兵难卒合,已选三万人,船、粮、战具俱办,卿与子敬、程公㉝便在前发;孤当续发人众,多载资粮,为卿后援。卿能办之者诚决,邂逅㉞不如意,便还就孤,孤当与孟德决之。"遂以周瑜、程普为左右督,将兵与备并力逆操;以鲁肃为赞军校尉㉟,助画方略。

刘备在樊口,日遣逻吏于水次候望权军。吏望见瑜船,驰往白备。备遣人慰劳之。瑜曰:"有军任,不可得委署。倘能屈威,诚副其所望。"备乃乘单舸㊱往见瑜问曰:"今拒曹公,深为得计。战卒有几?"曰:"三万人。"备曰:"恨少。"瑜曰:"此自足用。豫州但观瑜破之。"备欲呼鲁肃等共会语,瑜曰:"受命不得妄委署,若欲见子敬,可别过之。"备深愧喜。

进,与操遇于赤壁。

时操军众已有疾疫。初一交战,操军不利,引次㊲江北。瑜等在南岸。瑜部将黄盖曰:"今寇众我寡,难与持久。操军方连船舰,首尾相接,可烧而走也。"乃取蒙冲斗舰十艘,载燥荻枯柴,灌油其中,裹以帷幕,上建旌旗,预备走舸,系于其尾。先以书遗操,诈云欲降。时东南风急,盖以十舰最著前,中江举帆,余船以次俱进。操军吏士皆出营立观,指言盖降。去北军二里余,同时发火,火烈风猛,船往如箭,烧尽北船,延及岸上营落。顷之,烟炎张天,人马烧溺死者甚众。瑜等率轻锐继其后,雷鼓大进,北军大坏。操引军从华容道㊳步走,遇泥泞,道不通,天又大风,悉使羸㊴兵负草填之,骑㊵乃得过。羸兵为人马所蹈藉,陷泥中,死者甚众。刘备、周瑜水陆并进,追操至南郡。时操军兼以饥疫,死者大半。操乃留征南将军曹仁、横野将军徐晃守江陵,折冲将军乐进守襄阳,引军北还。

【注释】

①初:叙事时,追叙与所叙的事有关的更早的事,往往用"初"或"先是"开头。

②国:指孙权所统治的地区。

③二子:指刘表的儿子刘琦、刘琮。

④枭(消 xiāo)雄:杰出的英雄。枭,一种凶猛的鸟。

⑤离违:背离。意思是说刘备与荆州方面的人不同心合力。

⑥克谐:克,能。谐,和谐。意思是顺利成功。

⑦豫州:刘备曾作豫州牧,所以有人称他为刘豫州。

⑧孙讨虏:指孙权,汉献帝曾封孙权为讨虏将军。下文又单称孙权为"将军"。

⑨江表:江外的意思,从中原来说,江南在长江之外。

⑩六郡:吴、会稽、丹阳、豫章、庐陵、新都六郡(今江苏、浙江、江西一带)。

⑪诣(艺 yì):拜见。这是敬词。

⑫汉南:汉水以南。

⑬芟(删 shān)夷:削平。芟,割除。夷,平定。

⑭吴越:指江东。江东是春秋时期吴国、越国的地方。

⑮中国:中原。曹操当时占据的地方。

⑯北面：面向北。封建时代国君南面而坐，臣子北面而朝。

⑰胄（宙 zhòu）：后代。

⑱鲁缟（稿 gǎo）：鲁国出产的一种白色丝织品，十分轻细。

⑲蹶（厥 jué）：挫败。

⑳旌麾：指挥作战的旗帜。

㉑蒙冲斗舰：蒙冲，蒙着生牛皮用来冲锋的战舰。斗舰，大型战船。

㉒卿：君对臣的亲切称呼。

㉓乡党：乡里。

㉔孤：诸侯自称。

㉕舟楫（集 jí）：船只。

㉖稿草：干草。稿，谷类植物的茎杆，可作马的饲料。

㉗江湖：指南方多水地区。

㉘二袁：袁绍、袁术。

㉙恐慑（设 shè）：恐惧。

㉚子布：张昭的字。

㉛元表：应作文表，秦松字文表，广陵人。

㉜子敬：鲁肃的字。

㉝程公：程普。因为他年资高，所以尊敬为公。

㉞邂（谢 xiè）逅（后 hòu）：意外地碰到。这里有"万一遭到"的意思。

㉟赞军校尉：官名，负责协助策划作战。

㊱单舸：一只船，指没有护送的船，表示信任。

㊲引次：退驻。次，驻，动词。

㊳华容道：通往华容的路。华容，故城在今湖北省监利县西北。

㊴羸（雷 léi）：瘦弱。

㊵骑（寄 jì）：骑兵。

【译文】

当初，鲁肃听说刘表死了，就对孙权说："荆州和我们接邻，地理

| 赤壁之战　司马光

形势险要坚固,有上万里肥沃的土地,百姓生活充裕富足,如果能够占据了这个地方,这是开创帝王大业的资本啊。现在刘表刚刚死去,他的两个儿子不能合作,军中的各位将领,有的向着这边,有的向着那边。刘备是天下的英雄,和曹操有矛盾,寄住在刘表那里,刘表忌恨他的才能而不重用他。如果刘备和他们同心协力,上下团结一致,那我们就应该安抚他们,和他们结盟交好;如果他们内部出现分裂,我们则应该另作打算,以便完成大业。我请求你派我前往吊慰刘表的两个儿子,并慰问刘表军队中主事的人,以及劝说刘备好好安抚刘表的人,同心一意,共同对付曹操,刘备一定高兴并且听从。如果能够成功,天下大局就能确定了。现在不赶快去,恐怕要被曹操抢了先。"孙权就派鲁肃去了。

鲁肃到了夏口,听说曹操已经向荆州进军了,就日夜赶路,等到他赶到南郡时,刘琮已经投降了曹操,刘备往南逃跑了。鲁肃就一直迎着刘备走,终于和刘备在当阳的长坂坡相会。鲁肃说明了孙权的旨意,谈论了天下形势,向他表达了诚挚的心意。又问刘备说:"你现在打算往哪里去?"刘备说:"我跟苍梧太守吴巨有交情,打算前去投奔他。"鲁肃说:"孙讨虏既聪明,待人又好,尊敬贤才,礼待士人,江南的英雄豪杰全都归附于他,他现在已经占有六个郡,兵精粮多,足以成就大事。现在我为你打算,不如派一名心腹去主动与东吴结交,来共同成就一番大事业。而你打算投奔吴巨,吴巨是个平凡的人,又在偏远的地方,很快就会被别人吞并,哪里值得依靠呢!"刘备听了十分高兴。鲁肃又对诸葛亮说:"我是子瑜的好朋友啊。"于是诸葛亮就共同决定交好。子瑜是诸葛亮的哥哥诸葛瑾,到江东避乱,作了孙权的长史。刘备采用了鲁肃的计策,进驻到了鄂县的樊口。

曹操将要从江陵顺江东下。诸葛亮对刘备说:"形势很紧急了,请派我去向孙权将军求救。"于是和鲁肃一同去见孙权。诸葛亮在柴桑见到了孙权,就劝孙权说:"天下大乱,你在江东起兵,刘豫州在汉南集结队伍,与曹操共同争夺天下。如今曹操削平了大乱,大致已经平定了北方，又攻下了荆州，威势震动了整个天下。英雄没有施展本领的地方，所以刘豫州才逃避到这里。希望将军能估计一下自己的力量来对待目前的局面。如果能凭仗自己的力量和曹操对抗，不如早早同他断绝关系；如果不能，为什么不放下武器，面向北方投降称臣呢？如今将军表面上服从他，而内心里又犹豫不决，事情很紧急却不能决断，大祸的到来没有几天了。"孙权说："假使像你说的那样，刘豫州为什么不向他投降呢？"诸葛亮说："田横，不过是齐国的一个壮士罢了，尚且能坚守节义，不肯屈服受辱；何况刘豫州是汉朝皇家的后代，卓越的才能超过世人，人心归向于他，就像河水归向大海一般。如果事业不能成功，这只是天意了，怎么能再当曹操的下属呢！"孙权满面怒气地说："我不能拿整个东吴的土地，十万人的军队，去受他人的控制。我的主意定了！除了刘豫州没有可以抵挡曹操的人。然而他刚打了败仗，怎么能抵抗这大敌呢？"诸葛亮说："刘豫州的部队虽然在长坂坡打了败仗，但是如今归队的兵士以及关羽所率领的精壮水军还有一万人，刘琦集合起来的江夏军队也不下一万人。曹操的军队远道而来，已疲劳不堪。我听说曹军追赶刘豫州时，装备轻便的骑兵一天一夜要走三百多里，这就是常说的'强弓射出的箭，临到落地时，连最薄的绸子也穿不透'的那种情况啊，所以《兵法》书上忌讳这样做，说这样'一定会使主将受到挫败'。况且北方人不习惯在水上作战，再加上荆州的百姓归附曹操，是由于军队势力的威胁，并非心服。现在将军如能选派勇猛的大将带领几万军队，和刘豫州统一筹划共同努力，就一定能够击败曹操。曹操的军队被打败后，一定撤还北方。这样，荆州和东吴的势力就会增强，三足鼎立的局面就形成了。成败的关键，就在今天！"孙权听了非常高兴，就和他的部下共同商议这件事。

这时候，曹操送信给孙权说："近来我奉朝廷的命令讨伐有罪的人，大军南下，刘琮投降。现在我训练了水军八十万，正打算和你在东吴会猎。"孙权把这封信给部下们看了，没有一个人不震惊失色的。

赤壁之战　司马光

长史张昭等人说："曹操是虎狼啊，挟持皇帝下命令向四方征讨，动不动就拿朝廷的名义说话。现在我们抗拒他，事情就更不好办。况且将军抵抗曹操所依靠的最有力的地形，是长江；如今曹操取得了荆州，全部占有了那一带地方。刘表所训练的水军，以及数以千计的蒙着牛皮用来冲锋的战船，全被曹操布置在沿江一带，又有步兵，水陆两军一齐东下，这样，所谓长江天险，已经是我们双方所共有的了。而且双方兵力的众寡，又不能相比。依我说最好的计策不如向曹操投降。"只有鲁肃默默地不说话。孙权起身上厕所去，鲁肃追到屋檐下。孙权知道他的意思，就拉着他的手说："你想要说什么呢？"鲁肃说："刚才我分析大家的议论，是专要贻误将军，实在不值得和他们商量国家大事。现在我鲁肃可以投降曹操，像将军就不行了。为什么这样说呢？今天我投向曹操，曹操会把我送还乡里，评定名义地位，还可以在县级机构里当个小官，坐上牛车，带上随从人员，同士大夫们来来往往，如果积功升官，仍然可以得到州郡一级的官位。将军如果投向曹操，会有个什么样的出路呢？希望将军早定大计，不要采纳那些人的意见啊！"孙权长叹一声说："他们所发的议论，很使我失望。现在你深谋远虑，说明大计，正和我的想法一致。"

这时周瑜正被派遣到番阳，鲁肃建议孙权召回周瑜。周瑜回来后，对孙权说："曹操虽然名义上是汉朝的丞相，实际上是汉朝的奸贼。将军依靠神武英雄的才干，又凭仗着父兄建立的功业，割据江东一带，占地有几千里，军队精锐物资充裕，英雄豪杰乐意为国效力，正应当横行于天下，替汉朝扫尽奸邪。况且曹操是自己来送死，为什么要向他投降呢！请让我为将军筹划一下：现在北方地区未完全平定，马超、韩遂还在函谷关以西，是曹操后方的大患；曹操又舍弃了步兵，想依靠舟船同我们东吴争高低。现在又正是严寒的冬天，没有喂马的干草；赶着中原的士兵远来多水的南方江湖一带，不服水土，必定要生病。这几点都是用兵时最忌讳的，而曹操却都冒险干了。将军捉拿曹操的时机，应该就在今天。我请求带领精锐的军队几万人，前去驻在夏口,保管替你打败曹操。"孙权说:"曹操老贼想废掉汉朝皇帝自立为王很久了,其所以没有下手,只是畏惧袁绍、袁术、吕布、刘表和我罢了。现在那几位豪强都被他消灭了,只有我还在。我和老贼势不两立。你说应该抗击曹操,和我的意见一致。这真是天让你来帮助我的啊。"于是孙权拔出战刀砍在面前批阅奏章的桌子上,说:"所有的文武官员,谁敢再说应当向曹操投降的,就和这张书案一样!"便结束了会议。

当天晚上,周瑜再次去见孙权说:"大家只看见曹操信上说有水军陆军八十万,就都害怕了,不再考虑他们的真假,便提出这种迎降的主张,实在是很没有道理的。现在按实际情况核实一下,曹操率领的中原军队不过十五六万人,而且早已疲劳不堪;所得到的刘表的军队最多也不过七八万,尚且都怀着疑惧的心理。用疲惫的士兵,控制动摇犹豫的士卒,人数虽然多,也不值得害怕。请给我五万精兵,我自信能够制服曹军。希望将军不必忧虑。"孙权抚着周瑜的背说:"公瑾,你说到这里,特别合我的心意。子布、文表这些人各顾自己的妻子儿女,夹杂着个人打算,使我大大失望。只有你和子敬的意见同我完全一样。这真是老天让你们二位来帮助我啊!五万士兵很难马上集合起来,我已经选好了三万人,船只、粮食、武器都已准备好了,你同子敬、程公就先出发,我一定继续调遣军队,多载物资、粮食,做你的后援。你能对付他的话,你就和他决战;万一遇到不利,就回到我这儿来,我亲自和曹孟德决战。"于是就派周瑜和程普作左军都督和右军都督,率领军队同刘备同心协力迎击曹操,并派鲁肃做赞军校尉,协助筹划作战的方针、策略。

刘备驻扎在樊口,每天派巡逻官在长江边侦察瞭望孙权的军队。巡逻官望见周瑜的船队,赶忙奔回告诉刘备。刘备派人前去慰劳周瑜。周瑜说:"我有军事任务在身,不能随便离开职守,倘若刘豫州能屈尊到我这里来相会,那真符合我的愿望了。"刘备便坐着一只船前来拜望周瑜,说:"现在我们抗拒曹操,这是很对的。不知你们有多少兵士?"周瑜说:"三万人。"刘备说:"可惜太少了。"周瑜说:"这自然已经够用了。你只管看我来击破曹军。"刘备想叫鲁肃等人来见面谈谈,周瑜说:"受命统率军队,不可以擅离职守,倘若要见子敬,你可以另外去访问他。"刘备深深为自己提出的要求不适当而感到惭愧,同时又为周瑜治军严肃而高兴。

孙、刘的军队前进,在赤壁和曹军相遇了。

这时曹操军队中已有疾病蔓延。双方刚一交战,曹军就失利,只好退驻到长江北岸。周瑜他们在长江的南岸。周瑜部下的将领黄盖说:"现在敌多我少,很难和他们持久相战。曹军正好把战船连接在一起,使船头和船尾相接,可以用火攻使他们败逃。"于是周瑜就用十艘蒙着牛皮的大船,装满干燥的芦苇和木柴,里边灌了油,再用蓬布蒙了起来,上面插上旗帜,又准备了轻快的小船,拴在大船的后面。黄盖先给曹操去信,假说要去投降。这时东南风刮得很急,黄盖带着十艘战舰走在最前头,到了江心拉起帆来,其余船只都按顺序跟着前进。曹军中的将领、士兵都走出营来站着观看,指指点点地说黄盖投降来了。在距离曹营二里多路的时候,各船同时点火。火势很大风势很猛,船走得像箭一般,把曹操的战船统统烧着了,火势还波及到岸上的兵营。不一会儿,满天都是烟火,曹军人马烧死和淹死的很多。周瑜等率领着精锐水军接应在黄盖后面,擂鼓进攻,曹军大败。曹操率领败军从华容道上逃跑,正碰着雨后道路泥泞,天又刮起大风,就让瘦弱的士兵背着草填路,骑兵才得以通过。那些瘦弱的士兵被人马践踏着,陷在泥坑中,死了很多。刘备和周瑜率领水军、陆军并进,一直把曹操赶到南郡。这时曹操的军队饥饿和疾病交加,死了一大半人。于是曹操就留下征南将军曹仁、横野将军徐晃防守江陵,折冲将军乐进防守襄阳,自己率领其余的军队回北方去了。

【分析】

司马光(1019 — 1086),字君实,陕州夏县(今山西省夏县)人。

自幼好学,宋仁宗宝元元年(1038)中进士。历仕仁宗、英宗、神宗、哲宗四朝,先后任天章阁待制兼侍读、翰林学士、御史中丞、尚书左仆射(宰相)兼门下侍郎。居官直言敢谏,但就政治态度来说,他是保守派的。王安石实行变法,限制并触犯了大地主、大商人的利益,以司马光为首的保守派对王安石的变法进行了顽固的对抗。死后,被赠太师、温国公称号。故有人称他为司马温公。著有《司马温公文集》、《稽古录》等。

司马光是我国历史上著名的史学家。他在刘恕、刘攽、范祖禹等人的协助下,用了十九年的时间,编成了共二百九十四卷、长达三百多万字的编年体通史《资治通鉴》。《资治通鉴》记载了从战国到五代(前403—959)这一千年间的史事。《资治通鉴》全书的材料取舍以严谨著称,叙事条理清楚,文笔简洁流畅,是一部有价值的历史书,也是一部优秀的文学巨著。

《赤壁之战》选自《资治通鉴》卷六十五。

曹操在官渡击败袁绍,统一了中国北方以后,想乘胜一鼓作气统一南方。建安十三年(208),曹操亲率二十余万大军(号称八十万)袭击了荆州,危及孙权在江南的统治。当时,刘备在当阳长坂坡新败,也正一筹莫展,就派军师诸葛亮随同鲁肃到江东去会见孙权,希望联合孙权共同抗击曹操。孙权的部属有的主降,有的主战。孙权举棋不定。诸葛亮和东吴的谋臣名将鲁肃、周瑜等人力排众议,促使孙权下决心联合刘备,共同迎击曹操。赤壁一战,曹操大败。后来出现了魏、吴、蜀三国鼎立的局面。

赤壁之战是我国历史上以少胜多、以弱胜强的一次著名战役,毛泽东同志在《中国革命战争的战略问题》和《论持久战》里都提到过这次战役。有关这次战役的史料,原来散见于《三国志》的《吴主传》、《鲁肃传》、《周瑜传》、《蜀先主传》和《诸葛亮传》等传注之中。司马光把这些材料收集在一起,经过编排和润色,写成了这篇优秀的历史散文。

鲁肃是孙权的得力谋士,是有眼光、有抱负的政治家。文章开头写他对孙权说的一段话,实际上是一篇精邃的形势分析。他分析了曹操和刘备的矛盾,刘备和刘表的矛盾,以及刘表死后荆州方面的内部矛盾。由此,他认为可以联合依附于刘表的刘备,抢在曹操的前头,把荆州纳入东吴的势力范围,来确保东吴的安全。"即遣肃行"句,承上启下,既说明孙权赞同鲁肃的分析和决策,又引起鲁肃会见刘备的记叙。

鲁肃赶到夏口,曹操已抢先进军荆州,刘琮投降,刘备被迫南逃。但鲁肃还是"径迎之",终于在当阳长坂坡找到了正在危急中的刘备。他对刘备"宣权旨,论天下事势,致殷勤之意",还帮助刘备出主意,指出刘备想去投靠的吴巨不足依托,并顺水推舟,说出"莫若遣腹心自结于东,以共济世业"。他所说的话,像是处处为刘备的利益着想,自然得到刘备的赞同,从而打下了孙、刘联盟的基础。

曹操的挑战书使东吴"和"、"战"两派的意见分歧尖锐起来,危及孙、刘的联盟。张昭是有一定权威的人物,他的"不如迎之"论,动摇了孙权抗曹的决心。文章到此有了跌宕,人们为诸葛亮的联吴抗曹的计划担心,也为东吴的降与战的决策担心。鲁肃力挽狂澜,他向孙权指明张昭等人的主张是"专欲误将军,不足与图大事",并以自身作比,从孙权个人前途着眼,申述了"迎操"的不足取。这就从根本上触动了孙权的利益,有效地稳定了孙权联合刘备抗击曹操的决心。

诸葛亮去东吴,目的是"求救于孙将军"。但他无愧为杰出的政治家,见了孙权,并不明言,说的全是为孙、刘双方利益打算的话。他精辟地分析了当时的形势,让孙权自己得出结论:"非刘豫州莫可以当曹操者。"这样一来,既达到了"求救"的目的,又保住了刘备的尊严。接着又分析了刘备的实力和曹操的弱点,尽力解除孙权的疑惑,促成了孙、刘的联合。

孙权听了诸葛亮和鲁肃对形势的分析,是想联合对付曹操的,但并非没有顾虑。要使孙权真正下定抗曹的最后决心,还需要更充足的理由和更强的说服力。这个任务就留给了周瑜。

周瑜是东吴有勇有谋的最高军事长官,他出场较迟,然而在孙、刘联盟中起决定性的作用。他奉召回来,见了孙权,首先驳斥了投降派的所谓曹操"出师有名"的说法,接着详尽地剖析了曹操南征的不利因素。经过一番切实的分析,然后满有把握地自请出征,"保为将军破之"。这就大大鼓舞了孙权的勇气。孙权毅然下令,不准臣下再提迎操之说。可是,曹操的挑战书分明写的是"今治水军八十万众",而孙权自己只有"十万之众",张昭等人又分明是因为"众寡悬殊"才主张投降的。孙权虽然在会议上说了硬话,发了誓,表了态,但这种疑虑还是客观存在的。所以,周瑜要连夜再次去见孙权,对曹操的兵力作了具体的分析,指出曹操实际上只有二十余万人,而且是"疲病之卒"加"狐疑之众",让孙权消除疑虑。"瑜得精兵五万,自足制之。"周瑜的自信,更坚定了孙权抗曹的信念。至此,孙权才把决心变为实际行动,马上做出了出兵的具体部署。到此,作战的决心下定了,作战的部署完成了,赤壁之战的酝酿完全成熟。

刘备见周瑜这一段,是为了衬托出周瑜治军严谨,忠于职守,确是一位了不起的统帅。有这样英明果断的统帅来指挥作战,破曹自然大有希望了。

实战开始了。一个"进"字,既是曹军从江陵顺江东进,又是东吴从柴桑逆江西进,也是刘备由樊口前来跟周瑜会师。三方面的军队便"遇于赤壁"了。作者巧妙地把故事从战前的决策过渡到实战方面来了,又点明了曹操和孙、刘联军双方交战的地点——赤壁。

作者用极经济的笔墨点一点初战的情况和结果,接着就比较具体地写了决战的前前后后。当时,曹军在长江的北面,孙、刘联军,主要是东吴的军队,在长江的南面,两军隔江对峙。周瑜等人利用"操军方连船舰,首尾相接"而且士兵又"不习水战"的弱点,以及曹操狂妄自大、骄傲自满的情绪,采用诈降、火攻等策略,火烧赤壁,大破曹军。然后孙、刘联军乘胜追击,"刘备、周瑜水陆并进,追操至南郡",取得了赤壁之战的完全胜利。经过这次战役,二十余万曹军,烧死的

| 赤壁之战　司马光

烧死，溺死的溺死，踏死的踏死，饿死的饿死，病死的病死，"死者大半"。曹操元气大伤，只得"引军北还"。三国鼎立的局面由此形成了。在这一段里，作者突出地描写了曹操败走华容道的狼狈相，这与他下战书时的骄傲，形成了鲜明的对照，从而说明"骄兵必败"的道理。

《赤壁之战》写了曹、刘、孙三个军事集团，但是作者没有平均用力，而是详写孙权，略写曹、刘，这是根据主题的需要而对题材作精心选择和剪裁的。因为这次战争的胜负，关键在于东吴或战或降的决策上。也由于这个原因，这篇文章的绝大部分写了赤壁之战以前的准备工作，只在最后才写一写战争的实况。作者根据文章的主题决定情节的主次轻重，然后再根据情节的主次轻重决定叙述的详和略。这种有详有略，有主有次的剪裁手法，值得我们学习。

这篇文章还大量运用人物间的对话，这就可以省去许多叙事的笔墨，使文章亲切动人。从鲁肃、诸葛亮、周瑜等人的谈话，可以看出曹操的弱点和缺点，以及孙、刘联合的重要性和优势。同时，从这些对话中，可以看出各个人物的性格特征，使人物的形象更为鲜明。比如，同样是劝说孙权抗击曹军，鲁肃、诸葛亮、周瑜这三个人物，却有明显的差别。鲁肃处处从维护孙权的切身利益来促成孙、刘联合抗曹，既表现了他有政治远见，又表现了他忠于孙权，是一位温厚敦实的忠诚之士；诸葛亮针对孙权的个性、地位，用的是激将法，表现出他的足智多谋，善于辞令，说明他是一位出色的外交家、政治家，又体现了他从刘备集团利益出发的立场和刘备集团重要成员的身份；周瑜说话斩钉截铁，析事精辟，处事果断，终于使孙权心悦诚服，表现了他的大将风度，显示出他是有勇有谋的、孙权集团最高军事长官的身份。

在这篇文章里，作者还把人物和情节交织起来，构成一个有机的整体。全文的基本情节是通过鲁肃、诸葛亮、周瑜等人说服孙权来展开的。故事随着人物的活动层层推进，直至赤壁之战的酝酿完全成熟。火烧曹营，大败曹军，则是故事发展的必然结果。

六 国 论

苏 洵

六国①破灭,非兵不利,战不善,弊在赂秦。赂秦而力亏,破灭之道也。或②曰:"六国互丧,率赂秦耶?"曰:"不赂者以赂者丧。盖③失强援,不能独完。故曰'弊在赂秦'也。"

秦以攻取之外,小则获邑,大则得城。较秦之所得,与战胜而得者,其实百倍。诸侯之所亡,与战败而亡者,其实亦百倍。则秦之所大欲,诸侯之所大患,固不在战矣。思厥④先祖父,暴霜露,斩荆棘,以有尺寸之地,子孙视之不甚惜,举以予人,如弃草芥⑤。今日割五城,明日割十城,然后得一夕安寝,起视四境,而秦兵又至矣。然则诸侯之地有限,暴秦之欲无厌,奉之弥⑥繁,侵之愈急,故不战而强弱胜负已判矣。至于颠覆,理固宜然。古人云:"以地事秦,犹抱薪救火,薪不尽,火不灭。"此言得之。

齐人未尝赂秦,终继五国迁灭,何哉?与嬴⑦而不助五国也。五国既丧,齐亦不免矣。燕赵之君,始有远略,能守其土,义不赂秦。是故燕虽小国而后亡,斯用兵之效也。至丹⑧以荆卿⑨为计,始速祸焉。赵尝五战于秦,二败而三胜。后秦击赵者再,李牧连却之。洎⑩牧以谗诛,邯郸⑪为郡。惜其用武而不终也。且燕赵处秦革⑫灭殆尽之际,可谓智力孤危,战败而亡,诚不得已。向使三国⑬各爱其地,齐人勿附于秦,刺客不行,良将犹在,则胜负之数,存亡之理,当与秦相较,或未易量。

呜呼!以赂秦之地封天下之谋臣,以事秦之心礼天下之奇才,并力西向⑭,则吾恐秦人食之不得下咽也。悲夫!有如此之势,而为秦人积威⑮之所劫,日削月割,以趋于亡。为国者无使为积威之所劫哉!

夫六国与秦皆诸侯,其势弱于秦,而犹有可以不赂而胜之之势。

苟以天下之大,而从六国破亡之故事⑯,是又在六国下矣。

【注释】

①六国:指战国时期的燕、赵、韩、魏、齐、楚六个诸侯国。

②或:有人。不是连词"或者"的"或"。

③盖:用在句子开头的虚词,下边陈述理由。

④厥(决 jué):其,他的。

⑤草芥:小草和芥子,比喻极微贱的东西。

⑥弥(谜 mí):益,越加。

⑦嬴(迎 yíng):秦王的姓,这里指秦国。

⑧丹:燕国太子的名字。

⑨荆卿:就是荆轲。

⑩洎(技 jì):及,等到。

⑪邯郸:今河北省邯郸市,当时是赵国的都城。秦灭赵后,设为邯郸郡。

⑫革:革鼎。鼎在古代被视为传国宝器。革鼎,比喻改换政权。

⑬三国:指楚、魏、韩三国。

⑭西向:向西方对付秦国。六国在函谷关以东,秦国在函谷关以西,所以说"西向"。

⑮积威:积久的威势。

⑯故事:旧事,前例。引申为老路之意。

【译文】

六国的灭亡,并不是因为他们的武器不锋利,也不是仗打得不好,毛病在于拿土地贿赂秦国。拿土地贿赂秦国而亏损了自己的实力,这就是灭亡的原因。有人问:"六国接连着灭亡,都是由于割地贿赂秦国吗?"回答说:"不贿赂秦国的国家因为有贿赂秦国的国家而灭亡。原因是不贿赂秦国的国家失掉了强有力的援助,不能单独地保全。所以说'毛病在于割地贿赂秦国'啊。"

秦国除用战争夺取土地以外,还得到诸侯的贿赂,小的获取邑镇,大的获得城市。秦国接受贿赂所得的土地,比用武力打了胜仗所夺取的土地,要大到百倍。各国诸侯贿赂秦国所丧失的土地,比战败所丧失的土地,实际上也要大到百倍。那么秦国的最大欲望,各国诸侯最大的祸患,当然不在于战争了。想想他们死去的先辈,冒着霜露,披荆斩棘,才有这点点土地,子孙后代对这些土地却不很珍惜,轻易地把土地送给别人,就像抛掉不值钱的小草一样。今天割让五座城,明天割让十座城,这才能得到一夜的安睡,可是起床向四周一看,秦国的军队又来了。诸侯的土地有限,暴虐的秦国的贪心没有满足的时候,给的土地越多,入侵也越急,所以不用打仗,强弱胜负就已经清清楚楚了。六国终究遭到灭亡,其中道理本来就是这样的了。古人说过:"用土地去侍奉秦国,就好像抱着木柴去救火,木柴不燃烧完,火就不会熄灭。"这话说对了。

齐国并没有贿赂秦国,可是终究跟着其他五国灭亡了,这是为什么呢?这是因为跟秦国交好而不援助其他五国啊。五国既已灭亡,齐国也就不能幸免了。燕国和赵国的国君,起初都有远大的谋略,能够守卫自己的国土,坚持正义而不贿赂秦国。所以燕国虽然是个小国,可是灭亡在后,这是用武力抗御秦国的效果。到了燕太子丹用派遣荆轲去刺秦王作为对付秦国的计策,这才招致灭亡的祸患。赵国曾经对秦国五次作战,两次打败,三次获胜。后来秦国又两次攻打赵国,都被赵国的大将李牧打退。等到李牧因为受诬陷而被赵王杀死,赵国的京都邯郸就变成了秦国的郡邑了。可惜赵国用武力抗秦而没能坚持到底。而且燕赵两国正处在秦国把其他国家消灭得差不多的时候,可以说智谋和力量都已很单薄,跟秦国作战被打败而亡国,实在是不得已的事了。假使韩、魏、楚三国都珍惜他们的国土,齐国人不去依附秦国,燕国不派遣刺客去刺秦王,赵国的良将李牧还活着,那么胜败的命运,存亡的理数,如果和秦国相较量,也许不容易判断呢。

唉！如果六国诸侯用贿赂秦国的土地来封赠天下的谋臣，用侍奉秦国的心意去礼遇天下有才能的志士，合力向西对付秦国，那么我担心秦国人会畏惧得连饭都吃不下去的。可悲啊！有这样好的有利形势，却被秦国积久的威势所胁制，每天割地，每月割地，以至于走向灭亡。治理国家的人不要为积久的威势所胁迫啊！

那六国和秦国都是诸侯之国，六国的势力虽然比秦国弱，可是还有可以不依靠贿赂而能战胜秦国的情势。假若凭着一个统一天下的大国，而向敌人屈服，走上六国灭亡的老路，这就又在六国之下了。

【分析】

苏洵（1009—1066），宋朝文学家。字明允，因其家有老人泉，遂自号"老泉"。眉州眉山（今四川省眉山县）人。相传他二十七岁才开始发愤读书，一年后应试不中，于是焚毁日常所写的书稿，刻苦攻读，终于博通经传和诸子百家的著作，提高了写作能力，至于"下笔顷刻千言"。宋仁宗嘉祐年间，苏洵同他的儿子苏轼、苏辙到了京师，拜见了翰林学士欧阳修，并呈上所著文章二十二篇，为欧阳修所赏识。文章流传出来后，一时之间学者竞相仿效，轰动了京师。他曾任朝廷秘书省校书郎之职，掌管校勘典籍。后来又参与修礼书，成《太常因革礼》一百卷。书成后不久去世了。著有《嘉祐集》。

苏洵、苏轼、苏辙同是宋朝的散文名家，世称"三苏"，皆在"唐宋八大家"之列。苏洵擅长论辩散文的写作，"好纵横家言，以权谲自喜"。他的文章老辣犀利，简劲有力，宏伟雄迈，奔骤驰骋，确有战国纵横家的色彩。

本文选自《嘉祐集》卷三《权书下》，原题为《六国》。六国即"战国七雄"中的燕、赵、韩、魏、齐、楚。这六国都被后起的秦国一个个地击破而灭亡了。六国亡于秦的原因是多方面的。主要是秦国的政治、经济、军事、外交等各个方面的发展情况和实行的政策都胜过六国。

六国虽曾采用过苏秦的"合纵"策略,但各怀鬼胎,联合抗秦的态度并不坚定,像韩、魏等国一再向秦献地求和,企图通过贿赂来换取自己的片刻安宁。但"赂秦"反而助长了秦国的气焰和野心,削弱了六国共同抗秦的力量,加速了自己的灭亡。六国被秦逐一吞灭,赂秦虽然不是决定性的原因,但确实是极大的失策。

苏洵生活的北宋时代,与战国时期并不相同,但在赂敌求和这一点上却十分相似。当时,宋朝的统治者在面对辽和西夏的威逼进攻时,并不是坚决抗击,而是一味奉行屈辱的妥协投降政策,一再以金钱、物资赂敌求和。赂敌求和的结果是辽、夏侵略者的贪欲越来越大,北宋的力量越来越弱,以至后患无穷。苏洵对这种屈辱苟安的局面深为不满,写了这篇论史砭今的文章,以警告北宋当局。清朝人朱晴川说:"借六国赂秦而灭,以暗刺宋事。其言痛切悲愤,可谓深谋先见之智。"这是对苏洵写作本文的意图的切当评论。

文章起笔就开门见山,提出中心论点,劈头四句话:"六国破灭,非兵不利,战不善,弊在赂秦。"斩钉截铁地给六国的所以灭亡下定结论。紧接着就摆出支持这个中心论点的理由:"赂秦而力亏,破灭之道也。"然而熟悉历史的人都知道,六国中真正赂秦的只有韩、魏、楚,用"弊在赂秦"一言以概之,岂非以偏盖全,难以自圆其说?作者为了使论点巩固,无懈可击,便用设问的办法,主动提出这个问题:"六国互丧,率赂秦耶?"然后自己作答:"不赂者以赂者丧。盖失强援,不能独完。"因此,归根结底,"赂秦"终究是莫大的致命伤。这一补充论证,使中心论点的外延周密无隙,就可理直气壮地再一次重申自己的观点:"故曰'弊在赂秦'也。"

为什么说赂秦就"力亏"?作者对此做了详细的分析。首先指出秦在攻取之外所得的土地较之战胜而得的竟多"百倍",而诸侯赂秦所失的土地较之战败而失的也多"百倍",所以"秦之所大欲,诸侯之所大患,固不在战矣"。用怵目惊心的事实论证了赂秦求和的危害。论据确凿,令人信服。接着论证赂秦以图苟安,纯属幻想。文章从创业、守业写起,将诸侯的先辈"暴霜露,斩荆棘",艰苦创业,才得"尺寸之地"的事迹,与子孙们"举以予人,如弃草芥"的败家子作风作了对比,对赂敌苟安的不肖子孙作了辛辣的针砭。又将赂敌所失甚大和苟安所得甚少作了对比:"今日割五城,明日割十城",企图换得"一夕安寝",然而"起视四境,而秦兵又至矣"。作者用"今日""明日""五城""十城"形容赂敌之勤、之多,又用"一夕""起视""又至"说明安寝之短和情势之急,强烈的对比,极为生动地写出了赂秦求和的失策。文章由此再深入一层指出,赂敌不但不能苟安,而且招祸无穷。因为"诸侯之地有限,暴秦之欲无厌,奉之弥繁,侵之愈急"。以有限的土地去填无厌的欲壑,其结果必然是"至于颠覆"。最后,引用古人的一个比喻,准确形象地表明了"赂秦"的严重危害和根本性的错误,使论述增强了说服力。至此,对赂秦会导致"力亏"的论点,作者论说得十分透彻了。

那么,为什么说不赂秦的国家是"以赂者丧"?作者认为没有赂秦的燕、赵、齐的灭亡是由于韩、魏、楚的赂秦而失强援,以至不赂秦的国家"不能独完",所以归根到底还是"赂秦"的缘故。当然,各国又有它们各自的原因。对此,作者做了详尽的分析。齐国是积极与秦交好"而不助五国"的,五国失去强大的齐国的援助被秦灭了,结果"齐亦不免","终继五国迁灭"。燕和赵两国,"能守其土,义不赂秦"。燕国敢于抗御,所以"虽小国而后亡",只是由于荆轲刺秦王,才招来祸患。赵国抗秦很有成绩,"五战于秦,二败而三胜",只是由于赵国的君主听信谗言杀了大将李牧,才使"邯郸为郡"。作者还明确地指出,燕和赵都是在"秦革灭殆尽之际",处境十分困难的情况下才被秦吞灭,是因为韩、魏、楚的赂秦和齐国的不合作,以致"以赂者丧"。六国破灭了,作者在总结这六国破灭的教训时,提出一个假设:韩、魏、楚各爱其地不赂秦,齐国"勿附于秦",燕国不搞暗杀,赵国不乱杀自己的良将,这样,未见得秦国必胜而六国必亡。文章的笔锋陡转,奇峰突起,把六国破灭"弊在赂秦"的道理说得更加具有说服力。

文章在充分论证了赂秦亡国这个中心论点以后,作者针对这一论述发表感慨,先指出六国本来有很好的形势,可惜"为秦人积威之所劫",终于亡国,值得叹息。然后顺理成章,警告为国者要吸取这个教训,"无使为积威之所劫",这是一句意味深长、发人深省的话,是专门说给北宋统治者听的。

　　苏洵写《六国论》的本意并不在悲叹六国的灭亡,而是借古论今,说的是历史旧事,针对的却是北宋的现实。所以在文章的最后一段拿北宋的现状和六国情势作了对比,指出北宋的有利形势远远超过六国。如果不接受历史的教训,重蹈六国赂敌而亡的覆辙,那"是又在六国下矣"。这是在论述历史事实的基础上抒发出来的感慨,从结构方面说,是论点的引申,从内容方面说,是写这篇文章的最终目的。

　　本文是一篇论说性的散文,它按照论说文提出问题、分析问题、解决问题的一般顺序,先提出中心论点,并加以阐发,使论点伸张枝干,为全文之纲;再从正反两个侧面逐层展开,加以论证;然后综合前述,提出自己对所论史实的看法;最后转折笔锋,由论史进入评今,点明为文的主旨。因之文章写得持之有故,言之成理。文中插入一些生动的叙述,引用一些形象的比喻,词随意遣,警句时出,避免了一般论说文容易存在的枯燥呆板的毛病,使读者感到摇曳多姿,兴味无穷。

爱莲说

周敦颐

　　水陆草木之花,可爱者甚蕃①。晋陶渊明独爱菊②;自李唐来,世人甚爱牡丹③;予独爱莲之出淤泥而不染,濯清涟而不妖,中通外直,不蔓不枝,香远益清,亭亭净植,可远观而不可亵玩焉④。

　　予谓菊,花之隐逸者也;牡丹,花之富贵者也;莲,花之君子者也。噫!菊之爱,陶后鲜有闻;莲之爱,同予者何人?牡丹之爱,宜乎众矣!

【注释】

　　①蕃:繁,多。

　　②晋陶渊明独爱菊:关于陶渊明爱菊花的故事,在《续晋阳秋》里有记载:"陶潜尝九月九日无酒,于宅边东篱下摘菊盈把,俄见白衣人至,乃刺史王弘送酒,便就酌饮。"陶渊明酷爱菊,在他的诗里常有表示。

　　③世人甚爱牡丹:唐人爱牡丹,古书有不少记载。唐李肇的《唐国史补》记:"京城贵游尚牡丹,三十余年矣。每春暮,车马若狂。"唐诗人刘禹锡亦有诗记此盛况:"惟有牡丹真国色,花开时节动京城。"

　　④亵(屑 xiè)玩:态度不庄重、不严肃的亲近玩赏。

【译文】

　　水上、陆上草木的花,可爱的很多。晋朝的陶渊明唯独喜爱菊花;自从唐朝以来,世上的人很喜爱牡丹;我唯独喜爱莲花,喜欢它从污泥中长出来,而不沾染一点污秽,经过清水的洗涤,而不显得妖艳。莲梗中间空,外面直,不牵藤伸枝,莲花的香气越远越清香,亭亭地站立在那里,又洁净又端庄,只可以远远地观看而不可以轻慢玩弄。

　　我认为菊花,是花中的隐逸者;牡丹,是花中的富贵者;莲花,是花中品德高尚的君子。唉!对于菊花的爱好,陶渊明之后很少听到了;对于莲花的爱好,跟我相同的有谁呢?对于牡丹的爱好,当然人数众多了!

【分析】

　　周敦颐(1017—1073),北宋哲学家。原名敦实,字茂叔。道州营道(今湖南道县)人。曾任洪州分宁县主簿、南安军司理参军、郴州桂阳县令、合州判官等职。他是宋朝理学的创始人,唯心主义哲学家。他虽然第一个提出"载道"说,宣扬重道轻文,但他还不完全废除"饰",因而尚写出一些有情致的作品。著有《周子全书》。他住在营道的濂溪,后人称他为濂溪先生,黄庭坚称赞他"胸怀洒落,如光风霁月"。

　　曾有人说这篇文章是别人托名写的(参见清江昱:《潇湘听雨录》)。但《四库全书》仍将它放在周的文集里,认为确是周敦颐的作品。

　　《爱莲说》全文中心思想十分明确。作者通过对莲花的描绘和赞美,歌颂了其坚贞洁白的性格,寄托了自己的抱负和向往,并暗讽追名逐利的世俗之辈。

　　全文只有一百多个字,但写得极有层次,意蕴很丰富。

　　从结构上看,全文分两大部分。第一部分,可算是逐层叠说。第一句"水陆草木之花,可爱者甚蕃",是一个大范围,接着提到"菊花",再说到"牡丹"。菊花是隐逸者陶渊明所爱的,而牡丹是李唐以来人人都爱的富贵之花。最后说到自己独爱莲花。为什么爱莲花,这是文章的重点,所以作者用极省俭、极有限的字句形容、渲染了莲的可贵品格与特性。其实,这儿采取了拟人化的手法,"托物言志"。读者不难体会这是作者写自己洁身自好的性格和做人标准。沈德潜在《说诗晬语》中说:"事难显陈,理难言罄,每托物连类以形之;郁情欲舒,天机随触,每借物引怀以抒之。"这种表现手法并不罕见,不过,周敦颐在这里描绘得更生动,所蕴藉的意义更深刻,类比得更贴切罢了。特别是像"出淤泥而不染","香远益清,亭亭净植","可远观而不可亵玩焉"等句,不仅写出莲的"神",而且令人想到人的"品",是脍炙人口、传诵久远的佳句。

第二部分采用逐层脱卸的方法,以隐逸者、富贵者、君子者作比喻,实质是呼应前段"独爱莲",进一步突出"莲"之高贵品格。最后以"噫"字涵盖下三句,慨叹隐逸者少,有德者鲜,而爱富贵者独多,对世上奔名逐利之徒表示鄙弃,标举自己高洁的性情与志趣。虽不直白说出而意向实鲜明。

本文最能显示古典散文简洁凝炼的特点。远远说开,缓缓收住。形容莲之特性,用语何等精确!长短相间,奇偶杂糅,便于朗诵,也便于记忆,更是使人思索玩味不尽。章法上做到前后贯注,首尾弥合,左右照应。翻来覆去,在三种花上作文章,而极尽腾挪变化;篇幅短小,而全具承转开阖的能事。尤其是结尾,点了菊、莲、牡丹在后人心中的地位,开拓无穷感慨与情思,意味深长。这正深合古人说的:"短篇难于收敛,收敛中能含蕴无穷,则短而不促。"

墨 池 记

曾 巩

  临川①之城东,有地隐然②而高,以临于溪,曰新城。新城之上,有池洼然而方以长,曰王羲之之墨池者,荀伯子《临川记》③云也。羲之尝慕张芝④,临池学书,池水尽黑,此为其故迹,岂信然耶?方羲之之不可强以仕⑤,而尝极⑥东方,出沧海,以娱其意于山水之间,岂有徜徉肆恣⑦,而又尝自休⑧于此耶?羲之之书晚乃善,则其所能善,亦以精力自致者,非天成也。然后世未有能及者,岂其学不如彼耶?则学固岂可以少哉,况欲深造道德者耶?

  墨池之上,今为州学舍。教授⑨王君盛恐其不章⑩也,书"晋王右军墨池"之六字于楹间以揭之,又告于巩曰:"愿有记。"推⑪王君之心,岂爱人之善,虽一能不以废,而因以及乎其迹耶?其亦欲推其事以勉其学者耶?夫人之有一能,而使后人尚之如此,况仁人庄士之遗风余思,被于来世者何如哉!

  庆历八年⑫九月十二日,曾巩记。

【注释】

  ①临川:宋朝抚州的临川郡,在现在的江西省临川县。

  ②隐然:轻微、不明显的样子。

  ③荀伯子《临川记》:荀伯子,南北朝宋代颍阴(现在河南省许昌市)人。曾任临川内史,著《临川记》。《临川记》有云:"王羲之尝为临川内史,置宅于郡城东高坡,名曰新城。旁临回溪。特据层阜,其地爽垲,山川如画,今旧井及墨池犹存。"

  ④张芝:字伯英,东汉酒泉(现在甘肃省酒泉市一带)人。他写的草书很有名,时人称为"草圣"。王羲之很钦慕张芝的书法,他在《与

人书》中说:"张芝临池学书,池水尽黑。使人耽(丹 dān)之若是,未必后之也。"(见《晋书·王羲之传》)

⑤强以仕:勉强作官。当时有人叫王述,和王羲之齐名,两人感情不好。王述先作会稽内史,因母丧去职,由王羲之接任。后来朝廷以王述为扬州刺史,王羲之耻于为他的部属(当时扬州管辖十八个郡,会稽郡是其中之一),称病不再仕。

⑥极:穷尽。

⑦徜徉(常洋 cháng yáng):徘徊,此处作流连忘返解。肆恣:放恣、任情。连起来作纵情游览解。

⑧休:休息。

⑨教授:学官名。宋、元、明代各路的州、县学府均设置教授,专掌学校课试等事,位居提督学事司之下。

⑩章:显著。

⑪推:推测,考察。

⑫庆历八年:公元1048年。

【译文】

临川城的东面,有一块微微隆起的高地,下临溪流,叫新城。新城的上面,有个低洼地形成水池,呈长方形,叫王羲之"墨池"。荀伯子《临川记》这样记载的。羲之曾经仰慕张芝,在池边练字,池水都因而变成了黑色,这里是他练书法的遗址。果真这样吗?王羲之不肯勉强做官,曾经遍游东方,乘船出海,以自快心意于山水之间。这里,莫不是他纵情游览时的休息之地?王羲之的字晚年写得特别好,他所擅长的书法,也是他花了很多精力才练到这个地步的,不是天赋造成的。然而后来的人不及他,是不是学习不如王羲之的勤奋呢?那么,刻苦学习难道可以少么,何况要在道德方面达到很高的成就呢?

墨池上面,现在是抚州州学学舍。王教授担心墨池的名声不为世人知道,写了"晋王右军墨池"六个字悬挂在门前楹柱之间来标明它,并且告诉我说:"希望写一篇记。"推究王君的用意,是不是重视别人的长处,即使是一技之长也不肯把它埋没,而因此连带到王羲之的遗迹呢?莫非还要推许王羲之勤学苦练的事,来勉励到这里来学习的那些人吗?人只要有某一方面的长处就能使后人推重景仰到这样地步,更何况那些仁义、庄重的士大夫遗留下来的教化、德行,影响及于后世的,那又将何如呢?

庆历八年九月十二日,曾巩作记。

【分析】

曾巩(1019—1083),北宋文学家。字子固。建昌军南丰(今江西南丰县)人,少时即能为文,受到欧阳修的赏识。仁宗嘉祐二年(1057)中进士后,历任馆阁校勘、集贤校理等职,以后做过越、齐、襄、洪、福、明、亳、沧等州地方官。后任史馆修撰、中书舍人等职。曾巩为唐宋八大家之一。《宋史》本传说他:"为文章,上下驰骋,愈出而愈工,本原六经,斟酌于司马迁、韩愈,一时工文词作者鲜能过也。"他的文章,谨严明洁,平淡温醇。风格最近欧阳修,而情致稍逊。著有《元丰类稿》。

这篇文章乍看是记叙文,实际上借记叙而抒发感想,是形式较为特殊的议论文。

正如题目所揭示的,本文从王羲之的墨池落笔,一开始就记叙墨池的所在地方,以及墨池的来历,这样就引出了著名的大书法家王羲之。论述王羲之书法之善并不是什么"天成",而是专心致志、勤学苦练的结果;指出后人的书法不如王羲之是由于学得不够;最后进一步点明:若欲深造道德,则更非加强学习不可。这是第一大段。

第二大段从"墨池之上,今为州学舍"过渡到记述王君意欲表彰先贤并向作者索文的经过。于是便推究王君之用心,借以勉励学者努力深造。

文章不长,结构十分严谨。文章落脚在王羲之的墨池上,而记墨池必然要说到王羲之书法的成就由苦学而来。墨池之上盖了州学舍,而这篇《墨池记》是作者应州学教授王君之请写给州学的。墨池是当年王羲之苦学的明证,州学是学生们学习的场所,王君又是州学教授,所以由写墨池推而及于勉学这一中心思想,文章扣题很紧。同时有记有论,以论为主,不蔓不枝,迂曲回荡,极洒脱又极精严。宋朱熹说:"作文字须是靠实,说得有条理。"又吴氏《林下偶谈》说:"为文大概有三:主之以理,张之以气,束之以法。"按这些标准来看,曾巩这篇散文,是完全够格的。他谈到王羲之在墨池的苦练书法和现在池上的州学,发扬勉学的道理,也是极自然的引发。这就叫"即物以明理"。在论理时,文中多用设问句,话说得委婉,却又贯注着肯定的语气,不由你不信服,不由你不首肯。主题一经点明,就截然而止,使得内容精警而不繁碎,启人思索而不一览无余。再者,短文特别讲究"字惟期少,意惟期多",这就得讲究含蓄有余味。含蓄不尽的表现方法很多,而这篇文章却是采用引喻推广的方法。第二段已经说到"学"字上,而作者用一句"则学固岂可以少哉,况欲深造道德者耶"?把意思引申了一步。最后一段结尾,谈到王君求作者作记,表彰其地,以勉后学。作者又引申说:"夫人之有一能,而使后人尚之如此,况仁人庄士之遗风余思,被于来世者何如哉!"又推进一步,短短篇幅,开廓无穷,真令人玩味不尽。

读孟尝君传

王安石

世皆称孟尝君能得士①,士以故归之,而卒赖其力,以脱于虎豹之秦②。嗟乎!孟尝君特鸡鸣狗盗之雄③耳,岂足以言得士!不然,擅④齐之强,得一士焉,宜可以南面⑤而制秦,尚何取鸡鸣狗盗之力哉?夫鸡鸣狗盗之出其门,此士之所以不至也。

【注释】

①孟尝君能得士:《史记·孟尝君列传》记载,孟尝君在薛地广招诸侯宾客以及有罪的亡命之徒,给他们很优厚的待遇,因此,投奔他的士人有数千名之多。

②脱于虎豹之秦:脱,离。秦昭王原用孟尝君为国相,后听信谗言将他囚禁,要杀害他。孟尝君使人向秦昭王的一个夫人求援。那夫人向孟尝君索一狐裘。孟尝君原有一件,但已送秦昭王。孟尝君有个门客装扮成狗潜入秦的仓库,把狐裘偷出,献给了夫人。孟释放后,急欲逃离秦国,跑到函谷关,正是半夜,按规定,每天早上鸡叫才能开城门。孟的门客中有个人能学鸡叫,他一叫,引得附近的鸡都叫起来。守关的人开了关门,孟尝君方得逃出。

③雄:长,首领。

④擅:独自掌有,据有。

⑤南面:国王听政,坐北面南,所以说"南面"。

【译文】

世上的人都称赞孟尝君能够识别、优待能人好汉,能人好汉因此都归附到他那里,他终于倚仗他们的力量,从虎豹一样的秦国脱身出

读孟尝君传 王安石

来。唉！孟尝君不过是那班会鸡鸣狗盗的家伙们的头目罢了,哪里够得上说什么能识别、优待能人好汉！要不然的话,他拥有齐国的雄厚实力,果真得到一个能人好汉,就应该可以君临天下,制服秦国,哪里要利用鸡鸣狗盗的家伙呢？这些鸡鸣狗盗之徒出入他的门中,这正是能人好汉不到他这里来的缘故啊。

【分析】

　　王安石(1021—1086),北宋政治家、文学家。字介甫,号半山,临川(今江西抚州市)人。曾封为荆国公,所以后人称其为王荆公。宋仁宗庆历二年(1042)中进士,曾任淮南判官、鄞县知县、舒州通判等地方官。他经过长期的社会观察和调查,慨然有"矫世变俗之志",向仁宗上万言书,要求"改易更革"。熙宁二年(1069),自翰林学士除参加政事,继而两度任中书门下平章事(相当于宰相)。积极推行农田水利、青苗、均输、方田、免役、市易、保甲、保马等新法。他曾被列宁赞誉为"中国十一世纪的改革家"。后因遭守旧派攻击和反对,弃官后隐居一段时间,抑郁而死。

　　王安石在政治上是革新派,文学上也自成一家,诗文兼长,为"唐宋八大家"之一。诗文以揭露时弊、反映社会矛盾者为多。他的散文反对虚言无实,用笔雄劲峭拔,简练透辟；诗歌遒劲清新,词风豪气纵横。著有《王荆公集》。

　　在赏析王安石散文之前,我们先介绍他的两段关于文章的理论。

　　一是在《上邵学士书》中说:"某尝患近世之文,辞弗顾于理,理弗顾于事,以襞积故实为有学,以雕绘语句为精新。譬之撷奇花之英,积而玩之,虽光华馨采,鲜缛可爱,求其根柢济用,则蔑如也。"又《上人书》云:"所谓文者,务为有补于世而已矣。所谓辞者,犹器之有刻镂绘画也。诚使巧且华,不必适用；诚使适用,亦不必巧且华。要之以适用为本,以刻镂绘画为之容而已。不适用,非所以为器也；不为之容,其亦若是乎？否也。然容亦未可已也,勿先之,其可也。"

王安石是政治家，所以他强调为文应施之于经世实用之学。因此在内容与形式的关系上，他明确地指出必须重视内容。但他也不轻视形式，只是强调分清主次关系。"容亦未可已也，勿先之，其可也。"就是这个意思。这种创作主张导致他的文章，峭折简劲，说理透辟，既不同于刻镂无用之文，也不同于语录朴质之体，非常重视语言的表现能力。

《读孟尝君传》是王安石的代表作之一。

这篇短文是他对《史记·孟尝君列传》的读后感。主题是强调"士"应当有经世济时的雄才大略，而"鸡鸣狗盗"之徒是不足当之的。文中也透露了作者自己的抱负与志气。

孟尝君，战国时齐国的公子，食邑于薛（今山东省滕县南），以好客养士而著名。千古以来，人们都习惯沿袭司马迁《史记》的记载，认为孟有"食客三千"，的确是"仗义疏财""礼贤下士"的贤者。而王安石偏要做一篇翻案文章，破世俗之见，提出孟尝君不过是"鸡鸣狗盗之雄耳"，没有"得士"。作者只用三句有力的话，层层紧逼，就把世人的说法驳倒，成为古来脍炙人口的短文。难怪清桐城派文人吴闿生称赞它是"古文短篇之极则"。

第一句"世皆称孟尝君能得士……"，引述世人的观点，平平而起，似乎没有什么分量，而"皆称"二字已做了伏笔。第二句由"嗟乎"起头，既感慨世人的短见，又蔑视孟尝君的无能，有高屋建瓴之势。然后奇兵突起，一句断语，陡然一劈，真有横扫千军之势。难怪前人说王文"长于扫，故高"；"只下一二语，便可扫却他人数大段，是何简贵"（刘熙载：《艺概·文概》）。第三句，以"不然"二字一转，从反面论证孟尝君没有得士，这是驳论，同样有力。最后一句补充理由，断得干净而又留有余味。此文虽短，却处处回应。"嗟乎"句破"能得士"；"不然"句破"卒赖其力以脱于虎豹之秦"；"夫鸡鸣狗盗"句破"士以故归之"。文不满百字，而抑扬吞吐，曲尽其妙；跌宕起伏，极有气势。清沈德潜评这篇文章说："语语转，笔笔紧，千秋绝调。"

最后,关于文中"得一士焉,宜可以南面而制秦"句,宋谢枋得在《文章轨范》中评此文说:"一篇得意处,只是'擅齐之强,得一士焉,宜可以南面而制秦,尚何取鸡鸣狗盗之力哉',先得此数句,作此一篇文字,然亦是祖述前言。韩文公(愈)《祭田横墓文》云:'当嬴氏之失鹿,得一士而可王。何五百人之扰扰,不能脱夫子于剑铓?岂所宝之非贤,抑天命之有常?'介甫盖自此篇变化而来。"南面制秦,当然不是"得一士"就能做得到的,文章这样强调,不过是为了破"鸡鸣狗盗之雄"的论说,而抬高真士罢了。

前赤壁赋

苏 轼

　　壬戌①之秋,七月既望②,苏子与客泛舟游于赤壁③之下。清风徐来,水波不兴。举酒属客,诵明月之诗,歌窈窕之章④。少焉,月出于东山之上,徘徊于斗牛⑤之间。白露横江,水光接天。纵一苇⑥之所如,凌万顷之茫然。浩浩乎如冯虚⑦御风,而不知其所止。飘飘乎如遗世独立,羽化⑧而登仙。

　　于是饮酒乐甚,扣舷⑨而歌之。歌曰:"桂棹兮兰桨,击空明兮溯流光⑩。渺渺兮予怀,望美人兮天一方⑪。"客有吹洞箫者,倚歌而和之。其声呜呜然,如怨如慕,如泣如诉,余音袅袅,不绝如缕,舞幽壑之潜蛟,泣孤舟之嫠妇⑫。

　　苏子愀然,正襟危坐而问客曰:"何为其然也?"

　　客曰:"'月明星稀,乌鹊南飞⑬',此非曹孟德之诗乎?西望夏口⑭,东望武昌⑮,山川相缪,郁乎苍苍,此非孟德之困于周郎⑯者乎?方其破荆州,下江陵⑰,顺流而东也,舳舻千里,旌旗蔽空,酾酒临江,横槊赋诗⑱,固一世之雄也,而今安在哉!况吾与子渔樵于江渚之上,侣鱼虾而友麋鹿;驾一叶之扁舟,举匏樽⑲以相属;寄蜉蝣⑳于天地,渺沧海之一粟;哀吾生之须臾,羡长江之无穷;挟飞仙以遨游,抱明月而长终;知不可乎骤得,托遗响于悲风。"

　　苏子曰:"客亦知夫水与月乎?逝者如斯,而未尝往也;盈虚者如彼,而卒莫消长也㉑。盖将自其变者而观之,则天地曾不能以一瞬;自其不变者而观之,则物与我皆无尽也,而又何羡乎!且夫天地之间,物各有主,苟非吾之所有,虽一毫而莫取。惟江上之清风,与山间之明月,耳得之而为声,目遇之而成色,取之无禁,用之不竭,是造物者之无尽藏也㉒,而吾与子之所共适。"

| 前赤壁赋 苏 轼

客喜而笑,洗盏更酌。肴核既尽㉓,杯盘狼藉㉔。相与枕藉乎舟中,不知东方之既白。

【注释】

①壬戌:宋神宗元丰五年(1082年)。

②七月既望:七月十六日。望,阴历每月之十五日。"月与日对谓之望。"既望,已过十五,就是十六日。

③赤壁:三国时吴将周瑜用火攻曹操水兵,使曹操兵败的地方。在今湖北省嘉鱼县东北,长江南岸。苏轼游的赤壁,则是黄州(今湖北黄冈县)城外的赤鼻矶,位于长江北岸,因"赤鼻"与"赤壁"音近,后人往往以此为赤壁,且相传此处亦为当年吴魏交兵又一战场。

④明月之诗:当指《诗经·陈风·月出》。窈窕(咬挑 yǎo tiǎo)之章:指《月出》篇的《月出皎兮》一章,诗中有"舒窈纠(绞 jiǎo)兮"的句子。

⑤斗牛:斗宿,牛宿;都是星宿名,位于吴越的分野。

⑥一苇:指小船,比喻船很小,像一片苇叶。

⑦冯虚:凌空。冯,古同"凭"。

⑧羽化:变成有羽翼的东西。传说成仙的人能够飞升。道家把它说是"羽化"。

⑨扣舷(贤 xián):敲打着船帮子(按节拍)。

⑩桂棹:桂树做的棹。兰桨:木兰做的桨。空明:指水月交映的江面。溯:逆流而行。流光:在水波上闪动的月光。

⑪美人:指心中思慕的人,不一定指美女。望美人不见,故曰"天一方"。屈原《九章》中有《思美人》,怀念国家大事而以美人为寄托。苏轼贬谪黄州,心境与屈原同。

⑫嫠(离 lí)妇:寡妇。

⑬月明星稀,乌鹊南飞:曹操《短歌行》里的诗句。全诗八章,这一章的四句是:"月明星稀,乌鹊南飞,绕树三匝,何枝可依。"

⑭夏口:城名,在现在湖北省武昌县。

233

⑮武昌:现在湖北省鄂城县(不是现在的武昌)。

⑯周郎:指周瑜。周瑜作中郎将才二十四岁,当时人们称他"周郎",后世沿用这一称呼。

⑰破荆州:公元208年,曹操南击荆州,当时荆州刺史刘表已死,刘表的儿子刘琮投降曹操。下江陵:刘琮降曹后,曹操又击败刘备于当阳之长坂,进兵江陵。

⑱舳舻千里:战船相连千里。酾(施 shī)酒:斟酒,原意为滤酒。横槊赋诗:横执槊吟诗(曹操所赋的诗是《短歌行》),槊,长矛。

⑲匏樽:葫芦类,其外壳可以作瓢。用匏作的酒器叫"匏樽"。

⑳蜉蝣:一种昆虫,夏秋之交,生在水边,只能活几小时,古人说它朝生暮死。

㉑逝者句:《论语·子罕》篇:"子在川上曰:'逝者如斯夫,不舍昼夜。'"逝,往。斯,此,指水。盈,满。虚,缺。

㉒造物者:原意指"天",就是现在说的自然。无尽藏(zàng):出于佛家语的"无尽藏海"(像海之能包罗万物)。

㉓肴核:菜肴和果品。

㉔狼藉:凌乱。

【译文】

壬戌年的秋天,七月十六日,苏子和客人坐着船在赤壁下的江上游玩。清风缓缓地吹来,江面上波平浪静。主人举起酒倾注给客人,朗诵着《月出》诗里的《窈窕》一章。一会儿,月亮从东山上升起,在斗宿和牛宿之间徘徊。白茫茫的露气笼罩着江面,水光同天光连接了起来。让一片苇叶似的小船任意漂流,浮在那茫茫无边的江面上。只觉得浩浩渺渺的,好像在天空中驾着风飞行,不知要飞到哪里去;又觉得飘飘然的,如同离开了人世间,长了翅膀,做了神仙,登上了仙境一样。

这时候酒喝得很高兴,敲着船边唱起歌来。歌词道:"桂树做的棹啊,木兰做的桨,拍击着空明的江水啊,在浮动着月光的水面上逆流而上。多么渺远啊,我的怀想,遥望着美好的人啊,在天的另一方。"客人中有吹洞箫的,依着歌声伴奏起来,箫的声音呜呜的,像怨恨,像思慕,像哭泣,像诉说。尾声婉转,细得像丝那样不绝地摇曳着。这种声音使得潜伏在深渊中的蛟龙听了都要起舞,使乘坐在孤舟中的寡妇听了也要伤心落泪。

苏子听了很忧愁,整一整衣襟,端正地坐着问客人道:"曲调为什么这样悲凉呢?"

客人说:"'月明星稀,乌鹊南飞',这不是曹孟德的诗句吗?从这里向西望去是夏口,向东望去是武昌,山盘水绕,一片苍翠。这不是曹孟德被周瑜打败的地方吗?当时他占领荆州,攻破江陵,顺流东下,战船连接千里,旗帜遮遍天空,他面临着大江斟酒豪饮,横执着槊高吟诗歌,原是一世的英雄啊,而现在又在哪里呢!何况我和你只是在江边和沙洲上打打鱼,砍砍柴,同鱼虾做伴侣,同麋鹿做朋友,驾着像一张叶子那样的小船,举起葫芦做的酒杯,互相劝酒,不过像蜉蝣那样寄生于天地间,像茫茫大海中一粒小米那样渺小。哀叹人生是这样短促,羡慕长江的无穷无尽。多么想拉着飞行的仙人遨游天空,抱着明月同它永世共存。深深知道这理想不可能轻易得到,所以只好把我的满怀愁绪借箫声传递到悲风中。"

苏子说:"你也知道水和月的道理吗?时间不断地流去就像这江水,可是实际上没有流失;时圆时缺像这月亮,而终于一点没有增减。大概从那变动的一面看,那么天地间万事万物连一眨眼的功夫都停止不住。就它不变的一面来看,那么万物和我们都是永久存在的,那又羡慕什么呢?况且天地之间,每样东西都各有主人,如果不是属于我所有的,即使一丝一毫也不应当取用。只有江上的清风和山间的明月,耳朵接触到清风就成为好听的声音,眼睛碰到明月就成为悦目的颜色,拿过来享用谁也不能禁止,享用起来也永远不会用完。这是大自然无穷无尽的宝藏,是我和你所共同享受的。"

客人听了高兴地笑起来。洗洗杯盏,重新斟酒。直到菜肴和果品都吃完了,杯子、盘子都放得乱七八糟。大家就你靠我,我靠你地睡在船上,不晓得东方已经发白了。

【分析】

苏轼(1037—1101),北宋文学家。字子瞻,号东坡居士,眉州眉山(今四川眉山)人。二十一岁中进士。宋仁宗嘉祐年间,刚刚进士及第的苏轼,便从儒家政治思想出发,与王安石同时提出了自己的改革主张。但他与王安石"所操之术各异",跟新法政见不合,致遭谪贬。司马光执政后恢复旧法,苏轼也与其有分歧,再次被贬谪外地。先后出知杭州、颍州、扬州、定州、英州等地。后因"乌台诗案",入狱几死。先后被贬湖北黄州、岭南惠州和海南的琼州。最后卒于常州。著有《苏东坡集》《东坡乐府》。

苏轼在思想上对儒、释、道三家均有所取去。由于长期谪贬在外,比较多地接触现实生活,体会了人民疾苦,这在他的作品中有所反映。他的创作包罗宏富,在诗、词、散文等方面,都有较高的成就。在散文方面,他是"唐宋八大家"中重要的作家之一。继欧阳修之后领导宋代古文运动,取得最大的成功,无论是理论还是创作,都为宋代和以后的散文的发展开辟了广阔的道路。他的创作实践,体现了北宋散文的最高成就。

苏轼认为好文章如"金玉珠贝",如"精金美玉"。他很重视散文写作,提出了散文创作的理论。他有两段重要的论述:

孔子曰:"言之不文,行而不远。"又曰:"辞,达而已矣。"夫言止于达意,即疑若不文,是大不然。求物之妙,如系风捕影,能使是物了然于心者,盖千万人而不一遇也。而况能使了然于口与手者乎?是之谓辞达。辞至于能达,则文不可胜用矣。

——《答谢民师书》

孔子曰："辞达而已矣。"物固有是理,患不知之。知之患不能达之于口与手。辞者,达是而已矣。

——《答俞括书》

在这两段文字里,苏轼不仅提出"文"、"道"并重,而且把"道"看得很宽泛,指出它不限于孔孟儒家学说,而是"物固有是理"的"理"。第一步是观察和体会客观事物,做到"了然于心";第二步还必须"了然于口与手","达之于口与手",用语言文字把头脑中的物象物理表达出来而成为文章。而这一切的标准,就是要做到辞达。要真正做到辞达并不容易,他特别强调勤学苦练。

苏轼一生的丰富创作和杰出成就,真正体现了他是身体力行他的文学主张的。他的散文,不论是政治、史论、书、记、序跋、随笔等,都做到气盛言宜,结构多变,形象生动。叙事抒情性的散文,兼有魏晋文风的自由通脱而又自是唐宋文章的明白简炼。诗情画意,触处皆是;覃思妙想,一出自然。他的散文的艺术特点,正如他自己说的:

吾文如万斛泉源,不择地而出。在平地,滔滔汩汩,虽一日千里无难。及其与山石曲折,随物赋形而不可知也。所可知者,常行于所当行,常止于不可不止,如是而已矣。

——《文说》

《前赤壁赋》写于宋神宗元丰五年(1082年)七月。过了三个月,他还写了《后赤壁赋》。先是元丰二年(1079年),王安石罢相后,新法逐渐失去积极意义。朝中有不少投机者混入变法队伍,追求高官厚禄,争权夺利,互相倾轧。苏轼在当时党争中,受到了进一步的打击。当时谏官何正臣、舒亶、李定等诬告苏轼写诗讽刺朝廷,苏轼被逮捕入狱。这就是有名的"乌台诗案"。结果,作者被贬为黄州团练副使。在贬谪期间,他心境不适,行动不便,只能载酒乘船,游于赤壁之下的江上。这先后写的两篇《赤壁赋》，正是他即景抒情，排遣胸中郁闷之作。

《前赤壁赋》一开始就点明了游玩的时间、地点和人物。描写了清风、明月、水波、山景，一下子将人带入诗情画意之中。眼前的景色，诗人的意兴，交融在一起，自自然然地引发人的深思与遐想。饮酒放歌时，箫声吹出一片凄凉哀怨的声调，于是文章由此转折。

主客的问答，实际上代表了作者思想上的矛盾和交锋。他力求从苦闷中解脱，随遇而安，在旷达之中寄寓乐观自适。作者认为，对于宇宙、人生，可从变与不变两个方面来看：从变的方面看，盈虚、消长、荣辱、得失，一切都在变化；而从不变的方面去看，则一切都无增无减，没有变化，物我都是无尽的，而物各有主，不可强求。当然，这只是一种齐生死、等荣辱的虚无主义思想。但作者也宕开一笔，提出：江上的清风，山间的明月，这是造物者之无尽藏，可以供我们取之无禁，用之不竭。有眼前的美景可以取乐，又何必怀古兴悲，自寻烦恼呢？这就透露了作者乐观的、放达的思想情怀。这固是作者当时苦闷时的精神支柱，又未始不是对所有读者的一种鼓舞，它有一股引导人向前的健康的力量。

过去有人说："古文无所不宜，唯不宜说理。"这也不尽然。问题在于怎样做到"即事以明理"，或做到"情理相生"。苏轼这篇文章后段一大片说理，我们读来并不感到生硬和干枯，反而觉得轻快便利，圆熟酣畅。这是由于作者识见高超，有触于中，又能以形象感情出之，写来"自然而成文"，而适如意之所欲出。

此篇全用赋体对话的手法，巧妙地表达了作者思想上的波折和解脱过程。用笔挥洒自如，语言形象流畅，描叙、抒情并用，骈偶、韵调历落整齐。篇中写清风明月和挟仙遨游的思想，随意挥洒了一幅秋空明净的山水画；而在《后赤壁赋》中，作者又用"江流有声，断岸千尺，山高月小，水落石出"，点染出一笔初冬寥廓的风物图。苏轼真是写景抒情的高手！两篇《赤壁赋》，是宋代散文的名作佳构。

上枢密韩太尉书

苏　辙

　　太尉执事①：辙生好为文，思之至深。以为文者，气之所形；然文不可以学而能，气可以养而致。孟子曰："我善养吾浩然之气。"今观其文章，宽厚宏博，充乎天地之间，称其气之小大。太史公②行天下，周览四海名山大川，与燕、赵③间豪俊交游，故其文疏荡，颇有奇气。此二子者，岂尝执笔学为如此之文哉？其气充乎其中，而溢乎其貌，动乎其言，而见乎其文，而不自知也。

　　辙生十有九年矣。其居家所与游者，不过其邻里乡党④之人；所见不过数百里之间，无高山大野可登览以自广；百氏之书⑤，虽无所不读，然皆古人之陈迹，不足以激发其志气。恐遂汨没⑥，故决然舍去，求天下奇闻壮观，以知天地之广大。过秦汉之故都⑦，恣观终南、嵩、华⑧之高；北顾黄河之奔流，慨然想见古之豪杰；至京师，仰观天子宫阙之壮，与仓廪、府库、城池、苑囿之富且大也，而后知天下之巨丽；见翰林欧阳公⑨，听其议论之宏辩，观其容貌之秀伟，与其门人贤士大夫游，而后知天下之文章聚乎此也。太尉以才略冠天下，天下之所恃以无忧，四夷⑩之所惮以不敢发，入则周公、召公，出则方叔、召虎⑪，而辙也未之见焉。

　　且夫人之学也，不志其大，虽多而何为？辙之来也，于山见终南、嵩、华之高，于水见黄河之大且深，于人见欧阳公，而犹以为未见太尉也。故愿得观贤人之光耀，闻一言以自壮，然后可以尽天下之大观，而无憾者矣。

　　辙年少，未能通习吏事。向之来，非有取于斗升之禄。偶然得之，非其所乐。然幸得赐归待选，使得优游数年之间，将归益治其文，且学为政。太尉苟以为可教而辱教之，又幸矣。

【注释】

①太尉执事：指韩琦。韩琦（1008—1075），北宋大臣。字稚圭，河南安阳人。宋仁宗嘉祐元年为枢密使，掌军事重权，位同太尉（武官之首）。执事：表示尊敬对方的说法。意思是不敢直接送致对方，而通过对方的执事者（办事人员）转致。用法跟"左右"一样。

②太史公：指司马迁。《史记·太史公自序》说："迁生龙门，耕牧河山之阳。年十岁则诵古文。二十而南游江、淮，上会稽，探禹穴，窥九疑，浮于沅、湘，北涉汶、泗，讲业齐、鲁之都，观孔子之遗风，乡射邹、峄，厄困鄱、薛、彭城，过梁、楚以归。"

③燕、赵：战国时的两个诸侯国。燕，在现在北京市和河北省一带。赵，在现在河北省和山西省一带。

④邻里乡党：本乡本土。古时以一万二千五百家为乡，五百家为党。

⑤百氏之书：指诸子百家的著作。

⑥汩（古 gǔ）没：沉沦，埋没。

⑦秦汉之故都：秦都咸阳，汉都长安。

⑧恣观终南、嵩、华：恣，无拘束。恣观，任情观览。终南，终南山，在陕西省西安市南。嵩，嵩山，古时称中岳，在河南省登封县北。华，太华山，古时称西岳，在陕西省华阴县南。

⑨翰林欧阳公：指欧阳修，他曾任翰林学士。苏辙中进士时，他是主考官。

⑩四夷：指当时边疆上的少数民族。

⑪周公、召公：周公旦、召公奭（士 shì），都是周武王的名臣。方叔、召虎：都是周宣王的名臣。这是借用周代四个大臣，称赞韩琦和他们一样是宰辅重臣。

【译文】

太尉阁下：我生平好作文章，对此考虑得很深。认为文章是人们气质的表现,但文章不能专靠学习就写得好,气质却可以通过修养而得到。孟子说:"我善于修养我的博大刚正的精神气质。"现在看他的文章,宽阔、浑厚、宏大、广博,气势充满于天地之间,和他的气质大小很相称。太史公行遍天下,看遍名山大川,跟燕、赵的英雄豪杰交往,所以他的文章风格奔放而又跌宕有势,很有独特气质。这二位,哪里曾拿起笔学作如此的文章呢?是那浩然正气充满于心中,涌现为外表,策动成言词,呈现为文章,连自己也没有意识到啊。

我十九岁了。在家中所交往的,不过是乡里、邻居一些人,所看到的不过是几百里范围内的事物,没有高山旷野,可以登临远望以开阔自己的眼界;诸子百家的书,虽无所不读,然而都是古人的陈迹,不能够激发自己的志气。害怕就这样埋没无闻,所以下决心抛开它,去追求天地间新鲜宏伟的事物,以此能够知道天地的广大。经过秦汉的古都,纵览终南、嵩、华等高山;北顾那奔流的黄河,感慨地追思既往的豪杰。到京都,瞻仰皇帝宫殿的巍峨,以及仓廪府库、城池园林的富足广大,然后才知道天下的巨大壮丽。见到翰林欧阳公,听他雄辩的议论滔滔不绝,看他的容貌秀美英伟,与他的门人贤士大夫交往,然后知道天下的文豪都聚集在这里。太尉以雄才大略誉满天下,天下正是依靠您而没有什么忧虑,四方的异族侵略者正因为害怕您而不敢妄动,您在朝就像周公、召公那样的名相,在边境则像方叔、召虎那样的名将,然而我却没有见到您啊。

按说人的学习,不立定大志向,学得虽多又有什么用呢?我这次来,于山见到过终南、嵩、华的高,于水见过黄河的大且深,于人见到过欧阳公,然而不足的是还没有见到过太尉。所以希望看到贤人的光辉丰采,聆听一句话从而激励自己,然后才可以说天下的洋洋大观都看到了,没有什么遗憾的了。

我年轻,还没有通晓熟习官府的公事。以前之所以来京赴考,并不是想求得俸禄微薄的官职,偶然得到了它,也并非高兴的事。但这次幸而得到惠赐回去等待选拔,使我能够从容闲暇地度过几年,回去后将更加下功夫写好文章,并且学习从事政务。假如太尉认为我可以教诲并能屈尊赐教于我,更是我的幸运了。

【分析】

　　苏辙(1039—1112),字子由,号颖滨遗老,又号栾城。他的政治思想和他的哥哥苏轼相近。宋仁宗时,和苏轼同时考中进士。因反对新法,屡遭贬谪;哲宗时,旧党执政,他官至尚书右丞、门下侍郎,晚年又遭贬职外调。他是宋代有名的古文家。古人说他的文章"汪洋澹泊,深醇温粹"(见《栾城集·明人刘大谟序》)。世人称他和他父亲苏洵、长兄苏轼为"三苏"。他又有小苏之称。著有《栾城集》。

　　嘉祐二年(1057年),苏辙与兄苏轼应礼部试,同考中进士。当时执兵、政重权的韩琦声望很高,就在这一年,苏辙上书求见他。

　　这篇文章虽是上书大官韩琦的,但并不像通常的干谒文章一样,说几句恭维或应付门面的话,而是提出了很重要的见解。

　　文章开头就说自己喜为文章,钻研过作文的道理。于是,第一段提出作文应当有养气之功,"文者,气之所形",这是全文的中心论点。作者举出孟子、太史公的文章作证。

　　第二段详谈自己奉行"养气"的主张,所以"求天下奇闻壮观"、与名人交游,只可惜未能见太尉。

　　第三段着重说欲见太尉之意,还从上段引发而来。

　　最后一段申明入京师非为仕禄,并说出求教之意,落落大方,不亢不卑。

　　这是一篇重要的文论。知言养气之说始于孟子。从曹丕《典论·论文》到刘勰《文心雕龙·养气》,再到韩愈《答李翊书》,先后都对养气说作了论述。苏辙《上枢密韩太尉书》,又具体对养气说作了阐发和增添了新的内容。

　　过去古人认为气"不可力强而致",而苏辙则认为"可以养而致"。这原因,正如郭绍虞在《中国文学批评史》中解释的:"苏氏弟兄都用

| 上枢密韩太尉书　苏　辙

力于文字,而同时又都不敢有作文之意。其用力于文字,即老泉所谓'兀然端坐,终日以读之者七八年'之意;其不敢有作文之意,又即老泉所谓'不求有言,不得已而言出'之意。……子由上不能如子瞻之入化境,而下又不敢有作文之意,不欲求工于言语句读以为奇,此所以谓'文不可以学而能'。但神化妙境虽不可学,言语句读虽不屑学,而'生好为文',癖性所嗜,未能忘情,于是不得不求之于气。盖理直则气壮,气盛则言宜,气是理与言中间的关键,于是想由气以进乎言宜之域。这样,所以说文是气之所形,而养气则文自工。"

"气充乎其中,而溢乎其貌,动乎其言,而见乎其文。"这就是苏辙所见到的养气的功能。那么,怎样养气呢?他提出,一方面要提升内心修养;一方面得之于外界阅历。他举孟子与司马迁二人为例,孟子善养浩然之气,所以"其文章,宽厚宏博,充乎天地之间,称其气之小大",这是重在内心修养。司马迁"行天下,周览四海名山大川,与燕、赵间豪俊交游,故其文疏荡,颇有奇气",这是重在外境阅历。苏辙还补充说明外境阅历,又包括师友的影响与奇闻壮观的激发。虽然古人也说过:"然屈平所以能洞鉴风骚之情者,抑亦江山之助乎!"(刘勰:《文心雕龙·物色》)但都没有苏辙说得这么具体,强调得这么重要。这种把写作和社会生活联系起来的观点是值得肯定的。

这篇文章也写得气盛辞充,笔酣墨畅。像这样的句子:"且夫人之学也,不志其大,虽多而何为?辙之来也,于山见终南、嵩、华之高,于水见黄河之大且深,于人见欧阳公,而犹以为未见太尉也。故愿得观贤人之光耀,闻一言以自壮,然后可以尽天下之大观,而无憾者矣。"简直是滔滔而下,一气流转,不可掩遏,同时又切合上书题旨,使人能欣赏其才情,不觉得他狂妄自负。既抬高韩太尉的身份,又不失我之求谒的高尚目的。

五岳祠盟记

岳 飞

　　自中原板荡①,夷狄交侵②,余发愤河朔③,起自相台④,总发⑤从军,历二百余战,虽未能远入夷荒,洗荡巢穴⑥,亦且快国仇之万一。今又提一旅孤军,振起宜兴⑦。建康之役⑧,一鼓败虏,恨未能使匹马不回耳。故且养兵休卒,蓄锐待敌,嗣当激励士卒,功期再战。北逾沙漠,蹀血虏廷,尽屠夷种⑨,迎二圣⑩归京阙,取故地上版图,朝廷无虞,主上奠枕,余之愿也。河朔岳飞题。

【注释】

　　①板荡:《诗经·大雅》中有《板》与《荡》两首诗,内容写周厉王的残暴无道。后用来代称局势混乱。

　　②夷狄:过去统治阶级对少数民族的称呼,带有侮辱意味,是错误的。这里指辽、金侵略者,主要指金。

　　③河朔:指黄河以北的地区。岳飞家住河南汤阴县,汤阴在黄河以北,故称河朔。

　　④相台:铜雀台,故址在河北省临障县,旧属相州(州治在现河南省安阳市)。这里用来代岳飞家乡。

　　⑤总发:把头发束起来,指刚成年。古时男子年二十束发加冠,以示成年。岳飞于二十岁从军,故有此说。

　　⑥巢穴:指女真族统治者金的根据地。

　　⑦宜兴:今江苏省宜兴县。公元1129年,金兵渡江南侵,岳飞移军宜兴,坚持抗战。

　　⑧建康:即今江苏南京市。公元1130年,岳飞收复建康,使战局大有转变。

⑨蹀:踩。夷种:对少数民族(此处指女真族)的贱称。这类词语,带有狭隘民族主义情绪,应批判地看待。

⑩二圣:指被金兵掳到北方去的宋徽宗和宋钦宗。

【译文】

　　自从中原局势混乱动荡,辽、金异族轮番出兵来侵扰。我在黄河北面义愤激发,从相州汤阴县走出家门,二十岁从军,经过两百多次战斗,虽说没有能够深入金国国境,把敌人的老巢洗荡干净,也总算痛快地报复了国家仇恨的万分之一。如今又带领一支队伍,在宜兴奋发而起。建康府那一仗,一鼓作气地打败敌人,遗憾的是没有能够打得它片甲不留罢了。所以暂且养精蓄锐,休整一下,准备和敌人交战。今后一定要鼓励战士,指望在下一个战役中建立功勋。追向北方,越过沙漠,在敌人的国都展开血战,把金国侵略者统统消灭,迎接两位圣皇回到京城宫殿,收复沦陷的疆土归还故国的版图,让朝廷不再担惊受害,皇上可以高枕无忧,这是我的愿望。河北岳飞题。

【分析】

　　岳飞(1103—1142),字鹏举,相州汤阴(今河南汤阴县)人,祖先世代务农。他幼年读书,特别喜好《左氏春秋》和孙武、吴起的兵书。少年时勤练武艺,不到二十岁,就能力挽强弓。宣和四年(1122)应募从军。他与金兵对阵,屡建战功。

　　建炎三年(1129),金兀术渡江南侵,岳飞在广德、宜兴坚持抗战,第二年收复建康(现南京市)。绍兴十年(1140),岳飞率领大军大败金兵于郾城,进兵到朱仙镇(在开封南),河北豪杰群起响应。他正要乘胜收复京城时,高宗听信主议和的奸相秦桧之言,一天之内连下十二道金牌催他班师回京,使他"十年之功,废于一旦"。绍兴十一年被召至临安,解除兵权,任枢密副使。不久被诬陷谋反,下狱。绍兴十一年十二月,与其子岳云同时被害。有功被诬,死于非命,是我国历史上一大冤案。连修宋史的元人都说:"高宗忍自弃中原,故忍杀飞,呜呼冤哉!呜呼冤哉!"著有《岳忠武王集》。

"青山有幸埋忠骨,白铁无辜铸佞人。"杭州西湖有民族英雄岳飞的墓,墓侧跪着铁铸的秦桧等四奸贼。

在中国文学的园地上,有一丛奇葩,这就是民族爱国主义的文学作品。尽管这些文学作品带有封建思想的烙印和阶级的局限,但它们能激发人们的爱国感情,鼓舞人民奋发向上,是我们值得继承的宝贵文学遗产。

"文之最足感人者,莫如激于忠义之情。"历史上最忠勇、最热烈的莫如岳飞、文天祥、陆游等的诗文。岳飞的《满江红》,是一首向来以忠愤著称的"壮怀激烈"的好词,不妨先抄录如下:

> 怒发冲冠,凭栏处,潇潇雨歇。抬望眼,仰天长啸,壮怀激烈。三十功名尘与土,八千里路云和月,莫等闲,白了少年头,空悲切。　靖康耻,犹未雪;臣子恨,何时灭!驾长车,踏破贺兰山缺。壮志饥餐胡虏肉,笑谈渴饮匈奴血。待从头,收拾旧山河,朝天阙。

这首词虽然流露出忠君思想的局限性,但也并不影响其为杰出的爱国主义名作。所以清人陈廷焯在《白雨斋词话》中说:"千载后读之,凛凛有生气焉。"

读了这首词,再来看岳飞写的这篇《五岳祠盟记》,就可以看出二者爱国主义思想的一致,而慷慨悲壮的风格也是相同的。

五岳祠在现在的江苏省宜兴县境内,这篇短文是岳飞驻军当地时所作。文章首先叙述从军抗战的经过,表明自己报国复仇的志愿。接着写克敌致胜的当前形势,最后展示收复失地、重整山河的雄心壮志。

全文真气流转,忠义奋发之情贯注全篇,文短神旺,一气呵成。

但每句安一虚词,如"自""今""故且""嗣当",却又有"沉郁顿挫"的风格,把光明磊落、慷慨悲壮的衷怀表现具足。这种文章的声情之美,不多加诵读吟味是体会不出来的。

大约同时写的岳飞的另一篇短文与《五岳祠盟记》的内容与形式都很相近,附于此供参看:

广德军金沙寺壁题记

余驻大兵宜兴,沿干王事过此。陪僧僚谒金仙,徘徊暂憩。遂拥铁骑千余,长驱而往。然俟立奇功,殄丑虏,复三关,迎二圣,使宋朝再振,中国安强,他时过此,得勒金石,不胜快哉!建炎四月十二日河朔岳飞题。

游小孤山记

陆 游

八月一日,过烽火矶①。南朝自武昌至京口,列置烽燧②,此山当是其一也。自舟中望山,突兀而已。及抛江过其下,嵌岩窦穴,怪奇万状,色泽莹润,亦与他石迥异。又有一石,不附山,杰然特起,高百余尺,丹藤翠蔓,罗络其上,如宝装屏风。是日风静,舟行颇迟,又秋深潦缩③,故得尽见杜老所谓"幸有舟楫迟,得尽所历妙"④也。

过澎浪矶⑤、小孤山,二山东西相望。小孤属舒州宿松县,有戍兵。凡江中独山,如金山、焦山、落星之类,皆名天下。然峭拔秀丽皆不可与小孤比。自数十里外望之,碧峰巉然孤起,上干⑥云霄,已非它山可拟。愈近愈秀,冬夏晴雨,姿态万变,信造化之尤物⑦也!但祠宇极于荒残,若稍饰以楼观亭榭,与江山相发挥⑧,自当高出金山之上矣。庙在山之西麓,额曰"惠济",神曰"安济夫人"。绍兴⑨初,张魏公⑩自湖湘还,尝加营葺,有碑载其事。又有别祠在澎浪矶,属江洲澎泽县,三面临江,倒影水中,亦占一山之胜。

舟过矶,虽无风,亦浪涌,盖以此得名也。昔人诗有"舟中估客莫漫狂,小姑前年嫁彭郎⑪"之句,传者⑫因谓小孤山庙有彭郎像,澎浪庙有小姑像,实不然也。晚泊沙夹,距小孤一里。微雨,复以小艇游庙中,南望彭泽、都昌诸山,烟雨空蒙,鸥鹭灭没,极登临之胜。徙倚⑬久之而归。方⑭立庙门,有俊鹘抟水禽,掠江东南去,甚可壮也。庙祝⑮云:"山有栖鹘,甚多。"

【注释】

①烽火矶:山名,在安徽省宿松县东南,上有烽火台。矶:临江河突起的岩石。

②烽燧(遂 suì):烽火。

③潦(老 lǎo)缩:潦,地上的积水。缩,逐渐涸干。

④幸有舟楫迟,得尽所历妙:杜甫《次空灵岸》诗句。楫(吉 jí):桨。

⑤澎浪矶:山名,在江西省彭泽县西北,临江,与小孤山隔江遥对。

⑥干:冲犯。

⑦造化之尤物:造化,自然界的创造者,也指自然界。尤物,优异的人或物品,这里指珍贵的物品。

⑧发挥:衬托。

⑨绍兴:南宋高宗赵构的年号。

⑩张魏公:张浚,南宋著名抗金将领,曾屡败金兵,被封为魏国公,故称张魏公。

⑪舟中估客莫漫狂,小姑前年嫁彭郎:苏轼《李思训画长江绝岛图》诗句。小姑、彭郎:指小孤山、澎浪矶,是谐音戏语。世俗将小孤转称小姑,将澎浪转称彭郎。估(古 gǔ):商人。

⑫传者:传说小姑嫁彭郎这个民间故事的人。

⑬徙倚:徘徊。

⑭方:刚,正当。

⑮庙祝:寺庙中管理香火的人。

【译文】

八月初一日,乘船经过烽火矶。南朝时,从武昌到京口,一路上沿江设置了许多烽火台,这座山当是其中之一。从船中遥望这座山,山只是高耸罢了。等到船经过它的下边时,见到的是张口状的山崖和互相通连的山洞,怪奇万状。山岩的颜色和光泽是晶莹滋润的,也和其它的山石迥然不同。还有一座石岩,不依附于任何山,独自屹立于水中,有一百多尺高,红色的藤枝和绿色的叶蔓,罗织网络在它的上面,像是装饰珍美的屏风。这一天风很小,船行驶得比较缓慢,又是这深秋季节,没有水气,因此能够像杜甫诗句所说的"幸有舟楫迟,得尽所历妙"呵!

　　船过澎浪矶、小孤山时,看到这两座山一东一西隔江相对。小孤山在舒州府宿松县境内,山上有驻扎的军队。凡是江流中的孤山,如金山、焦山、落星山等,都是名闻于天下的,就峻峭挺拔秀丽来说,都不能跟小孤山相比。从几十里外望小孤山,翠绿的山峰险峻地高高耸起,直冲云霄,已经不是其他山可以比拟的。越靠近它越见它秀丽,冬天夏天,晴天雨天,山姿峰态有千万种的变化,确实是大自然造化的珍品啊!但是,山上的寺庙都已经十分荒废残破了,如果能稍稍修造一些楼阁亭榭作点缀,使它们同江水山色相互映衬,其景色就一定高出金山之上了。庙在西边的山脚下,庙门的匾额写着"惠济"二字,庙里供奉的神像叫"安济夫人"。绍兴初年,魏国公张浚从湖湘归来时,曾经扩建修理过(此庙),庙中有块碑石,记载着这件事。还有另一座祠堂在澎浪矶上,属于江州府彭泽县,三面临着大江,山景倒映在水中,也是独占了一山的胜景。

　　船过澎浪矶,即使没有风,江中也是波浪汹涌,大概这山就是以此而得名。过去有人作诗,有"舟中估客莫漫狂,小姑前年嫁彭郎"的句子,传说这个故事的人说是小孤山庙里有彭郎的塑像,澎浪矶庙里有小姑的塑像,其实不是这么一回事。傍晚,船停泊在狭长的沙洲边,距离小孤山有一里左右。下着小雨,我又坐着小船泛游到惠济庙中,向南遥望彭泽、都昌等山,都在烟雨迷茫之中,鸥鹭也不见了,达到了登高览胜的最美境界。我徘徊观赏了很久才返回。刚刚站到庙门口,有一只疾飞的游鹘追扑水鸟,掠着江面向东南方飞去,其景象十分壮观。庙中管香火的人说:"山上栖息的大鹘鸟,很多。"

【分析】

　　陆游(1125—1210),字务观,号放翁,越州山阴(今浙江省绍兴市)人。自幼好学,有才气,十七八岁时就有诗名,是我国历史上的著名诗人。南宋隆兴初进士。他的一生处在金兵南侵,国势危殆的战乱时期,孩童时饱尝了颠沛流离之苦,年轻时就立志要从军抗金。但是,由于赵宋王朝的腐败和投降派的专权,他的御敌救国的理想始终未能实现。他是一位多才多产的作家,在诗、词、散文等领域都有卓越的成就。他的至死不渝的爱国信念和激昂悲壮的爱国热情,就倾注在他的大量的作品中。著有《剑南诗稿》《渭南文集》《放翁词》《南唐书》《老学庵笔记》等。

本篇选自《入蜀记》。宋孝宗乾道五年,即公元1169年,在家乡赋闲养病的陆游被任命为夔州(今四川省奉节县)通判。他于第二年五月十八日由山阴启程,乘船沿长江溯流西行,经过今苏、皖、赣、鄂等省,十月二十七日到达任所,历时五个多月。他将沿途的见闻以日记的形式记录下来,成为六卷本的《入蜀记》。

小孤山,又名小姑山、髻山,在安徽省宿松县东南江水中,突兀耸峙,直插半天。山上有惠济寺、梳妆楼,有"极顶观涛"等胜景。

乾道六年八月初一日,陆游的官船驶入安徽宿松境内,作者最先见到的是烽火矶,文章就由此写起,按时间的顺序,随作者的步履所到,依次将孤石、澎浪矶、小姑山逐一入书,绘成一幅以小孤山为主体的长幅画卷。

作者坐船赴任,一路所见的景色,总是先远景,再近景,而后身临其境细细观赏。文章顺此写来,脉络清楚,引人入胜。写烽火矶,作者从行船中远远望去,只是"突兀而已",但当"抛江过其下"时,见到的却是:"嵌岩窦穴,怪奇万状",连岩石的色彩也与一般山岩不同。写孤石,是临近了才发现它"不附山",而且美如"宝装屏风"。写澎浪矶,远景是它与小孤山"东西相望",近景是山上有"别祠","三面临江,倒影水中"。写小孤山,从几十里外远眺,则见"碧峰巉然孤起,上干云霄",而后是"愈近愈秀",而后是两次登山揽胜。读完全文,就像随同作者共游了这一带山川佳境。

文章虽然随着所见所游的景色按次写来,但是详略得当,重点突出。相对地说,有两详两略:远景略写,近景详写;烽火矶和澎浪矶略写,小孤山详写。详写和略写又是交叉互容,融合得天衣无缝。如写烽火矶,与写小孤山相比,它是略写,然而就烽火矶本身来说,它的近景描写却十分细腻,是详写。这种巧妙的安排,就把全文的重点集中到写小孤山上,尤其是小孤山的近景描写。详写处,浓墨重彩,略写处,轻笔淡抹,淡淡浓浓,浓浓淡淡,作者精心创作的长幅画卷就展现在读者的眼前了。

作者沿江所见的山色,有共性也有个性,仔细品赏,善于发现,才能尽得其个性,写出特色来。本文就是这样,抓住了各个景物的奇特之处,把它们的个性充分地显示出来,所以富有生命力,成为传世的佳作。烽火矶的奇特之处在于它的山岩"嵌岩窦穴","色泽莹润",同其他山"迥异"。更有一座"丹藤翠蔓,罗络其上",宛如"宝妆屏风"的孤石。澎浪矶的奇特之处在于"三面临江,倒影水中,亦占一山之胜"。小孤山的奇特之处则是孤秀,它是作者重点记述的对象。作者除了直接描写,还运用了对比手法,使小孤山的形象更为真切而有个性。江苏境内的金山、焦山、落星山等都是"江中独山",都是风景绝佳的处所。尤其是金山,名望极高,被世人誉为"江心一芙蓉"。焦山则是东汉处士焦光隐居之地,满山林木,郁郁葱葱,终年苍翠,犹如一块碧玉漂浮江心。然而,"峭拔秀丽皆不可与小孤比"。远远望去,小孤山"碧峰巉然孤起,上干云霄,已非它山可拟",而且是"愈近愈秀"。作者正是抓住了小孤山的特色,与金、焦等名山相比,这就突显了小孤山的"孤秀",读后就会留下深刻的印象。

《入蜀记》以记述山川胜景为主体,还融进了风物民情和评议、考证。《游小孤山记》虽然只是其中的一个片断,却熔山水景物、人情风俗、古今诗文、史地常识于一炉,内容非常丰富。比如,从历史的角度介绍烽火矶,从地理环境指出"小孤属舒州宿松县",澎浪矶"属江州彭泽县",并对澎浪矶之名作了考证。作者认为小孤山美中不足的是祠宇残破了,"若稍饰以楼观亭榭,与江山相发挥",那就"自当高出金山之上矣"。作者在惠济寺,注意到了张浚对该寺"尝加营葺",并且反映出"有碑载其事"。对小孤山和澎浪矶,则引进了"小姑嫁彭郎"的民间故事,但又如实指出小孤庙,即惠济寺里并无彭郎像,澎浪庙里也没有小姑像,增强了这篇游记的真实性。陆游是位大诗人,也熟谙历代大诗人的作品,他在《入蜀记》里常常引用他人的诗句作为他的见闻的佐证。本篇就有两处引用,前引杜甫的《次空灵岸》中的名句,后引苏轼《李思训画长江绝岛图》一诗中关于小孤(姑)嫁澎浪(彭郎)的传说。作者信手拈来,用得却是精确贴切,以至诗文交融,既增加了作品的容量,又留给读者以美的遐想。

《游小孤山记》就这样以清新活泼的文笔,巧妙缜密的剪裁,丰富翔实的内容,成为游记文学中的名篇佳作。

《指南录》后序

文天祥

德祐①二年二月②十九日,予除右丞相兼枢密使,都督诸路军马。时北兵③已迫修门④外,战、守、迁皆不及施。缙绅、大夫、士萃⑤于左丞相府,莫知计所出。会使辙交驰,北邀当国者相见。众谓予一行,为可以纾⑥祸。国事至此,予不得爱身,意北亦尚可以口舌动也。初,奉使往来,无留北者,予更欲一觇⑦北,归而求救国之策。于是辞相印不拜,翌日⑧,以资政殿学士行。

初至北营,抗辞慷慨,上下颇惊动,北亦未敢遽⑨轻吾国。不幸吕师孟构恶于前,贾余庆献谄于后,予羁縻⑩不得还,国事遂不可收拾。予自度不得脱,则直前诟⑪虏帅失信,数吕师孟叔侄为逆,但欲求死,不复顾利害。北虽貌敬,实则愤怒。二贵酋名曰"馆伴⑫",夜则以兵围所寓舍,而予不得归矣。

未几,贾余庆等以祈请使诣北。北驱予并往,而不在使者之目⑬。予分当引决,然而隐忍以行。昔人云:"将以有为也。"至京口,得间奔真州,即具以北虚实告东西二阃⑭,约以连兵大举,中兴机会,庶几在此。留二日,维扬帅下逐客之令。不得已,变姓名,诡踪迹,草行露宿,日与北骑相出没于长淮间。穷饿无聊,追购又急,天高地迥⑮,号呼靡及。已而得舟,避渚洲,出北海,然后渡扬子江,入苏州洋,展转四明、天台,以至于永嘉。

呜呼!予之及于死者,不知其几矣!诋⑯大酋当死;骂逆贼当死;与贵酋处二十日,争曲直,屡当死;去京口,挟匕首以备不测,几自到⑰死;经北舰十余里,为巡船所物色,几从鱼腹死;真州逐之城门外,几彷徨死;如扬州,过瓜洲扬子桥,竟使遇哨,无不死;扬州城下,进退不由,殆例送死;坐桂公塘土围中,骑数千过其门,几落贼手死;贾家庄几为巡徼⑲所陵迫死；夜趋高邮，迷失道，几陷死；质明，避哨竹林中，逻者数十骑，几无所逃死；至高邮，制府檄⑳下，几以捕系㉑死；行城子河，出入乱尸中，舟与哨相后先，几邂逅死；至海陵，如高沙，常恐无辜死；道海安、如皋，凡三百里，北与寇往来其间，无日而非可死；至通州，几以不纳死；以小舟涉鲸波㉑出，无可奈何，而死固付之度外矣！呜呼！死生昼夜事也，死而死矣，而境界危恶，层见错出，非人世所堪。痛定思痛，痛何如哉！

予在患难中，间以诗记所遭，今存其本，不忍废，道中手自抄录。使北营，留北关外，为一卷；发北关外，历吴门、毗陵，渡瓜洲，复还京口，为一卷；脱京口，趋真州、扬州、高邮、泰州、通州，为一卷；自海道至永嘉，来三山㉒，为一卷。将藏之于家，使来者读之，悲予志焉。

呜呼！予之生也幸，而幸生也何为？所求乎为臣，主辱，臣死有余僇㉓；所求乎为子，以父母之遗体行殆，而死有余责。将请罪于君，君不许，请罪于母，母不许，请罪于先人之墓。生无以救国难，死犹为厉鬼以击贼，义也。赖天之灵，宗庙之福，修我戈矛，从王于师，以为前驱，雪九庙之耻，复高祖㉔之业，所谓"誓不与贼俱生"，所谓"鞠躬尽力，死而后已"，亦义也。嗟乎，若予者，将无往而不得死所矣！向也，使予委骨于草莽，予虽浩然无所愧怍㉕，然微以自文㉖于君亲，君亲其谓予何！诚不自意，返吾衣冠，重见日月，使旦夕得正丘首㉗，复何憾哉！复何憾哉！

是年㉘夏五，改元景炎。庐陵文天祥自序其诗，名曰《指南录》。

【注释】

①德祐(右 yòu)：宋恭帝年号。

②二月：据《宋史·瀛国公本纪》及文天祥《指南录自序》，这里的"二月"当作"正月"。

③北兵：指元兵，文天祥不肯承认"元"的称号，所以称"元"为"北"。

④修门:指国都的门。这里指南宋都城临安的城门。

⑤萃(脆 cuì):聚集。

⑥纾(舒 shū):解除,缓和。

⑦觇(搀 chān):窥看。

⑧翌(亦 yì)日:次日,第二天。

⑨遽(具 jù):立即,就。

⑩羁(基 jī)縻(迷 mí):束缚,这里是软禁、扣留的意思。

⑪诟(够 gòu):责骂。

⑫馆伴:宾馆招待。

⑬目:行列,这里有名单的意思。

⑭东西二阃(捆 kǔn):指淮东制置使李庭芝和淮西制置使夏贵。

⑮迥(窘 jiǒng):远。

⑯诋(底 dǐ):斥责。

⑰刭(颈 jǐng):用刀割脖子。

⑱巡徼(叫 jiào):巡察。

⑲檄(习 xí):官府文书。

⑳捕系:捉拿囚禁。

㉑鲸波:巨浪。

㉒三山:福州的别称,因为旧福州城内东有九仙山,西有闽山,北有越王山,故名。

㉓僇(路 lù):同"戮",这里是死罪的意思。

㉔高祖:开国的皇帝,这里指宋太祖赵匡胤。

㉕愧怍(作 zuò):惭愧。

㉖自文:自己陈述解说。

㉗正丘首:即"正首丘"。旧时称人死后归葬故乡为"归正首丘"。也可用来表示怀念故乡。

㉘是年:这一年,指德祐二年。

《指南录》后序 文天祥

【译文】

　　德祐二年二月十九日,我被任命为右丞相兼枢密使,统率各路军队。当时元军已经逼近国都门外,无论是迎战、防守或转移,都来不及进行了。大小官员都会集在左丞相府里,谁也不知道该怎么办。当时双方使节的车马往来频繁,元军邀请宋朝当政的人去会见。大家认为我作为使者去一趟是可以解除祸患的。国事到了这种地步,我不能爱惜自己了,估计元人也还是可以用语言打动的。以前,往来出使的人没有被扣留的。我更打算借出使的机会察看一下元军军情,回来以便寻求拯救国家的策略。于是辞去了右丞相的职务,次日,以资政殿学士的身份前往元军军营。

　　刚到元营的时候,我坚强不屈,慷慨陈词,元军上下都很震惊,元军也不敢就立刻轻视我国。不幸的是:吕师孟与我结怨在前,贾余庆又对敌献媚在后,我被软禁不能回来,国事就不可收拾了。我自己估计不得逃脱,就径直走到敌军元帅前骂他失信,痛斥吕师孟叔侄叛逆。我只想求死,不再顾个人的利害。元人虽然表面上表示尊敬,实际上是愤怒的。他们派两个大官监视我,名义上叫做"陪伴",夜里就用兵包围我所住的宿舍,我就不能回国了。

　　没有多久,贾余庆等人以祈请使的名义到大都去。元军强迫我同他们一起去,而不当作使者。我理当自杀,然而却抑制着自己的感情跟他们走了。前人说:"忍辱不死是为了要有所作为啊。"到了京口,得到一个空子逃往真州,立即把元军的虚实情况完全告诉了淮东淮西两位制置使,约定他们联合兵力攻击元军,复国的机会大概就在这儿了。我在真州留住了两天,驻守维扬的统帅下达了逐客令。没有办法,改了姓名,隐蔽踪迹,在荒草中奔走,在露天里歇宿,每天和元军的骑兵互相出没在江淮地区。处境困窘,忍饥挨饿,无依无靠,悬赏捕捉的风声又急,天高地远,呼号不灵。不久得到一只船,避开长江中敌人占据的沙洲,逃出江口以北的海面,然后渡过扬子江,进入苏州洋,辗转到四明、天台地区,最后到了永嘉。

唉！我遭到死亡的情况不知有多少次了！骂元军统帅应当死；骂叛国贼应当死；和元军两个大官相处二十天，和他们争辩是非曲直，也几次应当死；离开京口时，带着匕首以防意外，几乎想要自杀而死；从元人的战舰旁边走了十多里路，被巡逻船搜寻，几乎投水而死；真州的守将把我逐出城门外，几乎彷徨而死；到扬州，路过瓜洲扬子桥，假使遇到哨兵，不可能不死；扬州城下，进退两难，几乎是前来送死；坐在桂公塘的土围中，几千个骑兵路过门外，几乎落入敌手而死；在贾家庄几乎被巡逻兵凌辱逼迫死；夜里奔高邮，迷失道路，几乎陷入泥沼而死；黎明时分，在竹林中躲避哨兵，巡逻的骑兵有好几十，几乎无处逃避而死；到了高邮，制置使官府的通缉令下达，几乎因为被捕而死；行驶在城子河上，出入于乱尸之中，坐的船与敌人哨船一前一后，几乎偶然相遇而死；到海陵，往高沙，常常恐怕无罪而死；路经海安、如皋，共有三百里路，元军和土匪往来于这一带地区，没有一天不可能死；到通州，几乎因为不被收留而死；最后靠着小船渡过惊涛骇浪，那是没有办法，本来早就把生死置之度外了！唉！死生不过是昼夜间的事，死就死了，可是那境遇险恶，层出不穷交错发生，实在不是人所能够受得了的。痛苦的事情过去后再追思当时的痛苦，该是多么悲痛啊！

我在患难之中，有时候用诗写下自己的遭遇，现在还保存着稿本不忍抛弃，一路上还亲自抄录。把出使元营，被扣留在北关外这一段时间所写的诗作为一卷；把从北关外出发，经过吴门、毗陵，渡过瓜洲，又回到京口这一段时间所写的诗作为一卷；把从京口逃奔真州、扬州、高邮、泰州、通州这一段时间所写的诗作为一卷；把从海道到达永嘉来到福州这一段时间所写的诗作为一卷。我将把这个诗集保存在家里，让后人阅读，以便悲叹我的心志。

唉！我能够活着是出于侥幸，但这样侥幸地活下来还能有什么作为呢？所要求于做臣子的是，国君受辱，臣子就应当死，像我这样是死有余辜的；所要求于做儿子的是，如果用父母留给自己的身体去冒险行事而死,那是死了还应当受极重的谴责。我要向国君请罪,国君不答应;我要向母亲请罪,母亲不答应;我只能到祖先的坟墓上去请求死去的祖先饶恕了。活着没有办法解除国家的患难,死了仍要做个厉鬼去打击敌人,这才是合乎义理的行为。依赖上天的威灵,宋王朝祖先的福分,整顿我们的武器,跟从国君到军队里去,作为先驱走在前面,洗雪祖先的耻辱,恢复开国始祖的功业,这就是所谓"立誓不和敌人共存",这就是所谓"恭恭敬敬、小心谨慎地竭尽自己的力量,到死方休",这也才是合乎义理的行为。唉!像我这样的人,将是无论到哪里都可以找到合乎义理的死所啊!以前,假使我已把尸骨丢弃在荒野之中,我虽然光明磊落,无愧于心,但却没有什么办法可以在国君和父母的面前陈述自己的心情,国君和父母又将认为我是个怎样的人呢!确实我自己也没有想到能够重新穿戴上故国的衣冠,再见光明,即使早晚之间就得死于故乡,那还有什么遗憾呢!还有什么遗憾呢!

这一年夏季五月,改年号为景炎。庐陵文天祥给自己的诗集作了这篇序,并把它题名为《指南录》。

【分析】

文天祥(1236—1282),字宋瑞,又字履善,号文山,吉州庐陵(今江西省吉安县)人。宋末杰出的民族英雄。他二十一岁时考中状元,历任刑部郎官及湖南、江西等地方官。其后,官至右丞相兼枢密使。著有《文山先生全集》。

南宋末年,元统治者在灭金以后,举兵攻宋,南宋王朝为了保持苟安享乐的局面,一味妥协求和,步步退让。公元1275年,元军进逼南宋首都临安(今浙江省杭州市),恭帝仓促下诏勤王,向各地求援。当时文天祥在赣州做知府,立即拿出全部家财作为军费,招募了一万多人,领兵入卫,但未能如愿。不久,他被任命为临安的知府。可是最高统治者并未下定决心抵抗元军,内部不和,各不相谋,政局一团糟。当元军进逼京都时,南宋王朝是"战、守、迁皆不及施"。文天祥抱着拯救国家的希望,毅然辞去了右丞相兼枢密使的新任命,出使元营,希望通过外交途径挽救危在旦夕的南宋王朝。可是,由于主降派与元军勾结,使文天祥前去谈判的目的无法实现,反而使文天祥被扣留在元营。他在被驱北行的途中,乘机脱逃,历尽艰辛,终于回到了永嘉,辅佐宋端宗,任通议大夫右丞相兼枢密使,都督各路军马,在福建、江西一带与南下的元军继续作战。公元1278年冬,在五坡岭(在今广东省海丰县北二里)兵败被俘。宋亡,文天祥被解送大都(今北京市),途中他几次服毒、绝食不得死。被囚四年,元朝统治者威逼利诱,百计劝降,他坚贞不屈,并作《正气歌》以明志。公元1282年12月9日英勇就义。年四十七。

《〈指南录〉后序》是文天祥自编的记事诗集《指南录》的一篇序文。因为在这篇序文之前已经有过一篇《自序》,所以称本篇为《后序》。作者简要地记叙了自己出使元营与敌人抗争的情况,以及出逃后颠沛流离、九死一生的流亡过程,并扼要地说明了他抄录诗篇和编纂诗集的目的。从这篇文章中,我们可以看出文天祥坚忍不拔的意志和坚贞不屈的爱国主义精神。

文章一开篇,作者就交代了自己被任命为右丞相兼枢密使的时间,点明了自己的身份。特定的时间、特定的身份,是与特定的事件密切地联系在一起的。当时"北兵已迫修门",使南宋王朝"战、守、迁皆不及施",大大小小的官员都一筹莫展,混乱一团,而"北邀当国者相见"又甚急。文天祥就是在这危急存亡的关键时刻匆匆出使的,可见他的处境十分艰难。国难当头,文天祥决定"辞相印不拜",挺身而出,亲赴北营。他希望凭自己的努力来说服敌军撤兵,即使谈判不成,"一觇北,归而求救国之策"也是好的。从客观和主观两个方面说明自己出使元营的原因。谈判是非常艰难的,结果文天祥因抗辞犯敌而被拘留。作者没有详写他与元丞相伯颜辩难的细节,只说自己"抗辞慷慨",此足以表明他的爱国激情及抗敌的决心。文天祥勇于为国牺牲的浩然正气,使元军"上下颇惊动"。这"惊动"两字,突出地反映了"抗辞"所产生的巨大影响。经过文天祥的据理力争,本来还有"纾祸"的希望,却因通敌卖国的投降派的破坏,使形势发生了逆转。所以,文章接着用"不幸"领起,表明事出意外。于是,他就忠愤激烈地斥责元军失信,痛骂叛徒祸国殃民,决心以牺牲自己的生命来捍卫民族的尊严。"直前"二字,是文天祥怒斥强敌国贼时的情态,显示出他凛然犯敌的气概。事已至此,他身陷囹圄,被元军软禁而不得归。作者有条不紊地叙述了自己在元营坚持斗争的经过。

不久,文天祥被迫北行,他隐忍不死,"将以有为"。抵京口,才得到脱险的机会。他潜逃到真州,准备联络淮东和淮西两制置使共同抗敌,因而高兴地欢呼"中兴机会,庶几在此"。可是,据守在扬州的统帅淮东制置使李庭芝,轻信谣传,误认为文天祥是元军派来的奸细,下了逐客令。文天祥忍辱逃亡,几乎因此丧生。"不得已"三字,既写出他身处逆境无可奈何的情状,又写出他内心的凄怆。他改名易姓,"草行露宿",不断遇险,简直到了无法生存的绝境,发出"天高地迥,号呼靡及"的哀号。但出乎意外,"幸有海船以济"(《发通州·小序》),在颠沛之余,得以更生。文章用"已而"轻转,写了他得船后的喜悦。绝处逢生,虽然万里飘零,辛苦辗转,但终于到了永嘉。至此,作者已把自己出使北营、被拘、脱逃,历尽艰险到达永嘉的经过,叙述得清清楚楚。所叙的全部事实,是按着时间、地点和人事的次序,采取前后串叙的方式来写的。"国事至此,予不得爱身",则是这些叙述的中心。

文天祥所遭受的境遇确是十分险恶的,所以暂时安定以后,回首往事,无限痛苦凄怆。悲痛抑郁的感情一下子像潮水一样奔流。"予之及于死者,不知其几矣!"文章紧扣"死"字,采取列举的方式,一口气详尽地叙述了自己冒险奋斗的遭遇。他从赴敌营抗辞犯敌一直说到"涉鲸波出",叙述了自己奋勇搏斗的惊险历程。他面对这"非人世所堪"的危恶环境,百折不挠,决心"慷慨以赴死",这就表现出他一心报国的丹心难灭。"死而死矣",这是文天祥对死所持的态度。这四个字,全盘托出了他坚定无畏的战斗意志和赫赫精忠,"痛定思痛,痛何如哉"这一句集中表达了他胸中郁结已久的沉痛心情!

接着,文章从"序"的要求出发,采取概括的方式,简要说明《指南录》的内容,编辑成集的目的及时间。因为这《指南录》里的一百多首诗都是作者患难生活的真实写照,都是作者献身救国的滴血文字,所以要"存其本,不忍废",更何况可以"使来者读之,悲予志焉"。"悲予志",其实是要用以激励来者的爱国热忱,振奋来者的民族精神。苦心孤诣,笼罩全篇。

最后一段议论,作者从君臣父子的封建伦理来述说自己的心愿,表达了他对南宋王朝的无限忠诚。这是文天祥抗敌救国的阶级局限性的充分暴露。但是,作为一个历史上的民族英雄,他的"生无以救国难,死犹为厉鬼以击贼",以及"誓不与贼俱生",决心"鞠躬尽力,死而后已"的奋斗精神,还是值得赞扬的。他的"使旦夕得正丘首"的感情,也是值得同情而无可指责的。

《〈指南录〉后序》以叙事为主,可以说是作者传略的一个片段,但通篇含有极为浓厚的抒情意味。从篇首到结尾,寓抒情于叙议之中,可以说没有一件事不包蕴着恳挚的感情,没有一句话不流露着坦白的胸怀。作者把朴素的叙述和深切的抒情结合在一起,把那可歌可泣的事迹,凛然可畏的气节,舍身报国的赤胆忠心,都老老实实地表达了出来。简约质朴的文字,不仅使故事情节曲折推进,前后照应,而且显得气势充畅,既能使文意得到自由畅达的表现,又能生动真切地反映出作者的思想感情,不时深深地打动人们的心弦。那十八个带"死"字的句子,采用排比的形式,似惊涛骇浪,汹涌卷来,层出不穷,营造出了一个又一个险恶而又悲壮的环境气氛。一些普通的动词,在这篇文章里却显示出极大的光彩,如作者用"追""追""逐""逃""落""遇"等渲染出紧张的气氛,用"奔""避""出""入""渡""涉""如""至""经""过""趋"等描述南归途中奔波的急促,用"诟""数""诋"

"骂""争"等表现甚坚持斗争、坚强不屈的精神。文中大量运用短句,使人突出地感到句子音节迫促。正是这些音节迫促的短句,贴切地再现了作者献身救国、忿然激昂的情绪和畏途奔难、窘急困顿的情态。

大龙湫记

李孝光

大德七年①,秋八月,予尝从老先生来观大龙湫。苦雨积日夜。是日,大风起西北,始见日出。湫水方大,入谷未到五里余,闻大声转出谷中,从者心掉。望见西北立石,作人俯势,又如大楹;行过二百步,乃见更作两股相倚立;更进百数步,又如树大屏风,而其颠谽谺②,犹蟹两螯时一动摇,行者兀兀。不可入,转缘南山趾③稍北,回视如树圭④。又折而入东崦,则仰见大水从天上堕地,不挂著四壁,或盘桓久不下,忽迸落如震霆。东岩趾有诺讵那庵⑤,相去五六步,山风横射,水飞著人。走入庵避,余沫迸入屋,犹如暴雨至。水下捣大潭,轰然万人鼓也。人相持语,但见口张,不闻作声,则相顾大笑。先生曰:"壮哉!吾行天下,未见如此瀑布也。"

是后,予一岁或一至。至,常以九月。十月则皆水缩,不能如向所见。今年冬又大旱,客入,到庵外石矼⑥上,渐闻有水声。乃缘石矼下,出乱石间,始见瀑布垂,勃勃如苍烟,乍小乍大,鸣渐壮急,水落潭上洼石,石被激射,反红如丹砂。石间无秋毫土气,产木宜瘠,反碧滑如翠羽凫毛。潭上有斑鱼二十余头,闻转石声,洋洋远去,闲暇回缓,如避世士然。家僮方置大瓶石旁,仰接瀑水,水忽舞向人,又益壮一倍,不可复得瓶,乃解衣脱帽著石上,相持扼掔⑦,欲争取之,因大呼笑。西南石壁上,黄猿数十,闻声,皆自惊扰,挽崖端偃木牵连下,窥人而啼。纵观久之,行出瑞鹿院⑧前——今为瑞鹿寺,日已入,苍林积叶前,行人迷不得路,独见明月宛宛如故人。老先生谓南山公也。

【注释】

①大德:元成宗年号。七年,公元1303年。

②谽𧯆(酣瞎 hān xiā)：山谷中部空大而深的样子。

③山趾：山脚。

④圭：古时帝王所执的玉版，上尖下方。

⑤诺讵那庵：罗汉庵。诺讵那为十六尊者之一。

⑥石矼(冈 gāng)：石桥。

⑦扼擎：指把瓶握牢固而不致被瀑布冲走。

⑧瑞鹿院：雁荡山中的一座寺院。

【译文】

大德七年，秋季八月，我曾经跟着老先生来观赏大龙湫。连绵大雨下了一天一夜。这一天，大风从西北方向刮起来，才开始看到太阳出来。湫水刚刚涨大，进山谷走了不到五里多路，听到洪大的声音从山谷里传出来，使跟着来的人害怕得心都要掉下来。看到西北边竖立着石头，像一个人俯着身子，有的又像大柱子；走过二百步，居然看到有的又像两条大腿互相依靠地站在那里；再向前走百余步，又见到有的像竖立的大屏风，而顶上空洼一块，就如同螃蟹的两只螯时时在动，行走的人心中都扑通扑通乱跳。不能走进去，转过来沿着南山脚稍向北走，回头看，山石又像竖立的上尖下方的玉质版符。又转过来走进东山坡，便看到大水从天上坠落到地面，不依挂在四面山崖，有的在上面回旋久久地下不来，忽然四处喷射地落下来好像炸响的大雷。东岩山脚边有诺讵那庵，相距五六步远，山风横吹，水花飞溅在人的身上。走到庵里躲避，零星的水沫迸射到屋里，好像是暴雨泻进来。水冲下来捣成一个大水潭，轰轰地像万众在敲鼓。人们挽着手相互讲话，只看到张嘴，听不到声音，你看看我、我看看你地大笑起来。先生说："雄壮啊！我走遍天下，没有见过这样的瀑布啊！"

自此以后，我一年有时要来这里一次。来到这儿，常常是在九月。到了十月水便干涸了，不能像过去所看到的那样。今年冬天又是大旱，客人来到庵外的石桥上，渐渐听到水的声音。便沿着石桥下来,走出乱石间,才看到瀑布垂下来,水涌出如同青苍的烟雾,时而小时而大,声音渐渐洪大急促,水落到潭的洼石上,石面被水猛烈地冲击,反射出如同丹砂一样的红颜色。石中间没有丝毫土壤,生长于此的树木本该很瘦,颜色反而碧绿光滑如同翠鸟和野鸭的羽毛。潭上有有斑纹的鱼二十多尾,听到石头转动的声音,意气洋洋地游远,悠闲从容地回过头看看,就好像逃避市声隐居的人一样。家僮刚将一个大瓶安置在石头旁边,朝上接瀑布的水,水忽然扑舞着向人打过来,水势更加大了一倍,不能再拿到瓶子,便解下衣服脱掉帽子放在石头上,相互用手握紧瓶子,想要抢过来,因此大喊大笑。西南方向的石壁上,有几十只黄色的猿猴,听到声音,都自相惊扰,挽着山崖边沿卧倒的树木牵连而下,偷偷地看着人啼叫。放开眼观赏了好久,走到瑞鹿院前面——现在是瑞鹿寺,太阳已沉没很长时间了,在苍黑的树林积落的树叶前面,行人都迷了路,只看见明月含情脉脉像老朋友。老先生指的是南山公。

【分析】

李孝光(1285—1350),字季和,元乐清(今浙江乐清市)人。年青时读书于雁荡山五峰下。至正七年(1347),应元顺帝征召,为文林郎、秘书监丞。著有《五峰集》。

雁荡山向以风景美丽著称。作者生于斯,养于斯,读书于斯,后又以文集名"五峰",可见其对雁荡山感情之深切。朝夕所见,情动而文见,自是常事。但此文特别之处,是在他不写一般常景,而是用奇笔写奇景,对雁荡大龙湫瀑布的景象作了生动别致、形象特异的描绘。

全文基本上分为两部分,一部分写大水充溢时的大龙湫瀑布,一部分写大旱水缩时的大龙湫瀑布。两者景色各异,而呈现出的都是引人入胜的景象。

第一部分,可用"动心骇目"四字概括。

先是"苦雨积日夜","大风起西北,始见日出",点明秋寒的季节。因为"湫水方大",入谷未到五更,就听到水声訇訇,令从者心掉,这就开始渲染气氛。往下移步换景,而景景皆奇,景景都动人心魄。到写瀑布,分了三个层次,一是远视,"大水从天上堕地,不挂著四壁,或盘桓久不下,忽迸落如震霆",写动势,又写声音。再是近观,"山风横射,水飞著人"。而且,"走入庵避,余沫迸入屋,犹如暴雨至",瀑布好像随着人走,是多么有意思!再看,瀑布冲击下面,成了一个大水潭,声音轰然,像万人敲鼓,声音大到"人相持语,但见口张,不闻作声"。水势水声,蔚为壮观。用老先生的话说出主观感受:"壮哉!吾行天下,未见如此瀑布也。"这确实是不寻常的瀑布。

写尽大龙湫瀑布的奇伟壮丽之观,真是尽情尽兴尽景,笔墨酣畅淋漓之至,这样的描写该是到了顶点了吧?然而不然,作者又逞其无比奇妙灵动之笔再创作一幅大龙湫瀑布的画面。作者又把读者引到雨少水缩时的大龙湫面前。在这个季节里,"出乱石间,始见瀑布垂,沷沷如苍烟"。这妙处,这风味,要靠具有高度审美能力的人去捕捉,去描写。而作者煞费苦心地又满足了我们对美的欣赏。他写"水落潭上洼石,石被激射,反红如丹砂"。而石间无土,该是单调平凡的吧?不,"产木宜瘠,反碧滑如翠羽凫毛"。无土的树很瘦瘠的,却反而碧绿,红石、绿树相衬得依然生气勃勃。而且树皮上长的青苔,柔滑如同翠鸟的羽,水凫的毛,这不也很美么?还有,"潭上有斑鱼二十余头,闻转石声,洋洋远去,闲暇回缓,如避世士然"。这一段描叙,使我们联想到柳宗元的名文《小石潭记》。但这鱼是这儿规定情景中的物,同时渲染上这儿人的独特感情,也是这儿人的心境的反映。它是不同于柳宗元的"悄怆幽邃",而是"闲暇回缓"的。不同之中有同:景色是独特的,又是人化的,客观景物染上游者的主观感受,《小石潭记》和《大龙湫记》,都为我们创造了"第二自然"。

瀑布小是很难写出什么的,而作者却用家僮置瓶戏水一段把文章写活,写生动;最后衬以猿声、日落、迷不得路的气氛和情景,又将读者带入一种幽秘神奇的境界。末尾用"独见明月宛宛如故人"结束全文,仍然给人一种温润熨贴的感受。

神奇是贯穿全文的基调,明朗愉快是统一的心境,而阳刚之美和阴柔之美两种不同的风格却又呈现在一篇文章里。写出这样生动传神、刚柔相济的作品,是作者深刻观察客观事物和具有独特感受的主、客观互相熔铸统一的结果。

送东阳马生序

宋　濂

　　余幼时即嗜学,家贫,无从致书以观,每假借于藏书之家,手自笔录,计日以还。天大寒,砚冰坚,手指不可屈伸,弗之怠。录毕,走送之,不敢稍逾约。以是人多以书假余,余因得遍观群书。

　　既加冠①,益慕圣贤之道,又患无硕师②、名人与游,尝趋百里外,从乡之先达③执经叩问。先达德隆望尊,门人弟子填其室,未尝稍降辞色。余立侍左右,援疑质理,俯身倾耳以请。或遇其叱咄④,色愈恭,礼愈至,不敢出一言以复。俟其欣悦,则又请焉。故余虽愚,卒获有所闻。

　　当余之从师也,负箧曳屣⑤,行深山巨谷中。穷冬烈风,大雪深数尺,足肤皲裂而不知。至舍,四肢僵劲不能动,媵人⑥持汤沃灌,以衾拥覆,久而乃和。寓逆旅,主人日再食⑦,无鲜肥滋味之享。同舍生皆被绮绣,戴朱缨宝饰⑧之帽,腰白玉之环,左佩刀,右备容臭⑨,烨然若神人。余则缊袍⑩敝衣处其间,略无慕艳意;以中有足乐者,不知口体之奉不若人也。盖余之勤且艰若此。今虽耄老⑪,未有所成,犹幸预君子之列,而承天子之宠光,缀公卿⑫之后,日侍坐备顾问,四海亦谬称其氏名,况才之过于余者乎?

　　今诸生学于太学,县官日有廪稍之供⑬,父母岁有裘葛之遗⑭,无冻馁之患矣;坐大厦之下而诵诗书,无奔走之劳矣;有司业、博士为之师,未有问而不告、求而不得者也;凡所宜有之书,皆集于此,不必若余之手录,假诸人而后见也。其业有不精、德有不成者,非天质之卑,则心不若余之专耳,岂他人之过哉!

　　东阳⑮马生君则,在太学已二年,流辈甚称其贤。余朝京师,生以乡人子谒余,撰长书以为贽⑯,辞甚畅达。与之论辩,言和而色夷⑰。

自谓少时用心于学甚劳,是可谓善学者矣。其将归见其亲也,余故道为学之难以告之。谓余勉乡人以学者,余之志也;诋我夸际遇之盛而骄乡人者,岂知余者哉!

【注释】

①加冠:指二十岁。古时男子二十岁行加冠之礼,表示已经成年。

②硕师:硕,大、美之意。这里指博学而又有名望的老师。

③先达:学术界的前辈。

④叱咄(赤多 chì duō):大声斥责。

⑤负箧(妾 qiè):背着放书的小箱子。曳屣(业喜 yè xǐ):拖着鞋子。形容匆促上路。

⑥媵人:婢女。

⑦日再食:每天给我吃两顿饭。

⑧朱缨:红色的帽穗。宝饰:用宝石作装饰。

⑨容臭(秀 xiù):香囊。

⑩缊(韵 yùn)袍:粗麻制的袍子,指旧袍。

⑪耄(帽 mào)老:年老。古人七十岁以上叫耄。

⑫缀:跟随。公卿:泛指大官。这是作者自谦的话,意思是说在朝廷做了官。

⑬廪稍之供:公家发给的膳食和津贴。

⑭裘葛之遗(位 wèi):裘,皮衣;葛,夏天的衣服。遗,赠送。

⑮东阳:浙江东阳县。

⑯贽(治 zhì):古时初次拜见尊长时所送的礼物。

⑰言和而色夷:说话谦虚,态度和蔼。夷,平易。

【译文】

我从小就喜欢学习,家里穷,没有办法得到书看,常常向藏书的

送东阳马生序　宋　濂

人家去借阅,亲手抄写,计算着约定的日子到期归还。天气特别冷的时候,砚台里结着坚冰,手指冻僵了,都不敢偷懒停止。抄写完毕,赶快送还人家,不敢超过约定的期限。因此别人都愿意把书借给我,我就用这种办法广泛地阅读了许多书籍。

到了成年,更羡慕有道德有学问的人,又担心没有大师、名家好亲近讨教。曾经跑到百里之外,捧着经书向当地有学问有道德的前辈提出疑问。那位前辈德高望重,家里挤满了学生,他的语气和脸色总是非常严肃,我站在旁边伺候着,提出疑难,探问究竟,弯着身子,偏着耳朵来请教。遇到他斥责的时候,我态度更加恭敬,礼节更加周到,一句话也不敢回答。等到他高兴了,就再向他请教。所以我虽然愚钝,终于也懂得了一些道理。

当我到老师那儿求学的时候,背着书箱,拖着鞋子,走在深山大谷里,大寒天气,北风猛烈,大雪有几尺深,脚上的皮肤冻裂了我也不知道。到了客舍里,四肢僵硬得不能动弹,仆人拿了热水给我洗,又用被子把我盖紧,好久才暖和过来。住在客店里,每天只吃两顿饭,没有鲜肥滋味的享受。住在一起的同学们都穿着绣花的绸缎衣服,戴着挂珠串、装宝石的帽子,腰带上是白玉的环,左边佩着刀,右边挂着香袋,鲜明漂亮得就像神仙一般。我却穿着旧棉袍、破衣裳,处在他们中间,一点羡慕的念头都没有。因为学问里面自有令人十分快乐的事物,就不考虑嘴里吃的、身上穿的比不上人家啊。我求学的刻苦和艰辛就是这样。现在虽说老迈了,没有什么成就,幸而还能参与君子的行列,承受着天子的恩宠荣耀,跟在公卿的后面,每天陪着皇帝,听候咨询,全国范围里也不恰当地称道我的姓名,何况才学超过我的人呢?

现在诸位学生在太学里读书,政府每天供给粮食,父母每年送来衣服,没有挨饿受冻的忧愁了;坐在大厦里面读书,没有来往奔走的劳苦了;有司业、博士做他们的老师,没有什么疑问得不到解答、探求得不到收获的了;一切应该备有的书籍,都集中收藏在这里,不必像我那样亲手抄写,要向人家借书才看得到了。如果学生们的学业还有不精进、品德没有完善的,不是天资太差,就是用心不像我那么专一罢了,难道会是别人的过错吗?

东阳县学生马君则,进入太学已经两年了,同辈的人都称赞他好。我到京城来,他以同乡后辈的身份来拜访我,写了长篇书信作为见面礼,文辞很流畅通达;跟他谈论分析问题,他说话很谦虚,态度也平和。他说自己小时候钻研学问很勤劳,这就可以说是善于学习的人了。在他将要回去探望父母的时候,我特地把求学的艰难告诉他。人们要是说我是在勉励同乡人好好学习,这是我的心愿啊;如果毁谤我,说我在夸耀自己的遭遇好向同乡人表示骄傲,那难道是了解我的人吗!

【分析】

宋濂(1310—1381),明初文学家。字景濂,号潜溪,浦江(今浙江省浦江县)人。元末隐居不仕,明初接受明太祖朱元璋征聘,任江南儒学提举,负责纂修《元史》,官至翰林学士承旨、知制诰,同修国史,当时重要的典册制诰文字大都出于他的手笔。洪武十年(1377)辞官回家,后因受胡惟庸案的牵连,谪居茂州(今四川省汶川县),在半路上病死。

古人评说:"明初文臣,宋濂为首,其文昌明雅健,自中节度。"这是说宋濂一反元代纤秾靡弱的文风,写出了明朗、雄健而且有章法的文章。《明史》说他"醇深演迤,与古作者并"。这是说宋濂思想纯正,而且深入,行文如水,足以同前古的作家并驾齐驱。这些评论都是说得不错的。

《送东阳马生序》是给东阳马生的临别赠言。马生是在学的太学生。像宋濂这样的纯儒硕学之士,他当然要选择"勉学"这一主题来写。全文基本上分三大部分,第一部分叙述自己年轻苦学的经过;第二部分批评有优厚条件的人反而不专心学习;第三部分勉励马生要珍惜好的学习条件，刻苦学习。

文章在表现手法上有几个特点：

第一，亲切而具体。以宋濂的身份来说，他当然代表长辈向马生劝勉，同时要讲一番大道理。但他并没有摆那种居高临下教训人的姿态，而是拿自己求学的经历和体会来说明问题，所以就娓娓动听，亲切有味。正因为他以平等的态度说道理，其"入人心也至深，感人之情也弥笃"，收到了很好的教育效果。道理要说得动人，就必须有情节，有事例。作者写自己年幼时求学的刻苦、勤奋，举了一些事例，如借书抄读，负箧从师，冒风雪，奔远道，等等。除了典型情节外，还有细节描写："天大寒，砚冰坚，手指不可屈伸，弗之怠。"这个动人的镜头非常形象感人，而且把"嗜学""家贫""借书""守信用"等实情，全部烘托出来了。

第二，呼应和对比。开头提出"嗜学"二字，涵盖全篇，接着从四个方面叙述自己求学的经过。叙完，用"盖余之勤且艰若此"总括一笔，与开头呼应。中间拿诸生在"太学"中的优越条件对比，发抒感慨，"心不若余之专耳，岂他人之过哉！"这里实际上还是呼应开头的话。第四段写东阳马生，说他"在太学已二年"，又与第三段接应；最后说出"余故道为学之难以告之"，照应第一、二段。全文中心是勉学，篇中无论是说自己，谈他人，肯定的和批评的，都围绕这个命题展开，前后呼应，联系紧密。刘熙载在《艺概》中说："揭全文之旨，或在篇首，或在篇中，或在篇末。在篇首则必顾之，在篇末则前必注之，在篇中则前注之、后顾之。"文章的呼应之法，从这篇文章中可以体会到。

全文还用了对比法。第一段和第二段是两种不同情况的对比。而第一段中"烨然若神人"和"余则缊袍敝衣处其间"也是对比。再如这一段："先达德隆望尊，门人弟子填其室，未尝稍降辞色。余立侍左右，援疑质理，俯身倾耳以请。或遇其叱咄，色愈恭，礼愈至，不敢出一言以复。俟其欣悦，则又请焉。"这里写了一位德隆望尊的老人，

"门人弟子填其室",说明他的声望;"未尝稍降辞色",说明他的威严;"遇其叱咄",说明他要求的严格。而学生呢?"立侍左右,援疑质理,俯身倾耳以请",说明自己的恭敬好学;"色愈恭,礼愈至,不敢出一言以复",说明对师长的尊敬;"俟其欣悦,则又请焉",说明自己的虚心和学而不厌。通过层层描写,一位德高望重的学者和一个虚心求学的青年学子的形象就鲜明地出现在人们面前了。而"严师出高徒"这个道理也就不言而明了。

最后要指出的是,这篇文章是宋濂年老退休后在去南京的路上写的。朱元璋建立皇权后,就大肆杀戮功臣。宋濂借口年老辞职退休,同时定期到南京朝觐,以消释朱元璋的疑忌。这篇文章只谈学习,并且有"承天子之宠光"这样吹捧皇帝的字句,都是有他的用心和深意的。其中把学习的目的归结为追求功名利禄,也是他思想庸俗的一面。但是,全文所阐述的古人刻苦求学的经历与精神,在今天来说,还是有启发意义的。

卖柑者言

刘 基

　　杭有卖果者,善藏柑,涉寒暑不溃。出之烨然①,玉质而金色。置于市,贾②十倍,人争鬻③之。

　　予贸得其一,剖之,如有烟扑口鼻,视其中,则干若败絮。予怪而问之曰:"若所市于人者,将以实笾豆④,奉祭祀、供宾客乎?将炫外以惑愚瞽乎?甚矣哉,为欺也!"

　　卖者笑曰:"吾业是有年矣。吾赖是以食吾躯,吾售之,人取之,未尝有言,而独不足子所乎?世之为欺者不寡矣,而独我也乎?吾子未之思也。今夫佩虎符、坐皋比⑤者,洸洸乎干城之具⑥也,果能授孙吴之略耶⑦?峨大冠、拖长绅⑧者,昂昂乎庙堂之器⑨也,果能建伊皋之业⑩耶?盗起而不知御,民困而不知救,吏奸而不知禁,法斁⑪而不知理,坐縻廪粟而不知耻。观其坐高堂,骑大马,醉醇醴⑫而饫肥鲜者,孰不巍巍乎可畏,赫赫乎可象⑬也?又何往而不金玉其外,败絮其中也哉?今子是之不察,而以察吾柑!"

　　予默然无以应。退而思其言,类东方生滑稽之流⑭,岂其愤世嫉邪者耶?而托于柑以讽耶?

【注释】

　　①烨(业 yè)然:光彩耀目的样子。

　　②贾:同"价"。

　　③鬻(玉 yù):本义"卖",这里是买的意思。

　　④实笾(边 biān)豆:实,动词,这里是放在笾豆里的意思。笾豆,古代祭祀或宴会时,盛果品等物的竹器叫笾,盛肉食等物的木器叫豆。

⑤虎符:虎形的兵符。皋比(高皮 gāo pí):虎皮。

⑥干城:捍卫。干就是盾。在战争中,盾和城都是防御物,所以古人把捍卫叫作干城。具:才能,这里指有才能的人。

⑦孙吴:指古代著名的军事家孙武和吴起。孙武,春秋时齐人,他所写的《孙子兵法》,是我国古代一部杰出的军事学著作。吴起,战国时魏人,受楚悼王重用,实行变法,曾在对外战争中屡次取得胜利。略,计谋。

⑧绅:古代士大夫束在腰间的带子。

⑨庙堂:宗庙朝堂,这里指朝廷。器,才干。这里指有才干的人。

⑩伊皋之业:伊皋,指古代著名的政治家伊尹和皋陶(摇 yáo)。伊尹是商初大臣,名伊,尹是官名,一说名挚,他曾辅佐汤攻灭夏桀。皋陶,姓偃,相传他曾被舜任命为掌管刑法的官员。业:事业。

⑪斁(杜 dù):败坏。

⑫醇醴(纯里 chún lǐ):味道很纯的酒。

⑬象:效法。

⑭东方生:指东方朔,字曼倩,汉武帝时为太中大夫,善辞赋,性诙谐。皇帝有过,能进行讽谏。滑(古 gǔ)稽:诙谐,机智,使人笑后受到启发。之流:一类的人。

【译文】

杭州城里有个卖水果的,很会收藏柑子。经过一整年柑橘都不会烂,拿出来还是新鲜有光泽,玉一般的质地,黄金一般的颜色。放在市上出售,价钱高十倍,大家都争着买。

我购得其中的一个,剖开来,好像有股烟扑进口鼻,看看里面,却干枯得像破旧的棉絮一样。我感到奇怪,就责问他:"你所卖给人的柑子,是想用它盛在祭器里供祭祀用,招待宾客,还是准备只凭外表的炫耀来把人家当傻瓜、瞎子蒙混呢?太过分啦,你搞的这是欺骗手段啊!"

卖柑子的人笑着说:"我干这个职业有些年头了,我依靠它来养活我自己。我卖它,人们买它,从没有听人说什么,怎么只有你不满意呢?世上干骗人勾当的人多着呢,难道只是我一个吗?您没有仔细地想一想啊。如今那些佩戴兵符、坐着虎皮交椅的将帅们,威风凛凛,很像捍卫国家的人才,他们果真拿得出孙武、吴起的战略战术吗?那些戴着高冠、拖着长带子的文官们,趾高气扬,很像辅佐朝廷的人材,他们果真能够建立伊尹、皋陶的业绩吗?强盗起事却不懂得抵挡,人民有困苦却不知道解救,奸吏害民却不知道禁止,法律被破坏却不知道整顿,白白地消耗国家的粮食而不知道羞耻。看那些坐大堂的,骑高头骏马的,美酒喝得醉醺醺的,大鱼大肉吃得饱饱的人,哪一个不是威武得使人敬畏,显赫得使人羡慕呢?又有哪个不是外表像金玉,里面像破旧的棉絮呢?您不去考察这些,却来查考我的柑子!"

我闷住声没有话好回答。回来再想想他的这番话,(觉得他)像是东方朔那样诙谐机智一类的人物,难道他是愤慨世道、痛恨邪恶的人,而假托柑子来讽刺的吗?

【分析】

刘基(1311—1375),字伯温,青田(今浙江青田县)人,元末中进士,曾任高安县丞,江浙儒学副提举,浙东元帅府都事。不久,弃官隐居于青田山中,后接受朱元璋征聘,协助其平定天下,建立明朝,出任太史令。洪武元年(1368年)拜御史中丞,授弘文馆学士,封诚意伯。告老还乡后,一说被朱元璋毒死,一说受左丞相胡惟庸构陷,忧愤而死。诗文兼长。《明史》称他"所为文章,气昌而奇,与宋濂并为一代之宗"。著有《诚意伯文集》。

《卖柑者言》是作者处于元末社会大动乱中,有感元朝统治机构溃烂腐败,而借以抒发愤激之情的一篇近似寓言的作品。

文章开头展示了日常生活的场景。杭有卖果者,善藏柑,而人人争购之,这是因为这种柑,新鲜有光泽,玉质、金色。

接着写自己的受骗上当,于是提出责问,指出一个"欺"字,自然而然地引进主题。

出乎意料之外,卖柑者并不以欺人自惭,反而洋洋洒洒说出一大篇道理来。他列举事例,说明满朝文武都是"金玉其外,败絮其中"。末了提出反诘:"今子是之不察,而以察吾柑!"何等严峻,又何等有力!

最后,作者谈自己的认识和感想。故意宕开一笔,说卖柑者恐怕是像古代东方朔一类滑稽式的人物,可能是对社会不满,故意借托卖柑来讽喻世情的。

读罢全文,我们自然会心而笑。这哪里是卖柑者提出这一番道理,而是作者故意隐藏自己,借这个故事以影射、讽喻,充分表达自己的观点和意见罢了。

古代散文中常常借寓言、比喻、故事,来说明道理,表白意见。这样做,一方面是由于在统治者高压的环境下说话不自由,只好用影射的方式;另一方面,这种借物言志或托喻以讽的表达方式,可以引导读者思索、悟解,有含蓄耐咀嚼的艺术效果。

刘基的这篇文章充分利用了这一表现手法,主题思想的表达全以形象出之,因此读来有引人入胜之妙;而且它对问题本质的揭露,不是开门见山地和盘托出,而是先远远地、不露声色地由卖柑和买柑这样一件在日常生活中极普通的事引起,再从一个"欺"字的责难开端,用一问一答的形式,由远及近,由表及里,一层层剥露,一步步进逼,直指统治阶级的整个上层集团。文章不仅有极强的说服力,使人怵目惊心;同时故事生动,意蕴无穷,给人以鲜明、深刻的印象。前面滔滔的议论,如长江大河之不可阻遏,把愤世嫉俗之情充分表达,最后一节故意把自己脱身置于旁观者地位,使笔有张有弛,行文摇曳生姿。

本篇字约意丰,简练深刻,语言的锤炼更见功夫。像"金玉其外,败絮其中"已成为历久而弥新的成语、常用语。卖柑者一段话,其中如"而独不足子所乎?世之为欺者不寡矣,而独我也乎?"每个短句的结尾虚词本来可以省略,或者将问句改成正面说,但现在这样,更能把那冷酷讥讽的神情悠然地表达出来,从语气中令人想见其玩世不恭的姿态。"今夫"两个问句,已经把文臣武将的威风打掉,而接下去又连下七个"而"字,真是"意激言质",把他们欺世盗名的真面目揭露无遗。借助于虚词造成酣畅凌厉的文势和文气,我们只有从朗读中才能体会到。古代散文的这种语言表现功力是很不简单的。

指　喻

方孝孺

浦阳①郑君仲辨,其容阗然,其色渥然,其气充然,未尝有疾也。他日,左手之拇指有疹②焉,隆起而粟。君疑之,以示人,人大笑,以为不足患。既三日,聚而如钱。忧之滋甚,又以示人,笑者如初。又三日,拇之大盈握③,近拇之指皆为之痛,若剟④刺状,肢体心膂⑤,无不病者。惧而谋诸医,医视之,惊曰:"此疾之奇者,虽病在指,其实一身病也,不速治,且能伤生。然始发之时,终日可愈;三日,越旬⑥可愈;今疾且成,已非三月不能瘳⑦。终日而愈,艾⑧可治也;越旬而愈,药可治也;至于既成,甚将延乎肝膈⑨,否亦将为一臂之忧。非有以御其内,其势不止;非有以治其外,疾未易为也。"君从其言,日服汤剂,而傅以善药,果至二月而后瘳,三月而神色始复。

余因是思之:天下之事,常发于至微,而终为大患;始以为不足治,而终至于不可为。当其易也,惜旦夕之力,忽之而不顾;及其既成也,积岁月,疲思虑,而仅克之,如此指者多矣。盖众人之所可知者,众人之所能治也,其势虽危,而未足深畏。惟萌于不必忧之地,而寓于不可见之初,众人笑而忽之者,此则君子之所深畏也。

昔之天下,有如君之盛壮无疾者乎?爱天下者,有如君之爱身者乎?而可以为天下患者,岂特疮痏⑩之于指乎?君未尝敢忽之,特以不早谋于医,而几至于甚病。况乎视之以至疏之势,重之以疲敝之余,吏之戕摩剥削⑪以速其疾者,亦甚矣;幸其未发,以为无虞而不知畏,此真可谓智也与哉?

余贱不敢谋国,而君虑周行果⑫,非久于布衣者也。传不云乎,"三折肱而成良医⑬",君诚有位于时,则宜以拇病为戒。洪武辛酉⑭九月二十六日述。

【注释】

①浦阳：浦江县的旧称。今属浙江省义乌市。

②疹（枕 zhěn）：皮肤病变所生成的小疙瘩。

③盈握：满四寸。古时四寸叫一握。

④剟（多 duō）：割。

⑤膂（旅 lǚ）：脊梁骨。

⑥旬：十天。

⑦瘳（抽 chōu）：病愈。

⑧艾：草名，花黄色，叶可制成艾绒，供针灸用。

⑨肝膈（隔 gé）：这里泛指人体内脏。

⑩疮痏（伟 wěi）：疮伤。痏，伤痕。

⑪戕（腔 qiāng）摩：杀害，消灭。剥削：搜刮。

⑫虑周行果：考虑周密，行动果断。

⑬"三折肱（宫 gōng）而成良医"：语见《左传》："三折肱，知为良医。"意思是：多次折断胳臂，参考各次医治断臂方法的优劣，也就能成为一个好医生。比喻阅历多，经验丰富。

⑭洪武辛酉：洪武是明太祖朱元璋的年号，洪武辛酉即公元1381年。

【译文】

浦阳的郑仲辨，面容长得丰满，脸色红润，精力充沛，从来不曾生过病。有一天，左手的大拇指长了一个疙瘩，肿起来像小米粒那样。郑君发生了疑惑，把它给人看，人们大笑，以为这不值得忧愁。过了三天，病毒积聚，疙瘩长大像铜钱，心中的忧愁增加了，又把它给人看，笑他的人跟当初一样。又过了三天，拇指肿大有四寸粗，靠近拇指的其他指头，都因为它而疼痛，就像刀割针刺一样，整个身子的四肢、心胸、脊背没有不感到病痛的。郑君心中害怕，找医生诊治，医生看拇指上的病状，惊讶地说："这是疾病中比较奇特的。尽管病痛在指头上,其实一身都有病,不赶快医治,甚至能丧命。如果在刚发病时,早医治,一天能好;发病三天后诊治,过十天能好;现在病情将进一步发展,不到三个月不能治好。当一天能治好时,用针灸医治就行了;十天能治好时,用药物治疗就可以了;到了疾患发展到这地步,严重的要蔓延到内脏,轻的一只臂膀也可能残废。如果没有办法来控制内部病变,那病势就止不住;如果没有办法把外伤治好,那全身的疾病就不容易治好。"郑君听从了医生的话,每日服汤药,并且外敷好药,果然到了两个月以后就好了,三个月后精神气色开始复原了。

我因此就这件事思考:天下的事情,常常发生在萌芽状态,结果却酿成大祸害。开始以为不值得医治,而最终到了无法补救的地步。当问题还不大的时候,舍不得花早晚的功夫,轻视它而不怎么注意;等到成为问题了,得要多少岁月,花多少心血,才能够解决它,如同这个拇指的病痛的事多得很啊。大凡众人所能知道引起注意的病,众人也能有办法治好它,它的病情虽然厉害,却并不十分可怕。只有那种病,它产生于人们认为不必担忧的情况下,一开始又不为人们所发现,大家都掉以轻心,不加注意,这才是君子所深感可怕的。

过去的国家,有像郑君一样的强壮而没有疾病吗?爱惜自己国家的,有像郑君这样的爱惜自身的吗?然而,可以成为国家危险的,难道仅仅像指头上生一点疮伤吗?(就是这样,)郑君也未曾敢加以忽视,只不过没有早日去求治于医生,结果几乎生一场大病。何况看待国家的疾患疏忽大意,到了国力疲敝不堪时才引起重视,再加上官吏们戕害它、剥削它以加速它的病情的发展,这种情形也多得很呀;侥幸没有发生病害,以为没有什么可忧虑,因而不知道畏惧害怕,这能说是明智的吗?

我地位低下不敢考虑国家大事,而郑君考虑周密,行动果断,不是长久做老百姓的人。《左传》不是说过"三次折断了胳膊,就能成为一个好医生"的话么?您如果当上国家的官吏,则应当拿拇指生病这件事作为经验教训。洪武辛酉九月二十六日记述。

【分析】

方孝孺(1357—1402),字希直,一字希古,人称正学先生,宁海(今浙江宁海县)人。洪武二十五年(1392),任汉中府教授。惠文帝时,任翰林侍讲及翰林学士。燕王朱棣举兵攻下南京命他起草登位诏书,不从,燕王以诛九族来威胁他,他厉声说:"虽诛十族,亦不附乱!"结果被杀,除灭九族外,还杀了他的学生,以成十族之数,死者达八百七十余人。他写的文章雄健豪放,议论风发。著有《侯城集》《逊志斋集》。

《指喻》实际上是篇议论性散文。作者以一位友人生病的实例,说明这样的道理:天下的事情,往往发生于极细小的地方。若平日不加以注意,结果就可能酿成不堪设想或不能挽救的大祸。这个意思,作者在一篇纯议论性的文章《深虑论》中,说得同样清楚:"虑天下者,常图其所难,而忽其所易;备其所可畏,而遗其所不疑。然而祸常发于所忽之中,而乱常起于不足疑之事。"此文可与这篇《指喻》参看。

这篇《指喻》,是集记叙与议论为一体的文章。开始叙述郑君病指的经过,用以引发出自己的议论。记叙郑君病指是宾,发挥治国议论是主。以指病喻国病,以治病喻治国,这是以小喻大的做法。作者生于元末明初,饱经忧患动乱,深知受官吏剥削、民生凋敝之苦,企图从中总结一些经验,为有志兴国除弊者提供教训。

文章结构,前部分是叙述,后部分是议论,而以后者为重点。分为四段:第一段叙郑君病指经过;第二段论天下事常发于至微,终成大患;第三段论众人忽略未发隐患之可虑;第四段记诫勉郑君的话。

文章所叙的事实和所揭示的主旨是鲜明的,内容也厚重扎实而不浮泛轻飘。"大象搏狮用全力,搏兔也用全力",本文篇幅虽短,叙论的事实和道理也不复杂,但善为文的古人从不掉以轻心。这篇文章可作为"选材严,开掘深"的一个范例,值得我们用心体会。我们看:作者写郑君病指的经过,首写未病时情况"其容阗然,其色渥然,其气充然";再写初起时,疹状是"隆起而粟",示人则"笑以为不足患";三日后,"聚而如钱",示人而"笑者如初";又三日,指病严重了,其大盈握,近拇之指皆痛如剟刺,发展到肢体心膂无不病。到这时候,医生说这种奇疾的严重,病在指,实一身病,不速治能丧生。呼应前文,指出治法是:始发时,艾可治,终日可愈;三日后,药可治,越旬可愈;病已成,须内外并治,三月能瘳。医治的具体做法是服汤剂和敷善药。结果二月后病瘳,三月后,神色始复。写指病从始发到严重到医治的全过程,中间夹写一般人的看法和医生的诊断,纷繁的头绪写得条目清楚,序次严谨。真如古文论家说的:"经所位置,靡无井井。"记叙的笔法多么高超得法!

由指病引发的一段议论,也写得极有层次,析理分明又与叙事呼应,真所谓"上文有一处点眼,下文即处处回抱,文极紧严,又极历落,无倡促态度,读之能启人无数心思"(《春觉斋论文》)。指出天下之事,发于至微,以为不值得治,忽之而不顾;结果终为大患,至于不可为,跟病指是多么相像!于是作者下了论断:未足深畏的是众人可知者或众人所能治的;而值得君子所深畏的却是,萌不必忧之地,寓不可见之初,以及众人笑而忽之者。作者宕开一笔,发抒感慨,提出过去天下大事,是否都像郑君的盛壮而不生病呢?关心天下大事的,是否都像郑君一样保护自己的身体呢?然而真正有患于天下的,哪里仅仅是像指头生一个疮呢?就是这样的指病,郑君也没有忽视它,却因为找医生迟了一步,几乎酿成大病。何况天下之大患,远比病指严重,如果"视之以至疏之势,重之以疲敝之余",加之"吏之戕摩剥削",问题要严重得多呵!作者侃侃而谈,从小事提到大事,从一般病患提到严重的国事,是多么令人怵目惊心!最后作者劝告人们要从病指事引出应有的教训,作为处理国家大事的鉴戒。归束极有力量。

全文从实际出发,列举人们生活常见事例,娓娓道来,在细致叙述和论析中升高主旨,而且其中语句,如"其容闠然,其色渥然,其气充然","终日而愈,艾可治也;越旬而愈,药可治也","非有以御其内,其势不止;非有以治其外,疾未易为也",都是并列句,贯注的气势与全文浑厚凝重的风格是一致的。

中山狼传

马中锡

赵简子大猎于中山,虞人①导前,鹰犬罗后。捷禽鸷兽,应弦而倒者不可胜数。有狼当道,人立而啼。简子垂手②登车,援乌号③之弓,挟肃慎④之矢,一发饮羽⑤,狼失声而逋⑥。简子怒,驱车逐之。惊尘蔽天,足音鸣雷,十步之外,不辨人马。

时墨者⑦东郭先生将北适中山以干仕⑧,策蹇⑨驴,囊图书,夙⑩行失道,望尘惊悸。狼奄至,引首顾曰:"先生岂有志于济物哉?昔毛宝⑪放龟而得渡,随侯⑫救蛇而获珠,蛇、龟固弗灵于狼也。今日之事,何不使我得早处囊中以苟延残喘乎?异时倘得脱颖而出⑬,先生之恩,生死而肉骨也,敢不努力以效龟蛇之诚!"

先生曰:"嘻!私汝狼以犯世卿,忤权贵,祸且不测,望敢报乎?然墨之道,'兼爱'为本,吾终当有以活汝。脱⑭有祸,固所不辞也。"乃出图书,空囊橐⑮,徐徐焉实狼其中,前虞跋胡,后恐疐⑯尾,三纳之而未克。徘徊容与,追者益近。狼请曰:"事急矣,先生果将揖逊救焚溺,而鸣銮⑰避寇盗耶,惟先生速图!"乃跼蹐⑱四足,引绳而束缚之,下首至尾,曲脊掩胡,猬缩蠖⑲屈,蛇盘龟息,以听命先生。先生如其指,内狼于囊,遂括囊口,肩举驴上,引避道左,以待赵人之过。

已而简子至,求狼弗得,盛怒,拔剑斩辕端示先生,骂曰:"敢讳狼方向者,有如此辕!"先生伏踬就地,匍匐以进,跽⑳而言曰:"鄙人不慧,将有志于世,奔走遐㉑方,自迷正途,又安能发狼踪以指示夫子之鹰犬也?然尝闻之:'大道以多歧亡羊。'夫羊,一童子可制之,如是其驯也,尚以多歧而亡;狼非羊比,而中山之歧可以亡羊者何限?乃区区循大道以求之,不几于守株㉒缘木㉓乎?况田猎,虞人之所事也,君请问诸皮冠㉔。行道之人何罪哉?且鄙人虽愚,独不知夫狼乎?性贪而狼,党豺为虐,君能除之,固当窥㉕左足以效微劳,又肯讳之而不言哉?"简子默然,回车就道,先生亦驱驴兼程前进。

良久,羽旄㉖之影渐没,车马之音不闻,狼度㉗简子之去远,而作声囊中曰:"先生可留意矣。出我囊,解我缚,拔矢我臂,我将逝矣。"先生举手出狼,狼咆哮谓先生曰:"适为虞人逐,其来甚速,幸先生生我。我馁甚,馁不得食,亦终必亡而已。与其饥死道路,为群兽食,毋宁毙于虞人,以俎豆㉘于贵家。先生既墨者,摩顶放踵㉙,思一利天下,又何吝一躯啖㉚我而全微命乎?"遂鼓吻奋爪,以向先生。

先生仓卒以手搏之,且搏且却,引蔽驴后,便旋而走,狼终不得有加于先生,先生亦极力拒,彼此俱倦,隔驴喘息。先生曰:"狼负我,狼负我!"狼曰:"吾非固欲负汝,天生汝辈,固需我辈食也。"相持既久,日晷㉛渐移。先生窃念:天色向晚,狼复群至,吾死矣夫!因绐㉜狼曰:"民俗,事疑必询三老。第行矣,求三老而问之。苟谓我可食,即食;不可,即已。"狼大喜,即与偕行。

逾时,道无人行。狼馋甚,望老木僵立路侧,谓先生曰:"可问是老。"先生曰:"草木无知,叩焉何益?"狼曰:"第问之,彼当有言矣。"先生不得已,揖老木,具述始末,问曰:"若然,狼当食我耶?"木中轰轰有声,谓先生曰:"我杏也,往年老圃种我时,费一核耳,逾年华,再逾年实,三年拱把,十年合抱,至于今二十年矣。老圃食我,老圃之妻子食我。外至宾客,下至于仆,皆食我。又复鬻㉝实于市以规利。我其有功于老圃甚巨。今老矣,不得敛华就实,贾㉞老圃怒。伐我条枚,芟㉟我枝叶,且将售我工师之肆取直焉。噫!樗㊱朽之材,桑榆之景,求免于斧钺㊲之诛而不可得。汝何德于狼,乃觊㊳免乎?是固当食汝。"言下,狼复鼓吻奋爪,以向先生。先生曰:"狼爽盟矣。矢询三老,今值一杏,何遽见迫耶?"复与偕行。

狼愈急,望见老牸㊴曝日败垣中,谓先生曰:"可问是老。"先生曰:"向者草木无知,谬言害事。今牛,禽兽耳,更何问为?"狼曰:"第问之,不问将咥㊵汝。"先生不得已,揖老牸,再述始末以问。牛皱眉瞪目,舐鼻张口,向先生曰:"老杏之言不谬矣。老牸茧栗㊶少年时,筋力颇健,老农卖一刀以易我,使我贰㊷群牛,事南亩。既壮,群牛日以老惫,凡事我都任之。彼将驰驱,我伏田车,择便途以急奔趋;彼将躬耕,我脱辐衡,走郊坰㊸以辟榛荆。老农亲我,犹左右手。衣食仰我而给,婚姻仰我而毕,赋税仰我而输,仓庾㊹仰我而实。我亦自谅,可得帷席之蔽如马狗也。往年家储无儋㊺石,今麦收多十斛㊻矣;往年穷居无顾借,今掉臂行村社矣;往年尘卮㊼罂㊽,涸唇吻,盛酒瓦盆半生未接,今酝黍稷,据尊罍㊾,骄妻妾矣;往年衣短褐,侣木石,手不知揖,心不知学,今持兔园册㊿,戴笠子,腰韦带,衣宽博矣。一丝一粟,皆我力也。顾欺我老弱,逐我郊野。酸风射眸,寒日吊影,瘦骨如山,老泪如雨。涎垂而不可收,足挛而不可举,皮毛俱亡,疮痍未瘳㉛。老农之妻妒且悍,朝夕进说曰:'牛之一身无废物也。肉可脯,皮可鞯㉝,骨角且切磋㉞为器。'指大儿曰:'汝受业庖丁之门有年矣,胡不砺刃于硎㉟以待?'迹是观之,是将不利于我,我不知死所矣。夫我有功,彼无情乃若是,行将蒙祸。汝何德于狼,觊幸免乎?"言下,狼又鼓吻奋爪,以向先生。先生曰:"毋欲速。"

遥望老子杖藜㊱而来,须眉皓然,衣冠闲雅,盖有道者也。先生且喜且愕,舍狼而前,拜跪啼泣,致辞曰:"乞丈人㊲一言而生!"丈人问故。先生曰:"是狼为虞人所窘,求救于我,我实生之。今反欲咥我,力求不免,我又当死之。欲少延于片时,誓定是于三老。初逢老杏,强我问之,草木无知,几杀我;次逢老牸,强我问之,禽兽无知,又将杀我。今逢丈人,岂天之未丧斯文也!敢乞一言而生。"因顿首杖下,俯伏听命。丈人闻之,欷歔再三,以杖叩狼曰:"汝误矣。夫人有恩而背之,不祥莫大焉。儒谓受人恩而不忍背者,其为子必孝,又谓虎狼知父子。今汝背恩如是,则并父子亦无矣。"乃厉声曰:"狼速去!不然,将杖杀汝。"

狼曰:"丈人知其一,未知其二,请诉之,愿丈人垂听。初,先生救我时,束缚我足,闭我囊中,压以诗书,我鞠躬不敢息,又蔓词以说简子,其意盖将死我于囊而独窃其利也,是安可不咥?"丈人顾先生曰:"果如是,是羿㊳亦有罪焉。"先生不平,具状其囊狼怜惜之意。狼亦巧辩不已以求胜。丈人曰:"是皆不足以执信也。试再囊之,吾观其状果困苦否。"狼欣然从之,信足先生。先生复缚置囊中,肩举驴上,而狼未之知也。丈人附耳谓先生曰:"有匕首否?"先生曰:"有。"于是出匕。丈人目先生使引匕刺狼。先生曰:"不害狼乎?"丈人笑曰:"禽兽负恩如是,而犹不忍杀,子固仁者,然愚亦甚矣!从井以救人,解衣以活友,于彼计则得,其如就死地何!先生其此类乎!仁陷于愚,固君子之所不与也。"言已大笑,先生亦笑。遂举手助先生操刀共殪㊴狼,弃道上而去。

【注释】

①虞人:古代主管山泽、苑囿、田猎的官。

②垂手:手下垂,形容从容不迫的样子。

③乌号:古代良弓名。

④肃慎:古族名,出良箭。这里指上等的好箭。

⑤饮羽:形容箭射进肉中很深,连箭末的羽毛都看不见,好像被吞没了。

⑥遁:逃跑。

⑦墨者:信仰墨子学说的人。

⑧干仕:谋求官职。

⑨蹇(jiǎn):跛足。

⑩夙(sù):清晨。

⑪毛宝:东晋人,官至豫州刺史。传说毛宝得到一只白龟,在江中放了,后来在一次兵败中他投江殉职,被这只放生的白龟救起,驮到对岸。事见《搜神记》。

⑫随侯:春秋时期随国的国君。相传他医治好一条受伤的大蛇,后来这条蛇衔了一颗大珠来答谢他。事见《淮南子·览冥训》。

⑬脱颖而出：锥子放在口袋里，其尖端终究会透过布露出来。《史记·平原君列传》记载，战国时毛遂曾说："使遂早得处囊中，乃颖脱而出。"这里的意思是：将来倘若能脱离灾难重新出头。

⑭脱：通"倘"，或许。

⑮橐（驼 tuó）：没有底的口袋。囊橐连用，泛指口袋。

⑯疐（志 zhì）：义同"踬"，被东西绊倒。这里是压住的意思。

⑰銮：驾车的马身上装饰的铃铛。

⑱踢（局 jú）跼（吉 jí）：蜷曲，拘束不敢放纵。

⑲蠖（货 huò）：尺蠖虫，生长在树上，爬行时一屈一伸地前进。

⑳跽（忌 jì）：长跪。两膝着地，挺直上身，叫跽。

㉑遐（狭 xiá）：远。

㉒守株：守株待兔。事见《韩非子·五蠹》。

㉓缘木：缘木求鱼。《孟子·梁惠王》："以若所为，求若所欲，犹缘木而求鱼也。"比喻脱离实际、主观行事，必劳而无功。

㉔皮冠：皮帽子，古代打猎时常戴。

㉕跬：同"跬"，半步，一举足。跬左足：在这里是用行动来帮助的意思。

㉖羽旄（毛 máo）：古代用牦牛尾作装饰的旗帜。

㉗度（夺 duó）：估计。

㉘俎（阻 zǔ）豆：古代盛食品的器具，这里借指食品。

㉙摩顶放踵：摩秃头顶，走破脚后跟。意思是奔波劳碌得遍体伤痕。《孟子·尽心上》："墨子兼爱，摩顶放踵，利天下为之。"

㉚啖（淡 dàn）：吃。

㉛日晷（鬼 guǐ）：日影。

㉜绐（代 dài）：骗。

㉝鬻（育 yù）：卖。

㉞贾（古 gǔ）：招致。

㉟芟（山 shān）：剪除。

㊱樗(初 chū):树木名。典出《庄子》,樗乃无用之木。

㊲钺(月 yuè):大斧。

㊳觊(计 jì):非分的希望。

㊴牸(字 zì):泛称雌的牲畜。这里指母牛。

㊵哷(蝶 dié):咬。

㊶茧栗:小牛的角初生时,像蚕茧或栗子。

㊷贰:副职。这里指小牛辅助干活。

㊸坰(jiōng):郊野。

㊹仓庾(雨 yǔ):谷仓,粮囤。

㊺儋(丹 dān):粮食两石为儋。

㊻斛(胡 hú):古时以十斗为一斛,后来改为五斗。

㊼卮(支 zhī):古代一种饮酒器。

㊽罂(英 yīng):腹大口小的盛酒器。

㊾罍(雷 léi):古代的盛酒器。

㊿兔园册:指旧时村塾中教儿童的浅近读物。

㈤瘥(虿 chài):病愈。

㈥脯(府 fǔ):肉干。

㈦鞟(扩 kuò):去毛的兽皮。

㈧切磋(搓 cuō):刮削磨制。

㈨硎(刑 xíng):磨刀石。

㈩藜:野生植物,茎老可以做杖。

㊄丈人:对老年男子的尊称。

㊅羿(艺 yì):传说中夏代有穷氏部落首领,善射。

㊆殪(意 yì):杀死。

【译文】

赵简子在中山进行大规模的狩猎,管打猎的官在前面开道,追逐禽兽的鹰犬在后面紧跟。飞鸟猛兽被射死的,连数也数不清。忽然有一只狼在路当中,像人一样直立身子嚎叫着。赵简子从容上车,张起强弓,搭上利箭,一箭就射中了狼。狼中箭,痛极了,禁不住嚎叫着逃跑了。赵简子很恼怒,立即驱车追赶。飞扬的尘土遮蔽了天日,追赶的人的脚步声像雷鸣一般,十步以外的地方,连人马也分辨不清。

这时候,信仰墨子学说的东郭先生正在往北走,想要到中山去谋求官职,赶着一头跛足的驴子,驴背上驮着一大口袋书,一清早就迷失了路途,望见尘土滚滚心里十分害怕。突然跑来一只狼,伸长头颈看着东郭先生说:"先生不是有意济困扶危帮助别人吗?从前毛宝放生一只乌龟,后来就仗着它渡江逃命;随侯救活一条受伤的蛇,后来那蛇就送他一颗明珠作为报酬。龟和蛇的灵性是比不上狼的啊。现在我被追赶得无路可逃,为什么不让我快点躲进你的书袋里以保全我的生命呢?将来倘若能够脱离灾难重新出头,先生的恩情,就像死而复生,枯骨长肉,我一定尽心竭力仿效那龟和蛇诚意报答!"

东郭先生说:"嗨!为了包庇你这狼而得罪达官显贵、触怒当权者,我会遭到意想不到的祸害,还指望什么报答吗?可是,我们墨家的学说,是主张'兼爱'的,我总要想办法救活你。假如有祸,我也心甘情愿。"就倒出图书,腾空袋子,慢慢地把狼装进袋里去,前面担心踩着狼颔下的垂肉,后边又恐压着了狼的尾巴,装了三次都没有成功。正在踌躇不决迟缓不前的时候,追赶的人却越来越近了。狼恳求说:"事情很紧急了,先生果真打算在救火、救溺时还打躬作揖地讲究礼貌,在逃避强盗时也像平时那样驾着车、响着铃慢条斯理地行动吗?请先生赶快行动吧!"就蜷曲起四条腿,请东郭先生拿绳子捆起来,又把头弯下来凑到尾巴上,弓着脊梁遮住了下巴垂肉,像刺猬那样缩成一团,像尺蠖虫那样屈着身子,像蛇那样盘好,像乌龟那样屏住气息,任凭东郭先生摆布。东郭先生依照着狼的意思,把狼塞进袋子里,拴紧袋口,用肩扛起来放在驴背上,然后退避在路旁,等待赵简子一行人经过。

不一会儿,赵简子到了,他找狼找不到,就大发雷霆,拔出宝剑砍去一段车前的横木,指给东郭先生看,并且大声喝道:"谁敢隐瞒狼的去向,就叫他跟这根横木一样!"东郭先生慌忙伏地请罪,爬着上前,长跪着说:"我是个没有才能的人,想为世人做点工作,奔走在远方,自己也正好迷失了方向,又怎么能发现狼的踪迹,指点你的鹰犬去捕捉呢?只是我听说过有一句古话:'大路多岔道,羊才容易走失。'那羊,一个小孩子就可以驯服它,像它这样的温顺,还因为岔道多会走失掉;狼可不能跟羊比,而中山这条路上能够逃亡的岔道,正不知道有多少呢。你仅仅顺着大路追赶,不近乎'守株待兔'、'缘木求鱼'吗?何况打猎,是有专管打猎的官员来掌管的,请你去问他们好了。为什么要责怪我这个行路的人呢?再说,我虽然愚蠢,难道连狼这种畜生都不知道吗?狼的本性又贪又狠,跟豺结成一伙相助作恶,你能够除掉它,我也应当尽自己一份微薄的力量,又怎么会隐瞒住它的去向不告诉你呢?"赵简子听了无话可说,就带着人马回身走了,东郭先生也赶着驴加快脚步急急前进。

  过了好久,赵简子一行人马的影子渐渐地消失了,车马的声音也听不到了。狼估计赵简子已经去得很远,便在袋里叫起来说:"先生可别忘了啊。把我从袋里放出来,解开我身上的绳子,拔掉我胳膊上的箭,我要离去了。"东郭先生伸手把狼放了出来,狼嗥叫着对东郭先生说:"刚才我被打猎的人追赶,他们来得又快,多亏先生救了我的命。可是如今我肚子饿极了,饿了没有东西吃,也终归是死路一条罢了。要是饿死在路上,被别的野兽吃掉,还不如刚才被他们杀死,作为贵族之家的食品。先生既然是墨子的信徒,而墨家主张毫不顾惜自己,劳累奔波得摩秃头顶、走破脚跟,也要为天下人谋利益,那你又为什么这样吝惜你的身体不让给我吃了,以保全我的小小的性命呢?"狼就张牙舞爪地向东郭先生扑过去。

  东郭先生急忙赤手空拳来招架,边斗边退,把驴子作为掩护,围绕着驴子跑动,狼终究不能抓到东郭先生,东郭先生也竭力抵抗,双方都十分疲倦,隔着驴子在喘气。东郭先生说:"狼太对不起我了,狼太对不起我了!"狼说:"我也不是一定要对不起你,只是老天生你们这些人,原来就是给我们狼吃的呀。"双方坚持了很久,太阳慢慢地西斜。东郭先生心里想:天色晚了,要是再来一群狼,我准死定了!就哄骗狼说:"按照民间的风俗,要是碰到疑难的事,一定要去请教三位老者的。我们只管往前走,找上三位老者问一问。如果他们说我可以让你吃,你就吃;不然的话,那就作罢。"狼听了十分高兴,就跟着东郭先生一起往前走去。

　　走了一会儿,路上没有行走的人,狼馋极了,看见一株枯老的树立在路旁,就对东郭先生说:"可以问问这位老者。"东郭先生说:"草木懂得什么道理,问它有什么用?"狼说:"只管问它,它一定有回话的。"东郭先生没有办法,只好朝着老树作了一个揖,把事情从头到尾讲了一遍,又问道:"像这样的情形,狼应当吃掉我吗?"老树的树干里轰轰地发出响声来,对东郭先生说:"我是杏树,当年老园丁种我时,只花掉一棵杏核罢了,过了一年就开花,再过一年就结果实,过了三年我有一把粗了,过了十年我有一抱大了,到如今已经二十年了。老园丁吃我的果实,他的老婆、儿子也吃我的果实。外自来客,下到仆人,都吃我的果实。还把我卖到市场上去谋求钱财。我对老园丁可以说是有很大的功劳了。如今我老了,光开花不结果子,惹得老园丁很生气,砍掉我的桠杈,剪去我的枝叶,还打算把我出售给工匠的铺子去换钱呢。唉!像我这样成了无用的树木,到了晚年,想要避免刀斧临身也都不可能。你对狼有什么大恩德,难道妄想得到宽免吗?照这样看来,狼应当吃掉你。"话刚说完,狼又张牙舞爪,扑向东郭先生。东郭先生说:"狼背约了。原先说好要问三老,如今只是一棵杏树,为什么就迫不及待呢?"于是东郭先生和狼又一起往前走去。

　　狼愈加急着想吃东郭先生,看见一头老母牛躺在破墙下面晒太阳,就对东郭先生说:"可以问问这位老者。"东郭先生说:"刚才草木不懂道理,乱说一阵子,差点误事。现在这牛,是畜生罢了,又去问它做什么?"狼说:"只管问它,不问就吃掉你。"东郭先生没有办法,向老母牛作了个揖,把事情的经过再从头到尾讲了一遍给老母牛听。老母牛皱着眉毛瞪着眼,舔着鼻子张着嘴,对东郭先生说:"老杏树的话说得不错啊。想我当初头角才长成,年纪还轻的时候,筋骨健壮,力气很大,老农夫只卖了一把刀就把我买了回来,让我协助其他的牛一起耕田。我到了壮年的时候,那些牛一天天地衰老了,一切事情都由我担当。老农夫要出门,我就低着头驾着车子,抄近便的道路,飞快奔跑;老农夫要耕种,我就摆脱车辕,走到郊野去开辟荒地。老农夫依靠着我,好像左右手一般。吃的穿的靠我供给,男婚女嫁靠我完成,租税靠我才能付得出去,仓库靠我装得满满的。我也自忖,死后当能像马、狗一样得到一张破帷席来掩埋尸体了。以前他家里连一担粮食也没有,如今光麦子就收了十多担了;以前他穷得没有人理睬,如今却神气活现地赶集赴会了;以前他家酒杯酒壶空得落满了灰尘,嘴唇干干的,半辈子也没有尝过酒味,如今高粱酒都酿得满缸满缸的,向大小老婆摆阔气了;以前他穿着粗布破衣,整天同木头石头打交道,两手不懂得作揖,头脑里没有学识,如今却捧着启蒙课本,头上戴着笠帽,腰里束着皮带,穿起宽腰大袖的衣裳来了。他家里的一根线、一粒米,都是我的力气赚来的。但是现在他嫌我老了,把我赶到野外,寒风刺痛我的眼睛,我在惨淡的阳光下对着自己的影子伤心;瘦得骨头凸了出来,天天流着眼泪过日子。口水常常不能自主地淌着,四肢痉挛无力,再也不能支撑起来;身上的毛都脱落了,破皮烂肉老是长不好。老农夫的老婆既妒忌又凶恶,一天到晚对老农夫说:'牛身上没有一样东西是没有用的。肉可以做肉干,皮可以制成革,骨和角也可磨削成器具。'又指着大儿子说:'你在厨师那里学手艺已经有好几年了,为什么不把刀磨快等着宰牛?'依照这样的情况看来,正是要对我下手了,我不知道自己会死在哪里呢!我有这样的大功劳,他们却对我这样没情义,大约不久我就要遭到祸害。你对狼有什么恩德,难道就希望它放过了你吗?"说完,狼又张牙舞爪,向东郭先生扑去,东郭先生说:"不要急,不要急。"

这时,远远地望见一位老丈拄着拐杖走过来,他的胡须、眉毛雪白,一身打扮显得温文尔雅,看来是个很有德行的人。东郭先生见了又喜又惊,慌忙撇开狼迎上去,跪在地上,一边拜一边哭,向他诉说:"求老丈说句公道话救我一条命!"老丈问原因。东郭先生说:"这条狼被打猎的人追得走投无路,向我求救,全仗我才得活命。如今它反而要吃我,我竭力求它,它怎么也不答应,看来我就要被他吃掉了。我只希望稍延片刻,跟它约好请三位老者来裁决。开始碰到老杏树,狼逼着我问它,草木不懂道理,差点葬送了我;接着碰到老母牛,狼又逼着我问它,畜生不懂道理,又差点害了我的性命。现在碰到老丈,大概是老天爷不想断送我这读书人的生命吧!求你说句公道话救救我。"说着,就在老丈的拐杖下边连连磕头,伏在地上等他开口。老丈听了,连声叹气,用拐杖打着狼说:"你错了。人家对你有恩德,你却忘恩负义,再没有比这更不好的事了。儒家说,受了人家的恩惠就不忍心辜负人家的,一定是个孝子。又说,即使是虎狼,也有父子之情。如今你这样的忘恩负义,那就连父子之情也是不会有的了。"就高声大喝道:"狼,快滚开!不然的话,我就用拐杖打死你。"

狼说:"老丈只知道一方面,却不知道另一方面。让我诉说出来,愿老丈劳神听听。刚才,这位先生救我的时候,把我的脚捆住,塞进袋里,上面用书压着,我弓着身子,连喘气都困难。他又节外生枝地跟赵简子说了许多话,他的意思是要把我闷死在袋子里,好独个儿得到好处。这样的人怎么不该吃呢?"老丈回过头来对东郭先生说:"假如真是这样的话,那你这个搭救坏蛋的人也有过错了。"东郭先生听了很气愤,便详细地描述把狼装进袋里时小心留意的样子。狼也狡猾地辩解不停,想要驳倒东郭先生。老丈说:"你们的话都是口说无凭,不妨再装一下,让我看看那样子是不是让狼很难受。"狼高兴地听从了,就把脚伸给东郭先生。东郭先生重新把狼捆起来,装进袋里,用肩扛起来放在驴背上,而狼却一点也不知道这里的奥秘呢。老丈贴着东郭先生的耳朵说:"有匕首没有?"东郭先生答道:"有。"就把匕首拿了出来。老丈向东郭先生递个眼色,要他用匕首去刺杀狼。东郭先生说:"那不是要害死狼了吗?"老丈笑起来说:"畜生忘恩负义到这个地步,你还不忍心杀死它,你真是一个仁慈的人,但也愚蠢透了!要知道跳下井去打捞落在井里的人,脱下自己的衣服去拯救受冻的朋友,对于被救的人真是再好也没有了,怎奈他自己却撞到死路上去啊!先生正是这一类的人吧!仁慈而到了愚蠢的地步,这也是君子不会赞同的啊。"说完就大笑起来,东郭先生也笑起来。老丈就动手帮助东郭先生拿起匕首,一起将狼杀死,把尸体丢弃在路上,各自走了。

【分析】

马中锡(1446—1512),明朝官吏。字天禄,号东田,故城(今河北省故城县)人。成化十一年(1475)进士。他在任兵部侍郎的时候,曾因反对太监刘瑾,被捕下狱。刘瑾伏诛后,他出任大同巡抚。官至右都御史。他参加了镇压刘六、刘七等人领导的农民起义的战争。但马中锡主张用招抚的手段诱降起义军的领袖,与当权者决意进行武装镇压的意旨相背。起义军进故城时,曾有毋犯马都堂家的戒令。后来在统治集团内部派系斗争中,马中锡被加上"纵贼"的罪名,被捕下狱,死于狱中。著有《东田集》。

《中山狼传》选自《东田集》,是作者根据古代传说改编成的一个长篇寓言故事。

文章按照故事发生、进展、结果的顺序,先写中山狼被赵简子用箭射伤、逃窜无路的情景,交代了这个寓言故事发生的原因。文中对狩猎的场面和声势作了夸张的渲染,突出了狼的窘境,为下文情节的发展作了铺垫。

东郭先生一出场就是一副迂腐可笑的书呆子相,与狡猾的狼形成明显的对比。狼碰到可欺的东郭先生了,它先用谄媚的语言来恭维,再用委婉曲折的言辞来恳求。东郭先生被狼的花言巧语打动了心,竟至飘飘然起来。他明知"私汝狼以犯世卿,忤权贵"是危险的勾当,却仍以"兼爱为本"作理由,"内狼于囊",使狼逃过了赵简子的追寻。

狼得救了,在获得自由之后,立即凶相毕露,编造理由要吃东郭先生。理由之一是"我馁甚",理由之二是"天生汝辈,固需我辈食也"。这两条理由,同狼求救时的语言相对比,突出了狼的奸诈、狡猾、凶残、无耻,也表示出作者对东郭先生的"兼爱"思想的嘲讽。

文中写到问"三老",使故事情节由曲折推向高潮。老杏、老牸以自身的经历作对比,生动地诉说了各自的遭遇,并得出共同的结论:"汝何德于狼,乃觊免乎?"作者用较多的笔墨写老杏和老牸的自述,其目的在于作难东郭先生,使迂腐愚昧的东郭先生继续陷入尴尬的境地。但是,这与作者的利己主义思想有紧密的联系。杖藜老人是作者心目中的正面人物,一出场就与呆头呆脑的东郭先生截然不同,他"须眉皓然,衣冠闲雅",听了东郭先生的诉说,即"以杖叩狼",责备狼的忘恩负义。狼改换花招,用诡辩来歪曲事实,反诬东郭先生"意盖将死我于囊而独窃其利"。足智多谋的杖藜老人让狼和东郭先生重演当时的情状,终于帮助东郭先生用刀杀了恶狼。

作者层层深入地刻画出狼的完整性格:急难求救时,装出卑媚诣谀的姿态;脱险后,露出阴险凶残的本相;在杖藜老人面前,表现出狡黠无耻的个性。但作者痛恨于狼的,并不在于它的性贪而狠的吃人本性,而在于它的"背恩"。所以,作者让老杏和老牸说出狼可以吃东郭先生的话。杖藜老人听了东郭先生的诉说,也只是斥狼"背恩",并没有指责它的吃人的本性。所以在斥责之后,不过是命令它急速离去,并没有立即杖杀它。直到狼纠缠不已非要吃它的救命恩人时,才杀了这只忘恩负义的恶狼。可见作者的意图是很明显的。

对东郭先生这个人,作者一开始就指出他是墨家人物,是一个讲"兼爱"的人。中山狼正是看中了这一点的,它求救时,劈头就是"先生岂有志于济物哉?"第一句话就击中要害。它得救后,突然翻脸,要吃东郭先生,也是以东郭先生的"兼爱"主张作为借口:"先生既墨者,摩顶放踵,思一利天下,又何吝一躯啖我而全微命乎?"这振振有词的"理由",问得东郭先生确实无言可答。作者无情地嘲弄东郭先生,尖刻地讽刺墨家的"兼爱"思想,这是不公正的。墨家认为人人都有了"兼爱"思想,社会中的尊卑、贵贱、贫富之间的等级差别就可消灭,诸侯之间的不义战争就可避免。在这样的理论指导下去行动,必然会陷入困境。但是,作者在这篇文章里,却让代表墨家学派的东郭先生去跟吃人的狼讲"兼爱",这是作者的偏见,是对墨家学派的"兼爱"思想的歪曲。

杖藜老人是作者所歌颂的对象,也可以说是作者自己的理想的化身。他出场在最后,但是举足轻重。作者通过这个"正面"人物的言行表达了自己的哲学思想。杖藜老人以儒家的"孝道"准则来责备中山狼"背恩",以儒家所主张的"仁"来开导东郭先生。然而,他却是一个典型的利己主义者。"从井以救人,解衣以活友,于彼计则得,其如就死地何?先生其此类乎?仁陷于愚,固君子之所不与也。"道出了这位"有道者"的人生处世哲学。在作者看来,有损于己的事,即使是仁义之事,也是不必去做的,否则就是仁陷于愚,像东郭先生救狼那样愚蠢可笑了。作者属于当时统治阶级的上层人物,他是站在剥削阶级立场上看待人与人之间的关系的。这是作者的利己主义思想的充分表现。

由此可见,《中山狼传》虽有一定的启发教育意义,它告诉人们,狼的吃人本性是不会改变的,对于像狼一样的恶人,必须透过假象看本质,切不可为其娓娓动听的言辞所蒙蔽,决不能像东郭先生那样滥表同情和怜悯。但是它的阶级局限和封建因素也是十分明显的。

本文笔调幽默风趣,语言生动活泼,可供我们借鉴。典故的大量运用,可算是本文的一大特色。作者马中锡是一个非常熟悉古籍的人,他能把古人的话熔铸在自己的文章里,做到浑然一体,让人看不出是在用典。"人立而啼""乌号之弓""肃慎之矢""毛宝放龟""随侯救蛇""脱颖而出""猬缩蠖屈""守株缘木""摩顶放踵"等等,不下二十处。末尾"从井以救人"和"解衣以活友"两个典故的连用,不仅加强了语意,还起到概括全文的作用,读来辞意隽永,耐人咀嚼。

项脊轩志

归有光

项脊轩①,旧南阁子也。室仅方丈,可容一人居。百年老屋,尘泥渗漉②,雨泽下注;每移案,顾视无可置者。又北向,不能得日,日过午已昏。余稍为修葺③,使不上漏;前辟四窗,垣墙周庭,以当南日,日影反照,室始洞然。又杂植兰桂竹木于庭,旧时栏楯④,亦遂增胜。借书满架,偃仰啸歌,冥然兀坐,万籁⑤有声。而庭阶寂寂,小鸟时来啄食,人至不去。三五之夜,明月半墙,桂影斑驳,风移影动,珊珊⑥可爱。

然余居于此,多可喜,亦多可悲。先是庭中通南北为一,迨诸父异爨⑦,内外多置小门墙,往往而是。东犬西吠,客逾庖而宴,鸡栖于厅,庭中始为篱,已为墙,凡再变矣。

家有老妪,尝居于此。妪,先大母⑧婢也。乳二世,先妣⑨抚之甚厚。室西连于中闺,先妣尝一至。妪每谓余曰:"某所,而母立于兹。"妪又曰:"汝姊在吾怀,呱呱而泣;娘以指叩门扉曰:'儿寒乎?欲食乎?'吾从板外相为应答……"语未毕,余泣,妪亦泣。余自束发⑩读书轩中,一日,大母过余曰:"吾儿!久不见若影,何竟日默默在此,大类女郎也?"比去,以手阖门,自语曰:"吾家读书久不效,儿之成,则可待乎?"顷之,持一象笏⑪至,曰:"此吾祖太常公宣德⑫间执此以朝,他日汝当用之!"瞻顾遗迹,如在昨日,令人长号不自禁。

轩东故尝为厨;人往,从轩前过。余扃牖⑬而居,久之,能以足音辨人。轩凡四遭火,得不焚,殆有神护者。

项脊生曰:蜀清守丹穴,利甲天下,其后秦皇帝筑女怀清台⑭。刘玄德与曹操争天下,诸葛孔明起陇中⑮。方二人之昧昧于一隅也,世何足以知之?余区区处败屋中,方扬眉瞬目,谓有奇景;人知之者,其谓与坎井⑯之蛙何异?

余既为此志,后五年,吾妻来归。时至轩中,从余问古事,或凭几学书。吾妻归宁⑰,述诸小妹语曰:"闻姊家有阁子,且何谓阁子也?"其后六年,吾妻死,室坏不修。其后二年,余久卧病无聊,乃使人复葺南阁子,其制稍异于前。然自后余多在外,不常居。

庭有枇杷树,吾妻死之年所手植也,今已亭亭如盖⑱矣。

【注释】

①项脊轩:作者的远祖归隆道曾在江苏太仓县项脊泾居住。项脊轩可能以此取名。轩,指小室。

②渗(肾 shèn)漉(鹿 lù):向下渗漏。

③修葺(气 qì):修补。

④栏楯(吮 shǔn):栏杆。直的叫栏,横的叫楯。

⑤万籁:一切声响。籁,从孔穴中发出的声音。

⑥珊珊:形容风吹桂枝的声音。

⑦异爨(篡 cuàn):分居而食,即分家。爨,烧煮食物。

⑧先大母:已去世的祖母。

⑨先妣:已去世的母亲。

⑩束发:古人以十五岁为成童之年,把头发束起来盘到头上。因以作成童的代称。

⑪象笏(户 hù):用象牙、竹子作成的板子,古代大臣朝见君主时手执此物。

⑫太常公:夏昶,字仲昭,昆山人,明永乐进士,曾官太常寺卿。宣德:明宣宗年号(1426—1435)。夏昶是归有光祖母的祖父,在宣德年间曾任太常寺卿。

⑬扃牖(坰友 jiōng yǒu):关紧窗户。扃:关闭。

⑭蜀清守丹穴三句:《史记·货殖列传》载:"巴蜀妇清(名字),其先得丹穴(即产丹砂的矿穴)而擅其利数世……能守其业,用财自卫,不见侵犯。秦皇帝以为贞妇而客之(尊敬她),为筑女怀清台。"

⑮陇中:当作隆中,山名,在今湖北襄阳县。诸葛亮少时即隐居于此,刘备三顾其庐而去。

⑯坎(砍 kǎn)井:浅井。

⑰归宁:回娘家看望父母。

⑱盖:伞,车盖。古代车上的篷子叫盖,形圆如伞,下有长柄。

【译文】

  项脊轩,就是原来的南阁子。屋子仅有一丈见方大,只可容纳一个人居住。上百年的老房子,泥灰渗出水,雨水滴滴答答往下漏;常要移动桌子,左看右看,找不到一块干的地方好安放。这屋子朝北,受不到太阳光,太阳一过中午,室内就已经昏暗了。我稍微修理了一下,使它不再漏雨;前面又开了四个窗户,沿着庭院筑起围墙,用来承当南面的阳光,阳光反照,屋子才明亮了。又在院子里种了些兰、桂、竹和树木,旧有的栏杆,也就增加了光彩。借来的书堆满了书架,我躺下休息,站起仰望,吟诗唱歌,沉默地独坐,聆听周围传出的各种自然的声音。而院落台阶却静悄悄的,小鸟儿常常飞下来啄食,有人走过它跟前也不飞走。每月十五的晚上,明月照着那半边墙壁,桂树影子斑驳,树影随风摇动,袅袅婷婷真是可爱。

  然而我居住在这里,有许多可喜的事,也有许多可悲的事。原先院子南北相通,连成一片,等到我的父辈们分家了,里里外外筑起了不少小门墙,到处都是的。宅子里东边的狗向西边乱叫,客人要走过厨房才能到餐厅赴宴,鸡群停留在厅堂上。院子里开始筑的是篱笆,后来又筑起围墙,已经变更了两次了。

  家里有个老妈妈,曾经在轩里住过。老妈妈,原来是我去世的祖母的丫环。曾经给我家两代人喂过奶,我母亲待她很好。这间屋子西边曾和内眷寝室连接,我已故的母亲曾经来过一次。老妈妈常常对我说:"那儿,你母亲曾站过。"老妈妈又说:"你姊姊在我怀抱里,有时哇哇地哭着,你母亲用指头敲着门板,说:'孩子是不是冷了?是不是想要吃东西呀?'我就隔着门板和她互相应答……"老妈妈话还没说完,我就哭了,老妈妈也跟着哭了。我从童年时起,就在轩中读书。有一天,祖母走过来对我说:"儿呀!好久不见你的人影了,为什么整天在这里不声不响,很像一个大闺女呀?"临走时,用手掩好门,自言自语地说:"我们家读书的没有一个发迹的,这孩子有所成就,总该等得到的吧?"过了一会儿,她拿了一块象牙朝板来,说:"这是我祖父太常公在宣德年间拿它上朝用的,将来你应当用得上它!"看看轩内的一切,那番情景好像就发生在昨天一样,真使人禁不住要大哭一场。

项脊轩的东边,曾经是一所厨房;人们到那里去,总要从轩前走过。我关着窗户住在里面,久而久之,能凭着脚步声知道谁在走动。这轩四次遭火,能不被烧掉,大概是有神灵在保佑吧。

我以为:巴蜀的寡妇名叫清的,守着丹砂矿井,获利要数天下第一,后来秦始皇特地造了"女怀清台"表彰她。刘备和曹操争夺天下,诸葛亮是从隆中出山的。当寡妇清与诸葛亮无声无息地处于偏僻的角落里,世上人怎么能够知道他们?我住在这小小的破屋里,正扬眉眨眼,自认为这里有不平凡的景色;知道内情的人,说这与浅井里的青蛙的浅薄自大有什么不同呢?

我写这篇志文之后,过了五年,我的妻子嫁给了我。她常到轩中来,向我问问古代的一些事情,或者伏在几案上练字。我妻子从娘家回来,说起诸小妹提出的问题:"听说姊姊家有个阁子,那什么叫阁子呀?"过了六年,我的妻子死了,项脊轩坏了也没修理。又过了二年,我长久卧病,无聊得很,就叫人把南阁子重加修理,它的格局和以前稍有不同。然而打那以后我在外边时间多,不能常在这里住。

院子里有棵枇杷树,是我妻子去世的那一年她亲手栽下的,现在已经长得很高,枝叶茂盛得像车盖一样啊!

【分析】

归有光(1506—1571),字熙甫,又字开甫,人称震川先生。江苏昆山县人,嘉靖(明世宗年号)进士,官至南京太仆寺丞(掌皇帝的舆马和马政)。他是明代很有影响的文学家,曾与王慎中、唐顺之、茅坤等组成当时文坛一派别,叫"唐宋派"。所作散文,写生活琐细之事,朴素简洁,抒情真挚动人,很有艺术感染力。明人王锡爵称他的文章"无意于感人,而欢愉惨恻之思,溢于言语之外"。著有《震川文集》四十卷。

《项脊轩志》是一篇出色的抒情散文。这篇文章借一阁以记三代的遗迹,睹物怀人,悼亡念存,随事曲折,娓娓絮谈,笔意极清淡,而感情极深至。

全文可分为两个部分。

在第一部分里,作者描叙他青年时代读书的小室,怀着一种依恋之情。虽然这个地方"室仅方丈,可容一人居",而且是百年老屋,到处漏雨,可是作者依然能够利用它,把它修葺成一个读书的好环境。"借书满架",作者虽清寒而好学;"偃仰啸歌",生活寂寞却自得其乐。"庭阶寂寂,小鸟时来啄食,人至不去。三五之夜,明月半墙,桂影斑驳,风移影动,珊珊可爱。"在这小小环境里,拍摄了这样生动的镜头,显示了作者观察生活、捕捉形象的才能,而笔触描写得细致工巧,玲珑剔透,简直令人惊叹了!

第二部分紧接上文,提出"然余居于此,多可喜,亦多可悲"的问题,写出了对祖母、对母亲、对妻子的怀念。这里只是通过一两件和她们有关联的事来叙述。笔墨不多,事情不大,只留下人物的一些身影,但人物的声音笑貌跃然纸上。比如他写祖母的那一段话:"吾儿!久不见若影,何竟日默默在此,大类女郎也?"这里表示慈爱的长者对晚辈的关怀,又隐隐包含着夸奖。至于祖母拿出象牙朝笏来鼓励作者,表示了对功名的期待,这自然是封建庸俗思想的表现,但这里用简练的语言写出老祖母对儿孙关怀的复杂心理:既有赞许,又有忧虑;既有鼓励,又有期待。艺术上的描叙是很见功力的。

再者，写厨房曾经设在项脊轩的东边，他关着门在轩中读书，一听到外面脚步声，就知道谁从这儿走过。这种细微的感触是每个人都有的体会，作者用寥寥数语把它真切地表现出来，兴味和情韵就很浓。这些地方，正如清代古文家姚鼐指出的："震川之文，每于不要紧之题，说不要紧之语，却自风韵疏淡，是于太史公有深会处。"还有，作者写此文，处处能做到情景相生，包括议论部分，如借"蜀清守丹穴"和"诸葛孔明起陇中"来说明自己"处败室中"的抱负，自嘲、自叹，且又自尊，对于把自己比作"坎井之蛙"的庸夫俗子表示了一种反讥，字里行间洋溢着远大的志向和美好的情怀，抒情成分仍是十分浓的。

最后写一棵枇杷树，如同把一个美丽而抒情的镜头展现在读者面前，表达了作者对妻子的深切怀念，有物在人亡的感慨，而且萧然高寄，有无穷的回味和弦外之音。

全文自首至尾，处处紧扣项脊轩来发挥。无论写景、叙事、抒情、议论，看似随手拈来、散漫无章，但都收归到项脊轩这一中心点。形散神不散，古今散文写作共同提供了这一艺术经验。本文基本上部分写喜，下部分写悲，但作者只是平平常常叙事，老老实实回忆，所谓"无意于感人，而欢愉惨恻之思，溢于言表"。这种创作方法，是归有光的创造和对唐宋古文传统的一个发展。近代有人评说："此意境人人所有，此妙笔人人所无；而所以成震川之文，开韩、柳、欧、苏未辟之境。"（钱基博《明代散文》）这是看到了归有光在我国散文发展史上的贡献的。

报刘一丈书①

宗　臣

　　数千里外,得长者时赐一书,以慰长想,即亦甚幸矣,何至更辱馈遗②,则不才益将何以报焉!书中情意甚殷,即长者之不忘老父,知老父之念长者深也。至以"上下相孚,才德称位③"语不才,则不才有深感焉。夫才德不称,固自知之矣;至于不孚之病,则尤不才为甚。

　　且今之所谓孚者何哉?日夕策马④,候权者之门。门者⑤故不入,则甘言媚词,作妇人状,袖金以私之。即门者持刺⑥入,而主者又不即出见,立厩中仆马⑦之间,恶气袭衣袖,即饥寒毒热不可忍,不去也。抵暮,则前所受赠金者出,报客曰:"相公⑧倦,谢客矣;客请明日来。"即明日,又不敢不来。夜披衣坐,闻鸡鸣,即起盥栉⑨,走马抵门。门者怒曰:"为谁?"则曰:"昨日之客来。"则又怒曰:"何客之勤也?岂有相公此时出见客乎?"客心耻之,强忍而与言曰:"亡奈何⑩矣,姑容我入。"门者又得所赠金,则起而入之,又立向所立厩中。幸主者出,南面召见,则惊走匍匐⑪阶下。主者曰:"进!"则再拜,故迟不起,起则上所上寿金⑫。主者故不受,则固请,主者故固不受,则又固请,然后命吏内之。则又再拜,又故迟不起,起则五六揖,始出。出,揖门者曰:"官人⑬幸顾我,他日来,幸无阻我也!"门者答揖。大喜奔出,马上遇所交识,即扬鞭语曰:"适自相公家来,相公厚我!厚我!"且虚言状。即所交识,亦心畏相公厚之矣。相公又稍稍语人曰:"某也贤,某也贤。"闻者亦心计交赞之。此世所谓"上下相孚"也,长者谓仆能之乎?

　　前所谓权门者,自岁时伏腊⑭一刺之外,即经年不往也。间道经其门,则亦掩耳闭目,跃马疾走过之,若有所追逐者。斯则仆之褊⑮衷,以此长不见悦于长吏。仆则愈益不顾也,每大言曰:"人生有命,吾惟守分而已。"长者闻之,得无厌其为迂乎?

乡园多故,不能不动客子之愁。至于长者之抱才而困,则又令我怆然有感。天之与先生者甚厚,亡论长者不欲轻弃之,即天意亦不欲长者之轻弃之也,幸宁心⑯哉!

【注释】

①报:回答。刘一丈,名不详,字墀(chí)石,排行第一,有才学,有抱负,一直过隐居生活。是作者父亲的朋友。

②馈遗(愧位 kuì wèi):赠送礼物。

③上下相孚,才德称位:上级和下级互相信任,才能和品德要和自己的职位相称。

④策马:策,马鞭子。此处作动词用。用鞭子赶马。

⑤门者:守门的仆人。

⑥刺:谒见的名片。

⑦仆马:驾车的马。仆是驾车的意思。

⑧相公:此处指宰相,即严嵩。

⑨盥栉(贯志 guàn zhì):洗脸和梳头。

⑩亡奈何:无可奈何,没有办法。"亡"同"无"。

⑪匍匐(蒲伏 pú fú):用手足在地上爬行。

⑫寿金:赠金。以金银赠人叫寿。这里指奉送金银作见面礼,实际上是贿赂。

⑬官人:对守门人奉承的称呼。

⑭岁时:一年四季。伏腊:夏天的伏日和冬天的腊日,是古时举行祭祀的重大节日。

⑮褊(扁 biǎn):狭隘。

⑯宁心:安心。

【译文】

在几千里之外,时常收到长者您给我的信,用来宽慰我长久的怀念,也就非常庆幸了,何至于更屈辱您赠送礼物,那么像我这平常的人更将拿什么来报答呢?您的信中包含着很深厚的情意,从长者念念不忘我年老的父亲,也就知道我年老的父亲同样思念长者的深情了。至于您用"上下互相信任,才能和德行要与自己的官位相称"来教诲我,那么我就有很深刻的感触了。才能和德行不能相称,本来我是知道的;至于不被上官相信的毛病,在我身上就更加厉害。

况且现今世人所说的上下相互信任是什么呢?一天到晚骑着马,等候在有权势人物的家门口。守门的人故意不让他进去,他便甜言蜜语,作出妇人的样子,把金钱藏在袖子里,向守门人行贿。即使守门的人拿着名片进去了,然而有权势的主人却不立刻接见。他站立在马棚里驾车的马之间,恶臭的气味侵袭着衣袖,即使饥饿、寒冷、毒气、闷热难以忍受,也不肯离开。到了傍晚,先前接受贿赂的守门人便走出来,回复客人说:"相公困倦了,辞谢客人了,请客人明天来。"到了明天,又不敢不来。夜里披着衣服坐着,听到鸡叫,就起来梳洗,骑着马跑到门口。守门的人发怒说:"是谁呀?"他就说:"昨天的客人来了。"守门人便发怒说:"客人为什么来得这么勤呢?相公哪有此刻出来见客人的呢?"客人心里觉得受到了屈辱,硬是忍受着而与守门人说:"没有办法啊,姑且让我进去吧!"守门的人又得到了客人所送的金钱,便起身进去了,客人又站在先前他所站过的马棚里,幸好主人出来,脸朝着南方召见他,他惊慌得伏在台阶下。主人说:"进来!"他就再次跪拜,故意迟迟不肯爬起来;起来之后,就奉献上赠金,作见面礼;主人故意不肯接受,客人坚决请求,主人故意坚决不接受,他就又坚决请求,然后主人让手下把金钱收下来。他就又再次礼拜,又故意迟迟不肯起来;起来后就连作五六个揖,才走出去。出去,又向守门人拜揖说:"希望官人对我多加关照,他日再来,希望不要阻挡我了!"守门人作揖答礼。他大为高兴,跑出门去,骑在马上遇到他所结交相识的,就扬起马鞭说:"刚才我从相公家来,相公很看重我!很看重我!"而且虚夸地说着当时的情况。就是他所结交相识的人,也从心里害怕相公看重他了。相公又偶尔告诉别人:"某某人也还不错!某某人也还不错!"听的人也心里合计着交相称赞这个客人。这就是世上所说的上下互相信任啦,长者您说我能这样做吗?

上面所说的有权势的人家,我是在一年中除了逢时过节去投一张名片外,就整年不去了。间或经过他的家门,也就捂住耳闭紧眼,快马加鞭地赶快跑过去,好像后面有追赶的人一样。这就是我的褊狭的心理,因为这个常常使官长上级不高兴。我也就愈加不管这些了,常常夸口说:"人的一生有命运安排,他能把我怎么样呢!"长者听到这些,大概也会讨厌我这态度迂阔吧?

家乡多变故,不能不触动寄居异乡的人的忧愁。至于长者您富有才能却穷困潦倒,就更使我悲伤而又感慨。老天赋予先生博学多才,不要说长者不想轻易地抛弃自己的事业,就是天意也不愿意长者轻易地抛弃它呀,希望您安心吧!

【分析】

宗臣(1525—1560),明朝文学家。字子相,江苏兴化县人。明嘉靖二十九年(1550)中进士,做过刑部主事、吏部主事等官。当时朝廷有严嵩父子专权,卖官鬻爵,残害忠良,政治局面黑暗腐败至极。宗臣不仅不阿附严嵩,反而在给刘一丈的信中对严嵩予以辛辣的讽刺,致招贬谪,到福建为参政;后因抗倭寇有功,被提升为提学副使,卒于任上。他是明中叶"后七子"之一,文章风格豪放雄健,较少沾染拟古堆砌习气,是当时著名的文学家。著有《宗子相集》。

《报刘一丈书》虽是一封书信,却是一篇具有讽刺性的散文。

文章首先拈出"上下相孚"一词发挥。我们知道,明中叶以后,嘉靖皇帝长年不理朝政,迷信道教。当时内阁斗争剧烈。内阁在严嵩执政期间,一些正直的官吏相继被迫害而死,而谄媚无耻之徒乘时蜂起。朝廷充溢着的尽是贪官污吏,政治腐败黑暗已极。在这样的时候,谈什么上级和下级要互相信任,岂不是天大的笑话和讽刺?故而,宗臣就这一问题抓住目击的种种现实景象加以描绘,发泄了自己满腔的愤世嫉俗之情。

作者以他的辛辣之笔勾勒了奔走权门的小人嘴脸。这类干谒求进之徒,"日夕策马,候权者之门",看门人故意不肯通报,他就一去再去,"甘言媚词,作妇人状,袖金以私之"。结果,进去了,立在难堪的"厩中"一整天。门人报相公不见,嘱次日再去。明晨,鸡鸣即起,走马抵门,又给门房骂一通:"岂有相公此时出见客乎?"他很难受,不得不强忍着,又送贿,又立在厩中。这回主人出见了,他一拜再拜,"迟不起","起则上所上寿金",一献再献,非常坚决,主人终于叫小吏收下了。他大喜,奔出,于是自以为光荣,见人连声说:"相公厚我!厚我!"主人也表扬他:"某也贤!某也贤!"在这幅画面中,干谒者乞怜昏暮和骄人白日的卑鄙形象以及相公的赫赫气焰、贪污纳贿,门房的狐假虎威、敲诈勒索,都被揭露得淋漓尽致。就这样,明代中叶的一篇形象化的《官场现形记》展现在了我们的面前。

一般书信体散文,记事说理往往很平实,而这一篇却以形象出之,给人的印象特别深刻。因为抓住了人的精神世界浮现在外部的状态,就比较生动鲜明;而将形象勾描和思辩说理高度统一起来,那就入木三分,刻刺到骨。此文一开头提出"上下相孚"究竟是什么,马上捧出一幅漫画,紧接着说"此世所谓'上下相孚'也",这是由形象引来的结论,作者再不用赘言什么,读者也不需再找答案,大家都明白是怎么一回事了。

《报刘一丈书》讽刺艺术的高超还在于典型化,它没有泛记泛论,只抓住"干谒求进"这一镜头,就概括了许多问题。这正如鲁迅在《什么是"讽刺"》中说的:"它所写的事情是公然的,也是常见的,平时是谁都不以为奇的,而且自然是谁都毫不注意的。不过这事情在那时却已经是不合理,可笑、可鄙,甚而至于可恶。但这么流传下来,习惯了，虽在大庭广众之间，谁也不觉得奇怪，现在给它特别一提，就动人。"是的，经过宗臣的这"特别一提"，明代中叶的政治腐败情景就留在纸上了，它永远对我们有启发作用，而这篇文章也就永远有价值了。

题孔子像于芝佛院

李 贽

人皆以孔子为大圣,吾亦以为大圣;皆以老、佛为异端①,吾亦以为异端。人人非真知大圣与异端也,以所闻于父师之教者熟也;父师非真知大圣与异端也,以所闻于儒先②之教者熟也;儒先亦非真知大圣与异端也,以孔子有是言也。其曰"圣则吾不能③",是居谦也。其曰"攻乎异端④",是必为老与佛也。

儒先臆度而言之,父师沿袭而诵之,小子蒙聋而听之。万口一词,不可破也;千年一律⑤,不自知也。不曰"徒诵其言",而曰"已知其人";不曰"强不知以为知",而曰"知之为知之⑥"。至今日,虽有目,无所用矣。

余何人也,敢谓有目?亦"从众⑦"耳。既从众而圣之,亦从众而事⑧之,是故"吾从众"事孔子于芝佛之院⑨。

【注释】

①老:指道家学说。佛:指佛教。异端:不符合正统思想的主张和教义。一些儒家把孔孟之道奉为正统,而将其他学说斥为异端。

②儒先:儒家先辈。

③圣则吾不能:我还当不上圣人。这是孟轲引用孔子的话。《孟子·公孙丑上》:"昔者子贡问于孔子曰:'夫子圣乎矣?'孔子曰:'圣则吾不能,我学不厌而教不倦也。'"

④"攻乎异端":这是孔子的话,见《论语·为政》。原文是"攻乎异端,斯害也已"。这话有两种解释,一种解释是:研究异端学说就是祸害了。另一种解释是:攻击、批判那些异端邪说,祸害就可以消灭了。

⑤律:法律,规则。

⑥这里是作者引孔子的话。《论语·为政》:"子曰:'由!诲女知之乎?知之为知之,不知为不知,是知也。'"按:孔子教育子路不要不懂装懂,而俗儒却"强不知以为知",装着很知道孔子的样子。李贽讽刺他们对孔子的话根本没有弄懂,偏执一词,处于矛盾境地。

⑦从众:追随一般人之后。这也是孔子说过的话。

⑧事:侍奉,供奉。指供奉孔子的像。

⑨芝佛之院:即芝佛院,是湖北省麻城县龙湖北岸的一座寺院,作者曾在这里著书讲学。

【译文】

人人都把孔子看作是大圣人,我也认为孔子是大圣人;都把老子和佛教看作是邪门左道,我也认为老子和佛教是邪门左道。人人并不真知道大圣人与邪门左道究竟是什么,是因为对父辈和师父教的一套听熟了;父辈和师父也不真正知道大圣人与邪门左道究竟是什么,是因为对儒学先辈教的一套听熟了;儒学先辈也不真正知道大圣人与邪门左道究竟是什么,是因为孔子有过这种说法。孔子说"圣人么,我不能做到",这是自己谦虚罢了。孔子说"批判那些邪门左道",这一定说的是老子与佛教呀。

儒学先辈揣摩猜测孔子的意思而这么说,父辈和师父承继因袭这种说法而跟着讲,后生小子糊里糊涂把这种说法听进去了。一万张嘴都同时说一种话,不可以破斥它;千年来都是这一条规则,谁也没有独立思考过,也没有怀疑过。不说"光是跟着他人的话讲",而说"已经晓得他这么个人了";不说"硬把不懂的装懂",而说"懂得就是懂得"。所以到今天,虽然人有眼睛,也就用不着了。

我是什么样的人,敢说自己有眼睛?也不过是"跟着大家"罢了。既跟着大家而崇拜孔子是圣人,也跟着大家去敬奉他,因此,"我跟着大家"在芝佛院内敬奉孔子。

【分析】

李贽(1527—1602),明朝思想家。原姓林,一名载贽,单名贽,号卓吾,又号宏甫、笃吾、温陵居士,晋江(今福建省晋江县)人。嘉靖三十四年(1555)授辉县教谕,历官礼部司务,南京刑部主事、员外郎、郎中,万历五年(1577)任姚安知府,三年后弃官,寓湖北黄安,后移居麻城,著书讲学。他思想解放,敢于抨击封建社会传统道德与教义,自称"不信道,不信仙释,故见人则恶,见僧则恶,见道学先生则尤恶"。他被当时封建统治集团视为异端,屡遭迫害。后终因"敢倡乱道,惑世诬民"的罪名,被捕下狱,自刎而死。他是明代中后叶的重要思想家与文学家。诗文多抨击前、后七子的复古主张。他的文学理论和文章风格对后来"公安派"影响很大。著有《焚书》《续焚书》《藏书》《续藏书》《初潭集》等。

明朝中后期政治日趋黑暗,资本主义有了萌芽,这就刺激着一部分具有独立思想的知识分子,要求解放思想,重视现实问题。李贽是这时候涌现出的杰出代表。

李贽一生最着力反对的就是当时封建制度的精神卫士和社会支柱——道学家们。这些道学家"阳为道学,阴为富贵,被服儒雅,行若狗彘"(李贽:《三教归儒说》),而他们骗人的招牌就是孔子之学。孔子的思想,历史地看,不可以简单地一概否定。李贽于孔子学说本身,就大体而言,并不取否定态度,他所深恶痛绝的,是后世学孔的伪道学家。而最恨的是他们盲目崇拜孔子,用封建礼教使人们不同的个性"强而齐之",使人人变成一个模样。从提倡个性自由、个性解放出发,李贽这篇《题孔子像于芝佛院》的文章是有其积极意义的。

文章全用反语,层层剥开了"人皆以孔子为大圣"的原因。这就是万口一词,千年一律,陈陈相因,从不以为非,不敢有自己的独立见解。更可笑的是人人相信,人人却又不是真知,只不过是儒家的先辈这样说,父辈和师父跟着这样说,大家也跟着这样说罢了。"至今日,虽有目,无所用矣。"就是这么一种滑稽可笑的情状。

| 题孔子像于芝佛院　李　贽

作者还巧妙地用"以子之矛,攻子之盾"的方法,把孔子的原话搬出来。原来大家信奉孔子,因为孔子讲过"圣则吾不能",这是孔子的谦虚;孔子说"攻乎异端",大家也就跟着去攻击异端。

最后,作者说他供奉孔子的像,把孔子当作圣人也是跟着大家学。"我"要眼睛(独立思考)做什么呢?还是孔子的话说得对:"吾从众。"——这样的结尾全是反话,俏皮而又辛辣的反话,讽刺是够深刻的。

晚游六桥待月记

袁宏道

西湖最盛,为春为月;一日之盛,为朝烟,为夕岚。今岁春雪甚盛,梅花为寒所勒①,与杏桃相次开发,尤为奇观。

石篑②数为余言:傅金吾园中梅,张功甫玉照堂故物也,急往观之。余时为桃花所恋,竟不忍去湖上。由断桥至苏堤一带,绿烟红雾,弥漫二十余里。歌吹为风,粉汗为雨,罗纨③之盛,多于堤畔之草,艳冶极矣。

然杭人游湖,止午未申三时。其实湖光染翠之工,山岚设色之妙,皆在朝日始出,夕舂未下,始极其浓媚。月景尤不可言,花态柳情,山容水意,别是一种趣味。此乐留与山僧游客受用,安可为俗士道哉!

【注释】

①勒:此处作紧束、阻遏解。

②石篑(篑 kuì):陶望龄,字周望,号石篑,会稽(今浙江省绍兴市)人,曾任翰林院编修,是作者的朋友。

③罗纨:绸绢一类,此处代指游湖的富贵之人。

【译文】

西湖最美好又最值得看的,是春天和明月。一天里面最美的,是早晨有烟霞和晚间山上有雾气的时候。今年春天的雪下得很大,梅花被寒冷所束缚阻遏,和杏花、桃花相接开放,更教人看了奇妙。

石篑几次跟我说:傅金吾园子里的梅花,是从张功甫玉照堂前移栽的,赶快去观赏。我当时被桃花迷住了,不忍心离开西湖。从断桥到苏堤这一带,绿的烟,红的雾,笼罩二十多里。唱歌的声音汇成了风,粉脸流下的汗汇成雨,穿着锦绣衣服的游客,比堤旁长的青草还多,漂亮时髦极了。

然而杭州人游西湖,仅在上午十一时到下午五时之间。其实,湖上的水光被翠绿映照得好看,山上的雾气增添了颜色的奇妙,都在早晨太阳刚出来,晚上春米尚未收工的时候,才达到最浓郁最媚人的程度。明月照耀的景色更是没法说的,花的姿态和柳的情致,山的容貌和水的柔意,又是另外一种趣味。这种快乐留交给山僧游客享受领会,哪里可以和粗俗的人讲呢!

【分析】

袁宏道(1568—1610),明朝文学家。字中郎,号石公。公安(今湖北公安县)人。万历二十年(1592)进士。他曾任吴县知县、顺天府教授、国子监助教和礼部主事等职。但他性爱山水,终厌官场,习惯于适情自放的生活。年少时即享文名,十五六岁,结社城南,自为社长。他和兄袁宗道、弟袁中道都是明代著名的散文家。在"公安派"中,他的文学成就最大。著有《袁中郎全集》。

明朝初年和中期,受复古派牢笼禁锢,文坛上斗争比较激烈,而袁宏道是倡新变古的闯将。他同复古派的争论,集中在三个问题上:第一是反对模拟,第二是主张写从"自己胸臆流出"的诗文,第三是提倡向民歌、民间戏剧、小说等学习。斗争的结果,正如钱谦益在《列朝诗集小传》中说的:"中郎之论出,王李(指复古派的代表王世贞和李攀龙)之云雾一扫。"

对于散文创作,袁宏道亦提出很好的见解和主张,大要说来,有三个方面:一曰性灵。就是"情与境会,顷刻千言,如水东注,令人夺魂"(《叙小修诗》)。二曰趣。什么是趣呢?即是他说的:"世人所难得者唯趣,趣如山上之色,水中之味,花中之光,女中之态,虽善说者不能下一语,唯会心者知之。"又说:"夫趣得之自然者深,得之学问者浅。"(《叙陈正甫会心集》)三曰新奇。"文章新奇,无定格式,只要发人所不能发,句法字法调法,一一从自己胸中流出,此真新奇也。"(《答李元善》)

袁宏道写了大量的山水游记,他最善于将所描写的自然景物情意化。在袁宏道的笔下,往往花有人的容貌,柳有人的感情,山有人的体态,水有人的性格。而且,每一篇有每一篇的写法,每一篇有每一篇的新意。他写杭州西湖不下十余篇,而篇篇意境不同。如《初至西湖记》,只一句"从武林门而西,望保俶塔突兀层崖中,则已心飞湖上也",就把刚到杭州西湖急欲试游的迫切心情表现得淋漓尽致。写《西陵桥》用两人的对话,考证"西陵"即"西泠",引了两句诗,就增加了文章的情趣。《雨后游六桥记》开头就写:"寒食后雨,余曰:'此雨为西湖洗红,当急与桃花作别,勿滞也。'"一语引起游兴。

这篇《晚游六桥待月记》别开生面,又是一种写法。按照题目要求,他该用主要篇幅写晚上在六桥一带游玩,等待月上东山、月照西湖的情景,然而不然,全篇却是用一种渲染、衬托的笔意,创造了一种新鲜的境界。

开头一句:"西湖最盛,为春为月;一日之盛,为朝烟,为夕岚。"点明良辰美景,使人急欲一观。他下面该写的是"春江花月夜"了吧?但他却转到写春雪花发的又一奇景:"梅花为寒所勒,与杏桃相次开发。"这时友人劝他到名园赏梅。他又宕开一笔,说:"为桃花所恋,竟不忍去湖上。"下面用浓墨重彩,对断桥至苏堤一带花开之盛,游人之炽,作了尽情的描写。一句"绿烟红雾,弥漫二十余里",使人想象到西湖花木的繁茂;"歌吹为风,粉汗为雨,罗纨之盛,多于堤畔之草",这是写游人。"艳冶极矣",是赞叹,更是嘲讽。接下去作者才徐徐把自己的审美观道出,他不赞同中午到下午这段时间游湖,"其实湖光染翠之工,山岚设色之妙,皆在朝日始出,夕舂未下,始极其浓媚"。直到最后才说到正题:"月景尤不可言,花态柳情,山容水意,别是一种趣味。"读至此,方知道,前面说了那么多,山环水绕,才讲到西湖月景上,叙述雪里花发的奇景,形容湖上游人的冶艳,都是为了衬托月景的异情别趣。然而却只用拟人化的寥寥几字,戛然而止。最后一句议论作结:"此乐留与山僧游客受用,安可为俗士道哉!"

尽管作者使用的文字很美,渲染的情致很浓烈,若按通常"相题行文"的要求,乍一看,读者是不会觉得满足的,甚至要责怪作者没有下功夫放开笔墨来写月景。但仔细想一想,会恍然大悟:作者笔到意随,于不经意处自有匠心,恰恰写了"待月"这一种独到的意象和规定情景。作者不单是一波三折、层层递进地写了自己待月这一心境和情景,还把我们读者共同带进待月这一心境和情景。一句议论留有多大的想象空间呀!

笔笔活,笔笔灵,笔笔转,大作家都有几副笔墨。没有真切的感受,没有艺术的匠心,是写不出这样别开生面、情意绵邈的好作品来的。

游黄山记

徐宏祖

初四日①,十五里至汤口②。五里,至汤寺③,浴于汤池④。扶杖望朱砂庵⑤而登。十里,上黄泥冈。向时云里诸峰,渐渐透出,亦渐渐落吾杖底。转入石门⑥,越天都之胁⑦而下,则天都、莲花⑧二顶,俱秀出天半。路旁一歧东上,乃昔⑨所未至者,遂前趋直上,几达天都侧。复北上,行石罅⑩中。石峰片片夹起,路宛转石间。塞者凿之,陡者级之⑪,断者架木通之,悬者植梯接之。下瞰峭壑阴森,枫松相间,五色纷披,灿若图绣。因念黄山当生平奇览,而有奇若此,前未一探,兹游快且愧矣!

时夫仆⑫俱阻险⑬行后,余亦停弗上,乃一路奇景,不觉引余独往。既登峰头,一庵翼然⑭,为文殊院,亦余昔年欲登未登者。左天都,右莲花,背倚玉屏风⑮,两峰秀色,俱可手擥⑯。四顾奇峰错列,众壑纵横,真黄山绝胜处!非再至,焉知其奇若此?遇游僧⑰澄源至,兴甚勇。时已过午,奴辈适至,立庵前,指点两峰。庵僧谓:"天都虽近而无路,莲花可登而路遥。只宜近盼天都,明日登莲顶。"余不从,决意游天都。挟澄源、奴子仍下峡路。至天都侧,从流石蛇行⑱而上。攀草牵棘,石块丛起则历块⑲,石崖侧削则援崖。每至手足无可着处,澄源必先登垂接。每念上既如此,下何以堪?终亦不顾。历险数次,遂达峰顶。惟一石顶壁起犹数十丈,澄源寻视其侧,得级,挟予以登。万峰无不下伏,独莲花与抗⑳耳。时浓雾半作半止㉑,每一阵至,则对面不见。眺莲花诸峰,多在雾中。独上天都,予至其前,则雾徙于后;予越㉒其右,则雾出于左。其松犹有曲挺纵横者;柏虽大干如臂,无不平贴石上,如苔藓然。山高风巨,雾气去来无定。下盼诸峰,时出为碧峤㉓,时没为银海。再眺山下,则日光晶晶,别一区宇㉔也。日渐暮,遂前其足⑳,手向后据地,坐而下脱。至险绝处,澄源并肩手相接。度险,下至山坳,暝色已合。复从峡度栈㉑以上,止文殊院。

【注释】

①初四日:明神宗万历四十六年(1618)九月初四日。

②汤口:镇名。在安徽省歙县。

③汤寺:原名祥符寺,始建于唐开元十八年(730)。因处在汤泉附近,故被叫作汤寺。

④汤池:即汤泉。泉温,含朱砂等矿物质,洗浴可治病。

⑤朱砂庵:又名慈光寺,创于明嘉靖年间。因处在朱砂峰下,故被叫做朱砂庵。

⑥石门:峰名,该峰两边山崖对立,像门一般。

⑦天都之胁:天都,黄山的主峰,高1810米。胁,从腋下到腰上的部分,这里借指山腰。

⑧莲花:黄山主要高峰之一,高1860米,与天都并称黄山两大峰。该峰峭壁皱如莲瓣,远望像一朵莲花,故名。

⑨昔:从前。徐宏祖两年前曾到过黄山,这里的"昔",和下文"前未一探"的"前"、"昔年欲登未登"的"昔年",都是指第一次游黄山。

⑩石罅(下 xià):石缝,这里指峡谷中的小道。

⑪级之:把它凿成石级。级,用作动词。

⑫夫仆:挑夫和仆人。

⑬阻险:阻于险,指被险路所阻。

⑭翼然:像鸟翅张开的样子。形容建筑物的檐角翘起、伸展。

⑮玉屏风:即玉屏峰。

⑯擘:同"攬"。

⑰游僧:云游的和尚。

⑱蛇行:像蛇一样地爬行。

⑲历块:历,越过。历块,越过石块。

⑳抗:抗衡。
㉑半作半止:忽聚忽散。
㉒趆:至。
㉓峤(乔 qiáo):尖而高的山。
㉔区宇:区域。
㉕前其足:向前伸出脚。前,名词用作动词。
㉖栈:栈道。在悬崖绝壁上凿筑的窄路。

【译文】

初四这一天,走了十五里路,到汤口镇。再走五里,到达汤寺,在汤泉里洗了个澡。我就拄着手杖,朝着朱砂庵登山而上。走了十里,登上黄泥冈。刚才漫没在云雾里的那些山峰,渐渐地露了出来,也渐渐地落在我的手杖下了。我通过石门,从天都峰的半山腰翻过去,天都、莲花两座山峰,都秀丽挺拔地出现在半天空。路旁有一条向东边伸展的岔道。这是我前一次游黄山时没有走过的,于是就向前一直往上爬,几乎到了天都峰的侧面。再往北攀登,在大石的裂缝中前进。两旁的山石片片高耸;道路弯弯曲曲,在石缝中间穿过。有堵住路的峰石,人们把它凿开;有陡峭难上的山崖,人们就凿出台阶;有断裂的深谷,人们就架上木桥接通;有悬空的地方,人们竖起梯子,上下连接。我向下看去,只见峭壁和深谷一片阴森,红枫和翠松错杂在一起,彩色缤纷,灿烂绚丽得像一幅美丽的图画。我于是想到,黄山的景致,该是我一生中所能见到的最奇特壮丽的景致了,然而这么美好的景致,前一次竟然没有游览到,这次能前来游览,既使我感到快慰,又使我感到惭愧!

这时,我的挑夫和仆人都因路险难走,落到了后面,我也想停下来不再向上爬;然而一路上的奇异景色,不知不觉地吸引我独自前往。在登上了山顶以后,看到有一座小寺院,檐角翘起,像鸟儿展翅欲飞的样子,这是文殊院,也是我那一年想游览而没能游览的地方。

| 游黄山记　徐宏祖

文殊院的左边是天都峰,右边是莲花峰,背靠着玉屏峰,天都和莲花两座山峰的秀丽景色,好像一伸手都可以揽入怀抱。从这里向四周环顾,只见奇特的山峰错综林立,众多的沟壑纵横交叉,真是黄山景致最优美的地方啊！不是这一次再来,我哪能知道它是这么不同寻常呢？在这里,遇上了云游和尚澄源,他的游兴非常浓。当时,已经过了正午,我的仆人也正好赶到,大家就站在文殊院前,指点着天都和莲花两座山峰议论起来。文殊院的和尚说:"天都峰虽然近,但没路可上；莲花峰可以攀登,路却太远。今天只好看看近处的天都峰,明天再登莲花峰吧。"我没有听取这个意见,决心今天就游览天都峰。于是携同澄源、仆人,仍从山峡的小路下来。到了天都峰的旁边,在流石中像游蛇一样伏地向上爬行。抓着野草,揪着荆棘。遇到高高的石块,就从上面爬过去；遇到陡立的石崖,就攀援而上。每遇到手脚没有可攀援的地方,澄源总是先登上去,然后垂下身子把我拉上去。经常想起上登已经是这样的艰难,下山该怎么办呢？最后,也顾不上多想这些了,就一直往上攀登。经过几次的危险,终于到达了山顶。山顶上是一石壁,有几十丈高。澄源在它的侧面找到了石阶,就扶持着我登了上去。在这里俯视群山,无数山峰都在天都峰之下了,只有莲花峰可以同它抗衡。这时浓雾忽聚忽散,每遇一阵云雾袭来,对面就看不见人。远望莲花等山峰,多半隐没在云雾中。我独自登上天都峰顶,到前边,雾就移到我的后边,转到右边,雾就飘现在我的左边。山峰上还有盘曲挺拔、纵横交错的松树；而柏树,即使枝干粗如手臂,也没有不平贴在石头上的,就像苔藓一样。山很高,风很大,雾气忽来忽去。我俯首往下看,那些山峰,一会儿露出青翠的峰尖,一会儿被云雾湮没,变成银色的海洋。等我再次眺望山下时,山下阳光晶亮,是另一个世界了。快到傍晚了,我们都两脚伸在身前,两手向后拄地,坐着向下挪动。到了最危险的地方,澄源在下边,让我踩住他的肩膀,或用手将我接住。等我们度过险处,下到山坳的时候,天完全黑了。我们又从峡谷度过栈道往上走,到文殊院过夜。

【分析】

徐宏祖(1586—1641),明朝地理学家、旅行家。字振之,号霞客,江阴(今江苏省江阴市)人。天赋聪颖,好博览古今史籍、方舆地志及山海图经。因不满太监弄权,政治腐朽,遂不应科举,寄情于山水,以寻幽览胜为毕生乐事。他从1607年起,前后延续三十余年,外出旅游十余次,曾远及四川、西藏等地,足迹遍及大半个中国,几乎游遍了祖国的名山大川。他在旅途中,将经历和观察所得,用日记的形式记录下来,这就是被后人誉为"千古奇书"的《徐霞客游记》。他的《徐霞客游记》,不仅是一部对地理学有突出贡献的专著,也是一部优秀的游记散文,有很高的文学价值。

本文从《徐霞客游记》节选,是作者游黄山的一段记录。安徽黄山有盛名于天下,在直径五十公里的范围内,聚集了耸立云天的无数奇峰怪石,千姿百态的苍松,明灭变幻的云海……天都和莲花两峰是黄山的主峰,这一带也是黄山景致最为奇绝的地方。徐宏祖初四日游天都,初五日游莲花,这篇散文实际上仅仅是作者游览黄山的一个片段,是初四日那一天的游记。

作者按日记体,以时间的进展为序,写了初四日游黄山的经过。记述有主有从,主要处浓墨重彩,次要的地方则一笔带过,但始终脉络清晰,次第分明。文章一开头,极为简要地记述了从出发地到遥见"天都、莲花二顶,俱秀出天半"的经过。"汤寺"是"祥符寺"的俗名,作者舍正取俗,用一个"汤"字,把"汤口""汤寺""汤池"三处串在一起,像三级跳远一样,从黄山的外围一下子到了真正的黄山脚下。从汤池起,要真正地上山了。"扶杖"而登,这一细节的记述,点出了登黄山的不易:山道崎岖,时有云雾掩路。作者是有经验的,这一次是他二上黄山了。第一次是两年前,万历四十四年(1616),当时冰雪封山,"余独前,持杖凿冰,得一孔,置前趾,再凿一孔,以移后趾"(《徐霞客日记》),艰难地行进到天都峰半山腰就被迫折回了。这次顺着原路前进,游览的主要对象还是天都峰和莲花峰,因此当他见到"天都、莲花二顶"时,自然情绪激动,欣喜万分,要直扑而上了。他不顾险阻,在石缝中寻路前进。"凿之""级之""通之""接之",写尽了山道之险。黄山的奇景是与"险"字紧紧连在一起的。要览奇,必须涉险。作者深知此理,所以不避其险,乐于攀援。果然,"奇"随"险"而至,"下瞰峭壑阴森,枫松相间,五色纷披,灿若图绣",瑰丽之景尽收眼底。为此,作者不由得动情地发出了"兹游快且愧矣"的感叹。

路太险了,仆人们落在后面了;景太奇了,本想停下来歇歇的作者不知不觉地随着奇异美景继续移步上山,一直走到文殊院。文殊院背靠玉屏峰,向左可远眺天都峰、耕云峰及"仙人把洞门"、"松鼠跳天都"诸景,向右可遥望莲花、莲蕊、圣泉峰及"采莲船"、"孔雀戏莲花"等景,前可观前海诸胜,后可看"金兔望月"和后海远峰。作者站在文殊台上"四顾",饱览了黄山美景秀色,深深地感到重上黄山太值得了!

但是,高高耸立的天都峰是徐宏祖预定的攀登目标,他没有听从寺僧的劝阻,决心当日下午就"游天都"。一个"游"字,显出了作者不怕艰险的大无畏精神。他带着游兴甚浓的云游和尚澄源和仆人涉险天都峰了。这一段历程,作者作了比较详细的描写。在"无路"的情况下,就在流石上像游蛇一样向前爬行,攀草牵棘,辟路以进,"石块丛起则历块,石崖侧削则援崖。每至手足无可着处,澄源必先登垂接",写得生动形象,逐句读来,就像一组影视镜头出现在眼前:徐宏祖一行正在缓慢地、艰辛地向天都高峰努力攀登。作者揽胜心切,顾不了"上既如此,下何以堪",奋力向上,勇往直前,终于到达峰顶,直至爬上石顶。此时,无限风光尽在眼前,世称黄山"三奇"的云、松、石都历历在目,美不胜收。站在海拔一千八百余米的天都之巅,最能体会黄山的云雾之奇了。所以,对此作者着墨也最多,"浓雾半作半止,每一阵至,则对面不见。眺莲花诸峰,多在雾中";"予至其前,则雾徙于后;予越其右,则雾出于左";"雾气去来无定。下盼诸峰,时出为碧峤,时没为银海"。诡变飘忽的云雾,使山景倍加娇美。作者抓住了这一点,浓墨重彩,既写雾,又写雾中的景,真实而又生动地记述了典型环境中的典型事物。

作者在峰顶细细观赏瑰玮的景色,直至"日渐落",才开始下山。俗话说,上山容易下山难。登天都峰是上山不易下山更难,但作者却略而不赘,只具体地描叙了下山的方式:"前其足,手向后据地,坐而下脱。至险绝处,澄源并肩手相接。"读者由此再联及登山时的描述,就可意会到下山的艰险困难了。这是作者的高明之处。天黑了,回到文殊院过夜。初四日的游程就此结束。

这是一篇游记,记的是黄山的景色,然而却在写景中寄寓了浓厚的情意和人生哲理,表现出作者对祖国大自然的热爱之情和奋发向上的进击精神,给读者以极大的启迪。作为一篇优秀散文,它的文笔优美,格调清新,语言生动,有强烈的艺术感染力,细细读来,无疑是一种美的享受。

湖心亭看雪

张 岱

崇祯五年①十二月,余住西湖。大雪三日,湖中人鸟声俱绝。

是日,更定②矣,余拏③一小舟,拥毳衣④炉火,独往湖心亭看雪。雾凇沆砀⑤,天与云、与山、与水,上下一白。湖上影子,惟长堤一痕,湖心亭一点,与余舟一芥⑥,舟中人两三粒而已。

到亭上,有两人铺毡对坐,一童子烧酒,炉正沸。见余大喜,曰:"湖中焉得更有此人?"拉余同饮。余强饮三大白而别。问其姓氏,是金陵⑦人,客此。

及下船,舟子喃喃曰:"莫说相公痴,更有痴似相公者。"

【注释】

①崇祯五年:公元 1632 年。崇祯:明思宗朱由检(1628—1644)的年号。

②更定:初更开始。古时,一夜分为五更,每更大约两小时。晚上八点钟左右,打鼓报告初更开始,叫做定更。

③拏(拿 ná):俗作"拿"。牵引。这里是划船的意思。

④毳(翠 cuì)衣:用鸟兽细毛编织的衣服。

⑤雾凇沆砀:冬夜寒气如雾,结水成珠,一片白色。这里形容大雪覆盖山湖,湖山水色一片,混茫洁白的样子。

⑥芥:小草。这里形容船像小草一样微小。

⑦金陵:今江苏省南京市。

【译文】

崇祯五年十二月,我住在西湖边。下了三天大雪,湖上人声、鸟雀声一点也听不到。

　　这一天,更深人静的时候,我撑着一条小船,穿上细毛皮衣,围着火炉,独自到湖心亭去赏看雪景。冰冷的雾气白茫茫的迷蒙一片,天空和云层以及山峰和湖水,上上下下都是一片白色。整个湖里的影子,只有一道长长的苏堤的痕迹,湖心亭一点轮廓和我坐的小草似的船、小船上的两三个人罢了。

　　走进了湖心亭,只见有两个人铺着毡毯对面坐着,一个孩子在烧炉子煮酒,正煮滚。那两个人看到我,非常高兴,说:"湖里哪里还会有这等样的人!"便拉了我一齐喝酒。我勉强喝了三大杯,才告别。问他们的姓名,原来是南京人,客居杭州。

　　等到我下了船,那船夫在嘀咕:"别说相公痴,也还有跟相公一样痴的。"

【分析】

　　张岱(1597—1679),明末清初文学家、史学家。字宗子,又字石公,号陶庵,又号蝶庵居士,山阴(今浙江绍兴市)人。他出身于一个仕宦家庭,自己没有做过官,落拓不羁,性喜游山玩水,长年住在杭州。明亡后,隐居剡溪山中著书。他是晚明重要的散文家,兼有各派之长,独成风格。晚年所作,寄寓故国之思,意绪苍凉沉痛。著有《陶庵梦忆》《西湖梦寻》《琅嬛文集》及《石匮书》《石匮书后集》等。

　　张岱的散文文笔清新,篇幅不长,却写得丰神绰约,情韵深厚。作品多以山水游记、日常琐事为题材,有的作品流露出明亡后作者的怀旧情绪。

　　这篇《湖心亭看雪》全文不到二百字,却融叙事、写景、抒情于一炉,而且描写了人物。虽淡淡几句,却在声调情致上创造了独特的意境。

　　开头一句:"崇祯五年十二月,余住西湖。"点明时间地点。十二月,住西湖,记时和地以应题意,为下文写西湖看雪,作了开路和

| 湖心亭看雪　　张　岱

引发。

紧承开头,要言不烦。"大雪三日,湖中人鸟声俱绝。"一句就把大雪封湖的景状一总写出。茫茫大雪覆盖了一切,寒凝大地,湖山封冻,人鸟无声,这和柳宗元的"千山鸟飞绝,万径人踪灭"是同一境界。但柳诗描绘出一幅江天大雪图,纯从视觉形象着眼,而张岱此文却从"人鸟无声"的听觉感受来写。冰天雪地,万籁无声,就更使人觉得寒意森然。这种描写有另外的匠心,如果说柳诗两句写雪景,是为了衬托"孤舟蓑笠翁,独钓寒江雪"的钓者的孤独;那么,张岱则为有人看雪作了映照。

以下接着写夜静更深、孤舟冒寒赏雪的行动,作为下面写雪景的过渡,同时表现了自己孤高独赏的幽情。

全文的重点是写湖上雪景,作者在这里以简洁、精深之笔为我们画出了这样一幅画面:"雾凇沆砀",首先进入眼帘的,是一片茫茫混濛的雪光水气;接着是"天与云、与山、与水,上下一白",三个"与"字,既分别了天、云、山、水,又用"上下一白"给它统一起来,仍然是一种白雪混茫之景。这就好像是电影的全镜头后有分镜头:"长堤一痕""湖心亭一点""余舟一芥""舟中人两三粒"。作者这里写视线的移动,捕捉西湖各别的具体景色,引导读者跟他一起到西湖,把想象到的和目击的统一起来,取得共同的真切的感受。而且,从"痕"、"点"到"芥"以至"粒",愈见愈小,观察精细,用字贴切,既描绘了西湖雪景唯有的真景,又透露了茫茫世界,太仓稊米的情怀,真是"状难写之景,如在目前;含不尽之意,见于言外"。

不料作者笔锋一转,在寂静孤独中开辟了生动热闹的新境界:"独往湖心亭看雪",却有人先我而至,客之惊异,实际上反衬出作者的惊异,更不必说逗引读者的惊喜了。这出人意料之境是作者独特的遭遇,又说明了西湖雪景并非是孤情独赏。冷寂的湖山增添了一分暖色,简洁的文字敷上了喧闹的色彩,文笔变化至极也活泼至极。

本来文章至此也可以结束了,但作者又写了几句:"及下船,舟子喃喃曰:'莫说相公痴,更有痴似相公者。'"

　　这个结尾,真如《西厢记》的唱词"怎当她临去秋波那一转",用舟子大惑不解的"喃喃自语",说出一个"痴"字,而用"相公痴"与"痴似相公者"相比较,相映衬,使情韵更加荡漾,有"余音绕梁,三日不绝"之妙。

原　君

黄宗羲

　　有生之初，人各自私也，人各自利也；天下有公利而莫或①兴之，有公害而莫或除之。有人者出，不以一己之利为利，而使天下受其利；不以一己之害为害，而使天下释其害。此其人之勤劳，必千万于天下之人。夫以千万倍之勤劳，而己又不享其利，必非天下之人情所欲居也。故古之人君，量而不欲入者，许由②、务光③是也；入而又去之者，尧、舜是也；初不欲入而不得去者，禹是也。岂古之人有所异哉？好逸恶劳，亦犹夫人之情也。

　　后之为人君者不然。以为天下利害之权皆出于我，我以天下之利尽归于己，以天下之害尽归于人，亦无不可。使天下之人，不敢自私，不敢自利，以我之大私为天下之大公。始而惭焉，久而安焉，视天下为莫大之产业，传之子孙，受享无穷。汉高帝所谓"某业所就，孰与仲④多"者，其逐利之情，不觉溢之于辞矣。

　　此无他，古者以天下为主，君为客，凡君之所毕世而经营者，为天下也。今也以君为主，天下为客，凡天下之无地而得安宁者，为君也。是以其未得之也，屠毒天下之肝脑，离散天下之子女，以博⑤我一人之产业，曾不惨然！曰："我固为子孙创业也。"其既得之也，敲剥天下之骨髓，离散天下之子女，以奉我一人之淫乐，视为当然。曰："此我产业之花息⑥也。"然则为天下之大害者，君而已矣。向使⑦无君，人各得自私也，人各得自利也。呜呼！岂设君之道固如是乎？

　　古者，天下之人爱戴其君，比之如父，拟之如天，诚不为过也。今也天下之人怨恶其君，视之如寇仇，名之为独夫⑧，固其所也。而小儒⑨规规焉以君臣之义无所逃于天地之间，至桀、纣之暴，犹谓汤、武不当诛之，而妄传伯夷、叔齐⑩无稽之事，视兆人万姓崩溃之血肉，曾不异夫腐鼠,岂天地之大,于兆人万姓之中,独私其一人一姓乎!是故武王,圣人也;孟子之言⑪,圣人之言也。后世之君,欲以如父如天之空名,禁人之窥伺者,皆不便于其言,至废孟子而不立⑫,非导源于小儒乎?

虽然,使后之为君者,果能保此产业,传之无穷,亦无怪乎其私之也。既以产业视之,人之欲得产业,谁不如我?摄缄縢⑬,固扃鐍⑭,一人之智力,不能胜天下欲得之者之众。远者数世,近者及身,其血肉之崩溃,在其子孙矣。昔人愿世世无生帝王家,而毅宗之语公主⑮,亦曰:"若何为生我家?"痛哉斯言!回思创业时,其欲得天下之心,有不废然摧沮⑯者乎!是故明乎为君之职分,则唐、虞之世,人人能让,许由、务光非绝尘⑰也;不明乎为君之职分,则市井之间,人人可欲,许由、务光,所以旷⑱后世而不闻也。然君之职分难明,以俄顷淫乐,不易无穷之悲,虽愚者亦明之矣!

【注释】

①或:代词,指人。

②许由:古史传说中的隐君子。一作许繇,与巢父同时。尧欲让位给许由,许由坚辞不受,隐居箕山,躬耕而食。

③务光:传说中商汤以天下让给他,他不受。

④仲:老二。这里指汉高祖的二哥。

⑤博:求得,换取。

⑥花息:利润,利息。

⑦向使:当初假使。

⑧独夫:指众叛亲离的暴君。

⑨小儒:这里指宋以后的一些理学家。

⑩伯夷、叔齐:伯夷和叔齐是殷孤竹君的儿子。武王伐纣时,他们曾在马前劝阻,认为臣不能伐君。殷亡后,不食周粟,饿死在首阳山。作者认为这是小儒编造的故事。

⑪孟子之言:这里指《孟子·梁惠王下》中的一段话:"齐宣王问曰:'汤放桀,武王伐纣,有诸?'孟子对曰:'于传有之。'曰:'臣弑其君,可乎?'曰:'贼仁者谓之贼,贼义者谓之残,残贼之人,谓之一夫。闻诛一夫纣矣,未闻弑君也。'"

⑫废孟子而不立:指朱元璋见到《孟子》里有"草芥""寇仇"这些话,就下诏撤掉孔庙里孟子配享的牌位。

⑬摄缄(笺 jiān)縢(藤 téng):收紧绳结。摄,紧收。缄,结。縢,绳子。

⑭固扃(坰 jiōng)鐍(决 jué):使关钮锁钥牢固。固,牢固。扃,关钮。鐍,锁钥。

⑮毅宗之语公主:毅宗即崇祯皇帝。明末,起义军李自成进入北京,崇祯挥剑砍杀他的女儿长平公主,说:"汝奈何生我家?"

⑯摧沮:灰心气馁的样子。

⑰绝尘:超越世俗。

⑱旷:空,引申作"绝"讲。

【译文】

在人类的初期,人人总是自私的,人人总是自利的;社会上有公共利益的事没有人来兴办它,有公共灾害的事没有人来消除它。有这么一个人站出来,不把个人的利益当作利益,却要让普天下的人受到那种利益;不把个人的灾害当作灾害,却要帮助普天下的人消除那种灾害:那样的人的辛勤劳苦,一定比普天下的人要高出千万倍。那受千万倍的辛勤劳苦,而自己又享受不着那种利益,这就一定不是普天下的人思想感情上所愿意承受的。所以古时候的君主,有经过估量而不愿意就君位的,许由和务光都是这样;有就君位而又放弃君位的,唐尧和虞舜都是这样;有起初不肯就君位可到底推辞不掉的,夏禹就是这样。难道古时候的人们有什么不同吗?贪图安逸,厌恶劳苦,也还是一般人的思想感情。

后代做君主的就不再是这样。他们认为决定普天下利益和灾害的大权完全掌握在自己手里，把普天下的利益统统归给自己，把普天下的灾害统统归给别人，也没有什么不行。使得普天下的人，不敢自私，不敢图自利，用我的极端偏私来算作普天下的最大的公正。一开始还有点过意不去，时间一久就觉得心安理得，把江山看成无限大的产业，拿来留传给子子孙孙，想受益享福无穷无尽。正如汉高祖刘邦所说的"我在产业方面的成就，比起老二来究竟谁多呢"，他那追逐利益的情意，不知不觉地充分表露于言辞之间了。

　　这个没有别的原因。古时候把普天下的人看作主体，把君主看作客体，作为君主所终生筹划办理的，是为普天下人呀。现在把君主看作主体，把普天下人看作客体，凡是普天下人感到没有一块地方好安身宁心的，认为是为了君主呀。这就使他在没有得到江山的时候，杀害普天下的老百姓，使之肝脑涂地，拆散普天下老百姓的家庭，来求得我一个人的产业，对此竟然毫不感到惨痛，还说："我应当替子子孙孙开创基业呀。"到他已经得到江山的时候，他敲剥普天下的民脂民膏，拆散普天下老百姓的家庭，来满足我一个人的荒淫享乐，看作理当如此，还说："这正是我的产业应该收取的利润呀。"这样看来，普天下人的最大祸害，只是君主罢了。如果向来就没有君主，老百姓各自得以卫护自己，各自能图点私利。唉！难道设立君主的道理原来就是这样的吗？

　　古时候，普天下的老百姓敬爱、拥护他们的君主，把他看得像父亲一样亲，把他比得像苍天一样崇高，确确实实不算过分呀。现在呢，普天下的老百姓怨恨、厌恶他们的君主，把他看得像个侵略者、仇敌，称他为独夫民贼，原是他应得的下场。可是那些小儒拘泥死板地认为，君臣之间的伦理准则笼罩于天地之间，是不能逃避的，甚至于夏桀、商纣那么残暴无道，还是要说商汤、周武王不应该去讨伐他们，又胡乱地传播伯夷、叔齐扣马而谏的无稽之谈，认为千千万万的老百姓血肉模糊，跟那腐烂的老鼠一样毫不足道。难道天地这么大，在千千万万的老百姓当中,单单偏爱君主那一个人一家姓吗!所以武王,是位圣人;孟子说过的话,是圣人的话。后代的君主,想要借用像父亲一样亲、像苍天一样崇高的空话,来禁止他人暗中寻找机会来夺取君位,都把孟子的话看作不利于自己的统治,以至废除孔子庙里的孟子牌位,这不就是从小儒那儿开的头吗?

即使这样,如果后代做君主的,当真能够保住这份产业,把它留传到永远,也就不好怪他硬要据天下为己有了。既然把江山看作产业,人们想要得到产业,又有谁不像我这样的?尽管绳捆索绑,尽管牢锁密封,一个人的智慧实力,到底不可能敌过普天下想要抢到它的众多的人们。隔得远点的也不过几代,靠得近的就在自身,那种血肉模糊的遭遇就临到他子孙了。从前有人祝愿世世辈辈也不要出生在帝王的家里,崇祯皇帝对他的女儿长平公主也说过:"你为什么要生在我家?"这句话是多么沉痛啊!回想到创立基业那会子想得到江山的痴心,还有不颓丧灰心的吗!所以懂得了做一个君主的职责和本分,就会像唐尧、虞舜的时候,人人都能够推让,许由和务光并不是超尘绝俗的人;不懂得做一个君主的职责和本分,就会在民间人人都想要抢夺,这就是许由和务光在后世再也没有听到了的原因。可是,君主的职分似乎不容易搞清楚,但如果懂得拿片刻的淫乐去换取无限痛苦不值得的道理,那么即使是愚蠢的人,也会明白君主的职分了。

【分析】

黄宗羲(1610—1695),明末清初的思想家、文学家。字太冲,号南雷,又号梨洲,浙江省余姚人。他的父亲黄尊素是东林党的一位领袖,为魏忠贤所杀害。黄宗羲博学多识,继承东林余绪,领导"复社"成员坚持了反对宦官权贵的斗争。他曾求业于浙东名儒刘宗周,治王阳明学。清兵入关南下,他在浙江省东南一带组织武装力量,与清兵相抗。明亡,奉母乡居,从事著作,并设"证人学会"教授子弟。清朝统治者多次以礼敦聘,他都坚持不往。著作很多,有《明夷待访录》

《明儒学案》《宋元学案》《易学象数论》《授书随笔》《南雷文定》等。

黄宗羲的文章朴实无华,笔锋锐利,说理透彻,逻辑性极强。《明夷待访录》是代表他的政治思想的一部重要著述。在这部书里,他对政治、经济、军事、教育等各方面的制度提出了自己的看法,其中不少的见解含有民主思想的光辉,是相当进步的。与他同时代的大思想家顾炎武就很推重这部书,在《与梨洲书》里有这样一段话:"大著《待访录》读之再三,于是知天下未尝无人,百王之敝可以复起,而三代之盛可以徐还矣。"正因为黄宗羲在这部书里猛烈抨击了君主专制制度,表露了民主进步思想,所以这部书一直被清政府列为禁书。直到清末,资产阶级革命运动兴起,才由维新派将它秘密印行散发,作为反清、反君主专制的宣传材料。谭嗣同、梁启超和资产阶级民主革命家孙中山都受过这部书的影响。梁启超曾赞美它是"刺激青年最有力之兴奋剂"。

《原君》是《明夷待访录》的第一篇,也是全书的主旨所在。"原",是推原其本。"原君",就是推论为君之道。文章的主题是阐明君主的职分在于为天下人"兴利"、"释害",着重揭露君主专制的罪恶,表达了作者的民主主义思想。

文章一开头就提出了为什么会有君主的问题。他认为古时候的人都是自私自利的,不顾天下的"公利"和"公害"。有人"不以一己之利为利,而使天下受其利;不以一己之害为害,而使天下释其害"。这个人就为大家所爱戴和拥护而成为君主。这样的君主是非常劳苦而又"不享其利"的。所以传说中的许由、务光都不愿作君主,而唐尧、虞舜也就终于让位了。作者从君主的起源说明了古代的君主是替普天下人做事的人,没有什么特权。与下文相对比,就鲜明地突出了后世君主把天下当作个人财产的罪恶。后世的君主,他们自以为是天下之主,把天下当作"莫大之产业",不惜以天下之利尽归于己,以天下之害尽归于人,这和古代"以天下为主,以君为客,凡君之所毕世而经营者,为天下也"的情况完全两样。他们为了争夺天下,不惜采取一切惨无人道的手段;爬上君主的宝座以后,就尽量剥削人民,压迫人民,以供自己的淫乐。于是,君主成了天下的大祸根。作者在指出"天下之大害者,君而已矣"之后,就以"呜呼!岂设君之道固如是乎"一语作结,表示了他对后世君主的反抗。辞虽属委婉,揭露却是十分深刻的。

作者在把古今君主的不同作对比之后,接着就指出:古代人爱戴和拥护君主是有道理的,后世人把残暴的君主当作"寇仇"、"独夫",也是应该的。他针对所谓"君臣之义无所逃于天地之间"的谬论,批判了"小儒"们的盲目忠君的思想。他大声疾呼:"视兆人万姓崩溃之血肉,曾不异夫腐鼠,岂天地之大,于兆人万姓之中,独私其一人一姓乎!"充分表现了作者的平等思想和反抗精神。

文章写到这里,已把君主专制制度应该推倒的道理阐述清楚,本可就此结束。但由于作者写《明夷待访录》的原意是给尚未出现的汉族新政权预拟法制的,是写给将来见访的君主看的,又因为《原君》是这部书的第一篇文章,是全书的纲,其他各篇文章的论点都与这一篇有密切的联系,所以,要再从君主本身的利害关系进一步论述必须反对君主专制。他明确指出后世的君主以天下为私产的行为是非常愚蠢的。以天下为私,就会诱使他人之"欲得",结果不但无法做到"保此产业,传之无穷",而且会使其子孙遭受血肉崩溃的惨苦。他还引用明思宗(崇祯皇帝)的话来作证,并且评论说,如果让他们早知道这样做会遭遇悲惨的命运,那么他们就不会这样做了,普天下的人也就不会受君主的荼毒了。最后,他再次指出:为天下人兴利除害才是君主的职责,与文章的开头相呼应。

本文是一篇说理性很强的散文,作者在提出他的观点以后,就用很多的事例来证明他的论点,托古喻今,很有说服力。他采用对比的手法,古今对举,而把重点摆在说明后世君主专制制度的罪恶上,这就使得读者的印象更为鲜明,文章的条理也就显得分外的清晰。

黄宗羲在《原君》这篇文章中,大胆地批判了封建君主专制制度的不合理,把残暴的君主斥之为"寇仇"、"独夫"、"天下之大害",并驳斥了小儒盲目忠君的谬论,公开向封建伦理观念挑战,这表明了他的思想的进步性。不过,他所攻击的仅仅是暴君专政,并没有提出要从根本上推翻君主制度。他以为只要君主"明乎为君之职分",肯为普天下人兴利释害,就是一个好君主,那就没有问题了。他还认为人类社会一开始,"人各自私也,人各自利也",而君主的出现,是由于人能舍私济公,因而颂赞传说中的尧、舜,把他们当作理想中的君主。这些都是不正确的,是作者思想局限性的表现。但是,我们不能因此苛责古人,应该历史地辩证地看问题。在那个时代,黄宗羲无疑是一位站在时代前列的伟大思想家,《原君》确是一篇切中时弊的好文章。

复 庵 记

顾炎武

旧中涓①范君养民,以崇祯十七年②夏,自京师徒步入华山,为黄冠③。数年,始克结庐于西峰之左,名曰复庵。华下之贤士大夫,多与之游;环山之人,皆信而礼之。

而范君固非方士④者流也。幼而读书,好《楚辞》,诸子及经史,多所涉猎,为东宫伴读⑤。方李自成之挟东宫、二王⑥以出也,范君知其必且西奔,于是弃其家,走之关中,将尽厥职焉。乃东宫不知所之,而范君为黄冠矣。

太华之山,悬崖之巅,有松可荫,有地可蔬,有泉可汲,不税于官,不隶于宫观之籍。华下之人,或助之材,以创是庵而居之。有屋三楹,东向以迎日出。余尝一宿其庵,开户而望,大河之东,雷首之山,苍然突兀,伯夷、叔齐之所采薇而饿者,若揖让乎其间,固范君之所慕而为之者也。自是而东,则汾之一曲,绵上之山,出没于云烟之表,如将见之。介之推⑦之从晋公子,既返国而隐焉,又范君之所有志而不遂者也。又自是而东,太行、碣石⑧之间,宫阙、山陵⑨之所在,去之茫茫而极望之不可见矣。

相与泫然,作此记,留之山中。后之君子,登斯山者,无忘范君之志也。

【注释】

①中涓:宫廷内侍官,赞美为"居中而涓洁的人"。主管皇宫中清洁、卫生等工作。颜师古说:"中涓,亲近之臣,若谒者、舍人之类。"后世一般用作宦官之称。

②崇祯十七年:公元1644年。

③黄冠:道士。

④方士:道士一类的人。

⑤东宫伴读:陪伴太子读书的官。

⑥二王:明福王、唐王。

⑦介之推:春秋时晋国人,又称介子推、介推。曾随公子重耳长期流亡,尝尽难苦,重耳归国后,不受赏,与母隐居。

⑧太行、碣石:均山名。

⑨山陵:指皇帝的陵墓。

【译文】

　　过去的宫廷内侍官范养民,在明崇祯十七年的夏天,从京都徒步走到华山,做了道士。数年之后,才在西峰的左方盖了草庐,名叫复庵。华山下面一带贤明的读书人,多和他交往。华山一带的人,皆诚恳地、有礼貌地和他相处。

　　然而范君本来不是修行求道一类的人。他年幼读书,爱好《楚辞》、诸子百家的学说和经书、史书,也经常广泛地阅读钻研,当过太子伴读。当李自成兵败把皇帝的太子和两个王带走出了京都,范君知道李自成必定向西面跑,自己也就抛弃了家庭,跑到关中,准备继续尽自己的职责。无奈太子不知哪里去了,范君只好当了道士。

　　太华的山上,悬崖的顶处,有松树可以荫蔽休息,有土地可以种上菜蔬,有泉水可以汲取,不向官家交租税,也不属于道观系统的管辖。华山下面的人,帮助一点建筑材料,因而建造了这座复庵居住。有屋三间,朝东迎着日出。我曾经在庵里住过一宿,开了门户一看,黄河的东边,苍翠的雷首山突出地耸立在那儿,那是伯夷、叔齐饿着肚子采撷野菜的地方,好像看到他兄弟俩和睦谦让地生活在其中,这正是范君所敬慕而效法的榜样啊。再从那儿往东,可见一曲汾水和高耸的绵山,在云烟之外出没。介之推紧紧追从晋国公子,等到公子复国返回时他就隐居到这里了。这又是范君所努力的目标但没有实现啊。又从那儿再往东看,太行、碣石之间,该是皇上的官殿和陵墓所在,愈往远看愈是一片白茫茫,想看也看不到了啊!

我和范君共同流下泪,作了这篇复庵记,留它在山里。后来的君子,登上这座山的,不要忘记范君所怀抱的愿望和志向啊!

【分析】

顾炎武(1613—1682),清初思想家、学者。初名绛,字忠清,明亡后,改名炎武,字宁人。又尝名圭年,后又变姓名为蒋山佣。世居江苏昆山亭林镇,因号亭林,人称亭林先生。天启六年(1626)补诸生,后加入"复社"。明亡后,不出仕,游历西北等地,定居于陕西的华阴。著有《音学五书》《日知录》《天下郡国利病书》等,有《亭林诗文集》行世。

顾炎武是一个有民族思想和爱国思想的文学家,他自己曾说:"君子之为学,以明道也,以救世也。徒以诗文而已,所谓雕虫篆刻,亦何益哉?"又说:"文之不可绝于天地者,曰明道也,纪政事也,察民隐也,乐道人之善也。若此者,有益于天下,有益于将来,多一篇,多一篇之益矣。若夫怪力乱神之事,无稽之言,剿袭之说,谀佞之文,若此者,有损于己,无益于人,多一篇,多一篇之损矣。"这就是他治学著书的严肃态度。加上他进步的思想,因而所为文章,都有实在的内容和深邃的精义。

《复庵记》记叙范养民筑庐华山,隐逸不仕,实抱反清复国思想,同时也寄托自己的感慨,含蓄地抒发民族大义和爱国情怀。

本文可分两部分。前部分写复庵所在地方和范君为黄冠(道士)的原因。后部分写复庵景色并勾连起对历史人物的联想,归结作者作文之用意。

第一段写明复庵在华山西峰之左(与下文"东向以迎日出"照应),为崇祯十七年夏"入华山"的范君所创建。范君住在这里,"华下之贤士大夫,多与之游;环山之人,皆信而礼之"。

第二段承接上文,说明范君虽为"黄冠",而"实非方士者流"。他是因为"尽厥职"而不得不来华山为"黄冠"的。他"幼而读书,好《楚辞》,诸子及经史,多所涉猎",所以"为东宫伴读"。作者特别提出"好《楚辞》",连接上文,隐隐说明人们"多与之游"和"信而礼之"的根本原因:范君像屈原忧时爱国的品格一样得到大家的钦仰。

第三段先说赖众力创是庵而居,与前面写的"华下之贤士大夫,多与之游;环山之人,皆信而礼之"相照应。接着拓开一笔,写极目所见的景色。由所在景色联想到伯夷、叔齐耻食周粟的故事。周武王讨纣,夷、齐叩马而谏,武王不听,后有天下。夷、齐耻食周粟,隐于首阳山采薇而食,以致饿死。这就是"范君所慕而为之者"。其实说范君也连到顾炎武本人感情的触动。因为作者也曾赞颂他母亲抗清绝食而死,是"以一女子而蹈首阳之烈"。再接着,又写东边的景色,联想到介之推辅晋文复国而后归隐于绵山。范君想再为东宫伴读,将尽厥职,却不可得,这是"范君之所有志而不遂者"。作者又写再向东望,"去之茫茫而极望之不可见",这象征国家民族前途的渺茫,有无限的沉痛!

末一段点明作此文的目的:"后之君子,登斯山者,无忘范君之志也。"范君之志即作者之志,他借此要唤醒所有读者与后来者的民族意识与爱国情怀。顾炎武的文章实践了他文不苟作的崇高理想。

这篇文章最可称道的是通过记叙抒发了作者浓烈的感情。一篇文章,光说理,固无味,光写景,也无味,必须做到有景有情,又有理旨。顾炎武的《复庵记》所写的外在景物,都是富有鲜明的特征的,它们恰切地衬托了范君这个人物的精神特征,同时也贯注了作者的思想感情。雷首之山,绵山之上,宫阙、山陵之所在,仿佛为范君这一特定人物而设,也都为作者而设。居此地,目所及,心所想,情感之所系该是什么,不是很能令人体会到的吗?顾炎武说过:"感愤之极,有时不能自止而微见其情者。"这样饱蘸着血肉形象和热烈感情,才能写出光芒四射、打动人心的作品。其次,这篇文章分层说明范君"之所慕而为之者""有志而不遂者"以及感到"去之茫茫而极望之不可见矣",其意旨愈来愈明显,愈来愈深远,感情的波涛也愈掀愈高。使用的语言,如写雷首之山,则说"苍然突兀",写绵上之山,则说"出没于云烟之表",写宫阙山陵之所在,则说"去之茫茫而极望之不可见矣",都带有很浓的感情色彩。寓亡国之痛和复明之志于深情远景的绵邈之中,真是"一篇之中,反复致意"!

最后,文中写到"方李自成之挟东宫、二王以出也",虽然作者矛头所向是对准清兵侵略,但他对李自成的行动并不赞成,也没有好感,这从他的用语中可见。作者阶级立场和思想上的局限性是毋庸讳言的。

阎典史传

邵长蘅

阎典史①者,名应元,字丽亨,其先浙江绍兴人也。四世祖某,为锦衣校尉②,始家北直隶之通州③,为通州人。

应元起掾史④,官京仓大使⑤。崇祯十四年,迁江阴县⑥典史。始至,有江盗百艘,张帆乘潮阑入内地,将薄城。而会县令摄篆旁邑⑦,丞、簿选懦怖急⑧,男女奔窜。应元带刀鞬⑨出,跃马大呼于市曰:"好男子,从我杀贼护家室!"一时从者千人。然苦无械。应元又驰竹行呼曰:"事急矣!人假一竿,直⑩取诸我!"千人者,布列江岸,矛若林立,士若堵墙。应元往来驰射,发一矢,辄毙一贼⑪,贼连毙者三,气慑扬帆去。巡抚⑫状闻,以钦依都司掌徼巡⑬。县尉得张黄盖拥纛⑭,前驱清道而后行,非故事⑮,邑人以为荣。久之,仅循资迁⑯广东英德县主簿,而陈明遇代为尉。应元以母病未行,亦会国变⑰,挈家侨居邑东之砂山⑱。是岁乙酉⑲五月也。当是时,本朝定鼎改元⑳二年矣。豫王㉑大军渡江。金陵降,君臣出走,弘光帝㉒寻被执。分遣贝勒㉓及他将,略定东南郡县。守土吏或降或走,或闭门旅拒㉔,攻之辄拔,速者功在漏刻㉕,迟不过旬日。自京口㉖以南,一月间下名城大县以百数;而江阴以弹丸下邑,死守八十余日而后下,盖应元之谋计居多。

初,薙发令㉗下,诸生许用德㉘者,以闰六月朔㉙,悬明太祖御容于明伦堂㉚,率众拜且哭,士民蛾聚㉛者万人,欲奉新尉陈明遇主城守。明遇曰:"吾智勇不如阎君,此大事,须阎君来。"乃夜驰骑往迎应元。

应元投袂㉜起,率家丁四十人,夜驰入城。是时,城中兵不满千,户才及万,又饷无所出。应元至,则料尺籍㉝,治楼橹㉞,令户出一男子乘城,余丁传餐。已乃发前兵备道曾化龙所制火药火器,贮谯楼。已乃劝输巨室㉟,令曰:"输不必金,出粟、菽、帛、布及他物者听。"国子上舍㊱程璧,首捐二万五千金。捐者麇集㊲。于是围城中有火药三百罂,铅丸、铁子千石,大炮百,鸟机千张,钱千万缗,粟、麦、豆万石,他酒、酤、盐、铁、刍稿称是㊳。已乃分城而守:武举㊴黄略守东门,把总㊵某守南门,陈明遇守西门,应元自守北门,仍徼巡四门。部署甫定,而外围合。

时大军薄城下者已十万,列营百数,四面围数十重,引弓仰射,颇伤城上人。而城上礌炮㊶,机弩乘高下,大军杀伤甚众。乃架大炮击城,城垣裂,应元命用铁叶裹门板,贯铁絙㊷护之;取空棺,实以土,障隤处。又攻北城,北城穿。下令人运一大石块,于城内更筑坚垒。一夜成。会城中矢少,应元乘月黑,束稿为人,人竿一灯,立陴堄㊸间;匝城兵士伏垣内,击鼓叫嚣,若将缒城斫营者。大军惊,矢发如雨,比晓,获矢无算。又遣壮士夜缒城入营,顺风纵火。军乱,自蹂践相杀死者数千。

大军却,离城三里止营。帅刘良佐㊹拥骑至城下,呼曰:"吾与阎君雅故㊺,为我语阎君,欲相见。"应元立城上与语。刘良佐者,故弘光四镇㊻之一,封广昌伯,降本朝总兵者也。遥语应元:"弘光已走,江南无主,君早降,可保富贵!"应元曰:"某明朝一典史耳,尚知大义。将军胙土分茅㊼,为国重镇,不能保障江淮,乃为敌前驱,何面目见吾邑义士民乎?"良佐惭退。

应元伟躯干,面苍黑,微髭,性严毅,号令明肃,犯法者鞭笞贯耳㊽,不稍贳㊾。然轻财,赏赐无所吝。伤者手为裹创,死者厚棺敛,酹醊㊿而哭之;与壮士语,必称"好兄弟",不呼名。陈明遇宽厚呕煦㉛,每巡城,拊循㉜其士卒,相劳苦,或至流涕。故两人皆能得士心,乐为之死。

先是,贝勒统军略地苏、松㉝者,既连破大郡,济㉞师来攻。面缚两降将,跪城下说降,涕泗交颐㉟。应元骂曰:"败军之将,被擒不速死,奚喋喋㊱为!"又遣人谕令:"斩四门首事各一人,即撤围。"应元厉声曰:"宁斩吾头,奈何杀百姓!"叱之去。

会中秋,给军民赏月钱,分曹携具,登城痛饮。而许用德制乐府《五更转曲》,令善讴者曼声歌之。歌声与刁斗⑰、笳吹声相应,竟三夜罢。

贝勒既觇㊳知城中无降意,攻愈急。梯冲死士铠胄皆镔铁,刀斧及之,声铿然,锋口为缺。炮声彻昼夜,百里内地为之震。城中死伤日积,巷哭声相闻。应元慷慨登埤,意气相若。旦日,大雨如注。至日中,有红光一缕起土桥,直射城西。城俄陷,大军从烟焰雾雨中,蜂拥而上。应元率死士百人,驰突巷战者八,所当杀伤以千数。再夺门,门闭不得出。应元度不免,踊身投前湖,水不没顶,而刘良佐令军中,必欲生致应元,遂被缚。

良佐箕踞乾明佛殿,见应元至,跃起,持之哭。应元笑曰:"何哭?事至此,有一死耳!"见贝勒,挺立不屈。一卒持枪刺应元贯胫,胫折,踣地。日暮,拥至栖霞禅院,院僧夜闻大呼"速斫我"不绝口,俄而寂然,应元死!

凡攻守八十一日,大军围城者二十四万,死者六万七千,巷战死者又七千,凡损卒七万五千有奇。城中死者,无虑㊴五六万,尸骸枕藉,街巷皆满,然竟无一人降者。

城破时,陈明遇下骑搏战,至兵备道前,被杀。身负重创,手握刀,僵立倚壁上,不仆。或曰:阖门投火死。

【注释】

①典史:官名。元代设置,与县尉同为知县的属官,掌管文书、出纳等事务。明代废县尉,仍留典史。

②锦衣校尉:官名。隶属刑部的武职,掌管侍卫、缉捕、刑狱的职务。

③北直隶之通州:明成祖迁都燕京后,名今河北省地区为北直隶。北直隶之通州,即今河北省通县。

④掾(愿 yuàn)史:地方长官下属的官。

⑤京仓大使:明代户部设有仓场,收贮粮食,管仓场的官吏称京仓大使。

⑥江阴县:即今江苏省江阴市。

⑦会县令摄篆旁邑:恰逢县令代理邻县县官的职务。会,恰恰。摄,兼代。篆,官署的印章。

⑧选懦怖急:怯弱恐慌。

⑨韔(肩 jiān):装弓箭的器具。

⑩直:通"值"。

⑪殪(意 yì):杀死。

⑫巡抚:总揽一省军政大权的官。

⑬钦依:钦,敬,这里指代君命;依,依照。徼巡:巡察。全句是说:用皇命使阎典史依照都司的职衔,行典史的职务,掌巡察一县的事务。

⑭黄盖:黄颜色的伞。纛(到 dào):大旗。

⑮非故事:没有先例。这里指典史依照都司职衔,用都司仪仗,是过去未有过的事。

⑯仅循资迁:仅仅依照资历迁升。

⑰国变:指明朝灭亡。

⑱砂山:江阴市东郊的砂山。

⑲乙酉:清顺治二年,公元1645年。

⑳本朝定鼎改元:本朝指清朝,作者在清朝,故称。定鼎,夏禹曾收九州之金,铸成九鼎,为传国重器,这里因称建立清朝为定鼎。

㉑豫王:清朝贵族豫亲王,名多铎。

㉒弘光帝:即南明的福王朱由崧。

㉓贝勒:清代的封爵名。当时贝勒勒克德浑为平南大将军,进攻江南一带,所指当即此人。

㉔旅拒:聚众抗拒。

㉕漏刻:犹言顷刻。

㉖京口:江苏镇江的别称。

㉗薙(剃 tì)发令:清兵攻陷南京后,命令汉人皆依清朝风俗,剃掉头额四周的短发,将头顶中央的长发编成发辫,违抗者处死刑。

㉘诸生许用德:诸生,秀才。许用德,《明史》作许用。

㉙朔:农历初一。

㉚明太祖:明开国皇帝朱元璋。明伦堂:学宫里的正殿。

㉛蛾聚:即蚁聚,形容众多。

㉜投袂:形容奋起。

㉝料尺籍:整理户口名册。这里指查明户口,征集壮丁。

㉞治楼橹:修理守城工事。楼橹,城上的瞭望台。

㉟劝输巨室:劝大户人家输送。输,送。

㊱国子上舍:旧太学里等级最高的士人。

㊲麇(群 qún)集:群集。麇,似鹿的獐,性易惊,善于聚散。

㊳罂:大腹小口的瓦器。鸟机:打鸟的枪。缗:丝,用以贯钱;一缗,一千钱。称是:没有列举数目的与上面开列了数目的相称。

㊴武举:武举人。

㊵把总:武官。明有千总、把总。清沿袭,把总为武职的末级。

㊶礧(雷 léi)炮:打石头的炮。

㊷铁絚(更 gēng):大铁索。

㊸陴睨(辟腻 pì nì):城上女墙,墙有孔,以备窥察和射击敌人用。

㊹刘良佐:明末为总兵官,清军南下,叛明降清。

㊺雅故:旧交,深交。

㊻弘光四镇:南明弘光统治时,军阀刘良佐驻临淮,刘泽清驻淮北,黄得功驻庐州,高杰驻泗水、江苏、安徽江北一带,称为"弘光四镇"。

㊼胙(坐 zuò)土分茅:祭肉,祭后分给有关的人,这里作分赐解。古代封诸侯时,按照封地泥土颜色,取颜色相同的土块,裹上白茅分给诸侯,表示封以土地。这里指刘良佐受命镇守一方。

㊽贯耳：耳朵上插短箭示众。

㊾贳（世 shì）：赦，宽免。

㊿酹醊（泪缀 lèi zhuì）：以酒沃地而祭。

(51)呕煦：和悦的样子。

(52)拊循：抚慰。

(53)苏、松：江苏苏州、松江一带。

(54)济：增加。

(55)涕泗交颐：眼泪鼻涕流满脸。颐，面颊。

(56)喋喋：多言。

(57)刁斗：军中白天用来做饭，夜晚打更的铜器，有把，形似三角锅。

(58)觇（搀 chān）：窥看，看。

(59)无虑：意无须计虑就可知道，大约。

【译文】

阎典史，名叫应元，字丽亨，祖先是浙江绍兴人。四代祖阎某曾经充当皇帝驾前的锦衣校尉，那时开始把家迁到北直隶的通州，就成为通州人。

应元开始是在衙门里当职员的，后来担任管理京都仓库粮储的职务。崇祯十四年，调到江阴县做典史。到任没有几天，有百把只海盗船挂着旗子，乘着潮水，闯进长江，快要逼近江阴县城了。当时江阴知县正在旁县兼代知县职务，留在本县的县丞、主簿懦弱怕事，惊恐万状，男女老少，纷纷乱逃。应元提着刀，带上弓箭，骑着马在街上大声地喊道："好汉们，跟我去杀贼，保护家乡！"当时，跟随他的就有一千多人。可是都苦于没有武器，应元又跑到竹行前喊道："事情很紧急了！我们每个人都来借一根竹竿，钱由我来付！"这一千多人拿了竹竿，排列成队，分布在江边，长矛就像树林一样耸立，人群就像围墙一般牢固。应元骑着马来回地射箭，每射一箭，总能射死一个海盗,一下子就杀死了三个,海盗被吓住了,赶忙开船逃走。巡抚把这件事报告了上去,朝廷下令,阎应元加上都司官衔,仍掌典史职务,出行时可以用黄伞旗帜的仪仗,前面有人鸣锣喝道,这是没有先例的,当地人都认为很光荣。隔了好久,阎应元只是按照年资提升为广东省英德县主簿,由陈明遇接任江阴典史。应元因为母亲生病,没有动身,又碰到甲申事变,就带着家人暂居江阴城东的砂山,其时正是乙酉年五月。在这期间,满清入关用顺治年号已经两年了。清朝豫王多铎率领大军渡江南下。南京城投降,明朝的君臣都逃走,弘光帝不久被清军俘虏。多铎又派遣贝勒和其他将领攻打江南一带府县。明朝地方官吏有的投降,有的逃亡,有的紧闭城门,竭力抵抗,可是清军一进攻,就把城池拿下,快的只需几个时辰,迟的也不过十来天。镇江以南,一个月功夫,就接连被攻下上百座的名城大县;可是江阴这个小小的县城,竟能死守了八十多天才被攻破,这主要得力于阎应元的计谋。

起初,清政府下了"薙发令"。江阴县有个秀才许用德,在闰六月初一,把明太祖的画像挂在学官大堂上,带领许多人边拜边哭,老百姓聚集了一万多人,大家打算推举新任县尉陈明遇领导守城。陈明遇说:"我的机智勇敢比不上阎君,守城是件大事,必须请他来主持。"就连夜派人骑马赶去迎接应元。

应元衣袖一卷,马上带领了四十多名家丁,连夜赶到城里。这时候,城里的士兵不到一千名,居民也只有一万户,粮饷又无法筹措。应元一到,立刻清点簿册,修建防御工事,命令每户出一个壮丁登城防守,其余的壮丁轮流送饭。接着取出从前兵备道曾化龙制造的火药和武器,放在城楼上。又劝有钱的人家踊跃捐献,他下令道:"捐献不限定钱财,愿出米、豆、绸、布或其它东西的都可以。"监生程璧带头捐献了二万五千两银子。捐献的人们争先恐后。这样一来,城里就拥有火药三百坛,铅弹、铁子一千石,大炮一百尊,鸟铳一千支,钱一千万贯,米、麦、豆一万石,其他像酒、盐、铁、草料也很多。接着又把江阴城划分为几个区域来防守:武举人黄略守东门,把总某人守南门,陈明遇守西门,应元自己守北门,兼带巡查四门。刚刚布置好,敌人已经把城团团围住了。

这时,清军逼近江阴城外的已经有十万人。扎了一百多座营盘,四面的包围圈几乎有几十道,敌军弯弓向上面射箭,城头有不少人被射伤了。可是城上守军居高临下,使用礌炮、机弩一类武器,杀伤城下敌军也很多。清军就架起大炮轰城,城墙被轰塌了一处,应元就叫人用铁皮把门板包裹起来,并用铁链缚牢,来保护城墙;又叫人把空棺材取来,装满泥土,堵塞住倒塌的地方。清军猛攻北城,北城被攻破了。应元立即下命令:每人运一大块石头,在里面再筑起一道坚固的堡垒。一夜工夫,这座堡垒就筑成了。恰巧城里的箭不多,应元就趁着黑夜,扎了许多草人,每个草人身上插一枝竹竿,上面挂一盏灯,又把这些草人竖立在城头上。守城的兵士埋伏在城垛后面,金鼓齐鸣,喊声四起,好像就要从城头吊下去袭击敌人一样。清军大为震惊,纷纷向城上射箭。到了第二天的清晨,城里得到的箭数也数不清。后来应元又在夜间派遣精壮的兵士,从城头用绳吊下,偷入敌营,趁着风势放起火来。敌军顿时大乱,自相践踏砍杀,死了好几千人。

清军只得撤退,在离城三里的地方扎下营来。统帅刘良佐由一队人马拥护着来到城下,大声叫道:"我与阎君是老朋友,替我告诉他,我要跟他会会面。"阎应元就站在城头上跟刘良佐接谈。原来这个刘良佐本是弘光帝时镇守江北的四员大将之一,封为广昌伯,清军南下时,他投降了。此刻他远远地朝着应元喊道:"弘光帝早已逃跑,江南没有个头儿,你趁早投降,可以保住荣华富贵!"应元回答道:"我姓阎的只不过是明朝的一个典史,还懂得大义。你受到国家的封赏,是个镇守疆土的大将,不但没有守住江淮,反而投降敌人,给敌人充当开路的走狗,你有什么脸来见我们县里的志士义民呢?"刘良佐听了,羞愧难当,溜了回去。

阎应元身材高大，面色苍黑，嘴上边有些短须，性情刚直坚强，带兵军纪严明，部下有违犯纪律的，就用鞭子抽打或在耳朵上插上短箭示众，决不宽纵。但他把钱财看得很轻，将士们立了战功，总是重加奖赏，毫不吝惜。将士中有受伤的，他总亲自替他们包扎伤口，有战死的，就用厚厚的棺木收殓，还亲临奠酒哭祭；跟兵丁们说话，总是称呼"好兄弟"，不喊他们的名字。陈明遇为人宽厚和蔼，每次巡城，总是关切地对兵丁们进行慰问，同士兵们一道苦干，有的士兵感动得流下眼泪。因此，这两位很得人心，大家都乐意听他们号令，不怕牺牲。

在这以前，贝勒率部下攻打苏州、松江两府时，接连攻下了几座大城以后，就来增援帮助攻打江阴。贝勒捆绑了两个明朝的降将，叫他们跪在江阴城下，劝说阎应元等人投降，边哭边说，脸上都是鼻涕眼泪。应元在城上大声骂道："你们两个家伙吃了败仗，被俘后还不赶快去死，还来叽哩咕噜做什么！"贝勒又派人对应元说："只要把四门为首抗清的人各杀一个，我们就立刻撤退。"应元严正地大声说："宁可杀我的头，怎么也不能杀掉一个老百姓！"把来人喝退了。

正逢中秋节，应元分给军民赏月钱，让他们分组携带酒菜，到城头上畅饮。许用德又作了一首《五更转曲》的歌，教会唱的人放声歌唱。歌声和更鼓声、号角声互相应和，接连热闹了三夜才停止。

贝勒见江阴城无投降之意，就加紧攻城。清军架起云梯，敢死队披戴着铁甲铁盔，冲上城来，刀斧砍在上面，发出响亮的声音，刀口都砍缺了。轰城的炮声昼夜不停地响着，百里以内地都被震动了。城里死伤的人越来越多，到处都听得到哭声。应元慷慨激昂地登上城墙，神情镇定，和平日一样指挥作战。第二天，下起倾盆大雨来。到了中午，有一道红光从土桥阵地冲起，一直落到城西。城墙很快就被轰破了，清兵冒着火烟雨雾，蜂涌地冲了上来。应元率领百名无畏的战士，肉搏冲锋，和敌人进行了八次巷战，杀伤的敌人论千计算。再一次突围，可是城门紧闭，冲不出去。应元知道无法突围，就纵身投入前湖,可是湖水很浅,不能淹没头顶,因而自杀不成。而刘良佐又曾命令士兵,一定要活捉阎应元,因此他就被俘虏了。

刘良佐傲慢地坐在乾明寺佛殿里,看见阎应元被押了进来,马上跳起来,抱住应元就哭。应元笑着说:"哭什么呢?事情已到这个地步,只有一死报国罢了!"后来被押去见贝勒,应元挺胸直立,坚决不跪。一个敌兵拿枪向应元的小腿刺去,肉穿骨折,应元扑倒在地上。黄昏时分,应元被押解到栖霞禅院里去,寺院的和尚夜里听到应元不断地大声喊道:"快杀我!快杀我!"没多会儿,一点声音也没有了,应元壮烈地死了!

江阴城坚守了八十一天,围城的清兵有二十四万人,战死的六万七千人,进城后巷战死的又有七千人,一共阵亡了七万五千多名。城中居民牺牲的,大约有五六万,到处是尸体,大街小巷都塞满了,但是却没有一个人投降的。

城陷的时候,陈明遇下马搏斗,走到兵备道衙门口,被敌人杀死了。他身上创伤累累,手里紧握着刀柄,尸体靠在城壁上,直立不倒。也有人说,陈明遇是跟家里人一起投火死的。

【分析】

邵长蘅(1637—1704),字子湘,号青门,江苏武进人。年轻时,即享诗文盛名,后进太学,退隐乡居,广游浙西一带佳山胜水,专门从事著述。著有《青门集》。

《阎典史传》是一篇传记体散文,着重反映阎应元在江阴死守八十多天抗清斗争的英勇事迹。

这篇传记写得相当完整。第一段全面交代了阎的姓氏、世系、籍贯。但它主要还是从人物活动中刻画人物的形象和性格。第二段在描叙他的主要事迹之前,先写他初任江阴典史时的一段不平凡的表现。开始到任时,海盗为患,全城处于危急之际,他脱颖而出,"跃马大呼于市曰:'好男子,从我杀贼护家室!'"这表现了他的英勇;但当时没有武器,他又提出借竹竿。千人持长矛排列如林,威震江岸,这表明了他的机智。这只是一个序幕。虽是寥寥数笔,却显示了阎的声威,为后文做了铺垫,一开始就给读者留下深刻的印象。

往下逶迤写来,逐渐写到正事,行文愈来愈紧凑,而情节也愈来愈悲壮感人。阎应元进入围城,一开始就面临严峻的局面:兵少饷缺,武器不足。但他临危不乱,一一筹划,显示了他的勇略与智谋。第一次激战,写出他在危境中的镇定。下面转叙他痛斥叛徒,严明军纪与仁厚爱士的表现。中间这一穿插,深合文章远合近离之法。同时从不同侧面写阎应元的为人,这样刻画人物才显得丰满多彩,使人物性格更完整,更鲜明。

最后一次决定性的战斗,写得有声有色,既悲且壮。短短的一段文字,描写了激战中的具体情景。攻城、炮轰、巷战,间以刀斧声、巷哭声、烟焰雾雨以及阎应元应战的慷慨意气,沉水不死的悲壮镜头,描叙真切,历历如绘。

写阎应元的牺牲,这是重笔描写,更见精神百倍。汉奸刘良佐是胜利一方,用"箕踞""跃起""持之哭"几个字眼,把他骄傲、虚伪的卑劣情状,揭露无遗。而"应元笑曰:'何哭?事至此,有一死耳!'"对话透露出他的慷慨镇定的神情。在易朝换代后的清初高压统治下,作者这样写,是很有勇气的。最后列叙死亡人数,一笔笔数字,看似一段统计,实际上跃动着作者歌颂民族英雄和控诉清朝统治者的炽热感情,这是我们不难体会到的。

这篇传记,在写作上还有两点特色:

其一是概括叙述与具体描写的结合。

刘熙载《艺概》说:"叙事有特叙,有类叙,有正叙,有带叙,有实叙,有借叙,有详叙,有约叙,有顺叙,有倒叙,有连叙,有截叙,有豫叙,有补叙,有跨叙,有插叙,有原叙,有推叙,种种不同。惟能线索在手,则错综变化,惟吾所施。"又说:"叙事要有尺寸,有斤两,有剪裁,有位置,有精神。"这一切都说明怎样叙述,得根据主题需要和描写人物的重心而决定。这篇文章着重写阎应元一生的事迹,在一生事迹中又以江阴抗清为主,故而前面介绍他的家世籍贯,这是简单而概括的叙述,在矛盾和冲突中最能显现他的闪光的品格和思想时,则浓墨重彩详加描写。他也写了其他人物,如诸生许用德和新尉陈明遇,写这些人,就单独的场面看,也非常生动,但这又都是为了烘托阎应元的,所以文字也就比较简约。阎应元的牺牲,写得较细,甚至每一句对话,每一个动作,都像特写镜头一样地放大、扩写清楚,这是文章的高潮,也是最足以激荡人心处。

其二是记载十分翔实生动。

传记体的散文必须注意真实性,而且在细节处愈真实才愈有说服力和宣传效果。这篇文章在交代年月、人数、时间、事件等等上面,一笔都不含糊,甚至谁人守哪一个城门,捐助多少物资,中秋节会饮谁谱写歌曲,曲名什么,都如实记载,最后写:"凡攻守八十一日,大军围城者二十四万,死者六万七千,巷战死者又七千,凡损卒七万五千有奇。"这是一个总计,同时也是拿事实寄寓作者对残暴的清统治者的憎恶感情。作者在这些地方继承我国史传文学"文必征实"的优良传统,在叙述中尽量避免冗长静止的介绍,注重选择典型事件和场景,精彩之处真像宋刘辰翁赞《史记》的写法:"历历如目睹,无毫发渗漉,非十分笔力,模写不出。"

狱中杂记

方 苞

康熙五十一年三月,余在刑部①狱,见死而由窦②出者,日三四人。有洪洞令杜君者,作而言曰:"此疫作也。今天时顺正,死者尚稀,往岁多至日十数人。"余叩所以。杜君曰:"是疾易传染,遘者③,虽戚属不敢同卧起。而狱中为老监者四,监五室。禁卒居中央,牖④其前以通明,屋极有窗以达气。旁四室则无之,而系囚常二百余。每薄暮下管键⑤,矢溺皆闭其中,与饮食之气相薄⑥。又隆冬,贫者席地而卧,春气动,鲜⑦不疫矣。狱中成法,质明启钥。方夜中,生人与死者并踵顶而卧,无可旋避。此所以染者众也。又可怪者,大盗、积贼⑧、杀人重囚,气杰旺,染此者十不一二,或随有瘳⑨。其骈死⑩,皆轻系及牵连佐证法所不及者。"

余曰:"京师有京兆狱,有五城御史司坊,何故刑部系囚之多至此?"杜君曰:"迩年⑪狱讼,情稍重,京兆、五城即不敢专决,又九门提督所访缉纠诘,皆归刑部;而十四司正副郎好事者,及书吏、狱官、禁卒,皆利系者之多,少有连,必多方钩致⑫。苟入狱,不问罪之有无,必械手足,置老监,俾⑬困苦不可忍。然后导以取保,出居于外,量其家之所有以为剂,而官与吏剖分焉。中家以上,皆竭资取保。其次,求脱械居监外板屋,费亦数十金。惟极贫无依,则械系不稍宽,为标准以警其余。或同系,情罪重者反出在外,而轻者、无罪者罹⑭其毒。积忧愤,寝食违节⑮,及病,又无医药,故往往至死。"余伏见圣上好生之德同于往圣,每质狱词,必于死中求其生,而无辜者乃至此。傥仁人君子为上昌言:除死刑及发塞外重犯,其轻系及牵连未结正者,别置一所以羁之,手足毋械,所全活可数计哉! 或曰:狱旧有室五,名曰现监,讼而未结正者居之。傥举旧典,可小补也。杜君曰:"上推恩,凡职官居板屋。今贫者转系老监,而大盗有居板屋者。此中可细诘哉!不若别置一所,为拔本塞源之道也。"余同系朱翁、余生及在狱同官⑯僧某,遘疫死,皆不应重罚。又某氏以不孝讼其子,左右邻械系入老监,号呼达旦。余感焉,以杜君言泛讯之,众言同,于是乎书。

凡死刑狱上,行刑者先俟于门外,使其党入索财物,名曰"斯罗"。富者就其戚属,贫则面语之。其极刑,曰:"顺我,即先刺心;否则,四肢解尽,心犹不死。"其绞缢,曰:"顺我,始缢即气绝;否则,三缢加别械,然后得死。"惟大辟⑰,无可要,然犹质其首。用此,富者赂数十百金,贫亦罄衣装;绝无有者,则治之如所言。主缚者亦然。不如所欲,缚时即先折筋骨。每岁大决⑱,勾者十三四,留者十六七,皆缚至西市待命。其伤于缚者,即幸留,病数月乃瘳,或竟成痼疾⑲。

余尝就老胥而问焉:"彼于刑者、缚者,非相仇也,期有得耳;果无有,终亦稍宽之,非仁术⑳乎?"曰:"是立法以警其余,且惩后也;不如此,则人有幸心。"主梏㉑扑者亦然。余同逮以木讯者三人:一人予二十金,骨微伤,病间月;一人倍之,伤肤,兼旬愈;一人六倍,即夕行步如平常。或叩之曰:"罪人有无不均,既各有得,何必更以多寡为差?"曰:"无差,谁为多与者?"孟子曰:"术不可不慎。"信夫!

部中老胥,家藏伪章,文书下行直省㉒,多潜易之,增减要语,奉行者莫辨也。其上闻及移关诸部,犹未敢然。功令:大盗未杀人,及他犯同谋多人者,止主谋一二人立决;余经秋审,皆减等发配。狱词上,中有立决者,行刑人先俟于门外。命下,遂缚以出,不羁晷刻㉓。有某姓兄弟,以把持公仓,法应立决。狱具矣,胥某谓曰:"予我千金,吾生若。"叩其术,曰:"是无难,别具本章,狱词无易,但取案末㉔独身无亲戚者二人易汝名,俟封奏时潜易之而已。"其同事者曰:"是可欺死者,而不能欺主谳者㉕;倘复请之,吾罪无生理矣。"胥某笑曰:"复请之,吾辈无生理,而主谳者亦各罢去。彼不能以二人之命易其官,则吾辈终无死道也。"竟行之,案末二人立决。主者口呿舌挢㉖,终不敢诘。余在狱,犹见某姓,狱中人群指曰:"是以某某易其首者。"胥某一夕暴卒,人皆以为冥谪㉗云。

凡杀人,狱词无谋、故者,经秋审入矜疑㉘,即免死。吏因以巧法。有郭四者,凡四杀人,复以矜疑减等,随遇赦。将出,日与其徒置酒酣歌达曙。或叩以往事,一一详述之,意色扬扬,若自矜诩㉙。噫!渫㉚恶吏忍于鬻狱㉛,无责也;而道之不明,良吏亦多以脱人于死为功,而不求其情。其枉民也,亦甚矣哉!

奸民久于狱,与胥卒表里,颇有奇羡㉜。山阴李姓,以杀人系狱,每岁致数百金。康熙四十八年,以赦出,居数月,漠然无所事。其乡人有杀人者,因代承之。盖以律非故杀,必久系,终无死法也。五十一年,复援赦减等谪戍㉝。叹曰:"吾不得复入此矣!"故例㉞,谪戍者移顺天府羁候,时方冬停遣,李具状求在狱候春发遣,至再三,不得所请,怅然而出。

【注释】

①刑部:清朝最高的司法机关。

②窦(豆 dòu):洞。指牢墙上开的小洞。

③遘(够 gòu)者:得病的人。遘:遭受。

④牖(有 yǒu):原作窗解,这里作动词用,开窗的意思。

⑤管键:锁。

⑥相薄:相迫近,相混杂。

⑦鲜(显 xiǎn):少。

⑧积贼:犯案多次的贼。

⑨瘳(抽 chōu):病愈。

⑩骈死:接连地死去。

⑪迩(尔 ěr)年:近年。

⑫钩致:株连陷害。

⑬俾(比 bǐ):使。

⑭罹(厘 lí):遭受。

⑮违节:失常,不合平时习惯。

⑯同官:同官县(今陕西省铜川市)。

⑰大辟:古代的五刑之一,即砍头。

⑱大决:即秋决。封建时代规定在秋天集中处决犯人。

⑲痼疾:一辈子治不好的病。这里指残疾。

⑳仁术:善行,好心。

㉑梏(固 gù):手足加镣铐。

㉒直省:各省都直属中央,所以叫做"直省"。

㉓晷(鬼 guǐ)刻:时刻。

㉔案末:列名在同案罪人名单后面的从犯。

㉕主谳(厌 yàn)者:负责审判的官员。谳,审案判罪。

㉖口呿(驱 qū)舌挢(绞 jiǎo):口张舌举,形容惊骇得说不出话来。

㉗冥谪:阎罗王的处罚。冥:迷信传说中的阴曹地府。

㉘矜(今 jīn)疑:意思是其情可怜,其罪可疑。矜,这里指"可怜"。

㉙矜诩(许 xǔ):夸耀。

㉚渫(泻 xiè):污。

㉛鬻(育 yù)狱:卖官司。

㉜奇(基 jī)羡:余剩、赢余。指赚了不少钱。

㉝谪戍:充军到外地。

㉞故例:照旧例,旧规定。

【译文】

康熙五十一年三月,我被关在刑部的监狱里,看见死人由牢洞拖出的,每天有三四人。狱中有一个洪洞县县令杜君,站起来说:"这是瘟疫发作了。现在天时正常,死的人还少些,往年多到每天十几个人。"我问是什么缘故。杜君说:"这种疾病容易传染,得病的,即使是亲戚、家属也不敢和他住在一起。而狱中一共有四座牢房,每个牢房有五间屋子。看守牢房的人住中间的屋子,在前面墙上开个窗洞用来透光,屋顶有窗户用来流通空气。旁边四间牢房却没有这种装置,可是关押的犯人常常达到二百多人。每到傍晚就落锁,犯人屙屎撒尿全在里面,臭气和饮食气味混杂在一起。再有,每当深冬季节,家庭贫穷的犯人只得在地上睡,到来年春气浮动,很少有人不害病的。按监狱里的老规矩,天大亮的时候才开锁。夜里,活人和死人脚并脚、头并头地睡在一起,没法转身和躲避。这就是得传染病的人多的原因。更使人奇怪的是,大盗、惯偷,案情重大的杀人犯,精神特别旺盛,得上这种病的人十个人中不过一两个,偶尔染了病,很快也就好了。那些接连死去的,都是因轻罪被囚的以及被牵连捉来当证人的那些按法不应判罪的人。"

我说:"京城里有京兆衙门的监狱,有五城御史衙门的监狱,为什么刑部监狱关押的犯人还多到这种程度?"杜君说:"近年来的诉讼案件,情节稍重的,京兆衙门、五城御史衙门就不敢独断;再有提督九门步兵统领所查访缉捕盘问出来的犯人,都归到刑部来;而且刑部所属十四司正副长官中喜欢多事的,以及官署里管文书的小吏、管监狱的官员、管监狱的狱卒,都认为监禁的犯人越多自己越有利可图,只要稍有牵连,就千方百计地抓来。如果进了监狱,不问有罪无罪,都一定要把他们手脚加上镣铐,放在旧牢房里,使他们痛苦得无法忍受。然后再劝诱他们去找保人,保释出去住在监外,估量他们家里财产的多少作为勒索的标准,而后官长和小吏们分摊这些保金。中产以上的人家,都拿出所有的家财取保求释。那些比中产之家差一点的,求得解除镣铐住在牢房外的板屋里,所花的费用也要数十两银子。只有特别贫穷无所依靠的犯人,就依旧带着脚镣手铐,不给予丝毫的宽待,作为样子来警告其他犯人。竟有同一案件中,罪行严重的,反而出狱在外面住,而罪行轻的、无罪的却遭受毒害。这些轻罪和无罪的人,心中凝聚着忧愁和愤怒,睡觉吃饭都不正常,生了病,又无医药治疗，所以常常导致死亡。"我看到皇上有爱惜生命的德性，跟过去的英明皇帝一样，每次审阅罪犯的判决书及有关附件，总是在死中给予生的机会，然而无辜受害的竟然遭到这种虐待。倘使仁人君子向皇上无所隐讳地说：除了判死刑和流放边疆的严重罪犯，那些罪轻的和受牵连未结案治罪的，另外辟房子来关押他们，手和脚都不要上镣铐，那么因此而活命的人不知有多少啊！有人说：监狱原有五间屋子，名叫现监，打官司还没有结案的人可以居住。倘使实行那原有的规章制度，也可略有补救。杜君说："皇上扩大他的恩德，让犯了罪的官员居住板屋。如今贫穷的转到老监去禁闭，却有大盗住板屋的。这其中的奥秘怎能详细追问呢！不如另外设置处所，才能从根本上解决问题。"和我一同被关押的姓朱的老人、姓余的年轻人以及原先就在牢里的同官县某和尚，得病死了，他们都不应该受重罚的。还有一个人以不孝的罪名告了他的儿子，他的左右邻居都因为要当证人被带上镣铐关进旧牢房，他们从夜里一直号呼到天亮。我不禁对此而发生感慨啊，拿杜君的话普遍地询问狱中的人，大家说的和杜君所说的一样，于是记下这段事情。

　　凡是判了死罪的案件已经上奏的，刽子手先等在狱门外，让他的同伙进去勒索财物，名叫"斯罗"。对有钱的犯人就向他的亲属要，对贫穷的犯人就当面告诉他。如果是对判了极刑的人，就说："依从我，就先刺心；不然的话，先把你的四肢斩完，叫你的心还不死。"如果是对判绞刑的人，就说："依从我，一开始绞缢就使你断气；不然的话，就绞缢三次并且加用别的刑具，然后使你才得死。"只有砍头没有什么可要挟的，然而还可以扣下死者的头，要他的亲属来赎取。因此，有钱的往往要贿赂几十两、上百两银子，就是穷苦的也要把衣物全都卖光；如果是穷得一点财物都没有的，就要像刽子手所说的那样来整治他。掌管捆绑犯人的人也是同样进行勒索。不能满足他们的要求，捆绑时先勒断犯人的筋骨。每年秋天大批处决犯人时，被朱笔勾去姓名立即执行死刑的占十分之三四，留下的占十分之六七，死刑的和留下的统统捆到西市场上等待判决令。那些在捆绑时受了伤的,即使侥幸留下来,也要病几个月才能痊愈,有的竟然成为残疾。

我曾向一个干了多年的书吏询问过:"他们和受刑的、受缚的人,并不是相互间有仇恨,不过是希望得到钱财罢了;如果确实没有钱财,最后也稍微宽待他们一点,不也是一种善行吗?"他回答说:"这是立下规矩用来警告其余的犯人,并且警戒后来的犯人;不这样做,犯人就会有幸免的心理。"专管给犯人带手铐、打板子的人也是这样。同我一块被逮捕的,其中用打板子来审讯的有三个人:其中一个人给了二十两银子,只是骨头稍微受点伤,病了一个多月;另一个人给了加倍的钱,只伤了点皮,二十天就好了;还有一个给了六倍的钱,当天晚上就能够像平常一样地走路。有人问他说:"犯人贫富不一样,既然从他们那里都能得到一些钱,何必还要按出钱的多少分等级对待?"他们说:"没有差别,谁还愿意做多给钱的人?"孟子说过:"挑选职业不可不慎重。"确实是这样啊!

刑部里干了多年的老文书,家里藏有假造的印章,公文往下发到各省,大多偷偷地改变原意,增加或减少重要的语句,遵照公文执行的人是无法辨认出来的。那些上奏给皇帝的和送达各部的公文,还不敢这样做。按政府的法令:大盗没有杀人,以及其他案犯有许多人同谋的,只有一两个主谋的人立即处决,其余的人经过秋审,都减轻罪行去充军。审判书奏上去,其中有立即处决的,刽子手先在牢房门外等着。命令一下来,就把犯人捆绑押出,一时一刻也不停留。有某姓兄弟二人,因为把持公家的粮仓,依法应该立即处决。罪案已经判决了,有个老吏对他们说:"给我千两银子,我可以使你们活下来。"问他的办法,他说:"这没有什么困难,另外准备一份奏章,审判书的内容不必更换,只取列在案末从犯中单身没有亲戚的两个人替换你们的名字,等把审判书加封上奏时暗暗地改换一下就完了。"他的同事说:"这个办法能够欺骗被处死的人,可是不能瞒过主审此案的官吏;假使再上奏此案,我们就活不成了。"老吏笑着说:"再奏请此案,我们活不成，可是主审此案的人也会都被罢官。他们不会拿两个人的生命来换自己的官职，那么，我们就终究没有必死的道理了。"他们居然这样办了，名列案末的两个从犯，立即被处决了，主审此案的官惊讶得张口结舌，但始终不敢盘问。我在监狱里，还曾看到过那兄弟俩，监狱里的人指着他们说："这就是用某人某人换下他们头的人。"那个老吏一天夜里突然死去，人们都以为是阎罗王对他的惩罚。

凡是杀人的案件，只要审判书里没有谋杀和有意杀害的罪名，经过秋审归入其情可怜、其罪可疑一类，就可以免除死刑。官吏们借此舞弊玩弄法令。有一个名叫郭四的，共四次杀人，还按其情可怜、其罪可疑减轻判罪的等级，随即遇到大赦。他将要出狱了，每天跟他那一伙人摆酒席，尽情地喝酒唱歌到天亮。有人问他以往的事，他一件件都详细说了，还洋洋得意，好像在自我夸耀。唉！贪污的官吏忍心贪赃枉法，不足以责备了；可是一般人认不清事理，好一点的官吏也大多以为把人从死里解救出来就是功德，却不追究那些实际情况。他们坑害老百姓，也够厉害啦！

奸刁的犯人长期关在监狱里，同胥吏狱卒内外勾结，赚了很多的钱。山阴县有个姓李的，因为杀人关在监狱里，每年赚得几百两银子。康熙四十八年，因为大赦被放了出来。过了几个月，闲散得没有什么事干。他同乡有个杀人的，于是他就代替乡人承担杀人的罪名。因为这按法律规定不是故意杀人，一定是长时间监禁狱中，毕竟不能判成死罪的。到了康熙五十一年，又按照赦免规定减刑发配到边外去戍守。他叹息说："我不能再到这里来了！"按照旧例，发配守边的人，要转到顺天府的监狱里关着，等候遣送，当时正值冬季停止遣送，姓李的便写呈文请求留在刑部监狱里等待春天遣送，请求了许多次，都没有得到批准，他只好懊恼地从刑部监狱出来。

【分析】

方苞(1668—1749)，清朝散文家。字凤九，又字灵皋，晚年自号望溪,桐城(今安徽省桐城市)人。康熙进士,官至内阁学士、礼部右侍郎。他是桐城派的创始人。桐城派是清朝散文的一个重要流派,由方苞开创,经过刘大櫆、姚鼐等人的努力,得到发展和巩固。他们主张学习《左传》《史记》等先秦两汉的散文和唐宋古文家韩愈、欧阳修等人的文章,论文讲究"义法",用词要求"雅洁",以"阴阳刚柔"分析文章风格。在总结前人积累的经验,使散文技法理论化、系统化这一点上,他们有卓越的贡献。

方苞出生在一个充满着文学气氛的家庭,父兄等人都是好读书、有学问的人。他少年聪颖,有捷才。二十二岁岁试第一,补桐城县学弟子;三十二岁,举江南乡试第一,成为举人;三十九岁,应试礼部,进士第四名。他从二十四岁开始教书,此时文名已盛。先后在京师、涿州、宝应等地授经讲学。

康熙五十年(1711)冬,他因《南山集》一案株连下狱。《南山集》是桐城著名文士戴名世的著作,其中引用了同乡方孝标所著《滇黔纪闻》关于桂王抗清的事实,因此触犯了清王朝。戴名世及其九族皆被杀。方苞是戴名世的好友,曾为《南山集》作序,《南山集》的木版又藏在他的家中,所以受牵连。这是清朝两大文字狱之一。康熙五十二年,此案了结,方苞始出狱。《狱中杂记》就是记他在刑部狱中的见闻的。著有《望溪集》《仪礼析疑》《左传义法举要》《离骚正义》等书。

《狱中杂记》是一篇记事性的散文,记述了作者在刑部狱中看到和听到的种种惨痛事实,通过这许多确凿的事实,反映了清朝政府司法制度和整个政治制度的罪恶,暴露了封建社会黑暗残暴的真实面貌。文章所用的材料极为丰富复杂,有各式各样的人物,有种种骇人听闻的事例。在时间方面,有作者在狱中时的事,也有此前三四年的事。在地点方面,既有发生在狱中的事,也有监外的事。总之是头绪纷繁,种类复杂。作者却做了很好的安排,以记狱中黑暗为中心,选择典型的事件加以叙述,组织得有条不紊,层次井然。全文四段文字,都可独立成篇,但又相互联系,成为一个整体,其中贯穿了一条明显的线索——揭露司法机构的流弊。所以篇名虽叫"杂记",却是杂而有序,散而神聚,在我国古代散文中可算是一篇上乘之作。

文章从作者亲见囚犯惨死的现状写起,通过与洪洞令杜君的问答,引出囚犯染疫骈死的情况及其原因。完整地勾勒出一幅人间地狱的惨图。"见死而由窦出者,日三四人",为状已惨;"今天时顺正,死者尚稀,往岁多至日十数人",这就更惨了。怎么会弄到这个地步呢?一是此疾"易传染";二是囚室狭陋;三是"系囚常二百余",拥挤不堪;四是成法之谬,空气恶浊,以及"生人与死者并踵顶而卧,无可旋避";五是"染者众",传染得就快。这五个方面的原因,主要是囚室的设备差和管理制度的不合理。但真正的原因则是在于主宰这刑部大牢的统治者,只不过作者没有明白地说出来罢了。文章接着用"又可怪者"一转,从大盗、积贼、杀人犯很少染疫致死,丧生的反是"轻系及牵连佐证法所不及者"这一怪现象出发,笔锋直指大大小小主管刑法的官吏。"系囚之多"是因为有利可图。对囚犯的态度也是从钱的角度来判定。从缉捕直到入狱后采用的手段,都是为了牟利。作者集中了笔墨,淋漓酣畅地描绘出官吏们的卑鄙嘴脸。举同狱朱翁、余生、僧某"遘疫死"和某氏左右邻"号呼达旦"为例,再一次以作者目睹的悲惨事实和耳闻的惨痛呼声唤起读者的同情。"于是乎书"四个字,点明了写这篇文章的深刻用意。

官吏皂隶为了勒索财钱,"多方钩致"犯人,复以械监作为敲榨的手段,连受刑的痛苦程度也是以贿赂的多寡来决定。作者详尽地分别记述了行刑者、主缚者、主梏扑者是怎样变着花样折磨囚犯,榨取钱财的。受极刑、绞缢,出钱可以使你死得干脆,无钱叫你多受痛苦。大辟虽"无可要",但可"质其首"。打板子,出钱多的打得轻,出钱少的打得重,量钱下板。连捆绑犯人的人都有一套勒索的办法。无怪乎作者要哀叹"术不可不慎了"。这充分表达了作者对官吏皂隶的深恶痛绝。

正因为封建统治者的法律只能成为压迫剥削人民的工具,因而巧文舞弊、上下相蒙的情形就成为当时司法界应有的现象和必然的结果。部中老吏可以潜移文书上案末囚犯的姓名,玩弄李代桃僵的手法,拿人命当作买卖,而主谳者"终不敢诘"。作者通过对某姓兄弟把持公仓这一典型案例的记叙,揭露了胥吏贪婪、狡猾与主谳者自私、卑怯的心理。接着又通过对四次杀人的囚犯郭四在狱中花天酒地的情状的叙述,进一步斥责了两种办案官吏:一种是"巧法"、"鬻狱"的卑劣恶吏,另一种是"以脱人于死为功,而不求其情"的糊涂"良吏"。不管是恶吏,还是"良吏",都是"枉民"的官吏。作者观察和分析现实是极为深入细致的!

文章的最后,作者通过李姓奸民代人坐牢的记叙,进一步补充揭露了吏卒营私舞弊的卑劣行为。李姓杀人系狱,"每岁致数百金",赦出不久,又代人承担杀人的罪名来坐牢。被判为充军后,他又一再要求暂留刑部监狱。这岂非咄咄怪事!原来对李姓和吏卒都是有利可图的。在这里,作者生动地刻画了一个为一般人所意想不到的,"与胥卒表里",以坐牢为职业的奸民。通过对李姓奸民的描述,深刻地批判了狱中管理制度的流弊。这一段,与文章首段所写的狱中凄怆情境相对照,更明显地突出了清王朝司法制度的腐朽。

从全文来看,方苞所反对的是任意株连,造成冤狱,并不主张无原则的宽容。这样的看法,无疑是正确的。作者从自己的不幸遭遇体验到别人痛苦无告的悲哀,采取毫无掩饰的态度去描写生活的真实,因而作品在客观上就起了暴露现实、批判现实的作用。但是,作者所揭露和鞭笞的对象仅仅是一些贪官污吏和凶残贪婪的皂隶,对负有直接责任的康熙皇帝反而感恩戴德。也就是说,在方苞看来,只是下面的人不好,皇帝却是圣明的。这个观点是不足取的,也损害了本文的思想性。

桐城派要求写文章时文笔雅洁严谨,方苞的这篇散文就是根据这一理论来写的,写得明畅通达,简劲有力,看来似乎平淡无华,却是从千锤百炼中得来的,汰去了一切杂质,洗尽了一切铅华,达到了质而不俚、淡而不枯的境地。作者的写作态度十分严肃,事事都有着落,本着实事求是的精神组织材料,没有夸张和虚构,用事实说话,所以能真实地反映出清朝封建统治的黑暗面貌。这些都是值得我们学习和借鉴的。

游万柳堂记

刘大櫆

昔人之贵极富溢,则往往为别馆①以自娱,穷极土木之工而无所爱惜。既成,则不得久居其中,偶一至焉而已,有终身不得至者焉。而人之得久居其中者,力又不足以为之。夫贤公卿勤劳王事,固将不暇于此,而卑庸者类欲以此震耀其乡里之愚。

临朐相国冯公②,其在廷时无可訾,亦无可称③,而有园在都城之东南隅。其广三十亩,无杂树,随地势之高下,尽植以柳,而榜④其堂曰"万柳之堂"。短墙之外,骑行者可望而见。其中径曲而深,因其洼以为池,而累其土以成山,池旁皆蒹葭⑤,云水萧疏⑥可爱。

雍正⑦之初,予始至京师,则好游者咸为予言此地之胜。一至,犹稍有亭榭。再至,则向之飞梁⑧架于水上者,今欹卧于水中矣。三至,则凡其所植柳,斩焉⑨无一株之存。

人世富贵之光荣,其与时升降⑩,盖略与此园等。然则士苟有以自得,宜其不外慕乎富贵。彼身在富贵之中者,方殷忧⑪之不暇,又何必朘民之膏以为苑囿⑫也哉!

【注释】

①别馆:即别墅。本宅之外,另建造供游息的住所园林。

②临朐(瞿 qú)相国冯公:指清朝康熙时期的宰相冯溥,他是山东临朐县人。

③訾(子 zǐ):非议。称:称道。

④榜:匾额,这里用作动词,谓题榜。

⑤蒹(兼 jiān)葭(家 jiā):芦苇。《诗·蒹葭》:"蒹葭苍苍,白露为霜。所谓伊人,在水一方。"

⑥萧疏:稀疏清淡。
⑦雍正:清世宗年号(1723—1735)。
⑧飞梁:高耸的桥梁。
⑨斩焉:砍伐已尽,一无所有。
⑩升降:偏指"降"。
⑪殷忧:深忧。
⑫朘(捐 juān):剥削。膏:脂膏。苑囿(怨又 yuàn yòu):园林。

【译文】

过去有人富贵到了极点,往往要建造别墅用以自己享受,竭尽建筑的精巧,不惜人力物力。已经建成了,却不能长久居住在里面,偶尔去一次罢了,有的终身没有来住过。而有人能够久住其中的,又没有力量建造这样的别墅。好官忙于国事,根本没有时间考虑建筑什么别馆,而行为卑庸的官僚经营这类园池亭馆,只不过用以在其家乡的愚人面前夸耀自己的富贵。

临朐宰相冯公,在朝廷时庸庸碌碌,既没有可以指责的,也没有值得称赞的,有座园林在京都东南的一角。园林占地有三十亩,没有杂树,随着地势的高低,都种着柳树,因而题其堂为"万柳之堂"。矮墙的外面,骑马行路的人都可看到。其中道路曲折幽深,低洼的地方作为池塘,堆土为山,池旁都长着芦苇,云彩和池水疏落映衬,饶有逸趣。

雍正初,我第一次到京都,好游的人都对我说这地方风光很好。我第一次到万柳堂,还看到水上有稍许亭台。第二次到那里,过去高耸在水上的桥梁,如今已斜卧在水里了。第三次到,凡是冯家所种植的柳树,都砍伐已尽,一棵也没有了。

人世间富贵的光彩,随时间的流逝而降落,大概和这园子差不多。那么士大夫如果能够自己有所体会的话,就应该对于外在的富贵不发生羡慕。那身在富贵中人,忙于担忧不止,又何必剥削民脂民膏去建筑园林呢!

【分析】

刘大櫆(葵 kuí)(1698—1779),字才甫,一字耕南,号海峰,安徽桐城人。屡试不第,直至六十岁时,才任安徽黟县学官。他年轻时去北京应试,得到桐城派始祖方苞的赏识,因而文名大噪。清陆继辂在《七家文钞序》里说:"我朝自望溪方氏别裁诸伪体,一传而为刘海峰,再传而为姚惜抱。"刘大櫆被公认为"桐城派三祖"之一。著有《海峰先生集》《论文偶记》。

刘大櫆在《论文偶记》里提到"文贵奇""文贵简"。这篇《游万柳堂记》兼具"奇"和"简"的特点。

奇,表现在一反普通游记的写法。此文题为游记,记游部分只占十分之一,而绝大篇幅是志感。当然,在游记中发表议论、抒发感想的也不少,如苏东坡的《石钟山记》、王安石的《游褒禅山记》等,但他们都在"卒章显其志",不像刘文通篇以议论为主。

简,要求"神远而含藏不尽","拿捏大意"而不拘细枝末节。本文通篇不过三百多字,而将"宜其不外慕乎富贵"这一主题思想表达得非常明白透彻。

万柳堂原是清康熙年间大学士、刑部尚书冯溥大兴土木所建造的一座园林别墅。"汉宫垂柳,千株万株"(毛奇龄:《万柳堂赋序》)。《京城古迹考》载:"康熙时开博学鸿词科,待诏者常雅集于此。"当时盛况,于此可见。但到雍正年间,万柳堂便渐趋衰颓了。刘大櫆曾三游万柳堂,目睹它的变化,感慨万千,最后写下这篇名文,讽刺富贵骄人者没有好下场,以此警戒后世。

首先,作者从富贵者"建别馆以自娱"发表议论。他指出,一些富贵已极的人家,不惜人力物力,竭尽建筑的技巧,经营园囿亭馆,却"不得久居"其中,有的甚至"终身不得至",其用意无非是"以此震耀其乡里之愚"。他进而说明,这样做的是"卑庸者类",真正"勤劳王事"的"贤公卿"是不暇于此的。这段发论,矛头所向,直指卑庸而以富贵骄人者。

第二段由议论引向实例。先说万柳堂主"相国冯公""在廷时无可訾亦无可称",这句表面看来平平淡淡,实际上正是说这位名高位重的冯公,是"卑庸者类"。这是春秋笔法,平实中深藏冷峻。接下来写景状物,写万柳堂之"胜"。"其广三十亩",显示园林的规模之大;"随地势之高下,尽植以柳",说明柳树之多,确是"万柳之堂"。园林围以矮墙,骑行者隔墙可见曲径、洼地、土山、芦苇等。这都是最显眼的景物,等于向读者作了一个概略的介绍。一句"云水萧疏可爱",是作者的直觉感受和审美评价,这当与后来的衰败之景作了鲜明的反衬,又为文章末段由衰而生感做了有力的铺垫。

最末一段抒情志感,使全篇主题思想得到升华。作者写三游万柳堂所见的变化:一至,"稍有亭榭"可观;再至,"则向之飞梁架于水上者,今欹卧于水中矣";三至,"则凡其所植柳,斩焉无一株之存"。作者由此领悟出"人世富贵之光荣,其与时升降,盖略与此园等"这一符合逻辑的结论,非常自然而有说服力。接着作者又引申出如下议论:公卿士大夫应该修养自己的道德,不要追慕富贵荣华。身在富贵中的人,勤劳国事尚来不及,又何必榨取民脂民膏来夸耀呢!这个结尾与开头相呼应,把表达的思想再作一次强调与肯定,强化了主题,完成了刺世警众的作用。

为文有神,精光耀采。清末具有民主革命思想的学者刘师培就曾指出:在"桐城派"作家中,"惟海峰较有思想"(《论文杂记》)。这篇文章立意较高,主旨鲜明,议论锋芒毕露,确是游记中的上乘之作。

"简为文章尽境。"这篇文章也印证了刘大櫆所追求的最高境界。第二段不到一百字,竟交代了冯公的籍贯、官衔、姓名、为人,记叙了万柳堂的位置、范围、命名缘由、园林风光等,还加上主观的审美评价,何等简洁精炼!再者,用词十分精确,如一个"胜"字高度概括了此园的盛况;一个"稍"字,一个"卧"字和一个"斩"字,逐层写出园林由盛到衰的变化;笔峰顺势而下,所抒发的感慨,由景及情,即物生感,丝毫没有勉强、生硬比附之病。我们还看到,在此文中,议论、记叙、抒情三者融合交错。在有限的篇幅内写得这样疏纵而劲峭,只能使我们信服刘大櫆所言:"文章另有个能事在","论文而至于字句,则文之能事尽矣"(刘大櫆:《论文偶记》)。

祭 妹 文

袁 枚

乾隆丁亥冬①,葬三妹素文于上元之羊山②,而奠以文曰:

"呜呼!汝生于浙,而葬于斯,离吾乡七百里矣。当时虽觭梦③幻想,宁知此为归骨所耶?汝以一念之贞④,遇人仳离⑤,致孤危托落⑥。虽命之所存,天实为之,然而累汝至此者,未尝非予之过也。予幼从先生授经,汝差肩⑦而坐,爱听古人节义事。一旦长成,遽躬蹈之⑧。呜呼!使汝不识诗书,或未必艰贞若是。余捉蟋蟀,汝奋臂出其间,岁寒虫僵,同临⑨其穴。今予殓汝葬汝,而当日之情形,憬然⑩赴目。予九岁憩书斋,汝梳双髻,披单缣⑪来,温《缁衣》⑫一章。适先生奓户⑬入,闻两童子音琅琅然,不觉莞尔,连呼则则⑭,此七月望日事也。汝在九原⑮,当分明记之。予弱冠粤行,汝掎⑯裳悲恸。逾三年,予披宫锦⑰还家,汝从东厢扶案出,一家瞠视而笑,不记语从何起,大概说长安⑱登科,函使报信迟早云尔。凡此琐琐,虽为陈迹,然我一日未死,则一日不能忘。旧事填膺,思之凄梗,如影历历,逼取便逝。悔当时不将嫛婗⑲情状,罗缕⑳纪存。然而汝已不在人间,则虽年光倒流,儿时可再,而亦无与为证印者矣。

"汝之义绝高氏而归也,堂上阿奶,仗汝扶持,家中文墨,眳㉑汝办治。尝谓女流中最少明经义、谙雅故㉒者,汝嫂非不婉嫕㉓,而于此微缺然。故自汝归后,虽为汝悲,实为予喜。予又长汝四岁,或人间长者先亡,可将身后托汝;而不谓汝之先予以去也!前年予病,汝终宵刺探,减一分则喜,增一分则忧。后虽小差㉔,犹尚殗殜㉕,无所娱遣,汝来床前,为说稗官野史可喜可愕之事,聊资一欢。呜呼!今而后吾将再病,教从何处呼汝耶?

"汝之疾也,予信医言无害,远吊扬州。汝又虑戚吾心,阻人走报。及至绵惙㉘已极,阿奶问:'望兄归否?'强应曰:'诺。'已予先一日梦汝来诀,心知不祥,飞舟渡江。果予以未时㉒还家,而汝以辰时㉘气绝。四支犹温,一目未瞑,盖犹忍死待予也。呜呼痛哉!早知诀汝,则予岂肯远游。既游,亦尚有几许心中言,要汝知闻,共汝筹画也。而今已矣!除吾死外,当无见期。吾又不知何日死,可以见汝。而死后之有知无知,与得见不得见,又卒难明也。然则抱此无涯之憾,天乎人乎!而竟已乎!

"汝之诗,吾已付梓;汝之女,吾已代嫁;汝之生平,吾已作传。惟汝之窀穸㉙,尚未谋耳。先茔在杭,江广河深,势难归葬。故请母命而宁㉚汝于斯,便祭扫也。其旁葬汝女阿印;其下两冢,一为阿爷侍者朱氏,一为阿兄侍者陶氏。羊山旷渺,南望原隰㉛,西望栖霞,风雨晨昏,羁魂㉜有伴,当不孤寂。所怜者,吾自戊寅年㉝读汝哭侄诗后,至今无男,两女牙牙,生汝死后,才周晬㉞耳。予虽亲在,未敢言老,而齿危发秃,暗里自知。知在人间,尚复几日?阿品㉟远官河南,亦无子女,九族无可继者。汝死我葬,我死谁埋?汝倘有灵,可能告我?

"呜呼!生前既不可想,身后又不可知。哭汝,既不闻汝言;奠汝,又不见汝食。纸灰飞扬,朔风野大。阿兄归矣,犹屡屡回头望汝也。呜呼哀哉!呜呼哀哉!"

【注释】

①乾隆丁亥:乾隆三十二年(1767)。乾隆:清高宗年号。

②素文:名机,字素文,别号青琳居士,袁枚第三妹。上元:县名,清代属江宁府,今并入南京市。羊山:今南京市东。

③觭(基 jī)梦:奇异的梦。觭,通"奇"。

④贞:忠实于自己的信条,坚贞不变。一指封建社会妇女的贞操。

⑤遇人:嫁人。仳(匹 pǐ)离:离弃。袁枚所撰《女弟素文传》记:"先君与如皋高氏,指腹订婚,寄金锁为礼,时妹未周岁也。后十余

年,高氏使人来曰:'某子病,不可订婚,愿以前言为戏。'先君犹豫。妹侍侧,持金锁而泣,不食。……竟适高氏。高眇小,偻而邪视,躁戾佻险,非人所为。素奁具为狎邪费,不得,则手掐足踢,烧灼之毒毕具。姑救之,殴姑折齿。输博者钱,将负妹而鬻。妹见耳目非是,告先君。先君大怒,讼之官而绝之。妹归,侍母倚兄以终。"

⑥托落:失意。

⑦差(次 cì)肩:并肩。

⑧遽:就、竟。躬蹈:亲身去做。

⑨临:哭吊死者。

⑩憬(景 jǐng)然:清清楚楚地。

⑪单缣:细绢做的单衫。

⑫《缁衣》:《诗经·郑风》中的一篇。

⑬扅(炸 zhà)户:开门。《庄子·知北游》:"日中扅户而入。"

⑭则则:惊叹声。

⑮九原:墓地。

⑯掎(几 jǐ):牵。

⑰披宫锦:考中进士。唐进士及第后,要披宫锦袍。袁枚二十四岁时,于乾隆三年(1738)中进士,选翰林院庶吉士。

⑱长安:借指北京。登科:考中进士。

⑲嬰㜩(伊倪 yī ní):幼年。

⑳罗缕:详细。

㉑眒(舜 shùn):以目示意。

㉒谙雅故:熟悉文章典故。

㉓婉㜣(衣 yī):柔顺。

㉔小差:病稍好。

㉕淹殜(叶谍 yè dié):病不甚重。

㉖绵惙(绰 chuò):病危。

㉗未时:午后一点到三点。

㉘辰时:上午七点到九点。
㉙窀穸(谆夕 zhūn xī):墓穴。
㉚宁:安葬。
㉛原隰:平原和低地。
㉜羁魂:旅居他乡的灵魂。
㉝戊寅年:公元1758年,这一年袁枚丧子。
㉞周晬(醉 zuì):周岁。
㉟阿品:袁枚弟袁树。

【译文】

乾隆丁亥年的冬天,葬三妹素文于上元县的羊山,写了这样一篇文章祭奠:

"唉!你生长在浙江,却葬在这里,远离故乡七百里。以前虽做梦幻想,何曾知道这里是你埋骨的地方呀!你为了坚持贞节的观念,遇到了不好的丈夫,以致孤苦艰危。这虽是命该如此,实在是老天的安排。可是连累到这个地步,未尝不是我的过错呢!我小时候听先生讲经书,你也并肩坐着,喜欢听古人节义的事。一朝长成以后,你便亲自这样做了。唉!假使你不读诗书,未必艰苦守贞到这地步。我捉蟋蟀时,你奋臂一同来捉。天冷了,蟋蟀冻死了,你和我一同葬它。现在我殓你葬你,当日的情景恍惚就在眼前。我九岁时在书房里休息,你梳了两个髻,披了单衫过来,一同温习《缁衣》那一章。恰巧先生开门进来,听到两个小孩琅琅的读书声,心中很高兴,不觉微微笑起来,还连连惊叹赞赏,这是七月半的事呀。你在地下,一定还清清楚楚地记得吧!我二十岁到广东去,你牵着我的衣裳悲伤地哭着。过了三年,我中了进士回家时,你从东厢房里扶着桌子边走出来,全家人直看着我笑,记不得从哪句话讲起,大概说在京城考中后,报信的是迟是早这些话罢了。这些琐屑的事,虽已过去,可是我一天不死,那么一天也不会忘记的。过去的事充满在我心胸中,想到了不觉万分悲痛,一件一件,像影子般很清楚地映在眼前,难以消失。我很懊悔当时不曾把小时候的事情详细地逐件记下来;可是你已不在人间,那么即使过去的时光倒流过来,童年的时代再回过来,恐怕也没有人一同证印的了。

"你和高氏绝断情义回家来时,母亲便靠你服侍;家中往来书信也靠你办理。我曾觉得女子中很少有人明白经书意义,熟识文章典故,你嫂嫂未尝不是很柔顺,但在这方面稍微缺少些。所以自从你回来后,虽替你悲伤,实在又很快乐。我大你四岁,大概人间年纪大的比年纪轻的先死,可以把死后的事托付给你,却不料你竟比我先死了!前年我生病时,你终夜探望照应,病轻一些你便欢喜,病重一些你便忧愁。后来,病虽是好了大半,还虚弱得不能起来,没有什么可以消遣,你便到我床前来,讲小说野史中可喜可惊的事,姑且使我欢笑。唉!从今以后,我如果再生病,教我从何处来叫你呢?

"你这次的病,我相信医生说的无大危险,便远去扬州凭吊古迹,你又恐怕我过虑,阻止人报告你的病情。等到病势危急,母亲问你:'希望哥哥回来吗?'你勉强说'要的'。我在你死的前一日,已经梦到你来告别,心里知道不祥,立刻乘船飞渡回来。果然,我未时赶到家,你却在辰时断气了,手足尚未冷,一只眼睛也没有闭,是竟忍着一口气在等待我哩。唉!多么悲痛呀!早知要和你永别,我哪里肯远出呢!即使出去,也有许多心中的话,要告诉你知道,和你共同商议。可是现在是完了!除非我死,否则没有相见的日期。我又不知道哪天死,才可以看到你;并且死后有知觉没有知觉,可以看见或不可以看见,又到底难于明白哩。那么抱着这没有穷尽的遗憾,天啊,人啊,竟然真的完了吗?

"你的诗,我已替你付印;你的女儿,我已替你代嫁;你的生平,我已替你作了传;只有你的墓地,还没有计划好。祖先的坟在杭州,江广河深,势难将你归葬到祖坟。所以请求母亲同意,把你安葬在这里,便于祭扫呀。那旁边,葬的是你的女儿阿印;下面有两个坟,一个是父亲的侍者朱氏,一个是我的侍姬陶氏。羊山很旷远,南面望到平原低地,西面望到栖霞山,在风雨凄凄的早晨和黄昏,你的羁魄有了伴侣,可以不愁寂寞吧。所可怜的是,我自从戊寅年读了你哭侄子的诗后,到今天没有男孩;两个女孩子还在牙牙学语,是在你死后生的,刚一岁哩。我虽然有母亲健在不敢称老,可是齿摇发落,暗里自己知道。谁晓得活在人间还有多少日?弟弟阿品远在河南做官,也没有子女,九族中没有一个传宗接代的人。你死我来葬你,我死了,有谁来葬我呢?你倘有灵,可以告诉我吗?

"唉!生前既不可以再想,身后又无从知道。哭你,听不见你说话;祭你,又不见你来食用。纸灰四处飞扬,北风刮得很紧。你哥哥要回去了,还不断地回头看你哩。唉!多么的悲痛呀!唉!多么的悲痛呀!"

【分析】

袁枚(1716—1798),字子才,号简斋,又号随园老人。浙江钱塘(今浙江杭州)人。乾隆四年(1739)进士,授翰林院庶吉士。乾隆七年改放外任,在溧水、江浦、沭阳、江宁等地任知县。乾隆十三年辞官,定居江宁(今江苏南京市),筑室小仓山隋氏废园,改名随园,世人因此称他随园先生。著有《小仓山房文集》《随园诗话》《子不语》等。

袁枚是文学上"性灵"说的提倡者。他曾说:"诗者,性情也,性情之外无诗。"这种注重真实性情的主张在他的散文中也有表现,这篇《祭妹文》就是袁枚怀着真情写出的至性之文,历来都把它同韩愈的《祭十二郎文》、欧阳修的《泷冈阡表》并提,称为古今哀悼文章的杰作。

祭文开始,作者首先发出人生无定的感叹。妹生于浙而葬于羊山,离家乡七百里,这是平日做梦幻想料不到的。"死生亦大矣",而生死又如此捉摸不定,真令人痛心。

文章继而谈到妹妹的遭际以及其与作者的关系。原来袁枚的三妹身世可悲。据作者在《女弟素文传》中所述,她出生之前,父母曾与高氏指腹为婚,正式受聘时她还不满周岁。高氏子成人之后,却是个市井无赖,极多劣迹。高家曾提出解除婚约,但素文囿于封建礼教,执意不从。婚后,丈夫行为放荡,经常对其凌辱勒索,最后因赌博输钱,打算卖素文抵债,这才由父讼官离婚归家。自此孤独哀伤,年仅四十岁便凄楚谢世。文中"汝以一念之贞"至"使汝不识诗书,或未必艰贞若是"一段,道破了这一悲剧的关键。这里表现了作者对封建礼教的不满和对妹妹青春遭弃的痛惜。"情主于痛伤,而辞穷乎爱惜",刘勰在《文心雕龙》里对哀祭文体的特点作过概括。而袁枚的《祭妹文》正本乎二者而发,文中既表示对妹妹的倾心爱惜,又自责使妹妹躬蹈节义、经受苦难的过错。爱惜、哀伤、悔恨,诸多复杂的感情奔进而至,而且是从天理人情中体贴出来,必然具有撼动读者心灵的力量。

《祭妹文》是感情汹涌、血泪交迸之作,但作者是诗文大家,在使用语言文字方面并非毫无节制,有所松懈。正如古希腊人所言:"诗文气涌情溢,狂肆酣放似口不择言,而实出于经营节制,句斟字酌。"全文以祭奠羊山始,以归去而屡屡回首止;记素文从幼年始,依时间顺序写到谢世止。中间预设照应,前后映衬。比如"生于浙而葬于斯"与"便祭扫也";"岁寒虫僵,同临其穴"与"汝死我葬,我死谁埋";书斋共读,其声琅琅与"家中文墨,眹汝办治";兄离去,妹"掎裳悲恸"与兄还家,妹"扶案出""瞠视而笑";又如兄卧病不起时,素文在身旁悉心照料,百般劝慰,可妹病危时,袁枚却远游扬州,不得一视。凡此,两两相对,中间综合运用记叙、描写、议论、抒情,穿插交错,而前后映照,脉络分明。

林语堂曾拿归有光的《先妣事略》和袁枚的《祭妹文》对比说:"归所叙为其先妣事略,为他人之先妣事略亦未尝不可,惟袁子才之祭妹文则断断非袁妹不可。"这是为什么呢? 主要由于本文从其妹的个别的、具体的情事出发,"情真、景真、事真、意真,澄至清,发至情"。像

"余捉蟋蟀,汝奋臂出其间,岁寒虫僵,同临其穴",不独与下句"予殓汝葬汝"哀惋相应,也写出袁氏兄妹间特有的无间亲密的童年往事;再如"予九岁憩书斋,汝梳双髻,披单缣来","两童子音琅琅然";"予弱冠粤行,汝掎裳悲恸";三年后考中还家,"汝从东厢扶案出,一家睃视而笑,不记语从何起",这些历历往事,虽出以白描,却生动感人。作者往下发出感慨:"凡此琐琐,虽为陈迹,然我一日未死,则一日不能忘。旧事填膺,思之凄梗,如影历历,逼取便逝。悔当时不将嫛婗情状,罗缕纪存。然而汝已不在人间,则虽年光倒流,儿时可再,而亦无与为证印者矣。"读者试作吟诵,必然会产生共鸣。

最后,作者用"呜呼"领起,说到种种祭奠哀伤都无补于死亡这一最大的憾事。看似豁达,实为不忍。"纸灰飞扬,朔风野大"八字,把坟茔上的凄惨景象充分表现出来;"阿兄归矣,犹屡屡回头望汝也"这句十二字,每个字都是平平常常的,但想其情景,一个齿危发秃的祭者,掩面抽泣,踉踉跄跄地在朔风旷野中频频回顾坟茔,那是一种怎样哀伤的场面和气氛啊!亚里士多德说:高超的作家可以"为平常的语言赋予不平常的气氛",此之谓也。

登泰山记

姚 鼐

泰山之阳,汶水①西流;其阴,济水②东流。阳谷皆入汶,阴谷皆入济。当其南北分者,古长城③也。最高日观峰,在长城南十五里。

余以乾隆三十九年十二月,自京师乘风雪,历齐河、长清,穿泰山西北谷,越长城之限④,至于泰安。是月丁未,与知府朱孝纯子颍由南麓登。四十五里,道皆砌石为磴⑤,其级七千有余。泰山正南面有三谷。中谷绕泰安城下,郦道元所谓环水也。余始循以入,道少半,越中岭,复循西谷,遂至其巅。古时登山,循东谷入,道有天门。东谷者,古谓之天门溪水,余所不至也。今所经中岭,及山巅崖限⑥当道者,世皆谓之天门云。道中迷雾冰滑,磴几不可登。及既上,苍山负雪,明烛天南,望晚日照城郭,汶水、徂徕⑦如画,而半山居雾若带然。

戊申晦⑧,五鼓,与子颍坐日观亭,待日出。大风扬积雪击面。亭东自足下皆云漫。稍见云中白若樗蒱⑨数十立者,山也。极天云一线异色,须臾成五采,日上,正赤⑩如丹,下有红光动摇承之,或曰,此东海也。回视日观以西峰,或得日,或否,绛⑪皓⑫驳色,而皆若偻⑬。

亭西有岱祠⑭,又有碧霞元君⑮祠。皇帝行宫⑯在碧霞元君祠东。是日,观道中石刻,自唐显庆⑰以来,其远古刻尽漫失。僻不当道者,皆不及往。

山多石,少土。石苍黑色,多平方,少圜⑱。少杂树,多松,生石罅⑲,皆平顶。冰雪,无瀑水,无鸟兽音迹。至日观数里内无树,而雪与人膝齐。

桐城姚鼐记。

【注释】

①汶水：即大汶河，发源于山东省莱芜东北的原山，流经泰安。

②济水：也称沇水，发源于河南省济源县西的王屋山，流经山东济南。清末，济水在山东的河道已经为黄河所占夺。

③古长城：春秋时候齐国所筑的长城。

④限：界限。

⑤磴（瞪 dèng）：石头台阶。

⑥崖限：山崖对峙，如同门户。

⑦徂（殂 cú）徕（来 lái）：山名，在泰安县城东南四十里。

⑧戊申晦：戊申，二十九日。晦，农历每月的最后一日。

⑨樗（出 chū）蒱（仆 pú）：古时一种赌具，如骰子。

⑩正赤：纯红，大红。

⑪绛（酱 jiàng）：红色。

⑫皓：白色。

⑬偻（吕 lǚ）：脊背弯曲。

⑭岱（代 dài）祠：封建时代祭祀泰山之神东岳大帝的庙。就是东岳庙。

⑮碧霞元君：传说中的女神，东岳大帝的女儿。

⑯行宫：皇帝在外出巡时的住处。

⑰显庆：唐朝高宗皇帝的年号。

⑱圜：同"圆"字。

⑲石罅（下 xià）：石头的裂缝处。

【译文】

泰山的南面，汶水向西流去；它的北面，济水向东流去。南面山谷的水都流入汶水，北面山谷的水都流入济水。作为南北山谷分界的，是古代的长城。最高的日观峰，在长城以南十五里的地方。

我在乾隆三十九年十二月，从北京冒着风雪起程，经过齐河县、

登泰山记 姚鼐

长清县,通过泰山西北面的山谷,越过长城的界限,到了泰安府。当月二十八日,同表字子颖的知府朱孝纯从南面的山脚上山。山道四十五里,都用石头砌成台阶,共有七千多级。泰山正南面有三个山谷。中间一个山谷的水围绕着泰安城,就是郦道元所说的环水。我开始顺着这条山谷进去,走了不到一半路,越过中岭,再顺着靠西的山谷走,就到了山顶。古时候登泰山,是顺着靠东的山谷进去,路上有天门。靠东的山谷,古时候叫它天门溪水,是我这次没有走到的。现在经过的中岭,在山顶上的山崖对峙如同门户的地方,人们都叫它天门。道上满是雾,脚下冰很滑,石台阶几乎不能攀登。直到登上山顶,看到青山驮着白雪,亮光照着南面的天空。远望夕阳照着城市,汶水和徂徕宛如图画,那环绕在山腰的云雾好像飘带一样。

二十九日这一天是月底,五更的时候,同子颖坐在日观亭里,等候日出。大风刮起来的山上积雪扑打在脸上。亭子以东从脚下起都被云雾弥漫着。隐隐约约看见云里有几十个白色的像骰子的东西,那是山。天边的云像一条线似的变幻着不同颜色,霎时间变得五彩缤纷。太阳出来了,赤红赤红的像丹砂一样,下面有晃动着的红光承托着,有人说,这就是东海。回过头来看日观峰以西的那些峰,有的得到日光照射,有的得不到日光照射,照着的是红色,照不着的是白色,红色和白色错杂相间,一个个都像是弯腰曲背的样子。

日观亭的西边有岱祠,还有碧霞元君祠。皇帝的行宫就在碧霞元君祠的东面。这一天,看见路上的各种刻石,都是从唐代显庆年间以来的,那些更古老的石碑都模糊毁坏了。那些偏僻的,不在道路上的石刻,都来不及去看了。

泰山多石头,少泥土。石头是青黑的颜色,多是方方正正的,很少是圆的。少有杂树,大多是松树,长在石头缝里,树头都是平顶的。到处是冰和雪,没有瀑布,没有鸟兽的声音和足迹。日观亭附近几里内没有树,而雪深得与人的膝盖相齐。

桐城姚鼐写这篇记。

【分析】

姚鼐(1731—1815),字姬传,又字梦谷,清桐城(今安徽省桐城市)人。乾隆时进士,入翰林,官至刑部郎中,并参与过《四库全书》的编纂工作。他早年在官场上就很得意,但对政治生活似乎并不怎么感兴趣,正当他年富力强的时候就引退了。辞官以后,他来往于故乡桐城,江苏的扬州、南京一带,以学者的身份主讲梅花、钟山、紫阳、敬敷等书院,达四十年。

姚鼐是同乡刘大櫆的学生,桐城派创始人方苞的再传弟子。他继承和发扬了方苞、刘大櫆的文学理论,成为桐城派的重要领袖之一,是杰出的散文作家。他因室名惜抱轩,故被人称为惜抱先生。著有《惜抱轩全集》。他所选编的《古文辞类纂》,在近代是一部家弦户诵的文章总集。

桐城派是清代散文的一个重要流派代表。它之所以能够成为重要的文学流派,是因为桐城派对于散文的创作有一套完整的理论和鲜明的主张,而这一流派的学者都能用自己的创作实践去贯彻和充实这个文学理论和主张,从而扩大了它的影响。姚鼐在方苞、刘大櫆的"义法"论的基础上,进一步提出文章的写作须兼"义理、考据、辞章"三者之长,以阳刚、阴柔区别文章的风格,以神理、气味、格律、声色区别文章的精粗。他本人的文章,就清真雅正、谨严朴素,而又往往用词精美、形象鲜明。

《登泰山记》选自《惜抱轩全集》,是公元1774年冬姚鼐游泰山后所写的一篇山水游记。这是一篇具有高度艺术成就的优秀散文,可以说,是达到了晶莹澄澈、明润无疵的境界的。

泰山,被人们称为东岳,是五岳之首,它千崖万壑,雄奇壮丽,历来就是登览的胜地。自古以来,许多文人学士频频赞美泰山的景色,为它吟诗、赋辞、著文、作画,反映这自然界蕴藏的美在作者心灵深处唤起的感受,并通过艺术手法的刻画,使泰山的美景生动地呈现在读者的面前,从而激发人们对祖国大好山河的热爱感情。姚鼐的《登泰

登泰山记　姚　鼐

山记》正是这样。作者以蓬勃饱满的健康情绪生动地描述了泰山峥嵘苍劲的特色,绘写了登山和观日所目睹的千姿百态的景象,读来令人神往。

　　文章是按照时间先后的顺序写的,分为五段,第三段日观峰上观日出是全文的核心。作者集中笔墨刻画了这个中心形象,围绕这个中心形象的其余几个部分,则是把描写渗透在叙述里,用外围的形象扩大这一中心形象,使它们构成有机的整体。因而文章的组织结构显得主次分明,条理井然。

　　首段是总说泰山的形势。通过叙述汶水和济水分流的情况,以及作为南北分界的古长城,勾勒出一个泰山的轮廓,将泰山的位置和山川形势清清楚楚地摆在读者的面前。"最高日观峰,在长城南十五里"句,点明日观峰的位置,强调它是"最高",这就给作者这次游览的主要对象,也就是本文所写的中心形象,埋下了伏笔,预示下文发展的方向。这句话看起来像是顺便带出来的,其实很有分量,对全篇起提纲挈领的作用。

　　第二段写登山的经过。除了点明时间、来由和游伴以外,着重写了两点:一是登山的路径,二是到达山顶后所见的景色。这一段所记的内容相当多,但是写得有条不紊,而又极变化之能事。从北京到泰安,只简单地说一下出游的时间和路程,没有多写沿途所见所闻。因为作者是专程去游泰山的,而且是冒着风雪旅行,可见心情的迫切,所以略而不写与泰山关系不大的事。从山麓到山顶,属于登山的范围,就详细地记述了道路的远近、山路的石阶、经由的路线,以及有关的地理知识。对环水、天门等典故的叙述,顺理成章,轻松自然,一点也不使人感到有考证的冗繁。登上山顶,凭高俯瞰,呈现在眼底的则是气象万千的景物:"苍山负雪,明烛天南",色彩是那样的鲜明;"望晚日照城郭,汶水、徂徕如画,而半山居雾若带然",夕阳、城郭、山、水、雾相协调,是那样的爽心悦目,令人陶醉。文章的情节发展到此,就很自然地由远及近,由略而详,逐渐过渡到第三段对日观峰的集中

385

描绘了。日出的时间并不是很长的,作者必须抓住在这有限的时间里所呈现出来的千姿百态,把那丰富多彩的景象再现在读者的面前。对本文来说,作者又必须写出这是在泰山顶上看日出而且是在白雪皑皑的雪景里看日出。笔底没有深厚的功力,是不容易写好的。姚鼐无愧为文章好手。"大风扬积雪击面","亭东自足下皆云漫","稍见云中白若樗蒱数十立者,山也",都是泰山顶上隆冬季节太阳还没有出来时的特殊景色。这样写,还对日出的奇景起烘托的作用。对日出时的描写,是"极天云一线异色,须臾成五彩,日上,正赤如丹,下有红光动摇承之",不仅把日将出、日方出、日初上的不同姿态形象地表现出来了,还由于作者观察的细致,说那日出时云彩由一线变成五彩,日上时下边有红光摇摇荡荡地衬托着,这就写出了是在泰山顶上看日出,而不是在别处看日出了。看了日出,紧接着写"回视日观以西峰",那是另一番景象。在从东边投射过来的鲜红阳光的照耀下,原来"负雪"的山峰,有的因为受到阳光照射而变成绛紫色,有的因为阳光还没有照到,依然保持着原来的晶莹,红白错杂,看起来好像都有点曲背弯腰的样子。这几句描写,还是扣住了日出时的所见所感,但和作为时令的雪又是紧密连接在一起的。总之,这一段描写,用墨虽然不多,却是意境深远,有沉着厚实的内涵,反复诵读,就会被它引入一种神往的境界。第四段写坐落在日观亭附近的建筑物和作者下山时的路上所见的古迹,第五段综合叙述泰山的自然景物。这些建筑、石刻和自然景物,也是游历中想看而又必然会看到的,所以也要说一说。最后补上一句"至日观数里内无树,而雪与人膝齐",和前文相呼应,用来结束全篇,不但显得文章的结构谨严,而且使通篇脉络贯穿,给人以神完气固的感觉。

　　本文以短句为主,也适当地用了一些长句,还夹用了一些表示语气的虚词,使人感到既质朴又灵活,兼有简洁和爽朗的韵味。作者文笔精炼,用语贴切,更添文章的光华,如"余以乾隆三十九年十二月,自京师乘风雪,历齐河、长清,穿泰山西北谷,越长城之限,至于泰安",一句话就清楚地交待了一长段复杂的旅途生活,真是惜墨如金。而"自""乘""历""穿""越""至于"等字的运用,又生动具体地表达出这一行程的经过,给人留下深刻的印象。

病梅馆记

龚自珍

江宁之龙蟠①,苏州之邓尉②,杭州之西溪③,皆产梅。

或曰:梅以曲为美,直则无姿;以欹④为美,正则无景;以疏为美,密则无态。固也。此文人画士心知其意,未可明诏⑤大号⑥,以绳天下之梅也;又不可以使天下之民,斫⑦直、删密、锄正,以夭⑧梅、病梅为业以求钱也。梅之欹、之疏、之曲,又非蠢蠢求钱之民,能以其智力为也。有以文人画士孤癖之隐,明告鬻⑨梅者,斫其正,养其旁条,删其密,夭其稚枝,锄其直,遏⑩其生气,以求重价。而江浙之梅皆病。文人画士之祸之烈至此哉!

予购三百盆,皆病者,无一完者。既泣之三日,乃誓疗之,纵之,顺之。毁其盆,悉埋于地,解其棕缚,以五年为期,必复之全之。予本非文人画士,甘受诟厉⑪,辟⑫病梅之馆以贮之。呜呼!安得使予多暇日,又多闲田,以广贮江宁、杭州、苏州之病梅,穷予生之光阴以疗梅也哉!

【注释】

①龙蟠:龙蟠里,地名,在南京市清凉山下。

②邓尉:山名,在苏州市西南七十里。

③西溪:地名,在杭州市灵隐山西北。曾有"花海"之称。

④欹(欺 qī):横斜,倾斜。

⑤诏:告诉。一般用于上对下。

⑥号:号召。

⑦斫(苗 zhuó):砍。

⑧夭(妖 yāo):早死。

⑨鬻(育 yù)：卖。
⑩遏(扼 è)：压制，抑制。
⑪诟(构 gòu)厉：侮辱责骂的意思。
⑫辟(劈 pì)：开辟，设置。

【译文】

江宁府的龙蟠里，苏州的邓尉山，杭州的西溪，都种梅花。

有人说：梅花的枝干以弯曲的为美，笔直的就没有好姿态；以倾斜的为美，端正的就没有好景致；以稀疏的为美，密匝匝的就没有好模样。本来是这样。这只能是文人画家自己心里明白，可不能用来公开宣扬，作为衡量普天下梅花的标准，更不可用它来使得普天下的花农们，以砍掉笔直的、删掉繁密的、锄掉端正的枝干，使梅花早死或受伤作为职业来赚钱呀。梅花枝干的倾斜、稀疏、弯曲，又不是愚蠢的、只赚钱的花农们，能够凭他们的智慧和能力所能做到的。有那么一些人把文人画家这种隐藏在内心的独特嗜好，明白地告诉卖梅花的，让他们把梅的正枝干砍掉，保养横斜的岔枝，把密匝匝的枝叉删掉，把它们的嫩枝条卡死，把它们的直枝干锄掉，阻抑梅的生机，用这样的方法来谋求高价。于是江苏、浙江一带的梅花都受害。文人画家造成的祸害竟然达到这么严重的程度啊！

我买了三百盆梅花，棵棵都是有病的，没有一棵完好。我已经为他们痛哭了三天，于是发誓要治好它们，放开它们，让它们任性生长。我砸了它们的花盆，把梅统统栽到地里，解去捆绑它们的棕绳，以五个年头作为期限，一定要使它们能恢复原状、健全起来。我本来就不是文人画家，心甘情愿受到侮辱责骂，开辟了一个病梅馆来容纳它们。唉！怎么能够使我多有一些空闲的日子，又多有一些空闲的田地，好来大量地容纳江宁、杭州、苏州的那些病梅，尽我有生之年来治疗病梅呢？

【分析】

龚自珍(1792—1841),字璱人,号定庵,浙江仁和(今杭州市)人。他出身于官僚士大夫家庭,自幼便受到深厚的文化教育,对经学、小学,都有较高的造诣。二十七岁中举,会试屡次不第,直到三十八岁才考中进士,先后任内阁中书、礼部主事等京官。由于不满朝政,又不断受到保守势力的排挤和迫害,四十八岁那年便愤然辞官南归。五十岁时讲学于丹阳云阳书院和杭州紫阳书院。是年八月暴卒于云阳书院。著有《龚定庵全集》,包括七百多首诗,一百六十多阕词,三百多篇散文。

龚自珍生活在清朝腐朽没落、行将崩溃的时代,他敏锐地预感到封建王朝的新危机,也看到了人民的痛苦和灾难,因此切望革除弊政,复兴国家。对内,他主张改革农田占有、海疆通商、科举考试、币制等方面的陋规;对外,他主张坚决抵御帝国主义的侵略,甚至打算亲自去前线筹划抗英斗争。对我国西北地区的安全,他也十分重视,提出过巩固西北边防的有远见的重要建议。他殷切地希望"不拘一格降人材",出现一种新的社会力量的"风雷",以扫荡"万马齐喑"的局面。当然,龚自珍的改革主张,还是想维护清朝的封建秩序,而不是对封建统治提出根本性的革除。况且,他的改良设想,也因保守派的反对和他自己的无权地位而难于实施。但是,他的爱国主义精神,他的批评旧制度的勇气,还是值得肯定的。他的改良主义思想,在当时的历史条件下,是有进步意义的,对以后康有为、梁启超等人领导维新运动有着重要的影响。

龚自珍的创作成就以诗为最高,语言瑰丽、奇巧、多彩,内容大都表达他的政治主张和社会理想。他的散文,内容广泛,形式多样,纵论古今,侧重于批评现实,倡言改革。由于当时思想统治的严酷和他所受的时代、阶级的局限,某些作品带有晦涩艰深的缺点。《病梅馆记》就是一篇针砭时弊而又寓意隐晦的小品散文。作者以托物取喻的手法,隐晦曲折地表达了自己的见解和思想感情。全文分为两部分,前一部分写"病梅",后一部分写"疗梅"。文章开头,在简要叙述了梅的产地以后,笔锋一转,引出一段关于评梅的美丑标准的议论,用"固也"一语轻轻收住。接着,用犀利的文笔详写病梅的原由。原来在"文人画士"的心目中,梅花"以曲为美","以欹为美","以疏为美",但"未可明诏大号",也不能让种梅的人"以夭梅、病梅为业以求钱"。花农们"斫其正,养其旁枝,删其密,夭其稚枝,锄其直,遏其生气"以投"文人画士孤癖之隐"。正因为这样,弄得"江浙之梅皆病"了。作者面对所购置的三百盆病梅,足足哭了三天,决心要"疗之,纵之,顺之"。他下定决心要"疗梅"了。他准备花五年时间使这些病梅"复之全之",并且"甘受诟厉",专辟一个病梅馆来疗养病梅。作者还表示,要是"多暇日","多闲田",愿尽毕生的精力来治疗江浙一带大量的病梅。

这篇文章,表面上是句句说梅,没有一句题外的话,而实际上却是以写梅为名,以喻人为实,字字句句切讥时政,寓意十分深刻。作者借文人画士不爱自然健康的梅,偏爱病态的梅,以至使梅花受到严重摧残为例,影射清王朝施行严酷的思想禁锢,摧残人才的罪恶行径。那"文人画士孤癖之隐",正暗指封建统治者这种见不得人的私心;那"斫直、删密、锄正",暗示出这些封建统治者是怎样残酷地迫害有才能、有作为、有骨气的人才的。他们所企求的是一些顽钝无耻、冥顽不灵、唯唯诺诺的奴才,以维持那黑暗腐朽、摇摇欲坠的反动统治,这就是他们认为梅花以"曲"、"欹"、"疏"为美的真实意思。关于这一点,龚自珍在他的《乙丙之际箸议第九》一文里明确地作过正面说明,他指出到了"衰世","才士与才民出,则百不才督之、缚之以至于戮之","戮其能忧心,能愤心,能思虑心,能作为心"。不管是士子还是一般老百姓,只要你有才能,想有所作为,就会受到迫害。他在另一篇文章《古史钩沉论一》中进一步指出,封建统治者为了维护他们的黑暗统治,是决不让有才能的人有所作为的,他们"去人之廉以快号令,去人之耻以崇高其身,一人为刚,万夫为柔",竭力摧毁人们的廉耻,让天下人服服帖帖地做他们的奴才。所以说,写这篇《病梅馆记》,作者只不过是托物喻人,借梅议政,用艺术形象来隐晦曲折地表达自己的见解罢了。

作者决心疗梅、救梅,使梅花得以自然发展,这就表示了他对于被侮辱、被损害者的深切同情,表达了他那种敢于正视现实,渴望冲破黑暗的战斗情绪。然而,龚自珍是清醒地估计到自己的力量的,要治疗"江宁、杭州、苏州之病梅"的宏愿是难以实现的。所以,文章以感叹作结,发出深沉的感慨。

这篇短文,文笔尖锐奇悍,才思横溢,融叙述、议论、抒情于一炉,波澜起伏,引人入胜,给人以强烈的艺术感染。

新版后记

《古代散文选析》和《现代散文选析》编著于20世纪七八十年代。这次出版的是比较完善的定本,并将书名改为《中国古代散文选析》和《中国现代散文选析》。

因为我们是教师,所以对于文学作品的阅读和分析总想与文学研究、文学教育结合,更希望这样的文学教育能够承担培养学生分析文学、欣赏文学和写作的基本任务,并在其中渗透文化教育和人格培养。

以上是编写的初衷。记得我在1978年4月《现代散文选析》初版《后记》中曾写道:"长期以来,各方面强烈要求推荐有益读物,提示阅读和写作方法,引导大家进行语文学习,从而获得思想教益和提高文学鉴赏能力。"这两本书再版多次,受到读者的热烈欢迎,已经印证了《后记》里的话,我们感到很大慰藉。特别是茅盾、冰心两位文学大师为两本书题签,教人感念!

1986年5月20日《安徽书讯》有文评介,文章不长,移录如下:

珠联璧合出新美
—— 《古代散文选析》、《现代散文选析》简评

肖　涵

散文,是中国文学的正宗。由古到今,可算珠玑满眼,美不胜收。安徽教育出版社出版的《古代散文选析》和《现代散文选析》,撷其精华,为读者提供了管窥全豹的机会。《古代散文选析》比起古代散文选本《古文观止》,优越性有如下几点。一是文

章选得精当，兼顾思想和艺术的统一，而《古文观止》选文却瑕瑜互见，上册诘屈聱牙的文章选得太多，但《古代散文选析》全书只选了五十篇，似乎过严，尚有遗珠之憾。二是《古代散文选析》注、译、析俱全，起了全面辅导读者阅读古文的作用，符合中央号召整理古籍应当做好普及工作的要求。三是着重艺术和写作方面的特点，真正把古人行文用语的巧思与结构经营的苦心，作了探微入幽的剖析。与《古代散文选析》堪称珠联璧合的《现代散文选析》，向我们展示了"五四"以来名家迭起、流派纷呈的白话散文的繁茂局面。此书也有几个特点。第一，它从一个较宽泛的窗口窥视现代散文的品类，既精选了议论性散文如鲁迅杂文，更大量选了叙事抒情性的散文，由于叙事性散文的发展而崛起的报告文学如《包身工》、《一九三六年春在太原》，抒情因素进一步诗化的散文如《秋夜》、《笑》、《春底林野》、《鹰之歌》等都兼容并收。这样，从横向看，各种流派、风格都得以呈现；从纵向看，散文发展历史的脉络也非常清楚了。第二，不因人废文，注意反映现代散文史的真实存在，如周作人，选析者既指出他历史的污点，也给他散文以实事求是的评价。第三，旁征博引，有助于读者开发思路，提高审美水平。第四，适应白话散文流利畅达、细致缜密的特点，分析透彻周至，曲尽其情，如评析鲁迅、冰心、茅盾等人的散文，能做到从表层切入到内里，给读者以具体的启发；评论徐志摩、林语堂、梁实秋的散文能注意辩证的观点，比较公允、持平。

还应提及的是，两书的前言都写得好，高屋建瓴的气势，史论结合的概括方法，见出编著者的学力与修养。

中国散文从古代到现代走过了一条辉煌灿烂的道路，随着现代化的伟大历史时代的到来，散文复兴繁荣有望，希望这两本书能起组织推动作用。祝编著者在散文研究和赏析工作中取得更大成就！

文章虽多溢美之词，但我们确实在编写中花了不少心力。"大象搏狮用全力，搏兔也用全力"，在选、传、注、译、析方面，我们增补修订多次，从不敢懈怠疏忽，到20世纪末，才算完成了差强人意的定本。

"眼中之人吾老矣"（杜甫诗）。这次二书以新的面貌呈现在读者面前，并作为我们耄耋之年的纪念，是要深深感谢安徽教育出版社的！

编著者
2018年元月